2021年中国艺术研究院基本科研业务费项目

（项目编号：2021-3-1）

中国当代文学的动力研究

ON THE DYNAMICS OF
CONTEMPORARY CHINESE
LITERATURE

龚自强 ———— 著

文化藝術出版社
Culture and Art Publishing House

图书在版编目（CIP）数据

中国当代文学的动力研究 / 龚自强著 . —北京：
文化艺术出版社，2021.6
ISBN 978-7-5039-6469-5

Ⅰ.①中… Ⅱ.①龚… Ⅲ.①中国文学—当代文学—
文学研究 Ⅳ.①I206.7

中国版本图书馆CIP数据核字（2021）第095560号

中国当代文学的动力研究

著　　者	龚自强
责任编辑	原子婷
责任校对	董　斌
书籍设计	姚雪媛
出版发行	文化藝術出版社
地　　址	北京市东城区东四八条52号（100700）
网　　址	www.caaph.com
电子邮箱	s@caaph.com
电　　话	（010）84057666（总编室）　84057667（办公室） 　　　　　84057696—84057699（发行部）
传　　真	（010）84057660（总编室）　84057670（办公室） 　　　　　84057690（发行部）
经　　销	新华书店
印　　刷	国英印务有限公司
版　　次	2021年6月第1版
印　　次	2021年6月第1次印刷
开　　本	710毫米×1000毫米　1/16
印　　张	23.75
字　　数	300千字
书　　号	ISBN 978-7-5039-6469-5
定　　价	88.00元

版权所有，侵权必究。如有印装错误，随时调换。

当代文学的理论化研究
——序龚自强《中国当代文学的动力研究》

陈晓明　北京大学中文系教授、长江学者

龚自强于2011年考入北京大学中文系攻读文学博士学位。当年在面试的时候，他是一匹脱颖而出的黑马，他的面试表现非常出色，对整个当代文学源流的理解以及对理论的掌握都非常到位，思路清晰，视野开阔。考试委员会一致决定要把这样的优秀学生招收进来，所以给他特批了录取名额，放在我的名下。他的笔试成绩当然也非常优秀，名列前茅。

龚自强入学以后学习非常用功，对理论研究的兴趣尤其浓厚，读博期间，他的生活几乎是图书馆、寝室、食堂三点一线。他的身体也很强健，能够从北京骑自行车到天津，这一点是我特别欣赏的。我年轻的时候也热爱运动，我觉得学术是长跑，要有非常强壮的身体，才能经得起长跑，经得起长年累月的写作和阅读，才可以高效率地工作。龚自强读博期间，我交给他做的事情，他都能高效率地完成，我一直非常欣赏和信赖他。

龚自强在学术上出现过一个比较大的转变。他最初把自己的一些研究心得交给我看的时候，受到了我比较尖锐的批评。他的优点是比较虚心，听得进去意见。我觉得年轻人刚开始做学问，一定要去学习其他学者的长处，应该和人家的长处较量，而不是说你一下看到了人家的缺点，就觉得自己比别人高明，切不可有这种盲目无知的自信。其实高明的学者自己也知道缺点所在，有时候缺点反而构成了优点的垫脚石，是"缺点"还是"优点"只是在于视角的不同。学者应该博采众家之长，尤其是在学术起步阶段。因此，我特意推荐他读一些和他的兴趣相反的学者的著作，可能他一开始并不喜欢这类学者的著作，但也慢慢地读进去了。龚自强是一个思想开放的年轻人，他很快接受了更加多元的观点，比较好地调整了学术思路，他的视野变得更加开阔，研究思路也更加清晰了。

我也多次批评过他的长句式。他习惯用长句式，因为他思如泉涌，写作很快，写作能力很强。我对他说，我年轻的时候也爱用长句式，后来一位老师给我提意见，我就非常认真地听取了老师的意见，现在句子越写越短。我觉得句式太长，有时候会导致几种意思重叠在一起，逻辑上出现重复和歧义，还是应该注意清晰化。有时候为了追求表达清晰，不得不放弃复杂性。这一点他也听进去了。

自强有一年曾到美国哈佛大学东亚系进修，师从王德威教授。那一年的学习对他的学业有极大的帮助，他从王德威教授处学到了很多，这对自强的学业是点睛之笔。不只是自强应该感谢王德威教授，我也同样对王教授心存感激。

虽然拖了多年，当我拿到他博士论文出版的校对稿时，我还是很欣喜的。我觉得他的语言更加清晰了，整个叙述思路都很有逻辑性，文字也很洁净。我看到了他对自己的调整，能够见贤思齐，这是一个年轻人的优点。自强偏爱理论，因此他下决心做一部关于理论的博士论文，或许只有研究理论问题才能够让他的能力充分体现出来。

当代文学研究在理论化方面其实是非常欠缺的。虽然我是做理论研究出身的，我的当代文学研究中也包含一定的理论研究，但是对于当代文学的理论化这项工作，我做得仍然不够，某种意义上来说我已经放弃纯粹理论体系的构造。理论化是一项非常艰巨而且要求很高的工作，然而，它也是一项极有意义的工作。龚自强做博士论文的时候提出想要挑战这个有难度的工作，我是支持他的。他的文章从一个非常难能可贵的理论角度切入，探讨当代文学何以会形成其独有的体制、结构、发展态势和美学风格，背后有怎样的动力机制在起作用。这是黑格尔式的研究方法，这种理论化的思考和视野正是目前的当代文学研究所缺乏的。

在这部著作中，龚自强列出了如下几个动力机制，一个是意识形态的动力机制，一个是文学反叛的动力机制，还有一个是市场经济的动力机制。确立这三大动力机制可能是为了把论题集中化。龚自强用的这些概念现在看来比较直接，他写作博士论文距今也有七八年了，语境发生了变化。如果放在今天，我可能不会建议他用如此直接明确的概念。例如"意识形态"可以改为更加理论化甚至更加玄虚的概念。

当然，我们不能否认当代文学的确具有强烈的意识形态冲动，其实西方的文学也是如此。按照西方马克思主义理论家杰姆逊的观点，"永远历史化"就是无意识的结构在起决定性作用，集体无意识的这种冲动本身就会形成一种意识形态。当集体的意识起到决定性的作用，就意味着意识形态的产生。

在中国，情况又不太一样，这个"不太一样"在于意识形态是作为一种显性的动力出现的，它是根据直接的政策宣传，以及直接的理论要求、理论呼吁和理论规范，来建构当代文学的总体性态势，引导当代文学的发展方向。比如"为工农兵服务"的方向，这一伟大的号召以现代性的激进方式推动了现代性文学的人民化、民族化和民主化的历史进程。应该以积极的、肯定性的眼光去理解和阐释当代文学的意识形态动力，事实上，龚自强的论述正是如此。他这种对文学的动力性的研究，在某种程度上契合了卢卡契的历史总体性的思想，可以说是对同一问题的不同理论表述，或者说这是对卢卡契的历史总体性思想进行了中国化的理论性表述。自强选取了赵树理作为分析案例，我认为这一点抓得很准，研究也做得很到位。

本书的第二个论点是当代文学的反叛动力，其实也是创新性动力。创新性动力现在看来比较"好听一点"，但是自强可能觉得"创新性"这个说法太中庸了，不足以表达当代文学变革中这种激进的动力机制。这里有那么多的冲突碰撞和严峻的突围，有那么强大的张力和以先锋派为代表的诸种激进实验，他觉得应该用"反叛"一词来加以表述。他的这部分章节写得很精彩，他敢于挑战高难度，在这种"反叛性"

的表述中，他的阐释充满了理论激情，并且能够以理服人，准确地把握住那些复杂的变革情境。

该著作论述的第三个问题是市场经济的动力机制，这是把握20世纪90年代以后中国文学发展变化的一个重要维度。这个维度的难点在于它也纠缠了意识形态和先锋派文学实验。比如说，先锋派第一套长篇小说丛书的出版就是一个市场化行为。余华的小说得以出版，他得以拥有越来越多的读者，其实也是市场推动力的结果。所以，市场动力和先锋派并非全然矛盾，在这一点上自强的论述有一点不够深入。西方早期的先锋派（即现代派）和市场之间也有合谋关系。比如艾略特的《荒原》，当年首先印制的是精装收藏本，对收藏本进行拍卖、引发价格暴涨之后，再印制简装本投入读者市场。先锋派并非纯粹是反市场的，它一开始就与市场结下了不解之缘。先锋派的确有反市场的一面，它自称"纯文学"，号称"为艺术而艺术"，但是它与市场之间还有更加复杂的关系。

龚自强对中国市场经济的动力学研究开启了一个理论的向度，把这个问题理论化了。我的其他学生，比如刘月悦，也在这方面做了一些很独特的研究。她从美学的角度对市场进行了深入探究，讨论市场如何影响美学的表达，对麦家等作家做了很细致的研究。在我看来，他们可以做一些更为深入的讨论和沟通，互相学习，取长补短，更加有效地推进这方面的研究。

龚自强这部博士论文的出版，是当代文学理论化研究方面的一项重要成果。我个人也是乐见其成的。很多年前，我是做纯理论研究的，我的硕士论文题目是《论文学作品的内在决定性结构——情绪力结构》，后来读博期间我又写成了《本文的审美结构》一书。我深受现象学美学的影响，主要是做静态的研究，与龚自强的《中国当代文学的动力研究》有某些相似的理论取向。但是，自强的研究更可贵，他在历史化方面推进了一步，而且他对文学史语境的注重使他的论题更具有当代史的意义，视野更加丰富，中国化的色彩也更浓重。

总之，我认为龚自强对于中国当代文学动力机制的研究是一个很重要的理论探索，如果能够把动力机制和文本分析、审美分析联系起来，甚至和文学的创新性变革联系起来考察，会更有意义。他今后如果在这方面进行更为深入的挖掘，会有更优秀的成果面世。龚自强是一位理论素养很高的文学研究领域的青年学者，我对他今后的成就充满期待和信心。

2021 年 5 月 20 日

目 录

第一章 绪 论 — 1

第一节 研究缘起 — 3
第二节 基本概念厘定 — 8
第三节 研究现状与研究目的 — 31
第四节 研究规划 — 44

第二章 当代文学的意识形态动力 — 49

第一节 文学与意识形态的关系辨析 — 51
第二节 当代文学与意识形态 — 67
第三节 意识形态动力的总体文学影响 — 80
第四节 文学与意识形态的纠葛
　　　——以赵树理为例 — 89

第三章 当代文学的文学反叛动力 — 107

第一节 文学反叛的含义 — 112

第二节　新时期文学反叛综论 120
　　第三节　文学反叛的极致表达
　　　　——以"今天"诗派和先锋派为中心 143
　　第四节　社会批判与诗学建构
　　　　——以北岛为例 188

第四章　当代文学的市场经济动力 221

　　第一节　市场经济时代的中国文学总论 231
　　第二节　简论人文精神大讨论 257
　　第三节　"小叙事"的降临
　　　　——以新写实小说和晚生代为例 266
　　第四节　俗世里的"综合"大业
　　　　——以王安忆为例 305

结　语　中国当代文学的动力展望 345

参考文献 356

第一章 绪论

第一节　研究缘起

　　有关中国当代文学的一切阐释或研究最后都会触碰到两个根本性的问题：当代文学是怎样的？当代文学为什么会这样？对于前一个问题的回答是目前学界主要的关注点，从中华人民共和国成立后当代文学正式确立为一门学科以来，大量的研究著作均集中于这一点。中国是一个史传传统特别发达的国度，人们乐于通过对文学史的梳理与检点来描述与想象文学所走过的历程，这点无可厚非。再者，一般而言，对于一个对象的研究或阐释总是首先建立在对于它的现状和历史的描述之上，没有对于现状和历史的描述，我们就无法真正走向对于对象本质的把握。然而对现象本身做再详尽的呈现也不能替代对于对象本质的探究，人们对于对象的研究势必一定要推进到第二个层次，才能达成对于对象的真正认识，这就是对于对象本质的探究。循此，对于中国当代文学的研究也势必要走出"描述"的阶段，迈入更为深层的探勘阶段，直面现象背后的深层原因与内在动因，直面当代文学表象背后更为深入的内部风景。

　　中国当代文学有其独特的历史遭际，也有其独特的审美诉求，在深入探究"当代文学为什么会这样"这个问题的时候，我们必须兼顾以下两个方面，从而能够在兼顾文学性与历史化这两个维度的基础上，正确看待中国当代文学：第一，注重对当代文学"文学性"一面的考察。这就要求我们不再将当代文学仅仅视为整个社会进程或政治嬗变的注脚或说明，视为一种更宏大的现代性事物的如民族国家、现代化、全球化等的背景或表征者，而是有相对地尊重文学自身的规定性和历史维度，在文学自身的界限内进行言说。第二，注重对当代文学历史语境的考察。鉴于中国当代文学独特的历史遭际和命运，对于它的更加本质面向的研究势必不能脱离整个20世纪中国的大命运或大形势，这又要求我们必须将中国当代文学放在它的"语境"之中，也就是放在中国20世纪历史，尤其是20世纪后半叶的历史进程中来思考。因此，关于当代文学的言说最终应该是一种"历史化"①的叙事。

对"当代文学为什么会这样"的持续追问，必然导引我们将目光投放到当代文学发展的动力问题上。动力问题不是当代文学本质问题的全部，但对于一个时代文学的研究如果不能深入到对其动力问题的追索与探勘，

---

① "历史化"这一概念来自美国学者弗雷德里克·詹姆逊所著《政治无意识：作为社会象征行为的叙事》一书。他认为："历史不是文本，不是叙事，无论是宏大叙事与否，而作为缺场的原因，它只能以文本的形式接近我们，我们对历史和现实本身的接触必然要通过它的事先文本化（textualization），即它在政治无意识中的叙事化（narrativization）。"（弗雷德里克·詹姆逊：《政治无意识：作为社会象征行为的叙事》，王逢振、陈永国译，中国社会科学出版社1999年版，第26页。）这就是说，历史存在于文本之中，我们对于历史的感知需要借助于文本和叙事才能实现。在詹姆逊这里，历史化和政治无意识是联系在一起的，而一切的历史叙事都内在地包含有"政治无意识"的冲动或蕴涵。这是因为"……所有的文本总是倾向于构成一个一种历史，最终都会进入表达集体想象的体系，都会去建构一种历史图景。'集体'这个概念在詹姆逊那里总是和阶级联系在一起的，因而它必然具有政治性……集体想象的本质就是'政治无意识'"（陈晓明：《中国当代文学主潮》，北京大学出版社2013年版，第19页）。对我们的研究来说，将当代文学看作历史化的叙事，就内在地预示了当代文学在历史当中的丰富面向，也表明当代文学始终在中国政治、经济、文学、社会等各项社会建制的关系网之中存在与发展，并凸显一种"政治性"。

也甚难对本质性问题进行解答。万物生长靠太阳，对万物的研究不能脱离对太阳的探查，尽管对太阳的探查不能说就穷尽了万物的本性。在这个意义上，对于当代作家作品、文学流派、文学思潮的研究在一定程度上都是一种"微观"或"表层"研究，它们只是解释了"当代文学是怎样的"这一问题，或者说主要解决了这一问题，并未触及当代文学的"宏观"（在这里，"宏观"不是指研究架构的表面壮观，而是指研究格局的内在宏大）或"深层"研究。多年以来，人们对当代文学发展动力的认识相当模糊，常常语焉不详，研究者关于当代文学动力的论述常常被包裹在关于当代文学的其他各项研究之中，尤其是各式各样的文学史之中，从未成为一个独立的论题，这不能不是一个遗憾。而动力研究缺失所造成的问题，我们显然已经有所感知，甚至深受其苦。

当代文学的门槛相对现代文学和古代文学较低，这导致每一个人都可以对当代文学"说三道四"，在现代传媒技术如此发达的当今，因此而引起的论战，尤其是骂战常常不可控制。评论家和学者每每力图力挽狂澜，建立起文学批评的话语权和话语门槛，但又因由此造成的批评话语的生涩隔膜而每每面临脱离"群众"之嫌。在诸多文学研究领域内，当代文学研究者遭受的质疑或批评应该算是最多，最严厉的。当代文学研究者的权威广受质疑，一方面是语言革新而带来的文学民主的体现；另一方面也不能不体现出当代文学研究的某种内在问题。在很多业余读者的眼里，导源于以明朗通俗为宗旨的解放区文学的当代文学十分易懂，而现在的文学无疑复杂难解，有故弄玄虚之嫌。面对这样的质疑或疑问，当代文学专业研究者关于当代文学的论述又多停留在描述性的发挥层面，在这一层面上去维护当代文学的成就与荣耀。其情的确可以理解，但仅仅如此，却不去揭开当代文学这种重大差异或变化的深层原因，其论述自然是很难让人信服的。

事实上，近些年来不仅业余读者对当代文学质疑不断，就连专业研究者之间也产生了很大的认知分歧。2009年左右，关于中国当代文学的评价问题①在学界掀起轩然大波，正方反方可谓用尽浑身解数，但遗憾的是并未能取得共识。经此大"战"，关于当代文学评价的分歧依然存在，关于当代文学认知上的分歧仍然存在，甚至更为醒目了一些。这要么说明当代文学已经有能力，也有一定的成熟度去平衡内部的争议声音，是一种学术活跃的表现，要么就说明当代文学的研究其实有很多问题，缺乏一个相对一致的标准，分歧因此无法消弭。本来文学是无定法的，有了标准反而是一个框子，容易导致僵硬，但一个时代的人对一些基本的文学特质的判断

---

① 2009年11月1日，在中国人民大学举行的第二届世界汉学大会最后一场会议上，围绕"中国文学与当代汉学的互动"，与会的学者们各抒己见。在这次会上，北京大学陈晓明教授强调对中国当代文学的成绩应该正视，并认为对中国当代文学的研究中国学者应该有"中国立场"；清华大学肖鹰教授反对陈晓明教授所提出的"中国立场"，认为中国当代文学学者要走出"长城心态"。以此次会议为导火索，此后学界就中国当代文学评价问题辩论甚久，影响甚广。相关论文有陈晓明《对中国当代文学60年的评价》，《北京文学（精彩阅读）》2010年第1期；陈晓明《再论"当代文学评价"问题——回应肖鹰王彬彬的批评》，《文艺争鸣》2010年第4期；吴义勤《我们为什么对同代人如此苛刻？——关于中国当代文学评价问题的一点思考》，《文艺争鸣》2009年第9期；张清华《在世界性与本土经验之间——关于中国当代文学的走向及评价纷争问题》，《文艺研究》2011年第10期；张清华《人文主义与本土经验——如何评价中国当代文学，从肖鹰对陈晓明的批评谈起》，《文艺争鸣》2010年第2期；张光芒《评价当代文学：我们需要的是"中国立场"还是"人类立场"》，《探索与争鸣》2010年第4期；王本朝《历史化与经典化：中国当代文学的评价问题》，《求是学刊》2011年第6期，等等。

应该不会有太大分歧，不至于出现现在这样互相对峙的局面。这必然迫使我们认识深入研究当代文学的必要性。从现象深入到本质去，也就是说，从关于"是怎样的"的争议走向关于"为什么是这样的"的探讨和分析，因此尤显迫切。这就要求我们必须着手开展中国当代文学的动力研究，由此对当代文学的内部症结进行有力探勘。

此外，就文学批评的独立品格的建设而言，文学评论权威性的建立在当代文学领域所面临的压力也许远远大于现代文学与古代文学，这或许受制于当代人的日常用语与当代文学所使用的语言材料的同一，但更根本的原因还在于当代文学相对缺乏比较成熟的研究机制。所谓研究机制，并非指包括决策者、管理者等在内的一套类似文学场的建制，而是指文学研究本身在自身的维度上所达到的那种成熟的在批评与文本之间的良性运作，在这一运作下，文学能够在更深层的意义上得到解释和研究，文学的魅力能够以更有分量的话语给予呈示。要建立这一套研究机制，最根本的任务之一就是去探查当代文学的动力。不是说关于当代文学动力的研究能够凭借一己之力将当代文学研究推进到一个多高、多深的程度，而是说只有将一个时期文学的发展动力探查清楚，我们才可希望对一个时期的文学做更加有分量的种种研究，也才能相应地使得文学评论、文学批评建立在一个比较坚实的地基上。地基不稳，则建筑与房屋就无从谈起。因此，动力研究是当代文学亟待开展的一项基础性研究，理应成为当前当代文学研究的一大要务，势在必行，刻不容缓。

第二节 基本概念厘定

正如韦勒克在区分了"文学"和"文学研究"之后紧接着要做的工作一样,"我们面临的第一个问题显然是文学研究的内容与范围。什么是文学?什么不是文学?什么是文学的本质?这些问题看似简单,可是难得有明晰的解答"[①]。对于中国当代文学的动力研究而言,我们首先要问的可以更加具体一些:什么是中国当代文学?我们在何种意义上使用中国当代文学?何谓动力?动力研究是一种怎样的研究?这些问题由于立场和视野,尤其是思想背景的不同,答案自然千差万别,正因为此,才有了厘定的必要。

一、文学

"文学"作为人类活动之一种,是伴随着人类的诞生而逐渐出现的。关于文学的原始发生,古今中外众说纷纭。关于这点,童庆炳等人的概括比较全面,即文学的原始发生主要包括四种比较有代表性的学说:巫术发生说,宗教发生说,游戏发生说,劳动说。[②] 不同的发生学说隐含了人们对于文学的不同看法。在对于"文学"下定义的时候,人们同样是意见不

[①] [美]勒内·韦勒克、[美]奥斯汀·沃伦:《文学理论(修订版)》,刘象愚等译,江苏教育出版社2005年版,第9页。

[②] 参见童庆炳主编《文学理论教程》,高等教育出版社2004年版,第42—44页。

一，争议很大。这应该跟文学活动本身的两面性有关：文学活动首先是人类社会活动之一，是在一定社会环境下的人类活动的一部分，同时文学活动又是一项比较特殊的精神活动，是一门语言艺术。从口传文学到书面文学，再到目前业已出现的多媒体文学，文学走过了一段可谓漫长的历史，极大地满足了人类对于精神生活的需求，其本身在"艺术本体"的维度上也逐渐确立起自身的意义，从而创造并延续一种独独属于文学的美感。目前对于"文学"的定义主要集中于韦勒克意义上的"内部研究"和"外部研究"[①]这两个范畴。前者着意凸显文学的本体论意义，强调文学的界限，在西方从形式主义一派开始形成气候，新批评、结构主义紧随其后，形成一个庞大的研究阵容。后者着意凸显文学在社会中的"系统"意义，在后者的视野中，文学要么尚未从文明与文化之中分离出来，在文明与文化中只是一个模糊的范畴，其边界常常与其他艺术形式或话语形式交叉；要么与社会其他建制之间有错综复杂的关联，边界常常并不清晰。

我们现在使用"文学"这个概念，是在一种现代性的意义上使用。也就是说，这个"文学"是一个现代的观念。从古代到现代，文学观念经历

---

① 刘象愚在为韦勒克与沃伦合著的《文学理论》所作"代译序"里认为："《文学理论》提出'外部研究'与'内部研究'的分野，是对文学理论的一个贡献。"这可以代表学界的一般声音。所谓"外部研究"，韦勒克主要是在"决定论式的起因解释法"上对其质疑，这些"外部研究"包括作家研究、文学社会学、文学心理学以及文学与其他学科之间的关系等。相比之下，韦勒克提倡或称赞的是将艺术品看成是"一个为某种特别的审美目的服务的完整的符号体系或者符号结构"的研究方法。这样，文学的"内部研究"主要考察文学自身的种种因素，包括作品的存在方式、叙述性作品的性质与模式、谐音、节奏、格律、文体与文体学等。参见［美］勒内·韦勒克、奥斯汀·沃伦《文学理论》，刘象愚等译，江苏教育出版社2005年版。

过一次巨大的转折，才形成目前这个一般性的对于文学的认识和看法。在中国，"文学"一词首见于《论语》，为孔门四科（德行、言语、政事、文学）之一，意指文章和博学。一般通行的文学含义不脱广义的文化含义，诚如章炳麟所言："文学者，以有文字著于竹帛，故谓之文；论其法式，谓之文学。"[1] 也就是说，"文学"指一切在竹帛上书写的文字，无所谓审美与有用之分。在西方18世纪以前，"文学"也主要是在文化的含义上被使用，所不同者大概在于中西文化之发展重心不同，因此"文学"的所指也就略有差异。但在文学观上，同样是奉行一种杂文学观。与此同时，无论在中国还是西方，文学的审美一面的属性也一直在渐渐地被认知。在中国，魏晋时期一般被视为是一个开始"文学的自觉"的时代，曹丕的"诗赋欲丽"一说正体现出对于文学审美属性的发现与确认，而现代意义上的文学观念的诞生则要等到晚清时期，尤其是"五四"新文学运动以后。[2] 在西方，"从16世纪起，诗的审美属性（即'美的艺术'的特性）逐渐得到承认"[3]，直到启蒙运动与浪漫主义思潮最终带来一个解放的文学观念，文学的审美特质才从此独立出来。

所谓文学，主要被视为一种语言艺术，或语言性艺术，虚构性、想象性、创造性是其必要的属性，这样就把文学从一般文化形态中区分开来，也从文化与文明的怀抱中解脱出来，成为一个独立的艺术世界。自产生以来，

---

[1] 章炳麟：《国故论衡·文学总略》，转引自童庆炳主编《文学理论教程》，高等教育出版社2004年版，第50页。

[2] 参见杜书瀛《文学——〈中国大百科全书〉条目之一》，《扬州师院学报（社会科学版）》1986年第1期。

[3] 童庆炳主编：《文学理论教程》，高等教育出版社2004年版，第53页。

现代的文学观念也在不断发展之中，按照一般的约定俗成，现代意义上的文学一般包括诗歌、小说、散文、戏剧。当然，现代的文学观念自从其产生以来，便在不断地质疑当中，关于文学本质的争议依然存在，并一直是文学研究，尤其是文学理论研究的重要一块。即便是这个现代性意义上的"文学"，依然招惹来不绝如缕的质疑之声。这一方面提示人们文学作为语言艺术和人类生活的一种，是多么意涵丰富，"韵味"无穷；另一方面也潜在指示着当人们在言说文学的时候，言说立场和知识背景是多么千差万别。

从古至今，文学已经走过的历程如果从"从业者"的身份来衡量的话，大致经历了一个"低阶层—高阶层—低阶层"的过程。具体来说，文学中的生产者和主要欣赏者经历了一个从平民到贵族再到平民的过程。当然每一个阶段都不是铁板一块，也不是完全严丝合缝地互相衔接，这是在大体上来说的，是就创作和欣赏这两个层面而言的。至于评价层面，也就是文学话语这一层面，宽泛意义上的贵族或者现代意义上的"有产者""有教养者"从未丧失自己的权力。这可能不是马克思主义文论家以及后殖民批评家们考虑自己文学理论批判性的主要原因，但确实应该是其中一个重要动因。从古至今，文学的阶层化都是一个不争的事实，在诉说着文学永远不可能是纯粹的文字与语言的净土，不可能像新批评理论家布鲁克斯所谓"精致的瓮"一样是超然而独立的圣洁之物，而是无时无刻不在与社会其他建制的联系之中，甚至无时无刻不在某种权力结构之中。这就是著名的西方马克思主义理论家与批评家伊格尔顿在对20世纪西方文学理论的考察前首先确立的对于文学的理解。

在对于试图从"内部研究"或"文学本体"的意义上界定文学的种种

观点予以犀利而直指要害的揭穿之后，伊格尔顿不无激烈地说："在由于各种原因而被称为'文学'的一切中，想分离出一些永恒的内在特征也许不太容易。事实上，这就像试图确定一切游戏所共有的唯一区别性铁证一样地不可能。文学根本就没有什么'本质'。"①文学是什么，很大程度上取决于阅读者的意图，在伊格尔顿看来，所谓纯粹的、静止的文学是不存在的，阅读者的意图从来不纯粹也不固定不变。接受美学考虑到读者这一层面，但依然是建立在对于作品的有效解读之上，假定作品是那种约定俗成的语言艺术，遵守约定俗成的文学规约。伊格尔顿的主要意图在于对20世纪西方文学理论进行评述，由此出发，他认为没有"纯"文学批评，而一切评价中"那些局部的、'主观的'差异是在一个具体地、社会地结构起来的认识世界的方式之内活动的"，因而都是一种"政治批评"。据此，伊格尔顿对文学的认识如下：

于是，至此为止，我们不仅揭示了文学并不在昆虫存在的意义上存在着，以及构成文学的种种价值判断是历史地变化着的，而且揭示了这些价值判断本身与种种社会意识形态的密切关系。它们最终不仅涉及个人趣味，而且涉及某些社会群体赖以行使和维持其对他人的统治权力的种种假定。②

---

① ［英］特雷·伊格尔顿：《二十世纪西方文学理论》，伍晓明译，北京大学出版社2007年版，第9页。
② ［英］特雷·伊格尔顿：《二十世纪西方文学理论》，伍晓明译，北京大学出版社2007年版，第15页。

与韦勒克将"虚构性""创造性""想象性"等视为文学的突出特征,因而对文学做一种本质性的归纳相比,伊格尔顿是多么不拿文学的自身特性当一回事啊。韦勒克坚持认为"将文学与文明的历史混同,等于否定文学研究具有其特定的领域和特定的方法。"①大体上他是站在新批评派的立场上来看待文学的。然而,这种对于"作品审美结构内在诸关系"的偏爱,也导致韦勒克的文学观念局限于文学的细部风景,缺乏整体性与历史化的研究视野,从而一定程度上轻看或忽视文学的社会意义,割裂文学与社会其他建制的有效关联。正如论者在评述韦勒克另一部重要著作《现代文学批评史》时所指出的:"没有能给人一种历史演化的观念,只让人看到了许多好的树木,而没有展示出整个森林的全貌及其来龙去脉……"②

伊格尔顿和韦勒克并不是单独的两个人,他们每一个人的背后都有着长长的历史谱系,他们关于文学究竟应该在"外部"还是"内部"来确立自身的意义的争议,其实伴随着现代性意义上的文学之发展始终。文学挣脱了文明、文化、社会意识形态等的束缚,获得自身的独立性价值和意义,这不能不说是文学的一大胜利。但过分抽象地拔高文学的独立意义,使之成为超越"尘世"的完美的艺术王国,也是一种不妥当的认识。其实不管学术界对文学怎么界定,文学的定义都不是一个死板、僵硬、保持不变的固定话语,而是随时可能出现变化。这提醒我们对文学的理解在更多

---

① [美]勒内·韦勒克、奥斯汀·沃伦:《文学理论》,刘象愚等译,江苏教育出版社2005年版,第10页。

② [美]勒内·韦勒克、奥斯汀·沃伦:《文学理论》,刘象愚等译,江苏教育出版社2005年版,第27页。

情况下是一种"时期性"理解。本书在这一意义上使用文学这一定义,对文学的具体理解总体上建立在伊格尔顿式"政治的"大环境下,同时充分重视韦勒克意义上文学的"内部"意义。本书认为文学首先是一门语言艺术,以虚构性、想象性和创造性为根本特征,但文学又无往而不在社会之中,因此不能摆脱某种权力结构、意识形态乃至经济基础的制约,是在这些大环境上的文字发挥。所谓"时期性"的理解,尤其指中国现当代这一时段,指对这一时段文学的理解。20世纪中国文学充满着与社会各建制的纠葛与联系,同时又在自身的维度上一直锐意革新,这意味着我们必须从这两方面的结合中来理解文学在中国当代的意义和命运。

二、中国当代文学

中国当代文学是指在当代这一时期的中国文学,进入当代的起点一般认为是颇具有政治意义的1949年。这一年,新中国成立,新中国文学也即当代文学由此展开,自是理所应当。不过,对于文学的分期来说,一般不可能有一条泾渭分明的确切分割线,文学即便在某些时间体现出一定的变化乃至是十分剧烈的变革,也需要一个相当长的时间去酝酿、去发展,确切的转折点并不好寻觅。时间的断裂论往往需要强有力的政治干预或社会外部力量的介入,这种对于文学历史的分期一般并不按照文学自身的发展规律,而是明显依照某种政治进程来设定。不过,历史问题从来需要历史地去理解,而不是依照某一个强有力的观点去力图穿透历史地带,从而创造一种叙事话语。就中国当代文学来说,政治情结是一个过于浓重的情结，在那个特定的时期，如此标示中国文学从现代到当代的进展及转折，也有一定的合理性。既然文学不仅仅是一种自律性的艺术形式，而且是在一定社会语境下存在的他律性同样明显的社会建制之一种，我们也就能够理解何以当代文学要以如此明确的、斩钉截铁的方式去确立自己的起点。

  洪子诚认为："在中国大陆，'当代文学'的提法，最早出现在50年代后期。"[①] 这时候"当代文学"这个指称还没有正式出现，但是文学界权威机构和批评家已经开始用一些"可与'当代文学'互相取代的用语"来描述1949年以后的中国文学。[②] 历史地看，对于"当代文学"的命名，同时是对于"新文学"概念的抛弃和对于"现代文学"概念的引入。历史从来是以后来者作盖棺定论的叙事，历史根本上都不能逃脱后来者的叙述。新中国成立了，必然要有一种新的文学与之对应，因此当代文学在最初的语境中更确切的含义应是"新中国文学"。在确立这一新的文学时期时，毛泽东作于抗战时期的《新民主主义论》等著作，成为重要的依据。经过一批文学史家和文学批评家的共同阐释，"新文学"逐渐对位于"新民主主义文学"，中华人民共和国成立后的新中国文学则对位于具有更先进意义的"社会主义文学"。某种程度上，"现代文学"[③] 的引入反而是在"当代

[①] 洪子诚：《中国当代文学史》，北京大学出版社2007年版，第1页。

[②] 如邵荃麟《文学十年历程》(1959)、茅盾《新中国社会主义文化艺术的辉煌成就》(1959)、周扬(《我国社会主义文学艺术的道路》(1960)等。转引自陈晓明《中国当代文学主潮》，北京大学出版社2013年版，第3页。

[③] 陈晓明在谈论这个问题时，认为："'新文学'被'现代文学'替代，是抹去了'新文学'的革命性标志，将它限定在'旧民主主义'和'新民主主义'的范畴内，而'当代文学'则获得了'社会主义革命文学'的含义。"陈晓明：《中国当代文学主潮》，北京大学出版社2013年版，第3页。

文学"的概念被使用之后，才日渐进入研究者的视野和思想里的，历史果然是从后向前推，才更加容易理解。这样的叙述暗示了中华人民共和国成立以来的新中国文学的先进性，虽有一定的政治考虑，但它其实也是当时人们的一般性认识，是对于这种社会一般认识的总结与概括，因此也有其历史的合理性。正如洪子诚所说："'建国以来'的文学与'五四'的新文学在性质上的区别，以及'建国以来'的文学是更高的文学阶段的判断，在50年代已成为不容置疑的观点。"[1]按照钱理群等人的看法，中国现代文学以"1917年1月《新青年》第2卷第5号发表胡适《文学改良刍议》为开端，而至于1949年7月第一次全国文学艺术工作者代表大会在北京的召开"[2]。顺应这一逻辑，中国当代文学的确切起点应该为1949年7月第一次全国文代会的召开。正如胡风新中国成立后一首诗的题目"时间开始了"所昭示的一样，以1949年中华人民共和国成立为界限，中国人民的集体愿望与对民族国家的想象达到一个顶峰，以此作为中国当代文学的起点，自有其不可替代的价值与意义。但这样直截了当地以新中国的成立来确定当代文学的起点，也给后来的当代文学研究带来一些问题，其中最为突出的应是如何叙述"延安文艺"的问题。无论从何种意义上看，延安文艺都是当代文学的直接源头和最初尝试，将其放入"现代文学"的范畴，实有不妥。

　　海外学者王德威对于晚清现代性的倾力发掘已经证明了过于直接的文

---

[1] 洪子诚：《中国当代文学史》，北京大学出版社2007年版，第2页。
[2] 钱理群、温儒敏、吴福辉：《中国现代文学三十年》，北京大学出版社1998年版，第1页。

学分歧所可能带来的遮蔽与掩盖，按照王德威的论述，"众声喧哗"的晚清现代性到了五四运动之后被生生压抑下去，尽管有民族救亡的紧迫感相逼，但不能不说那样的把握文学的方式仍因有悖于文学发展的自然事实，而不能不带来相应的解释和研究上的偏颇。①有鉴于此，部分研究者认为，在社会主义文学的内在逻辑里去重新梳理中国当代文学，当代文学的源头应该大致可确定为毛泽东发表《在延安文艺座谈会上的讲话》的1942年。②从一个时间直接挪至另一个时间，这无疑体现了研究者研究"权力"的强大，但如果我们深入考察中国当代文学的发展时机，也理应看到如以1942年作为中国当代文学的起点，当代文学作为一个整体才真正更像是一个逻辑性的整体，有开端，有发展，有高潮，有转折。③

除了一定的政治考量之外，从现代的"新文学"到当代的"当代文学"，贯穿始终的是一种现代性的意识或眼光。首先是在新与旧的对立之

---

① 参见［美］王德威《被压抑的现代性——晚清小说新论》，宋伟杰译，北京大学出版社2005年版。
② 孟繁华在《民族心史：中国当代文学六十年》一文中认为："……延安时代的文艺实践，为我们提供了在'新文化猜想'指导下创作出来的最初的范本……进入共和国之后，'战时'的文艺主张被移置到和平时期，局部地区的经验被放大到了全国。社会主义雏形时期的文学终于在社会主义时代被全面推广。因此，当代文学的发生，应该始于40年代初期的延安革命文艺。当代文学的基本来源，同样是延安时期的革命文艺。"参见孟繁华、程光炜、陈晓明《中国当代文学六十年》，北京大学出版社2015年版，第3页。
③ "当代文学其实是在三四十年代左翼文学与延安时期解放区文学的基础上发展起来的，后者在文学观念的建构、文学队伍与制度的建设等方面都为新中国当代文学的发展建立了大部分基础。所以，如果一定要……为中国当代文学寻求起源，那么，这个源头就在延安，在毛泽东的《在延安文艺座谈会上的讲话》。"参见陈晓明《中国当代文学主潮》，北京大学出版社2013年版，第5页。

间的时间意义上的新,其次是在新与旧对立之间的价值判断上的先进。在当代中国乃至晚清以来的中国,政治——更多情形下表现为"革命""战争""建设"等——乃是现代性最为典型的体现,20世纪中国文学因此自然是一项现代性的事业,志向远大,道路坎坷。这些都只有以1942年作为当代文学的起点,才能讲得通透、完整。

谢冕在为《百年中国文学总系》一书所写的总序里认为:"中国百年文学是中国百年社会最亲密的儿子,文学就诞生在社会的深重苦难之中……由此出发的文学自然地形成了一种坚定的观念和价值观……不论是救亡还是启蒙,文学在中国作家的心目中从来都是'有用',文学有它沉重的负载。"[①]诚哉斯言!20世纪中国在列强侵略、军阀混战、抗日战争、国共内战、社会主义建设的进程中走过了自己崎岖而悲壮的历程,在此不可拒绝的命运里,中国文学不能不感染上战斗的精神,不能不在某些情况下放弃或者减弱对于艺术自律性的追求。海外学者夏志清所谓"感时忧国"的文学题旨的概括,在20世纪中国可能完全是一种文学心声的抒发。田间的那首诗歌《假使我们不去打仗》则很能说明整个20世纪中国的现状。中华民族在整个20世纪都有一种危机意识,这种意识先是体现为在列强侵略与压迫之下亡国灭种的风险,后来则是在现代性的意义上感到自己在线性时间上,同时也是在"进步—落后"这样的世界结构里"落后就要挨打"的风险。扬眉吐气的新中国的成立,社会主义建设的展开,改革开放的实施等都是在"进步—落后"这样的世界结构里追求进步的必要实

---

① 谢冕:《辉煌而悲壮的历程》,载李书磊《1942:走向民间》"总序一",山东教育出版社1998年版,第1—3页。

践。这的确是一个世纪的情绪和心结。① 正如钱理群、黄子平、陈平原在1985年对一个世纪做回望时所认识到的那样："政治压倒了一切，掩盖了一切，冲淡了一切。文学始终是围绕着这一中心环节而展开的，经常服务于它，服从于它，自身的个性并未得到很好的实现。"② 这就是中国当代文学的历史语境，是它生存和发展的大背景。我们对于当代文学的研究，无法脱离这个历史语境。可以借用詹明信那句有名的话来概括我们对于20世纪中国文学或者中国现代以来的文学的总体认识："第三世界的文本，甚至那些看起来好像是关于个人和力比多趋力的文本，总是以民族寓言的形式来投射一种政治：关于个人命运的故事包含着第三世界的大众文化和社会受到冲击的寓言。"③

这样，中国20世纪文学从其诞生伊始，就已经是现代性大业的必然构成，主动要去背负现代性的重任。"我们现在理解的现代性是指启蒙时代以来，'新的'世界体系生成的时代，在一种持续进步、合目的性、不可逆转地发展的时间观念影响下的历史进程和价值取向。现代性的本质就是使人类的实践活动具有整体性、广延性和持续性。"④ 正是在晚清以来西

---

① 比如，程文超认为百年来中国的现代性叙事集中体现为民族主义和启蒙理性这两个元叙事。参见程文超主编《新时期文学的叙事转型与文学思潮》，中山大学出版社2005年版，第3页。
② 钱理群、黄子平、陈平原：《二十世纪中国文学三人谈·漫说文化》，北京大学出版社2004年版，第17页。
③ [美]詹明信：《晚期资本主义的文化逻辑》，陈清侨等译，生活·读书·新知三联书店2013年版，第429页。詹明信也即弗雷德里克·詹姆逊（Frederic R. Jameson），不同的译者对这个名字译法不同。
④ 陈晓明：《中国当代文学主潮》，北京大学出版社2013年版，第17页。

方列强的入侵下,中国文学的现代性焦虑成为挥之不去的世纪情结。在这个意义上,我们可以看到,中国当代文学在现代性的道路上有一个不断激进化的过程,到"文革"文学这种激进化达到登峰造极的程度。此后随着改革开放的逐步深入,文学的意识形态①含量逐步缩减,现代性的失落或反复也反过来给文学不小的冲击。

一方面是对于现代性的追求,一方面是血与火的洗礼与考验,是深重的苦难,是因落后而来的焦灼,20世纪中国文学就是在这样的语境中才有它真实的面影。中国当代文学是在抗日战争的背景下发端并成长起来的,反帝反封建是它最初鲜明的旗帜,也因此从成长伊始就浸淫了浓浓的政治气息。但也应该看到,在历史的彼时彼刻,政治气息正是最为典型的生活气息和社会气息,是每一个国人每日呼吸的生命气息,要求中国文学在这样的时刻保持什么文学的自主与自律,实在是有些求全责备了。一部分当代文学研究者认为新时期之前的中国当代文学乏善可陈,文学几乎没有容身之所,正是这种不顾历史事实的求全责备的体现。在他们眼里,新时期文学与"五四"文学有直接的血脉和精神联系,二者均以启蒙为核心价值观,以人的解放为根本宗旨。虽说时至今日启蒙在中国依然是一项未竟的

---

① 意识形态,特别是政治意识形态,在本书中一般是指1942年以来的革命、战争与建设新中国等一系列国家行为及其观念化形式,可以指围绕其中的观念性表述、思想体系,也可以指根据实际制定的政策、方针、战略,具有强大的心理整合、形成认同和社会动员功能。对于特定时期中国文学来说,也就是强调阶级斗争,强调表现工农兵,强调写作的立场问题,强调文艺是革命事业的一部分等。在合适的界限内,意识形态无疑推动了当代文学向中国作风中国气派的方向迈进,并取得丰硕成果,但超过了合适的界限后,文学问题便不能不被放在政治或意识形态问题的尺度下来研判,从而限制当代文学的发展。

事业，但将社会主义文学的整个壮阔而瑰丽的经验与实践，统统用"文学性"的标准予以贬低，却也还是一种过于偏激的做法，实际上显示出这部分学人对于文学的某种更加武断的判断，暴露出对中国20世纪文学的历史境遇缺乏基本了解的重大知识缺陷。理解中国当代文学，始终不能脱离现代性和"血与火"的20世纪中国这样两个基点。我们看待文学的成功与失败，文学的正道与歧途，当代文学与我们的时代和我们每一个人的联系等都要建立在这两个基点上。

20世纪90年代以来，中国的社会面貌大大改变，文学刚从"载道"的现代性压力下脱身，几乎没有经过多长时间的自由呼吸，就又被消费主义的巨手擒获。90年代以来，当代文学遭遇到前所未有的危机，但又确实有机会踏踏实实走自己的道路。人文精神大讨论以及关于后现代、后殖民的讨论都已经表明当代文学已经进入一个不同的时代语境之中，当代文学越来越进入一种失序的状态，无法找到一个准星。但在这样的纷乱无序中，文学又真正能够深入到千家万户，深入到每一个写作者那里。一方面，"我们的文学必须超越'五四'先驱者规定的'现代性'的话语，必须要在新的中国'和平崛起'的历史语境中提供新的想象，必须和新时代对话和沟通。没有这种新的改变，文学不会有活力……"[①] 另一方面，我们也应该反省文学被意识形态撑满究竟是不是文学的基本要义，在时移势迁的新时代里，"退去了意识形态的宏大外表，文学可以以更本真的方式与我们发生关系，文学写作可以成为个人精神的延伸……文字可以与生命

---

① 张颐武主编：《现代性中国》"导言"，河南大学出版社2005年版，第11页。

联系在一起,可以与个人的内在体验融合在一起"①。毕竟是难得的文学的"盛景"。透过当代文学纷繁复杂的表象来看,当代文学其实依然在现代性的意义上确立其意义,挥之不去的诺贝尔情结并没有因莫言在2012年获得诺贝尔文学奖而有丝毫的松懈。这一切表明:一方面,在一个全球化或球域化的时代里,文学不止与某一特定地域相联系,而是可以与全球各国的文学取得一种想象性或实际上的联系。世界文学的背景依然在"先进—落后"的层面上言说,并给予当代文学不小的压力。另一方面,中国当前的经济发展、社会发展和政治进步等都依然是当代文学展开的必要前提,文学机制、国家战略等都可能是文学发展或变化的潜文本。没有脱离时代的文学,文学也不可脱离时代而存在。但我们也能看到,无论是在多么逼仄的发挥空间里,文学都可以置之死地而后生,在有限的空间里腾挪转移出无限的风味和创新,保持生生不息的、不死的文学火种。

20世纪90年代中后期以来,当代文学遭遇前所未有的危机,王蒙所谓"文学失却轰动效应"的说法直指问题的核心。现在能够看出所谓的"危机",不过是文学回到自身的一个症候。对于一直以来生活在文学与社会现实——对应的想象关系里的人们来说,这一切还需要时间去适应,以更新对于文学的认识。市场经济的勃兴强有力地形塑了90年代以来的文学环境与文学"市场",随之兴起的消费主义文化和以互联网为中心的新媒体等,不仅使得传统意义上的文学日渐边缘化,也催生了一些新的文学种类,极大地改变了当代文学的存在方式与形态。感此情景,文学已死的

---

① 陈晓明:《不死的纯文学》"自序",北京大学出版社2007年版,第3—4页。

惊呼此起彼伏。其实所谓文学已死，应该更主要的是指一种特定类型的文学的丧失，或者更清楚地说，是一种特定文学观念的过时，大可不必大惊小怪。文学更加分化并不就是文学的末日，而更可能是文学发展的新的起点。考虑到当代文学的日渐分化，当下的中国文学大致可以分为网络文学、类型文学、"纯文学"三大类。① 只是到了20世纪90年代以后，传统文学受到严峻冲击的时候，"纯文学"这一概念才被越来越广泛地使用，用以说明一种有着严肃创作追求的文学作品。考虑到围绕"纯文学"所产生的诸多争议②，笔者在有些时候用"严肃文学"来代替"纯文学"这个表

---

① 参见张颐武《网络文学与纸面文学》，《中华读书报》2008年7月23日；《当下文学的转变与精神发展——以"网络文学"和"青春文学"的崛起为中心》，《探索与争鸣》2009年第8期。这两篇文章仅仅区分网络文学与纸面文学，青春文学，后来张颐武在其博客里的一些文章里逐渐将当下文学划分为网络文学、类型文学、纯文学三块。

② 《大辞海·中国文学卷》对"纯文学"所下定义强调"区别于哲学和历史等著作""区别于纯粹消遣、娱乐为目的的通俗流行文学""艺术格调较高，思想内容丰富深刻，在表现形式上多所探索"等方面。参见夏征农主编，章培恒等编著《大辞海·中国文学卷》，上海辞书出版社2005年版，第5页。就中国当代文学来说，传统文学一般被认为是纯文学，只是到了20世纪90年代中后期，文学分化的趋势较为明显之后才需要特别标明"纯文学"的所指。有关"纯文学"问题更多的讨论参见陈晓明《不死的纯文学》，北京大学出版社2007年版；毕光明、姜岚《虚构的力量：中国当代纯文学研究》，社会科学文献出版社2005年版等。《上海文学》2011—2012年就"重说'纯文学'"所发表的一些文章（重要的有李陀、李静：《漫说"纯文学"——李陀访谈录》，《上海文学》2001年第3期；南帆：《空洞的理念——"纯文学"之辩》，《上海文学》2001年第6期）有很大反响。另外，陶东风、李松岳：《从社会理论视角看文学的自主性——兼谈"纯文学"问题》，《花城》2002年第2期；贺桂梅：《"纯文学"的知识谱系与意识形态——"文学性"问题在1980年代的发生》，《山东社会科学》2007年第2期；李云雷：《如何扬弃"纯文学"与"左翼文学"？——底层写作所面临的问题》，《江汉大学学报（人文社科版）》2006年第5期等文章也各有分量。

述，以避免争议；但依托"纯文学"这个概念，毕竟已经建立起一些有关当代文学的事实性讨论，形成一些观念性认识，因此在有些时候，笔者也使用"纯文学"这一提法。综上，本书对20世纪90年代以来中国当代文学的探讨，主要聚焦"严肃文学"。相比于网络文学与类型文学，"严肃文学"更加强调和凸显文学的严肃追求，不以金钱、娱乐、消遣等为宗旨。虽然网络文学已经渐成气候，类型文学也盛极一时，但它们毕竟更可以在"文化工业""青年亚文化"，尤其是顺应时代而发展了的通俗文学等意义上来讲述自己，因此尽管它们无疑是当前文学领域比较显明的部分，本书仍不得不将之放一放，待尘埃落定之后再去评述。更确切地说，本书认为，只有在对90年代以来"严肃文学"书写谱系的考察中，中国当代文学自1942年以来将近80年的历程才形成一个起承转合的连贯整体，也才能真正将对中国当代文学将近80年历程的动力考察落到实处。

三、文学的动力研究

《辞海》对"动力"的定义指向两个方面：一为"可使机械运转做功的力量，如水力、风力、电力、热力、畜力等"，一为"比喻推动事物运动和发展的力量"。[①] 第一个意义是指一种物理性质的力量，也是一种外部力量，外部力量作用于一个对象，能够导致一些变化的发生，这就是动力。第二个意义是第一个意义的延伸，从物理世界中走出来，"事物"可

---

① 辞海编辑委员会编纂：《辞海》，上海辞书出版社2001年版，第463页。

以指物理性质的,也可以指精神性质的。这里所谓动力,还是一种外力,只不过不是纯粹物理性质的力量,而是可以包括任何能够推动事物运动和发展的力量,包括思想力量等。物理学上的"动力学"以研究物体受力时机械运动状态变化的规律为目的,而"动力"就是那个导致运动状态变化的原因或力量[1],可见"动力"是导致受力者发生相应的变化的力量。就我们日常生活的经验来推断,"动力"本身也在不断变化之中,或者说"动力"的属性中包含有不停变化的意思。

亚里士多德对动力的看法包藏在其著名的"四因说"里。在《物理学》,尤其是《形而上学》等书中,亚里士多德对事物本体的探索借由对既往哲学史的概括、归纳及批判性继承来完成。对事物本体的探索是亚里士多德哲学的必要一环,他给予哲学史上对于"原因"的探讨以"大一统"的概括,从而对"原因"规定了四个意义,这就是著名的"四因说"[2]。哲学史上一般认为亚里士多德对前人探索的概括是全面的,亚里士多德本人也认为对"原因"的探索不会超出这四因,"……凡是要探求事物的原因,都必须求此四因,或在四因中求取若干因"。"动力"必然是原因的一种,因为"动力"必然要引起一种变化,如果没有发展和变化,也就无所谓动力了。亚里士多德将质料因——事物的构成材料——看作是最次要的,因为它最为被动。与质料相对的,亚里士多德对其他三因做了一

---

[1] 参见辞海编辑委员会编纂《辞海》,上海辞书出版社2001年版,第463页。
[2] "(一)是事物所由形成的材料,这通常也就是我们所说的质料因;(二)事物的形式或模型,也就是形式因;(三)变化或停止变化的初始因,也就是动力因;(四)事物之所以为事物的目的,也就是目的因。"翁绍军:《〈形而上学〉论稿》,中西书局2014年版,第24页。

个提炼,"……进一步把形式因、动力因和目的因归结在一起总称为'形式',因为在他看来,形式、动力、目的这三种原因常常合而为一"①。这样,一个事物就由质料和形式的组合而构成,缺一不可。一个事物的原因常常是四因不停变化的动态组合。就一个雕塑来说,青铜是它的质料因,雕塑者则是它的动力因。亚里士多德的四因说有助于我们更好地理解"动力",动力也就是那种推动事物在质料或形式方面发生变化的力量。如果说质料是偏向于内容的变化的话,形式则偏向于精神的变迁、思想的更迭。②毕竟,在亚里士多德那里,最为纯粹的形式就是"神",这不是宗教意义上的"神",而是一种本体论意义上的最后本体,是事物生灭变化的最高原因。

由"动力"含义的这一延伸,我们可以说"动力"的本质特征是引起变化,这种变化或者是属于由"质料"引申出来的事物内容方面的变化,或者是属于由"形式"引申出来的事物形式方面和精神方面的变化。一般来说,引起事物发展变化的力量又分为内力和外力两种,二者的区别主要在于是否改变研究对象的运动状态。内力是"研究对象内部各部分之间的相互作用力,它不改变研究对象整体的运动状态",外力则是"其他物体

---

① [古希腊]亚里士多德:《形而上学》"导读",张维编译,北京出版社2008年版,第11页。

② 虽说亚里士多德总结四因的目的是要从事物的本身来探讨事物产生和存在的根据(这也是他为何不肯承认柏拉图先于他采用目的因一说的事实的原因,参见翁绍军《〈形而上学〉论稿》,中西书局2014年版,第25—26页),但哲学家的伟大之处可能就在于他接近自己目标的同时也创造了更多的真知灼见,这些真知灼见可能在某些时候还更加闪光。四因说中,质料因、形式因、目的因都直接来源于事物本身,但动力因来自外部,所谓最高的形式的"神"也是一种外部的力量。这给了本书相应的启示。

对研究对象的作用力",因而"改变研究对象的运动状态"。[1]如此来看,本书所谓"动力"主要指外力,是看待动力如何从外部影响对象的发展变化,这变化既包括内容方面的变化,也包括形式方面和精神方面的改变。动力研究,顾名思义,就是对这种起到动力作用的外力的研究。在更具体的语境里,本书所谓动力的作用方式有些近似于中国进入现代历史的特定方式——"冲击—回应"[2]模式。"冲击—回应"模式并非单一去强调外部的冲力,它也看到中国内部的各项力量的集结与变化,但这些变化的根本契机或动力在于西方国家的外部冲击。与此相似,动力研究并非忽视对于促成对象发展变化的内因的梳理与探研,而是重在看到外力对于促成对象变化发展的根本性推动,并聚焦于在这种起到动力作用的外力的推动下,对象如何激发其自身的能动性,从而最终实现"巨变"。

值得注意的是,本书所谓动力研究并非单纯研究"动力"本身,考虑到动力促成对象发展变化的动态特性,动力研究除对动力本身做相应探究之外,更着力于对于动力作用于对象的那种动态过程进行探究,从而达成整体研究的目的。这也是"动力学"的内在要求。"动力学"在牛顿力学中的含义为"研究力学系统受力情况及其运动变化的关系。牛顿力学定律,三个基本定理……以及相应的守恒定律等都属于动力学的范畴。力学

---

[1] 中国百科大辞典编委会编:《中国百科大辞典》,华夏出版社1990年版,第853页。
[2] "我们认为,决定中国如何回应西方的因素并非外来,而是产生于中国社会的内部。由于中国社会中存在着惰性力量,故西化的进程只停留在表面,当外界压力增大时中国便暂时做出应对,危险过去后则依然故我。"[美]费正清:《中国:传统与变迁》,张沛、张源、顾思兼译,吉林出版集团有限责任公司2008年版,第230页。

系统可以是质点、质点组、刚体、流体等等，相应地有质点动力学……"① 不难看出，动力学侧重于对象受力的过程及其动态变化等进行探究，力量的变化瞬息万变，但却又有其一定的规律，这就要求动力研究必须既注重对象的动态变化，又注重将动力作用于对象的全过程作为一个整体。② 只有从整体出发，动力研究才能见出真正的成效。

所谓文学的动力研究，就是将上述这种注重过程与动态变化的动力研究应用于文学领域。这意味着它主要考察的是文学的外力如何在一种"冲击—回应"模式下推动了文学的发展变化，这当然包括在这种外力的推动下，文学自身萌生的种种内在变革能量。文学的动力研究着眼于外力的冲击，或者说着眼于以何种方式外力冲击了一个时期的文学，对于文学的发展变化产生了什么或隐或现的影响。这种"冲击—回应"模式不仅强调冲击者一方的动力本身的探究，也不仅仅去探究被冲击者——一个时期的文学或某些文学创作者、接受者等——所受到的冲击及其结果，更着眼于看待这种冲击的过程。因此，动力作用于特定时期文学的过程及其动态变化是这一研究的重点。更具体来说，文学的动力研究侧重探究起动力作用的外力对于特定时期文学的整体影响，包括文学环境、文学风尚、文学禁忌

---

① 中国百科大辞典编撰委员会编：《中国百科大辞典》，中国大百科全书出版社1999年版，第1187页。

② 在心理学上，整体研究是指："将个体的心理及心理发展作为一个整体加以研究的取向。强调在生态环境中进行观察、实验，将个体心理视为一个更大系统中的子系统，研究个体心理发展不同阶段的主要矛盾、活动结构、认知与社会性结构，以及个体心理发展的层次、序列、水平。其主要特征是整体性、结构性、动态性……"夏征农、陈至立主编，杨治良等编著：《大辞海·心理学卷》，上海辞书出版社2013年版，第523页。本书对于整体研究的理解以此为主要参考。

等，尤其是那些落实在文本中的容易辨识或不易辨识的文本内容、文本特征与审美追求等。文学作为一种有审美内涵的语言艺术，一直不能逃脱各种外力的冲击，却又一直要保持自己的那种"文学性"，动力研究对这一冲击过程、双方关系的变化以及一些微妙的情势变化感兴趣，并试图通过这样的研究对于一时期的文学与其他社会建制的关系勾勒一幅更加细致、更加有意味的图画。

在这个意义上，首先，文学的动力研究区分于文艺心理学。文艺心理学主要是关于文学艺术创作活动和欣赏活动中的心理现象的研究。作家的创作动力或文艺欣赏当中的欣赏心理或动力不可谓不关键，但动力研究的着眼点并不在于这种创作动力或欣赏心理与动力本身，而是在于在何种外力以何种方式直接或间接"冲击"下，这些创作动力或欣赏心理与动力才成为如此这般。因此，一般文艺心理学的范畴和概念在动力研究中就退居了次位，或者不再重要。

其次，文学的动力研究应摒弃简单的决定论，在特定动力与特定时期的文学之间建立简单的决定论图式。自从形式主义批评诞生以来，关于文学的批评呈现出前所未有的众声喧哗的局面。现在再要单纯地说文学只需要做外部研究或内部研究就可以穷尽文学要义，很可能只能让人可怜其无知。自形式主义批评诞生以来，各式各样的文学理论的产生使得我们关于文学的理解无比深入也无比宽泛，伊格尔顿用"政治的"一词概括所有这些批评，也只是试图在理论预设或意识形态基础上对它们作一总体归纳。那还不能说是对于当代批评本性的定义，只能说是一种权宜之举。我们生活在一个如此开放的文学时代，虽然在特定的时空限制下，人们对于文学或文学批评都有一种"因地制宜"的理解和界定,但不得不承认当今时代关于文学或文学批评,人们不是因为知道得更少而困惑,而是因为知道得更多而迷惑。这也赖时代所赐。在这个意义上,在研究文学与外部力量之间的关系之时,简单的决定论和因果论的确是无法再登台了。正像新批评派大家韦勒克所说:"……研究起因显然绝不可能解决对文学艺术作品这一对象的描述、分析和评价等问题。起因与结果是不能同日而语的;那些外在原因所产生的具体结果——文学艺术作品——往往是无法预料的。"[1]保持着文学本体论的韦勒克尽可能胸怀宽大地包容这些"对文学外在因素的研究方法",并且认为"在各种着重起因的不同研究方法中,以全部的背景来解释艺术作品的方法,似乎还好一些,因为把文学只当作单一的某种原因的产物,几乎是不可想象的"[2]。韦勒克所着力反对的只是那种决定论式的起因解释法,它往往"试图把某一系列的人类活动和创造孤立地提出来,作为决定文学作品的唯一因素"[3]。不管韦勒克以这种"决定论式的起因解释法"为靶子将文学的外部研究攻击得多么不堪,他这一番话的意义是不容忽视的。

文学的动力研究必然是对于诸多动力的通盘考察,动力之间的动态平衡也是其中一项重要内容。但完全否认动力与文学之间的决定或影响关

---

[1] [美]勒内·韦勒克、奥斯汀·沃伦:《文学理论》,刘象愚等译,江苏教育出版社2005年版,第73页。

[2] [美]勒内·韦勒克、奥斯汀·沃伦:《文学理论》,刘象愚等译,江苏教育出版社2005年版,第74页。

[3] [美]勒内·韦勒克、奥斯汀·沃伦:《文学理论》,刘象愚等译,江苏教育出版社2005年版,第73页。

系，也是不妥当的。在"冲击—回应"模式的意义上，本书倾向于认为动力与文学之间存在确切的影响关系，正是不同的动力的存在推动了不同时期文学的某种向度的发展或变化。正像韦勒克所说，本书对文学的动力研究将动力作为一时期文学"全部背景"的某种提炼来看待，也就是说，为了论述的方便，本书对于一时期文学的考察着力于凸显一种动力因素，用这个动力因素表征一个时期的文学"全部背景"。各种动力因素之间并非互相排斥的关系，而是始终维持一种动态的平衡。对于一个时期文学与一种动力的对应关系的设置，只是为了论述的方便。本书始终认为各种动力因素之间是互相联系的，一个时期的文学与一种动力相联系，并非仅与这唯一的动力相联系，而只是表明在这一特定的时期，这一种动力因素成为凸显在外的、主要的、富有生命力和生产性的动力。

第三节　研究现状与研究目的

对于文学动力的研究一直以来未有界限分明的研究，文学动力常常被混杂在文学史、文学思潮、文学流派、文学影响等论题之下，未曾得到独立的研究地位。一般情况下，一时期的文学发展变化很难说仅仅与一种文学动力有关，这是很难将文学动力分明化研究的主要障碍和疑虑。文学的发展变化既要从外因如社会变迁、政治变化和经济发展等方面找原因，所谓"文变染乎世情，兴废系乎时序"，也要从文学内部寻找原因。就后一方面来看，西方形式主义批评诞生以来的诸种学说已经将文学内部研究发展为一门博大精深的学问，比如著名的加拿大原型批评家就认为文学的发展不过是像四季的更替一样遵循的是一种循环规律，而循环就是文学发展的动力。当然人们对于文学发展的外因和内因的认识也多种多样，有十分不同的理解，但无论哪一种理解，都无法否认文学发展变化的原因是一个综合作用力的结果。如果不单独将文学动力研究抽取出来，而是在一个综合作用力或综合力场的视野下来看待既往的文学研究，前人已经就文学的动力研究做出了非常独到的发现和非常伟大的创见。如文学反映论就潜在地预示了文学发展的基础和动力来源于"模仿"，来源于对于"现实"的如实描写，等等。

本书考察的主要是在"冲击—回应"模式基础上导致一时期文学发展变化的那种"凸显在外的、主要的、富有生命力和生产性的动力"，这种研究固然内在地包含了对于文学发展变化内因或内力的关注，但更强调对于一时期文学主要外力的探查。对外力如何作用于一时期的文学（包括作家、读者、文学环境等），以及推动文学发展变化的过程和其间的力量变化等作出相应的描述与批评。从这个角度上来看，现有的文学动力方面的研究之作基本上是空缺的，这也潜在地构成了本书的写作前提。

一、文学理论领域关于文学动力的诸种言说及其偏差

在文学理论领域，关于文学动力的言说可谓异彩纷呈，各执一词。首先，动力研究聚焦于文学发展变化的研究，因此与文学发生学有所区别。文学发生学的种种学说对于解释文学如何产生自然有其价值，一定程度上

推动文学"发生"的力量与推动文学"发展变化"的力量有重合和延续，但这只能成为我们对于动力研究的一个参照和背景，我们的关注重心在于文学的发展变化，而非其发生。其次，动力研究侧重于对于外力与文学之间的"冲击—回应"过程的研究，区别于对创作动力的研究。对创作动力的研究可能是文学理论较为明显地运用"动力"去解释文学的尝试。"创作冲动"是"艺术家由创作欲望激发起的一种强烈的、勃发性的精神状态，是艺术家创作动机的情绪表现方式……它是一个感于外而动于中的心理过程，是客观现实与主观心理状态的有机结合"。[①] 这里强调"感于外而动于中"，很近似于钟嵘《诗品序》所说："气之动物，物之感人，故摇荡性情，形诸舞咏。"[②] 可以看到，对于创作动力的考察基本上属于文艺心理学[③]的范畴。适当借鉴文艺心理学的相关成果有助于将对于作家的创作及其动力之间的研究推向深入，但这种更加偏向作家心理的动力研究也常常唯作家是尚，容易流于作家心理决定论。正像韦勒克的担忧一样，我们担忧"……作家能否真正成功地把心理学体现在他的人物和人物的关系之中……""即使我们假定一个作家成功地使他的人物的行为带有'心理学的真理'，我们仍可提出这样一个问题：这些'真理'是否具有艺术上的

[①] 中国百科大辞典编撰委员会编：《中国百科大辞典》，中国大百科全书出版社1999年版，第785页。
[②] 钟嵘：《诗品注》，陈延杰注，人民文学出版社1961年版，第1页。
[③] "它丢开一切哲学的成见，把文艺的创造和欣赏当作心理的事实去研究，从事实中归纳的一些可适用于文艺批评的原理。它的对象是文艺的创造和欣赏，它的观点大致是心理学的……"这是朱光潜解释他的书为何不叫《美学》而叫《文艺心理学》，可由此推知文艺心理学涉及的内容。参见朱光潜《文艺心理学》，安徽教育出版社1996年版，"作者自白"，第1页。

价值？"①的确，作家的心理学不能等同于作家笔下的艺术世界里的心理学，双方是否是直接的一一对应关系，仍有待于探讨。即便在一些作家那里能够发现二者是正相关的，我们也仍可以在其他作家那里发现二者是负相关的，因此作家创作时的心理驱动力与本书所指文学动力大有出入。

就推动文学发展的力量、因素等而言，文学理论给出的答案因为侧重点不同而有很大不同。中国文学理论界一般侧重于对马克思主义文艺观的接受，认为在一定社会里，经济基础决定上层建筑，而文学属于上层建筑里的社会意识形态之一种，因此经济基础是文学发展的最终决定因素。"最终"是马克思主义文艺观在文学发展上的科学之处，"最终"不是直接，也不是同步，因此马克思主义文艺观同样反对将经济因素看成决定文学发展的唯一的和直接的力量的观念，并强调艺术生产与物质生产的不平衡现象的普遍存在。恩格斯说得最为明白："政治、法律、哲学、宗教、文学、艺术等等的发展是以经济发展为基础的。但是，它们又都互相作用并对经济基础发生作用。并非只有经济状况才是原因，才是积极的……这是在归根到底总是得到实现的经济必然性的基础上的相互作用。"②这种文艺观非常具有阐释力，在具体的论述中，社会发展常常可以与经济基础替换，被视为决定文学发展的同一种力量的不同表述。如果将经济基础看成一种物质力量或物质条件的话，尚有其他的物质决定论。著名的如法国

---

① [美]勒内·韦勒克、奥斯汀·沃伦：《文学理论》，刘象愚等译，江苏教育出版社2005年版，第98—99页。
② 《恩格斯致瓦·博尔吉乌斯》(1894年1月25日)，[德]马克思、恩格斯《马克思恩格斯选集》(第四卷)，中共中央马克思恩格斯列宁斯大林著作编译局编，人民出版社1995年版，第732页。

人丹纳所提出的"三要素说",认为种族、环境和时代三要素决定了文学的发展。丹纳意义上的"种族"偏向自然主义的天生和遗传的种族特性,"环境"则主要指自然环境,如地理、气候等,"时代"则倾向于"时代精神","这种理论过分看重自然因素,而对社会因素则重视不够……根本没有触及社会发展的最根本的因素——经济因素。所以这也不是一种完善的理论"。[1]

很多研究者注意到人在文学发展中的作用。这又分为两种情况:在第一种情况下,文学的发展变化被视为一个人或几个人的力量推动的,因此属于伟大人物推动历史前进这一说法的延伸[2],但此说显然没有重视所谓伟大人物都是时代的产儿,因此文学的最终发展仍要受制于特定的时代环境;在第二种情况下,文学首先被认为是受经济基础/社会发展制约,"社会现实是文学的基础,社会发展是文学发展的外部条件和原因"[3],继而又认为社会发展对文学发展只是一种间接的、非决定论的影响,人的发展才是其中的关键。"社会发展推动了人的发展,而人的发展是文学发展的直接动力和原因;社会发展只是文学发展的间接动力和外因。"[4]

---

[1] 吴中杰:《文艺学导论》,复旦大学出版社2010年版,第276页。
[2] 吴中杰在"个人决定论"的文学发展观里,举出胡适之、陈独秀等与文学革命的关系来说明问题。他认为,"我们不能否定胡适、陈独秀对于'五四'文学革命有发起之功,但是,当时之所以能形成一个轰轰烈烈的新文化运动,那是因为我国有了新的经济成分,形成了新的社会力量,形势已经不允许旧文化和旧文学再继续束缚人们的思想,非有一个彻底的文化革命不可了"。吴中杰:《文艺学导论》,复旦大学出版社2010年版,第275页。
[3] 杨春时:《文学理论新编》,北京大学出版社2007年版,第105页。
[4] 杨春时:《文学理论新编》,北京大学出版社2007年版,第106页。

也有不少人尝试摆脱经济基础/社会发展或人的因素，而从文学本身寻找其发展的动力。著名的有加拿大批评家诺斯罗普·弗莱的"循环说"和黑格尔的"理念说"。在弗莱看来，文学史上的作品可以分为四类，分别对应于一个季节，文学作品的发展变化就像四季更替一样，循环往复。而黑格尔则"将文学艺术的发展视为绝对精神或'理念'自身演化的结果，认为文学艺术发展的每一个阶段都是理念自生发、自发展、自认识、自实现的特定环节……推动艺术的三种历史类型发展演变的动力是理念的精神内容与物质的表现形式之间的矛盾……"①

到底是经济基础/社会发展、人还是文学自身推动了文学的发展，在理论上可能是一个各有所信的谜团。动力研究不排除对这三者的全盘考察，也会注目于社会、文学、人之间的复杂辩证关系，因为文学的发展动力从根本上来说不可能由单一的因素决定，而是一种恩格斯意义上的"历史合力"②的结果。当然，动力研究更侧重考察历史合力之中的来自文学外部的力量，这就是以经济基础/社会发展为指称的外力。在"冲击—回应"的意义上，没有冲击，就无所谓回应，这是本书立意的一个基础。

---

① 姚文放：《文学理论》，江苏教育出版社2007年版，第100页。
② "历史是这样创造的：最终的结果总是从许多单个的意志的相互冲突中产生出来的，而其中每一个意志，又是由于许多特殊的生活条件，才成为它所成为的那样。这样就有无数互相交错的力量，有无数个力的平行四边形，由此就产生出一个合力，即历史结果，而这个结果又可以看做一个作为整体的、不自觉地和不自主地起着作用的力量的产物……每个意志都对合力有所贡献，因而是包括在这个合力里面的。"参见[德]恩格斯《致约瑟夫·布洛赫》，载[德]马克思、恩格斯《马克思恩格斯选集》（第四卷），中共中央马克思恩格斯列宁斯大林著作编译局编译，人民出版社2012年版，第605—606页。

二、以"文学动力学"命名的两项研究

目前可见以"动力学"命名的文学研究书籍比较早的大概是1968年牛津大学出版社出版的美国批评家诺曼·N.霍兰德（Norman N. Holland）所著《文学反应动力学》。这是一部精神分析学派的书，基本上属于对文学进行内部研究的著作。在霍兰德看来，首先，文本是一个自足的客体；其次，文学的意蕴需要读者的反应的参与，一定程度上可以说，没有读者的反应的参与，就没有具体的文学作品。无疑，这种批评也可以大致归为接受批评一派。"要从作为对象的文本进入到我们对作品的主观体验，这就要求有一种心理学——我选择了精神分析心理学，因为它将主观的心理状态看成是它的素材。就我所知，唯有这种普通心理学在分析内心体验时其详细和精确程度可以和新批评家对文本的分析相媲美。"[1]准此，霍兰德将一本书看成"一种心理的过程"，这个过程主要的工作是"将无意识幻想内容转化成统一的有意识意蕴"。换个说法，也就是"我们读者将书（或笑话）中体现的心理动力吸入我们自己的心智中去。我们将它内摄，因为它给予我们快感。"[2]霍兰德认为一本书不仅有有意识内容，还有无意识内容，读者反应动力学就是探讨这些无意识内容如何转化为有意识内容，从而真正作用于每一个读者的。他将内摄过程划分为三个部分，这就是动力学研究的内容：幻想、防

---

[1] ［美］诺曼·N.霍兰德：《文学反应动力学》"原序"，潘国庆译，上海人民出版社1991年版，第9—10页。

[2] ［美］诺曼·N.霍兰德：《文学反应动力学》"中译本序"，潘国庆译，上海人民出版社1991年版，第2页。

御（或形式）及意蕴。"幻想是赋予文学转化以动力的能量，因为它直接源自我们的性内驱力及攻击性内驱力……在日常生活中，我们的心智通过压抑作用、否认作用、逆反作用、升华作用等防御机制将本我的原始内驱力转化为社会或个人能够接受的行动；同样在文学中，形式将幻想朝着可接受的意蕴转化。"①霍兰德认为这一动力学的阐释方法既可以用于作品与读者之间的相互作用，也可以用于作品与作者之间的相互作用，因此打开了广阔的批评空间。应该说霍兰德这种专注于文本的内在机制的批评颇有启发意义，我们重视其将文学动力研究视为一种心理过程的那种交互性和动态性，但也认为精神分析的一些概念毕竟将文学研究在一些基本机制的统摄下限于一种无时间感的阴影之中。动力研究应当是对于一种动态的研究，更应该关涉更加广阔，涉猎更加广泛，超出单一的精神分析的限制。

对霍兰德的文学反应动力学有所推进的是以色列特拉维夫大学的孟纳赫姆·佩里（Menakhem Perry）教授。在其1979年发表的一篇题为《文学动力学：文本顺序如何产生意义》的论文里，佩里阐述了自己对于文学动力学的构想。②比之于霍兰德，佩里除了坚持关注文学形式本身的动力学之外，还去除了其中精神分析的因子。佩里对于文学动力学的研究主要

---

① ［美］诺曼·N.霍兰德：《文学反应动力学》"中译本序"，潘国庆译，上海人民出版社1991年版，第2—3页。

② Menakhem Perry, "Literary Dynamics: How the Order of a Text Creates Its Meanings with an Analysis of Faulkner's 'A Rose for Emily'", Poetics Today, Vol.1, No. 1/2, 1979, Special Issue: Literature, Interpretation, Communication, pp.35-54, 311-361. 这篇文章最早用以色列语于1973年写成，1974年发表。英语版本做过一些调整，自1976年开始着手翻译。

基于文本的实现，因此他十分看重文本的阅读过程是线性的这一事实。我们必须一行一行地读下去，不可能一下子读很多行，也不可能从后往前读，这样，文本实现的顺序就极大地制约着文本被阅读的效果。佩里由此出发探讨了两种文学动力的驱力类型：一种是以模式为本的驱力（model-oriented motivation type），一种是以修辞为本的驱力（rhetorical-oriented motivation type）。大致上说，以模式为本的驱力类型，文本的实现受制于文本的顺序是否符合一个文本之外的模式，这个模式可以是一切文本之外的东西，社会的、政治的、心理的等；而以修辞为本的驱力类型，文本的实现主要从文本本身获得，文本的展开顺序控制阅读的进行，引导读者读出某些意义，放弃另外一些意义。佩里的文学动力学依然强调读者和作品，更加偏重形式主义的分析，将文本看作一个自足的整体。但他的研究一则抛弃了有原型驱动力的精神分析学，二则一定程度上引入了文本之外的力量介入文学阅读（其关于以模式为本的驱力的描述），因此有其独到之处。无论是霍兰德还是佩里都把动力学看成是一个动态的过程，虽然强调文本的形式主义内涵，但都不僵死地孤立文本，因此对于我们主要从文本之外进行动力研究既提供了契机，也提示了陷阱。

三、杨义关于中国文学的动力原理的论述

在古代文学领域，杨义一直致力于重绘中国文学与文化地图，这建立在他对于中国文学整体性的新的理解上。所谓重绘，就是试图将以地域或民族来划分的少数民族文学、边地文学，以载体为划分的口头文学等纳入

到文学的版图中来,从而在"多元文化起源"的理论辐射下对于中华民族文学有一种更加全面和客观的呈现。据此,杨义认为中国文学的动力原理在于中原文化与边缘文化的互动互补,"中原的先进性带动边缘的发展,边缘的丰富性补足了中原的缺陷"。相比于被认为已经阐释相对充足的中原文化,杨义尤其强调边缘文化的活力,并认为那是中国文学与文化能够持续发展的不竭动力:"……边缘的活力,对于中国文化的格局和生命力具有本质的意义。当中心文化发生僵化和失去创造力的时候,往往有一些形质特异的、创造力充溢的边缘文化或民间文化崛起,使中国文学开拓出新的时代文体和新的表现境界,从而在文化调整和重构中焕发出新的生命力。"[①]杨义对于这一动力原理的论述有一个后续的不断增进的过程,这是比较自觉地使用"动力"作为考察文学的一个视角的尝试,在学界引起强烈反响,但也因为这是一项架构甚大的文化工程,其对于文学动力的强调其实更偏向于边缘文化对于中原文化的互补,更偏向于文学的文化含义,很多细致的工作需要再行研究。

四、当代文学目前与文学动力有关的研究概述

就中国当代文学的动力研究来说,目前尚无专门的、明确的以动力为题的研究论著出现。

[①] 杨义:《重绘中国文学地图——杨义学术讲演集》,中国社会科学出版社2003年版,第94—95页。

中国是一个史传传统甚为发达的国度，中国当代文学史①的写作一直是当代文学研究最为壮观的显学。关于中国当代文学的动力研究大多数都被笼统地包含在这种文学史的书写之中。中国当代文学研究的拓进或深入开展其实一直有待于从对于文学史的狂热信仰之中解脱出来，文学史处理的从来都是综合的、宏大的主题，这对于亟待由广入深的当代文学研究来说，实在是一个不小的障碍。从王瑶的《中国新文学史稿》（上册，1951；下册，1953）到唐弢主编的《中国现代文学史简编》、黄修己的《中国现代文学发展史》，中国当代文学的动力之源可以上溯至现代文学史的相关建构。新时期以来，从"当代文学"命名以前的以"新中国文学""建国以来的文学""社会主义文学"等为名的文学史的书写到1960年山东大学中文系编写组编写第一部以"当代文学"命名的《中国当代文学史》，中国当代文学史的书写从来都是热点，未曾稍降。罗列这些几乎难以计数的关于中国当代文学史的写作似乎没有必要，我们在意的是正是在这些对于文学史的建构之中，中国当代文学的动力逐渐得到越来越显著的揭示。看看较为著名的洪子诚所著《中国当代文学史》（1999，2007），陈思和所主编《中国当代文学史教程》（1999），陈晓明所著《中国当代文学主潮》（2009，2013）就知道，那里几乎包含了关于中国当代文学动力的最为精彩的见解。洪子诚的"一体化"思想，陈思和对于"民间"的发现，陈晓明对

---

① 这包括那些以"中国当代文学……史"为圆心的各种各样的文学史著作，可以是思潮、流派、批评、阅读等，无一例外地，在这里有一种宏大叙事的情结，通过对于历史的整体观意义上的条分缕析，尤其是现代性意义上的把握，中国当代文学的各项研究可以说都被涉猎了，但又不得不说一切其实尚未开始。

于现代性与历史化一体两面的深刻阐释等，都可谓对于整体把握中国当代文学的历程有直接而明朗的效果，也体现出一代代学者对于中国当代文学归纳概括的努力。尽管在一个后现代已经不再新鲜的语境下，人们有理由对于文学史抱持怀疑的看法，"文学史从来都是政治史和权力史"[①]的看法也越来越成为一种常识，文学史作为一种铭刻历史同时书写现在的实践毕竟仍有其积极意义。但后见之明也刚好能够促使我们更新对文学史的"迷信"，提醒我们：文学史以及内蕴在文学史之中的那种整体性的宏大叙事，并非就是历史的本质和文学的本来。我们的文学研究因为有此认识，方可走入更加细致入微的层面，做更为深入扎实的研究工作。

就对中国当代文学的动力研究来说，以中国当代文学史为模板或启示录的研究方向几乎是我们对于动力研究的唯一现存的方向，这样的动力研究掩埋在对于大历史的叙事之中，是散态的，或者说是综合的，因为综合而不能专一。不能说那里没有对文学动力的研究，但确实也不能分明地真切地看到当代文学的动力以及文学动力与当代文学尤其是当代作家之间复杂的辩证关系。

从强调整体研究和动态研究来看，对于中国当代文学文学场、文学机制等的研究与动力研究有相通之处。布迪厄针对法国19世纪下半叶"文学场"的形成提出其"文学场"理论，这是在现代机器大工业生产的背景下产生的一种文学生产理论。布迪厄强调文学场对于经济场、政治场等的反抗，文学场正是在对于它们的反抗之中逐渐确立起来的。在文学场的内

---

① 孔庆东：《国文国史三十年1》扉页，中华书局2011年版。

部，则是一个各方力量不断变化的斗争关系，这些力量包括文学生产机构、文学价值认定机构和文学的直接生产者等。文学场虽然反抗政治场和经济场，但又受制于它们，文学场所获得的自由度与三者之间的关系的此消彼长有直接关系。这是一个很有阐释能力的理论。政治场和经济场对于文学场的影响不能不让人想到文学动力对于文学的影响和作用，"场"这一概念确实也激活了更加澎湃的力量和更加广泛的方面，虽说是一种"折射式"的影响和作用，对我们的启发依然很大。邵燕君所著《倾斜的文学场——当代文学生产机制的市场化转型》[1]运用文学场理论研究当代文学的市场化转型，对于市场化转型的论述让人耳目一新。但文学场视野下的文学研究几乎抛弃了对文学本身的考察，或者说即便对文学本身有所考察，也只是将其作为文学机制的一部分，或文学场的一分子。对于文学机制的研究[2]也有这一问题，对于文学机制的揭示肯定更加有利于我们对于当代文学的研究之深入，但过分强调文学机制论也似乎有碍于对文学进行"文学"意义上的研究。

文学场和文学机制的存在都不妨成为进行动力研究的必要前提和背

---

[1] 邵燕君：《倾斜的文学场——当代文学生产机制的市场化转型》，江苏人民出版社2003年版。

[2] 洪子诚、孟繁华、程光炜等都曾涉及文学制度研究，参见洪子诚《问题与方法——中国当代文学史研究讲稿》，生活·读书·新知三联书店2002年版；孟繁华、程光炜《中国当代文学发展史》，人民文学出版社2004年版；杨匡汉、孟繁华主编《共和国文学50年》，中国社会科学出版社1999年版。专门做现当代文学制度研究的著作有王本朝《中国当代文学制度研究（1949—1976）》，新星出版社2007年版；王本朝《中国现代文学制度研究》，西南师范大学出版社2002年版；张均《中国当代文学制度研究（1949—1976）》，北京大学出版社2011年版；等等。

景,但在这一背景上展开的动力研究是更加"文学"的研究。在意的是动力影响发展的那种过程,落脚点在文学之上。由此,动力研究区别于文学场的研究和文学机制的研究。

综上,动力研究是矗立在当代文学研究门槛上的基本研究,目前基本上处于空缺状态,是时候对其做一可能性的接近了。

第四节 研究规划

本书共分为第一章绪论、第二章、第三章、第四章与结语五个部分。具体结构如下:

绪论引入话题,交代研究缘起,对当代文学研究从"是怎样"向"为什么是这样的"进一步思考的结果必然导致对当代文学发展动力的探究。对"文学""中国当代文学""文学的动力研究"等概念的梳理不仅意在界定本书持论的准确性,更是对现代性意义上的中国当代文学之动力研究做一基础性的知识清理。绪论同时对在"中国当代文学的动力研究"这一主题上的既往研究做详细梳理,从而在辨"别"中将本书的论旨更加清晰化和明确化。最后指出,作为中国当代文学的一项基础研究,中国当代文学的动力研究势在必行,也必将对于中国当代文学研究的深化和继续推进大有裨益。

现代性在中国现代以来的具体展开过程使得中国当代文学的动力有迹可循,因此现代性理论对于本书的写作不可缺少。尽管当前学界对现代性的看法不一,但不可否认的是,中国20世纪文学的现代性问题是20世纪中国文学的一个重要问题。如汪晖所说,"如果我们不只是把文学的现代性问题仅仅视为文学叙事的技巧,而且把这种现代性问题视为整个现代社会和文化变迁的一个组成部分,那么中国文学的现代性问题就是一个极具潜力的研究课题"①。作为一项现代性的事业,20世纪中国文学始终不能离开中国现代性的具体展开过程来单独谈论。现代性的展开过程与中国的国情与历史有深厚联系,因此谈论中国当代文学的动力,不能不在中国当代国情和历史的基础上来谈论。

在当代文学研究界,围绕当代文学的研究与评价,出现了相当严重的分裂认识,分歧主要集中在对20世纪50—70年代文学与新时期文学差异的认识上。之所以这样,其中一个重要的原因,正是不能在现代性的意义上,从整体上历史化地探查当代文学。本书致力于动力研究,试图从意识形态动力、文学反叛动力、市场经济动力介入当代文学的研究,实际上是想对这种差异做一历史化的描述与分析,并将之纳入当代文学的独特道路之中,予以整体化把握,从而消弭所谓的"分裂"认识。在本书的视野里,当代文学是一个统一的、不可分割的、互相承继的整体。它的发展是一个前后相继的历史过程。在这个意义上,若要认清1942—1976年当

---

① 汪晖:《我们如何成为"现代的"?》,《中国现代文学研究丛刊》1996年第1期。准此,汪晖勾勒出中国文学"现代性"问题的一些基本问题,如线性的时间观念,文学语言的变革,文学的语言问题与中国作为一个现代民族国家的建立之间的联系,中国文学对于现代性的复杂态度,文学形式背后的历史和意识形态内容等。汪晖的概括说明在现代性观念支配之下的中国20世纪文学是中国文学的"现代"时期,作为20世纪中国文学的一部分,中国当代文学不可避免地处在现代性的支配之下,而其动力因素也必须从中国现代性的具体展开及其展开过程中的巨大张力之中找寻。

代文学的本来面目,就不能不对贯彻其中的意识形态动力进行探查,正是意识形态构成这一时期文学的突出特征,推动其向前发展,也在极端化时呈现不可避免的问题。若要认清1976—1989年当代文学的本来面目,就不能不对贯彻其中的文学反叛动力进行探查,只有这样,才能看到"文学反叛"时期,也就是新时期中国当代文学的"桥梁"意义。它并非"文革"的断裂,而是"文革"推进至极端之后的必要反拨和继续发展。毋庸置疑,"文学反叛"曾经有力地推动了当代文学的发展,但也因为拘泥于反叛而渐渐偏离现实甚至离开现实,从而遗留给当代文学很大的问题。同时,若要认清20世纪90年代以来当代文学的本来面目,就不能不对从最终的意义上决定其发展、造成其恐慌的市场经济动力进行探查。在全新的时代里,中国当代文学面临全新的境遇,唯有抓住市场经济这根主弦,我们才能真正把握这一时期文学的进与退、得与失。

尽管意识形态动力和文学反叛动力一直存在于当代文学之中,市场经济动力某种程度上更可说是文学发展进程中从不鲜见的"经济驱动"的显影,本书还是在立足于对中国当代文学历史化考察的基础上,认为就总体情况来看:意识形态动力尤为明显地推动了1942—1976年的中国当代文学的发展,文学反叛动力尤为明显地推动了1976—1989年的中国当代文学的发展,而市场经济动力尤为明显地推动了1990年以后的中国当代文学的新变与发展。在这个意义上,1942—1976年的中国当代文学与意识形态动力息息相关,意识形态构成这一时段中国当代文学的主要动力。同理,文学反叛动力在新时期文学中体现为巨大的冲击力,从当代文学的整体来看,1976—1989年的中国当代文学最具有反叛能量。市场经济动力则构成20世纪90年代之后中国文学的主要背景，并对这一时期的中国文学构成强劲冲击，当然也带来全新可能。

尽管有所区分，本书始终认为当代文学的这三种动力之间是互相联系的，同时起作用的。一个时期的文学与一种动力在论述中取得较为明确的联系，并非表明这一时期的文学只有这唯一的推动力量，而只是表明在这一特定的时期，这一种动力因素成为凸显在外的、主要的、富有生命力和生产性的动力，成为不能忽视的文学发展变化的"推动者"。不消说，意识形态动力、文学反叛动力、市场经济动力（经济动力）其实是推动文学发展的一般力量，无论本书是否特意将之显明，它们实际上都是一直伴随中国当代文学的发展始终的。

第二章聚焦当代文学的意识形态动力，对1942—1976年这一时段的当代文学做整体考察，重在揭示意识形态如何突出地构成了这一时段文学的某种动力，推动了一些崭新形态的文学样式的出现，推动了文学向前发展。这一时段的中国文学无疑距离中国"政治"很近，这是后来人们质疑它的地方，但也正因为与意识形态之间错综复杂的联系，这一时期的文学获得了它的理想信念与鲜亮底色，自有它的纯真、自信与独特品格。意识形态推动了这一时期文学的发展，这个过程远比人们想象得要更为复杂，更为曲折。本章立足于揭示意识形态作为一个时期文学发展动力的那种复杂性。以赵树理为例所做的阐释，将这一复杂性推向具体化。

第三章聚焦当代文学的文学反叛动力，对1976—1989年这一时段的当代文学做整体考察，重在揭示新时期以来，文学反叛如何突出地构成了这一时段文学的某种动力，推动了文学的某些革新与发展。文学反叛表征了在"世界文学"的格局下，当代文学强烈的求新求变的渴望，同时也典型体现了在"文革"文学之后，当代文学多么渴望拥有一种新颖的、不同的、注重艺术探索精神的文学。在特定的历史语境下，文学反叛有其一定的正义性，但走向极端后也产生了不可估量的损失，作为这个时期文学发展的主要动力，它有其必然的见与不见。本章重点对此做出探讨。

第四章聚焦当代文学的市场经济动力，对1990年以来的当代文学做整体考察，重在揭示20世纪90年代以来，市场经济如何突出地构成了这一时段文学的某种动力，在给当代文学带来冲击迫使其边缘化、低俗化、消费化的同时，也推动当代文学产生新变与发展。90年代以来，文学进入一个无中心的文学时期，这是一个从未遭逢过的文学时期。这是一个开放的时代，但在某些方面却也更加保守了；这是一个自由的时代，但在某些方面却也更加无所适从了；这是一个多样化的时代，但在某些方面却也更加单一乏味了。在当代文学史的意义上，市场经济所带来的文学祛魅以及日常生活叙事的发现，个人化立场的浮现等都迥异于此前的文学。在某种程度上，市场经济成了这一时段中国文学发生发展的基本背景，功过皆很明显。

结语重点探讨21世纪以来中国当代文学的动力可能——互联网等新的媒介。这一时期，市场经济依然作为基本的动力存在，中国当代文学依然在市场经济法则之下向前推进。重在揭示互联网等新媒介带给当代文学的可能性和危机。在这一意义上，可以将互联网等新媒体的出现视为中国当代文学未来可能的动力来源，但直到现在，它并未动摇市场经济动力的基本格局。未来究竟如何发展，尚不可预知。

第二章

当代文学的意识形态动力

本章将在 1942—1976 年的中国当代文学范围内，考察当代文学的意识形态动力。1942—1976 年，中国当代文学从草创到确立规范到规范逐渐僵化，经历了几多风雨几多变迁。但其中一个不变的主题则是文学与意识形态之间剪不断理还乱的关系。考察这一时段的中国文学，不可能离开意识形态去自说自话，意识形态不仅形塑了这一时期中国文学的想象视野，而且从根本上推动了中国文学的发展，构成文学发展的动力。一方面应该看到在现代性的意义上中国当代文学不可避免地要与意识形态发生千丝万缕的联系；另一方面也应该对这一构成当代文学发展动力的意识形态做辩证分析，这就是要看到意识形态与中国当代文学之间错综复杂的"压力/动力"式辩证关系，从而更为客观地看待中国当代文学在意识形态动力之下的得与失。

第一节 文学与意识形态的关系辨析

对文学的含义，向来有从外部去看和从内部去看两种思路。两种思路下的文学，其含义是大相径庭的。无论是伊格尔顿式的"政治的"文学所揭示的文学的"外部"特性，还是韦勒克更为钟情的"内部研究"视野下所呈现的文学的"内部"尺度，都对理解文学的复杂性有所增益。后殖民批评已经昭示出，一个人的种族、阶级、性别乃至地域等，对于其认识一个"客观"事物所能产生的影响之巨大。这也提示人们，文学并非有一个本质性的含义，或者说文学所谓的本质性的含义都是一系列立场和观点交锋之后的"强硬"界定。但从"哲学"意义上对文学定义的无解，并非就导致对"文学"的现实意义上的无解，只要抛开那种本质主义的思想包袱，就能看到眼前的广阔天地。本书认为，文学是一个"时期性"的概念，所谓时期性，并非说文学的含义随着时间而改变，而是说在靠近或接近一个时期的文学之时，应该在那个时限之内去理解文学，这样才会对那一时期文学有一个比较确切的基本理解。从这一意义出发，本书对文学的考察始终不脱离中国当代的历史语境，也不脱离"中国"这一大环境，是针对中国当代文学的言说。

正是站在中国当代文学的坚实地面上，在考察意识形态[①]的时候，才不能脱离开马克思主义文论做空谈。在对中国现当代文艺学总体格局的基本估价中，谭好哲认为20世纪中国的文艺理论分属于三个不同的理论系统[②]，而这三个理论系统中，中国古代文论并未能实现其现代转型，而真

[①] 意识形态的确切含义，兴许永远也无法界定，专门梳理"意识形态"不同含义的季广茂如此感慨："'意识形态'毕竟是20世纪西方思想史上内容最庞杂、意义最含混、性质最诡异、使用最频繁的范畴之一。不仅在不同的时代，而且在同一时代不同的人那里，都具有不同（甚至截然相反）的含义……给'意识形态'下定义是极其困难的事情。"季广茂：《意识形态》，广西师范大学出版社2005年版，第1—4页。

[②] "从思想观念和话语形式上大致分属于三个不同的理论系统：一是中国古代文论系统，二是西方（主要是欧美）文论系统，三是马列文论系统。从历时态看，本世纪中国文论经历了自古代文论系统到西方文论系统再到马列文论系统这样一个不断的否定而趋向新的阶段的辩证发展过程。"谭好哲：《文艺与意识形态》"绪论"，山东大学出版社1997年版，第2页。

正构成20世纪中国文论内在结构性张力的是西方文论与马克思主义文论。站在马克思主义文论的阐释者的立场上,谭好哲进而认为,即便是西方文论与马克思主义文论之间有持续的张力与摩擦,尽管二者的力量常常此消彼长,"但就实际的影响和对文艺现象解释上的有效性看,总体上的优势无疑是在马克思主义文艺理论一面的。因此,概括地说,本世纪中国文论的发展史,主要就是马克思主义文艺理论由输入到传播到取得话语主导权,并不断做出努力巩固与发展这种主导权的历史"[①]。谭好哲站在正统马克思主义文论建设者的角度发言,他所指出的确实是一种历史事实。马克思主义文论自十月革命以后传入中国,其在中国大地上的发展历程也的确表明了它是适合中国现实的。这种文论顺应了中国的社会与政治变革,是与中国现实共振的。反封建反殖民的历史重任,几乎是一下子让马克思主义文论成长为与中国文学之现实形势与历史责任相契合的文论类型,从而受到青睐。马克思主义文论论证的严密性和辩证性,强烈的战斗性和实践性等都极为有力地振奋了中国文论界。真实性问题、典型环境中的典型性格问题、倾向性问题、阶级性、党性等马克思主义文论所提出的问题,对于20世纪中国文学来说,十分具有针对性,因此迅速产生了无远弗届的重大影响。对于彼时的中国人来说,马克思主义文论不啻为一种最好的理论,它给文艺所描绘的美好蓝图就像马克思主义给人类社会所描绘的美好蓝图一样震撼人心。意识形态正是借助马克思主义文论的传播,才逐渐成为中国当代文学绕不过去的一个重要议题。

[①] 谭好哲:《文艺与意识形态》"绪论",山东大学出版社1997年版,第2页。

一、马克思、恩格斯、列宁对意识形态的论述

"意识形态"这个词是马克思在批判性地继承前人的基础上提出来的,这主要是指以特拉西为代表的法国意识形态学派和以黑格尔为代表的德国古典哲学。"意识形态"来源于希腊文,本来的意思是"观念学",或者"观念的科学",法国人特拉西最早使用这个词,并因对于意识形态在哲学意义上的阐释而成为意识形态学说的创始人。"特拉西所谓的'意识形态'是一个中性概念,意指'观念学说'(doctrine of ideas)或'观念科学'(science of ideas),其使命在于研究认识的起源与边界、认识的可能性与可靠性等认识论中最为基本的问题。"[1]特拉西注重感觉在观念学里的意义,论证了意识形态何以是"哲学上的基础学科",又何以是"社会的理论基础"[2],但在特拉西这里,意识形态还仅仅是一个哲学认识论范畴内的事物。

黑格尔的《精神现象学》作为一部研究"精神现象"的著作,也是对于意识形态的研究。在黑格尔看来,一切精神现象都是"意识",而每一个精神现象——意识发展的每一个阶段——都是一个意识形态[3],这是在

---

[1] 季广茂:《意识形态》,广西师范大学出版社2005年版,第27页。
[2] 谭好哲:《文艺与意识形态》,山东大学出版社1997年版,第26—27页。
[3] 贺麟、王玖兴认为在黑格尔那里,"……精神现象学也就是意识形态学,它以意识发展的各个形态、各个阶段为研究的具体对象。用辩证方法从发展观点来研究意识形态,这样就把意识形态学与意识发展史结合起来了"。参见贺麟、王玖兴《译者导言:关于黑格尔的〈精神现象学〉》,载[德]黑格尔《精神现象学》"译者导言",贺麟、王玖兴译,商务印书馆1979年版,第23页。

"意识"的层面上切入意识形态。① 由此出发，黑格尔将艺术、宗教、哲学等都看作意识形态，这给马克思很大启发。在意识形态理论的发展史上，一般认为黑格尔的《精神现象学》是重要的突破之一。

虽然最初仅仅是作为一个哲学意义上的概念出现，但人们对于意识形态的理解一般更加偏向于其所具有的政治和社会意义这一端，更加偏重其实践意义。这与马克思对意识形态的阐释不无关系。换句话说："'意识形态'一词虽然最早是由特拉西创造的，但真正改变其命运的却是马克思。"② 而纵观马克思与意识形态结下的不解之缘，马克思主要是在"虚假意识"③的意义上来看待和批判"意识形态"的（包括但不限于其著名的"德意志意识形态批判"），从而赋予意识形态以新的实践性的、社会性的内涵。

在《德意志意识形态》里，马克思、恩格斯创立了自己的意识形态学说。在对青年黑格尔派和费尔巴哈历史观的批判中，马克思、恩格斯建立起以生产关系和生产力的矛盾为历史发展动力的唯物主义历史观。在此历史观的观照下，意识不再是单独发展的，而是受到物质的极大制约；社会存在决定社会意识，而不是社会意识决定社会存在，更不是什么抽象的思想、观念、概念或"爱""友情"等推动了历史发展。"人也具有'意

---

① 参见谭好哲《文艺与意识形态》，山东大学出版社1997年版，第3页。
② 季广茂：《意识形态》，广西师范大学出版社2005年版，第35页。
③ "从社会学的角度看，意识形态的虚假性来自特定阶级的利益——在它公正无私的外表下面掩藏着某个特定阶级的特定利益。它把某些人的利益说成全体社会成员的共同利益，赋予某些人的思想以普遍性的形式……说到底，意识形态是'掩蔽资产阶级利益的资产阶级的偏见'。"参见季广茂《意识形态》，广西师范大学出版社2005年版，第32页。

识'。但是人并非一开始就具有'纯粹的'意识。'精神'从一开始就很倒霉，注定要受物质的'纠缠'。"① 马克思、恩格斯认为："在过去一切历史阶段上受生产力制约、同时也制约生产力的交往形式，就是市民社会……这个市民社会是全部历史的真正发源地和舞台……包括各个个人在生产力发展的一定阶段上的一切物质交往……始终标志着直接从生产和交往中发展起来的社会组织，这种社会组织在一切时代都构成国家的基础以及任何其他的观念的上层建筑的基础。"② 这里的市民社会即是经济基础，而正是经济基础决定了各种意识形态的生产③。在这里，一个完整的社会结构得以建立。这就是马克思、恩格斯所谓"生产力、社会关系和意识"三个因素的结合：生产力——生产关系（经济基础）——政治上层建筑——社会意识形态。在这个社会结构里，意识形态除了受制于社会存在决定社会意识的铁律之外，更值得注意的是两点：第一，意识形态属于观念的上层建筑；第二，意识形态具有虚假性。马克思在最初使用"意识形态"这一概念时，是在资本主义的社会背景下，在否定的意义上使用它。之所以在否定的意义上使用，就是因为在马克思看来，意识形态是统治阶级的专利，更具体说是资产阶级的专利，代表资产阶级的利益。资产阶级总是试图将

---

① ［德］马克思、恩格斯：《德意志意识形态》，中共中央马克思恩格斯列宁斯大林著作编译局译，人民出版社1961年版，第24页。
② ［德］马克思、恩格斯：《德意志意识形态》，中共中央马克思恩格斯列宁斯大林著作编译局译，人民出版社1961年版，第30—31页。
③ "观念、思维、人们的精神交往在这里还是人们物质关系的直接产物。表现在某一民族的政治、法律、道德、宗教、形而上学等的语言中的精神生产也是这样。"［德］马克思、恩格斯：《德意志意识形态》，中共中央马克思恩格斯列宁斯大林著作编译局译，人民出版社1961年版，第19页。

自己的阶级利益普遍化为全民利益，因此不能不欺骗性地解释现实，扭曲现实关系。[1]这也就是在资本主义社会的背景下，马克思要将意识形态作为虚假意识来批判的重要原因。"在马克思那里，只有无产阶级（或者在'无产阶级'的名义之下）确立的科学才能揭示真实的现实关系，才能掌握真理……"[2]

后来，面对已经变化了的国际形势，列宁从实际出发，提出意识形态的新观念，给予意识形态肯定性的品格。"在列宁那里，意识形态的真假值取决于它所从属的阶级：资产阶级意识形态必假无疑，无产阶级意识形态（即社会主义意识形态、共产主义意识形态）则是鲜明的阶级性和严格的科学性的统一……阐明了社会发展的规律，必为真理。"[3]在特定的历史阶段，列宁的意识形态观念有其历史进步意义，这也提示我们看到意识形态的阶级属性和社会属性。

随着马克思、恩格斯思想的发展，在19世纪后半叶，尤其是《政治经济学批判》和《资本论》出版以后，马克思主义的意识形态学说发展到了更加完善的地步。意识形态在整个社会结构里的位置得到更加清晰的界定：经济基础决定上层建筑，而上层建筑分为法律的和政治的上层建筑、社会意识形式或意识形态。[4]社会存在决定意识形态，而意识形态反映社

---

[1] 参见谭好哲《文艺与意识形态》，山东大学出版社1997年版，第44页。
[2] 季广茂：《意识形态》，广西师范大学出版社2005年版，第36页。
[3] 季广茂：《意识形态》，广西师范大学出版社2005年版，第37页。
[4] 谭好哲：《文艺与意识形态》，山东大学出版社1997年版，第48页。

会存在，反映社会存在的矛盾和冲突。①这样，意识形态就首先具有认识功能。这是现实主义文论的重要根据。波斯彼洛夫在谈到意识形态倾向性的时候认为："如果意识形态仅只是人们思想、意向和感受的主观表现，如果它不同时反映社会生活的客观特点，如果它不包括一定的概括性认识和对生活的概括性评价的内容，意识形态就不能发挥其'上层建筑'的作用。"②正是看到了意识形态反映功能的本质。其次，意识形态还具有实践的功能：意识形态绝不仅仅止于反映一定的社会存在的矛盾和冲突，而是同时力图"克服"它。这实际上是说意识形态的能动性，而对于"克服"的强调说明马克思主义的意识形态说充满战斗性和实践性品格。意识形态所具有的社会学和政治学的含义在此更加清晰。在某种程度上，具体到中国当代文学来说，意识形态要求文学应反映现实、反映工农兵的利益与心声的要求，以及意识形态借助当代文学所要促成的那种思想转变和现实改变等，都可以从意识形态的这些功能里找到渊源。

二、审美意识形态说

马克思主义文论不专门在文学这个概念下论述文学，在他们的相关文

---

① "随着经济基础的变更，全部庞大的上层建筑也或慢或快地发生变革……一种是生产的经济条件方面所发生的物质的、可以用自然科学的精确性指明的变革，一种是人们借以意识到这个冲突并力求把它克服的那些法律的、政治的、宗教的、艺术的或哲学的，简言之，意识形态的形式。"[德]马克思、恩格斯：《马克思恩格斯选集》(第二卷)，中共中央马克思恩格斯列宁斯大林著作编译局译，人民出版社1972年版，第82—83页。
② 谭好哲：《文艺与意识形态》，山东大学出版社1997年版，第88页。

论中，文学常常包含在艺术、文艺①等更加宽泛一些的概念里。不能不说这是一种较为"粗糙"的把握，但它也十分有利于将意识形态这一概念从哲学、社会、政治学等意义范畴往文学的边界移动，从而在揭示意识形态更为丰富的面向的时候，也更为清晰地揭示文学与意识形态之间错综复杂的关系。既然艺术是意识形态之一种，它必然具有这些意识形态所具有的功能，不超出意识形态所规定的范围。上面说到的意识形态的认识功能和实践功能，都能无缝嫁接到对于艺术的界定之中，这就使得艺术尤其是作为艺术之一种的文学获得一种意识形态性。

意识形态是一个包罗众多的概念，艺术与其他意识形态——哲学、宗教、道德等——有什么本质性区别？文艺的本质是什么？这些马克思、恩格斯并没有给予专门的论述，因此导致后人为此争论不休。马克思、恩格斯的相关论述大都可以概括为"艺术属于意识形态""艺术作为意识形态之一种，受制于经济基础"这样的表达，但这很难说是对艺术本质的认识，这就让人莫衷一是。人们对于马克思、恩格斯同样的文本往往有不同的解释，或者宁愿从自己的需求出发对之做不同的理解，这就让这个问题变得更加不知所终。但在特定的时代语境下，很久以来，人们普遍默认作为一种社会现象，艺术是意识形态的一种，是意识形态性的上层建筑，艺术的根本特性是其意识形态性等等。但这些都无法从马克思、

---

① 本章中涉及马列文论的相关论述里，"文学""文艺""艺术"具有基本同等的含义，这是因为首先马列经典文论里很少单独论及"文学"，而是常常将之归于"艺术"一类，而到了更为细化的中国马列文论的叙述里，"艺术"向"文艺"缩小，但依然是一个比"文学"更大的观念。这除了反映革命的不同阶段以外，也说明马列文论对于"艺术"的认识越来越趋向于专门化。

第二章　当代文学的意识形态动力　59

恩格斯的相关论著中找到原话，因此都是后人所做的某种提炼与总结。争议也就在此。

文艺的本质到底是不是意识形态？普遍认为是中国人创立的"审美意识形态说"①是否成立？这些都是需要解决的问题。这些都引发我们思考文学与意识形态之间更加错综复杂的关系，同时也客观说明1942—1976年中国文学与意识形态之间复杂的"纠葛"或"纠缠"多少也受制于理论本身的"不完备"。据谭好哲的说法，中国文论界对"意识形态论"的文艺本性说开始产生异议，是在20世纪70年代末。"从70年代末到80年代初期，讨论集中于文艺属不属于上层建筑范畴这个问题……从80年代后期起，又进入到了文艺是不是意识形态的讨论。"②站在马克思主义文论的建设者的立场上，谭好哲认为非意识形态化的观点都有可取之处，但都经不起深刻的推敲，而具有理论建树的新观点则是钱中文等人提出的"审美的意识形态"这一说法，并认为"这种新的艺术本质观的产生，标志着我国的文艺学研究已走出了依从和摹仿的阶段，就其理论成就来说，似乎在本世纪马克思主义文艺学的发展中也应占有重要的一席之地"③。

钱中文对"审美的意识形态"的论述首见于其一篇名为《论文学观念

---

① 张清民认为"审美意识形态"这一说法"虽是苏联的沃罗夫斯基与布罗夫使用在先，但从学术史的角度来看，作为一个理论命题却是中国学者自身的创造，因为沃罗夫斯基和布罗夫在使用这一名称时，都是作为描述性概念而非规范性概念使用的，他们没有给'审美意识形态'一个明确的定义"。参见张清民《审美意识形态：历史贡献与理论局限》，《湖南社会科学》2011年第5期。"审美意识形态论"的主要提出者一般认为是钱中文。参见钱中文《论文学观念的系统性特征》，《文艺研究》1987年第6期。
② 谭好哲：《文艺与意识形态》，山东大学出版社1997年版，第71页。
③ 谭好哲：《文艺与意识形态》，山东大学出版社1997年版，第119页。

的系统性特征》的文章里。钱中文的论述主要针对认识论视野下的文学的意识形态论和审美视野下的文学的审美特性说,在对二者做了简单概述之后,提出二者均有不妥,都未能完整地把握复杂的文学本身。而考虑到文学是"一种复杂的现象,一个复杂系统",钱中文认为:"从社会文化系统来考察文学,从审美的哲学的观点出发,把文学视为一种审美文化,一种审美意识形态,把文学的第一层次的本质特性界定为审美的意识形态性,是比较适宜的。"[①] 钱中文此说有其理论上的辩证过程:比之于从哲学角度对文学所做的抽象意义上的意识形态性的界定而言,"文学理论所要研究的是文学之所以为文学的、具体的意识形态,即一种审美的意识形态。因为文学的审美特性并非外加,它是文学这种意识形态固有的本性"[②]。钱中文的看法在意识形态与文学的审美属性之间做了某种调和,虽然限于当时的语境他将论述的基点依然设定在意识形态,但他对审美属性的强调显然也说明他有某种理论远见和开拓性。虽然审美意识形态论一说的争议性很大,很多人认为审美意识形态论不过是一种生硬的调和,是一种过渡时期的产物,本质上仍未能廓清文艺自身的本质性规定。[③] 但此说确实可以作为考察中国当代文学的一个视角,尤为重要的是,在意识形态的两种功能——认识和实践——之外,审美意识形态论给文学增添了一种更加合乎其本性的本性:审美。作为人类掌握世界的方式之一,审美的介入使得文学与意识形态的关系出现某种缓冲的空间,也使得文学能够在意识形态的

---

① 钱中文:《论文学观念的系统性特征》,《文艺研究》1987年第6期。
② 谭好哲:《文艺与意识形态》,山东大学出版社1997年版,第117页。
③ 参见张清民《审美意识形态:历史贡献与理论局限》,《湖南社会科学》2011年第5期。

包围之中全身而退，专注于自身的"事业"。这一审美的缓冲地带事实上一直都在，也是文学的某种本性地带。在认识与实践之外，文学还存有审美这一维度，这是无论文学理论工作者是否明确提出来，都现实和历史地存在着的文学事实。在某种意义上，它提出之后的轰动效应和提出过程的艰难，恰恰说明中国当代文学意识形态性的强烈与深重。

跳出马列文论的框框，不难发现，文艺尽管最终必然受制于社会生产和社会存在，但实际上在社会生产和社会存在与文艺之间，仍有一个远远的距离，有无数的中间环节，有一个广阔的空间。只有这个距离得到保持，这个空间得到维持，文艺才真正是文艺，才真正能够释放出文艺的天性来。文艺并不是经济基础的直接派生物，它对经济基础的反作用也不是直接发生，而是要通过一系列的中介因素，比如政治、哲学、道德等其他意识形态等，在与这些意识形态相互作用相互影响的情况下发生的。"……文艺与其它上层建筑能够互相影响，但毕竟不是从属关系，也不是决定和被决定的关系，而是上层建筑范畴内相互影响、相互作用的辩证关系。"[①]认识这一点，对于理解文艺与意识形态之间的关系至关重要。认识这一点，也意味着要对文学的审美属性给予更多关注和理解。可以说，审美属性是文学与意识形态之间的一个中介环节。需要经过审美属性的中介，文学与意识形态的沟通才不至于流为一种双失。认识到这一点，对于理解中国当代文学的意识形态动力至关重要。

[①] 陆贵山、周忠厚主编：《马列文论导读》，作家出版社1991年版，第42页。

三、文艺与意识形态的复杂关系

抛开理论化的探讨，从文艺与意识形态接触彼此的意义上来看二者关系，它无疑呈现出更加复杂的面貌。这就需要我们从现实性的意义上来看待文学与意识形态之间的关系，不是简单化地一言以蔽之，而是重在看到实际情况的复杂与多样。

首先，我们要将虚假的意识形态与"真实的"、正确的意识形态区分开来。正如马克思已经指出的，对于虚假的、掩盖"真相"的意识形态，我们只有批判、大力地批判一条道路可走。这样的意识形态除了反向激发出一些有反抗旨归的有力文艺作品外，似乎只能催生出浸透着腐朽思想的文艺"废品"。而对于符合人民利益的、代表历史发展方向的、正确的意识形态，我们主要应该考虑的是文艺如何顺应它，如何在兼顾文艺作品艺术质量的前提下，最大限度地呼应它。当代文学发展的历史已经提示我们，即便是符合人民利益的、代表历史发展方向的、正确的意识形态，也与文艺有着错综复杂的具体关系。文艺与意识形态毕竟有着不同的性质和不同的根本诉求，因此这样的意识形态一方面能够促进文艺的发展；另一方面，也会在特定的情况下，阻碍文艺的进一步发展。这是需要我们辩证看待的。

其次，就特定时期的文艺与特定时期的意识形态之间的关系模式来看，至少有以下三种不同的关系模式。

第一，顺应意识形态的要求，这又分为有意的和无意的顺应。一般来说，有意顺应意识形态的要求，往往容易导致文艺自身的审美空间被挤压或变更。比如，那些政策性极强的文艺创作往往是内在地被意识形态挤压着去创作，是理念先行意义上的强行叙事，这就很难确保文艺作品的质量和品格。但这也要视情况而定。一个新兴的或符合历史发展的意识形态，能够代表时代的前进方向，代表大多数人的利益，对它的顺应与呼应，如能辅以扎实的生活实感和现实经验，就能促成非同凡响的文艺力作。比如，新中国成立前后的中国当代文学，就因为符合历史的发展方向，能够代表最广大人民的根本利益，从而诞生了一系列重磅力作，一改中国文学的旧面貌，创造出大量为人民群众喜闻乐见的"中国作风和中国气派"的文艺作品。在这种情况下，无论是有意顺应意识形态的要求还是无意顺应意识形态的要求，都无碍于文艺的取得实绩、发出光芒。无意间顺应意识形态的要求，则往往产生审美与意识形态性兼顾的优秀文艺成果。无意间的顺应，因为规避了理念先行的空洞与浮泛，更能够坚守文艺本身的特性，因此能够在兼顾文艺品质的前提下，呼应或顺应意识形态的要求，从而取得两全其美的效果。但这也要具体分析。决定我们分析的关键仍是意识形态本身的性质。如果呼应或顺应的是一个本身虚假，并不能代表历史发展方向的意识形态，那么文艺作品的质量就将因为犯有方向性错误，而很难得到保证。另有一种"阳奉阴违"的情况，这种情况比较复杂，是可能产生复杂性文艺的一种情况。所谓"阳奉阴违"的对象，仅限于虚假的、不符合人民利益和历史发展方向的意识形态，在这种情况下，"阳奉阴违"的举动势必给文学作品带来一些复杂的暗示，文本就可能从单一走向复杂，从明朗走向复意，从单线条走向多线条，从而就此带来文艺质量的提升。意识形态可以不变，顺应的态度也可以不变，但表面上的这些不变掩盖下的文本可能蕴藏着大变,从而生出许多复杂的情况来。

第二,反抗意识形态的要求。西方马克思主义者们比较看重这种关系模式。在他们看来,文艺只有摆脱了意识形态的束缚和统治,或者说,只有敢于抗击意识形态的艺术作品,才是真正的艺术品。在这里,艺术或文艺被赋予一种"真理"品格,而意识形态则被赋予"虚假"的品性。反抗意识形态因此成为一个完全正当的行为,并具有审美哗变的革命性意义。西方马克思主义理论家面对的世界形势已经远非经典马克思主义理论家所能想象,资本主义社会的发展进入一个新的阶段,在一个意识形态以改头换面的形式如技术等面世的时候,意识形态作为为统治阶级服务的思想体系,被这些理论家认为不过是传递一些虚假的信息,从而麻痹人们的神经,掩盖或隐藏统治阶级赤裸裸的残酷统治而已。对这样的意识形态的反抗,因此就是一种勇敢的抗争行为。西方马克思主义理论家注意到的其实不是一个新鲜的问题,在意识形态产生之初,马克思就在否定性的意义上以批判性的眼光来对待意识形态,并由此产生出重大的理论批判成果。在新的历史条件下,资本主义社会发展到一个全新的阶段,文艺反抗意识形态就理应是一个先锋的举动,而"顺应"意识形态就不能不说是一种平庸的举动了。应该看到,这些反抗意识形态的书写主要还是就资本主义文艺而言。在这个意义上,文艺恰好反映出资本主义世界的某些真实的社会现状。但是如果反抗一个符合人民利益、代表历史发展方向的、正确的意识形态的要求,就不能不是让人遗憾的文艺尝试了。在当代文学史中,我们也可以见到少数这样的尝试,但主流和大势仍是好的。

第三,问题复杂的还在于文艺本身的复杂性和意识形态本身的复杂性。文艺作为不羁的语言艺术，是最难以被规训的一种事物，词语总是倾向于延异，在德里达意义上的播散的过程中串联起一系列的能指，能指的滑动因此在所难免。这就使得任何意识形态对于文艺的不合理要求或干涉都无法真正完全实现，文学总有自己独特的审美意蕴和审美空间。在历史的硝烟散去之后，文艺并非都会荡然无存，而总会有一些不散的精魂在文字的缝隙里留存。那就是文艺执拗性的所在，是意识形态不能穿透的所在。意识形态本身也是复杂的，不仅有不同地位的意识形态，而且有不同性质的意识形态，有不同位置的意识形态，由于文艺所站立的位置不同，即便表达同样的内容，也可能被不同的意识形态所接纳，达成或反抗或顺应或不相干的实际效果，因而导致自身命运的起伏。这些都提示我们文艺与意识形态关系的复杂性所在，需要我们分情况分场合地去辩证看待。

最坏的情况则是，文艺被直接等同于意识形态，从而导致一系列文艺悲剧的诞生。文艺等同于意识形态，不是在类属上的一种归属判定，而成为一种本性规定。这种本性规定使得文艺与意识形态之间失去了必要的中介与缓冲地带，尤其是"审美"中介，文艺不能不就此成为意识形态的僵硬反映。在现实形势的紧急关头，社会往往更加急切地要求文学去反映意识形态的诉求，必要的中间环节就此一步步丧失自己的独立性，直至消失。这在中外文艺史上都不是什么新鲜的现象。这就把文艺属于意识形态的一种坐实为文艺就是意识形态了，从而也就不能看到文艺的自身属性，不能理解文艺"属于……"其实是一个很宽泛的表达，在文艺与意识形态之间拥有一个广阔的中间地带和中介场域。文艺属于意识形态，只是说在最终的意义上或者说大体的意义上属于意识形态。文艺"是……"则先验地规定了文艺的意识形态性，势必导致在文艺与意识形态的关系中更加看重文艺与意识形态的同构关系，文艺对于意识形态要求的体现因此更加直接更加功利，这就必然导致对文艺与意识形态之间广阔的中间地带和中介场域的肆意践踏与破坏，从而酿成文艺的苦果。更重要的是，文艺是意识形态这样的认识本身是有问题的。文艺是文艺，意识形态是意识形态，二者在何种意义上是可以互相置换的？即便二者可以在某种程度上置换，也应该看到二者有各自的规定性，而并非就是同一之物。那些悲剧的发生大多是泯灭了二者各自规定性的鲁莽之举所致。

第二节　当代文学与意识形态

一、现代性的必然激进化

考虑到要对中国当代文学进行一个"整体性"的描述，在比较了目前几部比较重要的文学史著作之后，陈晓明认为："如果把20世纪中国文学看成是一个现代性发展的整体过程，现当代文学的内质与外在表现就可以获得更为丰富和完整的阐释。"[①] 对于"现代性"这一概念做了一番打捞梳理后，陈晓明主要从"时间观念""历史进程"和"价值取向"等维度来界定"现代性"，并认为："现代性的本质就是使人类的实践活动具有整体

---

① 陈晓明：《中国当代文学主潮》，北京大学出版社2013年版，第16页。

性、广延性和持续性。"①从时间观念来看,现代性意味着一个迥异于旧时代的新时代的到来,因而给历史发展指明了一条直线前进的道路。从历史进程来看,现代性是一个客观的历史进程,西方率先开始这一进程,中国等晚到者面对这一历史进程,则有一种落后感的滋生。从价值取向来看,现代性被赋予一种积极、正面的价值,是一种价值规范,并在已经联通了的世界里,逐渐被塑造为全人类的一个基本标尺。在西方强烈冲击下猛然惊醒的中国,某种程度上是被迫进入现代性的世界结构——时间结构和价值结构之中的。因此,从一开始,中国的现代性之路就注定将是激进化的。它亟须在一个已经失落了的地位里,追寻过去的荣耀,以在现代世界中重回强者与中心的地位。

无论是反抗西方也好,超越西方也好,西方一直是中国的潜在对手。这个无所不在的他者,是在"现代性"意义上的"敌人",更是一个在现代性的意义上似乎(暂时)很难战胜或胜过的对手。这就是中国的现代性之路所面临的障碍。在这个意义上,有论者认为中国语境中现代性的独特含义:"主要指丧失中心后被迫以西方现代性为参照系以便重建中心的启蒙与救亡工程……这就不可避免地导致了如下事实:中国的'他者化'竟成为中国的现代性的基本特色所在,也就是说,中国现代变革的过程往往同时又显现为一种'他者化'的过程。"②从晚清开始,中国一直要在"现代性"的意义上获得荣耀和地位,其实不过是要获得一种世界性的接纳,

---

① 陈晓明:《中国当代文学主潮》,北京大学出版社2013年版,第17页。
② 谢冕、张颐武:《大转型——后新时期文化研究》,黑龙江教育出版社1995年版,第3页。

从而在现代性的意义上，跻身世界强国之林。但在20世纪以来的已经改变了的世界格局里，这注定将是异常艰辛的。"晚到"的境遇和晚清以前的优势，都使得中国的现代性之路注定将是激进化的。所谓激进化体现为一种急切地超越在现代性意义上比较先进的国家的冲动。激进化既是一种必要的策略，更是特定历史情势下的一种无奈选择，但无论如何，这是中国现代性的必由之路。或者，站在此刻回望，这是它已经充分展开了的历史化了的道路。不管怎样，它构成了我们不能回避的历史与现实。

不难看出，中国现代性的激进化策略或道路是对费正清"冲击—回应"模式的变相发展和极端发挥。我们如今看到的历史都是已经尘埃落定的历史，因此重要的并不在于给历史另外的可能以充分的猜想或想象，无论这种猜想或想象多么"博大精深""义正辞严"，重要的在于给既定的历史以仔细清理和重新想象。在特定历史情势下，中国20世纪文学走上的势必将是一条激进化的道路，这也是一条无限赶超、追赶的文学道路。在具体的现实处境中，自鸦片战争以来，中国始终感召于"中华之崛起"的伟大召唤，立志奋发图强，立志自力更生，立志走向自主与强大，以实现中华民族伟大复兴的目标，这使得中国文学或文化上的激进化的选择成为一种必然。在中国具体的语境中，这必然表现为文学的意识形态含量的日渐加重。这就是中国文学曾经遭遇的现实，尽管后来它因为过于激进化而难免走向极端化，但在原初时刻仍有其必然的激情和可贵的纯真。

所谓"反现代的现代性"，就是对中国文学现代性道路的一种命名。现代性的情结如此深重，它不可避免地导致中国当代文学逐渐走向意识形态化。这是一个事实。回到历史，完全可以说，正是这一必要的文学意识形态化的进程，使得在中国整体上比较落后的时候，在想象的层面上进入激进化的现代性探索之路成为可能，并因此找到抵抗落后现实的精神武器。进一步说，这一必要的文学意识形态化的进程，也一定程度上帮助我们找到国家与民族的自尊与自信。中国文学身上的负载有多么沉重，由此可见一斑。无论时过境迁之后人们对20世纪中国文学如何评价，事实上它都构成了中国文学和中国历史的厚重部分。即便如此，我们也必须看到，中国文学无论多么靠近意识形态，它都依然在执拗地发展，何况新中国文学已经取得了无法忽视的文学成就呢，这提示我们不再简单否定文学的意识形态化演进，而是在"同情之理解"的前提下重新看待20世纪中国文学，看到不断激进化的中国现代性给予中国文学之必然影响。

文学从来不是与意识形态绝缘的，20世纪中国文学只是以一种有些夸大的方式对这一层关系给予放大化的呈现，这不能推导出"文学一旦沾染意识形态就是末路"的凄凉结论。尽管新时期以来当代文学走上了更加丰富的道路，一定程度上导致对于50—70年代文学的评价有了分歧，我们也不应就此否认50—70年代的文学成就，不夸张地说，那是中国文学在近代以来的第一次扬眉吐气，第一次有了"中国作风和中国气派"。历史自有其复杂性，文学自有其执拗性，这都需要我们再行检讨。应该看到的是在特定的历史场景中文学与意识形态之间错综复杂的关系，看到意识形态对于当代文学的那种强力的推动作用，看到中国现代性的激进化道路之必然，从而更为客观地看待中国文学的意识形态化道路之得失成败。

二、革命压倒文学：从文学革命到革命文学

从梁启超在《论小说与群治之关系》中大声疾呼"欲新一国之民，不可不先新一国之小说"[①]开始，中国文学的现代性之路就充满了一种对"新"的渴望。"五四"新文化运动时，所谓"打倒孔家店"的激烈反传统的主张，并不仅仅止于"打倒孔家店"，重要的却在于对于"新"文化的倡导与推崇。德先生、赛先生犹如救世主一般地为国人所信奉，在此激烈的反传统潮流的裹挟下，文学几乎要由此切断与此前文学传统的全部联系，不能不说反而造成了很多当时无法预期的后果。就破旧立新这一点来看，"五四"新文化运动自然能够汇入流荡在中国20世纪文学的激进而浩荡的大河，体现着中国文学现代性的不断激进化进程。所谓激进化，在这里体现为对"新"的不可禁绝、永不止步的追索。时间就此有了全然不同的含义。这就难怪"五四"新文化运动的浪潮刚刚回落，在20世纪30年代初期，刘半农就意识到了一个严重的问题："……我们这班当初努力于文艺革新的人，一挤挤成了三代以上的古人。"[②]刘半农此说主要是针对1928年兴起的革命文学而言，他没有想到的是才仅仅过去没有多少年，当年轰轰烈烈的文学革命就要让位于革命文学了。谁又能想到，仅仅颠倒了一下词语的排列顺序，这两个概念却代表着中国文学的两个时期的重大分

[①] 梁启超：《论小说与群治之关系》，转引自童庆炳主编《二十世纪中国文论经典》，北京师范大学出版社2004年版，第2页。
[②] 刘半农编：《初期白话诗稿》"序言"，转引自旷新年《1928：革命文学》，山东教育出版社1998年版，第1页。

野。如果说前者还主要是在文学的意义上通过革新文学来革新思想的话，后者就直接要以"革命"本身来要求文学，"革命"成为文学的本质要求和规定性属性。

革命文学的倡导者之一恽代英认为，"……要先有革命的感情，才会有革命文学……"，并且直言不讳地说："我相信最要紧的是先要一般青年能够做脚踏实地的革命家；在这些革命家中，有些感情丰富的青年，自然能写出革命的文学。"① 革命感情的凸显使得革命文学更强调行动，强调"力的美学"，强调文学的组织性和阶级性，尤其重要的是强调文学的意识形态性，这一切都显示出与"五四"文学的极大不同。事实上，革命文学也正是通过对"五四"文学的批判，在与之分道扬镳中逐步确立了自己的身份。成仿吾对新文化运动及其参与者的批评可以让人窥见这一动向："新文化运动的第一种工作为旧思想的否定（Negation），第二种工作为新思想的介绍。但这两方面都不曾收到应有的效果……但是最不幸的是这些'名流'完全不认识他们的时代，完全不了解他们的读者，也完全不明了自己的货色。这是为什么新文化运动不上三五年就寿终正寝的原故。"② 成仿吾进而指责"五四"新文化运动的发起者们尤其没有看到"资本主义已经发展到了最后的阶段（帝国主义），全人类的改革已经来到目前"③ 的事实。成仿吾的观点可以代表革命文学倡导者们的一般见识，在他们眼里"五四"的时代已经结束了，新的革命时代正在到来，这体现在文学上就

---

① 恽代英：《文学与革命》，《中国青年》1924 年第 31 期。
② 成仿吾：《从文学革命到革命文学》，《创造月刊》1928 年第 1 卷第 9 期。
③ 成仿吾：《从文学革命到革命文学》，《创造月刊》1928 年第 1 卷第 9 期。

是无产阶级革命文学的到来。革命到了"最后阶段"的判断极大地鼓舞了他们的热情,使得他们对于"五四"新文化运动的批判毫不留情,也初步体现出阶级批评的巨大优势。从多个层面上可以说,革命文学的出现是中国社会主义现代性的发轫或发端。

革命文学的核心要点是对文学阶级性和宣传性的强调,无产阶级革命文学站在无产阶级的立场上认为自己在开辟一个新的文学时代,文学的阶级性成为文学先进性的必要乃至唯一标准。从这个意义上说,宣传性与阶级性是共生的。阶级性的过分强调必然导致宣传性,而只有宣传性才能真正为文学的阶级性服务。"一切文学,都是宣传,普遍地,而且不可避免地是宣传;有时无意识地,然而常时故意地是宣传"[①],这就是革命文学家们信奉的思想。文学被认为是意识形态的生产,也直接受制于意识形态的要求,更进一步,文学更多地表现为一种行动,而非一种文字艺术。所有这些都在很大程度上呼应着此后的延安文艺以至新中国成立后的文艺。1928 年是一个重要的年份,革命文学自此开创了一个广阔的新时代,给予此后日渐激进化的文学一个最初的暗示。

三、无产阶级利益的表达:20 世纪 50—70 年代文学

比之于将社会主义激进化文学追溯到革命文学这一做法,洪子诚提出的"一体化"概念可能更为明晰、直接。洪子诚认为 20 世纪 50—70 年代

---

① 旷新年:《1928:革命文学》,山东教育出版社 1998 年版,第 73 页。

文学是"五四"文学的合理发展与延伸,认为:"这三十年的文学,从总体性质上看,仍属'新文学'的范畴……是'五四'诞生和孕育的充满浪漫情怀的知识分子所作出的选择,它与'五四'新文学的精神,应该说具有一种深层的延续性。"[1] 借用洪子诚的观点,可以认为革命文学的一众倡导者其实也是"五四"新文学精神的延续者,从他们对于社会的关切,对于民族命运的关心,尤其是从他们那种"破旧立新"的文学革命与批判精神里,都能够看出二者的共同诉求。不过,在这一批判精神漫长的时间变形记里,它的内涵也有一个不断变易的过程,从而给中国文学带来或喜或悲的结果。

"十七年"文学一般被认为是相对完整的当代文学时段,新时期以来成为遭到严重误读的"重灾区"。从"政治一体化"的角度来理解这一时期文学的特征,进而对之做不切实际的批判,正凸显了一部分学者不能历史地理解与看待"十七年"文学的后果之严重。[2] 这样看待与研究当代文学,恰恰是一种非文学研究的做法,它因为简化或遮蔽了太多生动的文学实践,而无助于我们真正看到"十七年"文学的文学开拓与文学贡献,因此是应该重检的。程光炜在重思新时期文学起源时认为,"十七年"的文学资源恰如柄谷行人所说是一个"倒过来"才能看得见的"风景","'十七年'某种意义上是任何中国作家和批评家都无法绕过去的'中国当代史'(社会主义经验),'十七年'变成他们批判、反思和叙述的对象,但

---

[1] 洪子诚:《关于五十至七十年代的中国文学》,《文学评论》1996年第2期。
[2] 许志英、邹恬主编:《中国现代文学主潮》(下),福建教育出版社2001年版,第486页。

与此同时'十七年'的精神生活和文学规范又在暗中支配并影响着他们对自己所创制的'八十年代'和'九十年代'文学的理解"①。显然,"十七年"文学绝非一个"政治"就可以一言以蔽之。但我们似乎可以认为,正是在"十七年"文学以及"文革"文学中,政治逐渐与文学发生密切的联系,二者的联系也在很大程度上形塑了中国当代文学的样貌。只有解开政治如何作用于文学,文学又如何作用于政治并在此过程中同时取得重大发展、遭受重大挫折这个绳结,我们才能真正理解20世纪50—70年代的中国文学。

"政治"成为当代文学的中心语,更直接的渊源来自毛泽东于1942年所发表的《在延安文艺座谈会上的讲话》。带着抗战时期特定的战争思维,毛泽东主要从当时的国内外形势②出发探讨文艺的意义和作用,从而给出了在马克思主义文艺理论中国化的历史上有重大理论贡献的文艺定义。文艺如何服务于革命,是这一文艺定义的中心考虑,这使它带有很强的"实践性"。这一文艺定义随后成为指导中国文学的根本指针,给中国文学带来巨大的历史性改变,当代文学由此走上为人民大众而写作的大道。毛泽东对文艺的立场问题尤为重视。所谓立场问题,就是说对于资产阶级敌人,要坚决打击暴露,对于以工农兵为主体的人民大众,则要坚决拥护歌颂。属于小资产阶级的作家,在这一论述结构里,面临着严峻的转变立

---

① 程光炜:《新时期文学的"起源性"问题》,《当代作家评论》2010年第3期。
② "同志们!今天邀集大家来开座谈会,目的是要和大家交换意见,研究文艺工作和一般革命工作的关系,求得革命文艺的正确发展,求得革命文艺对其他革命工作的更好的协助,借以打倒我们民族的敌人,完成民族解放的任务。"毛泽东:《在延安文艺座谈会上的讲话》,转引自童庆炳主编《二十世纪中国文论经典》,北京师范大学出版社2004年版,第261—262页。

场的问题。回到当时的语境中,农民革命需要依靠农民,需要无产阶级的支持,知识分子在这一历史巨变中越来越显示出其负面价值,但是书写的权力或能力仍握在知识分子手中①,这一历史巨变也需要知识分子投入正确立场的书写之中。这样,毛泽东从当时实际出发,提出知识分子进行彻底思想改造的必要性。"我们的文艺工作者一定要完成这个任务,一定要把立足点移过来……移到工农兵这方面来,移到无产阶级这方面来。只有这样,我们才能有真正为工农兵的文艺,真正无产阶级的文艺。"②这其实是要求文艺工作者一定程度上去除自己对于历史和现实的个体见解,而去站在"无产阶级"的立场上创造新的无产阶级文艺。时代要求文学做出这样的让步,要求知识分子做出顺应时代潮流的书写调整。随着社会形势的不断递进,"……作家选择什么题材、在作品中表现哪些方面的生活内容,写哪一类型的人物,被认为是体现作家世界观、政治立场和艺术思想的重要问题",也就显得顺理成章,成为20世纪50—70年代一个普遍性的认识。

  毛泽东以大量篇幅论证文艺为人民大众、为工农兵服务的宗旨以及普及为主的服务策略之后,直接说出对于文艺本性的界定:"在现在世界上,一切文化或文学艺术都是属于一定的阶级,属于一定的政治路线的。为艺术的艺术,超阶级的艺术,和政治并行或互相独立的艺术,实际上是不存

---

① "……毛泽东虽然把作家思想改造、转移立足点、长期深入工农兵生活,作为解决文艺新方向的关键问题提出,但是他基于更高期望的,是重建无产阶级的'文学队伍',特别是从工人、农民中发现、培养作家……不过,在实践中,这一战略措施并未有收到预期的成效……"洪子诚:《中国当代文学史》,北京大学出版社2007年版,第14页。

② 毛泽东:《在延安文艺座谈会上的讲话》,转引自童庆炳主编《二十世纪中国文论经典》,北京师范大学出版社2004年版,第270页。

在的。无产阶级的文学艺术是无产阶级革命事业的一部分,如列宁所说,是整个革命机器中的'齿轮和螺丝钉'。"[1] 文艺的阶级性与政治性得到强调,文艺是政治的一个部分,是无产阶级革命事业的一部分,这势必对当代文学产生重要影响。

但历史也有其复杂和辩证的地方存在。立场与世界观问题的重要性说明了当代文学树立"无产阶级"观念的重要性,在当时的历史语境下,这某种程度上正好契合了整个社会对文学的期待与想象,也契合了人民群众的真正呼声和历史的发展方向,因而带来了文学的"大丰收"。主要是有赖于一种无产阶级革命和社会主义革命的美好远景的激发,以《在延安文艺座谈会上的讲话》为引领,意识形态与文学反而度过了一段不短的蜜月期,伴随着《小二黑结婚》等作品的问世,中国当代文学也得以收获自己的第一批可观的成果。也应看到,延安文艺以来的中国文学,始终不乏一种由强烈的观念性所带来的理想化与浪漫化氛围,这无疑体现了鲜明的中国作风和中国气派,也体现了新的文学力量的昂然与自信。这一切都说明,在一个合适的距离内,中国文学可能在兼顾意识形态诉求的前提下,探索自身的进取与发展之道,并取得不俗的文学实绩。

文学反映阶级的利益,顺应政治的诉求,表达人民的渴望,这都不意味着文学必然偏离自身,从而损害其自身品性,历史已经证明,20世纪50—70年代文学业已取得文学实绩有其不可磨灭的历史意义和价值,是我们永远的"红色经典"。但与此同时,也应该理性地看到,这一要求也

---

[1] 毛泽东:《在延安文艺座谈会上的讲话》,转引自童庆炳主编《二十世纪中国文论经典》,北京师范大学出版社2004年版,第276页。

在后来的岁月里一定程度上走向了僵化和激进化，从而严重影响了当代文学的健康发展。对于"阶级""政治""人民"的理解或解释日渐走向窄化，不可避免地给当代文学带来诸多问题。这一时期，尽管有不同的声音不失时机地表达对于意识形态过分渗入的文学的担忧，但这些声音不说无一例外，也鲜少受到认真严肃的对待，从而进一步导致意识形态与文学的关系日渐走向僵化。从总体上来看，这一时期的当代文学可谓欣欣向荣，这里面不乏意识形态的表层表达，但也不乏在文学性与意识形态性之间寻找沟通的种种努力与尝试，因此也不乏众多真正契合时代本质的文学力作的诞生。事过境迁之后，这一切努力与尝试都在作品中留下了痕迹，有待后人的"同情"式解读。

无可否认，这一时期的中国文学一定程度上过于偏向现实、过于执着于表达现实，但文学毕竟承担着如此巨大的历史使命，"文章合为时而著，歌诗合为事而作"，它也没有闲情逸致去专注于文学本体论的建设。这一时段的中国文学也许从韦勒克意义上的"外部研究"入手，才能够给我们更多启示和教益，无论成功失败，这一时段的文学都从根本上形塑了中国20世纪文学的基本面貌和内在诉求，形塑了20世纪中国文学的想象力。唯一不变的则是意识形态始终构成这一时段文学得以发展的动力。也正是在与意识形态的辩证关系之中，这一时段的文学走向"繁荣"，走向辉煌，但也在一定程度上走向了激进化。然而，应该看到，即便在"文革"文学那些意识形态含量最为充足的文学作品中，我们依然可以感受到文学性的执拗存在与文学魂灵的灵光乍泄，那里仍有绵绵不绝的文学之光。

检视以上种种，我们必须说，20世纪50—70年代的当代文学，是中国文学的宝贵财富，也是中国社会主义道路得失成败经验的重要一部分，值得也需要认真继承并发扬光大。

四、小结

新时期文学乃以对于"文革"文学的强力反拨为主要驱动，这使得它不得不继续与意识形态有着千丝万缕的瓜葛。只有等到20世纪90年代，文学与意识形态之间的关系才出现松动，一股去历史化的潮流逐渐兴起。但就中国20世纪文学整体来看，文学的意识形态化演进依然是其中最为明晰的一条线索，不承认或者看不到这条线索就容易导致对中国20世纪文学整体理解的某种偏差。对待任何历史事实，简单出于立场的不同而拒绝或排斥之，都不能引导我们真正在认识历史方面有所拓进和增益。要的是沉下心来，用"同情"或"置入"的心态去看待那些历史烟云。历史需要我们直面它，从而去认真解开其中的症结。

在某种意义上，20世纪90年代以来对中国当代文学评价问题的分歧，正源于对于当代文学的意识形态化演进的不同认识。但客观地说，如果我们不能看到中国当代文学走过的这条意识形态化的道路，不能看到中国文学现代性所走的那条不断激进化的道路，便无法真正理解中国当代文学乃至20世纪中国文学的历史与现实。以任何一种空设的理念或理想来切入20世纪中国文学都是不可取的，对中国20世纪文学的评价与认识，必须回到20世纪中国文学的历史现场，回到文学的意识形态化的基本维度上。某种程度上，回到文学的意识形态化的基本维度上，也就是回到中国文学的具体历史语境和现实情境之中。詹姆逊意义上的"永远历史化"[①]因此应该成为每一个研究者的必要研究基础,如此我们才能看到,20世纪中国文学自有它独特的道路,有它的曲折与隐痛,有它的憧憬与理想,有它的挣扎与迷惘,也有它的辉煌与荣耀。

第三节 意识形态动力的总体文学影响

就1942—1976年的中国当代文学来说,抗日战争、解放战争、社会主义革命和建设,直至"文革"的爆发等,都直接决定了这一时期中国文学与意识形态关系之错综复杂。这使得这一时期的文学不能不受到意识形态的广泛影响,与意识形态结下不解之缘:意识形态既构成这一时期文学的主要动力,又在溢出正常边界的时候构成这一时期文学健康发展的某种压力。而动力与压力的某种辩证或许正是这一时期中国文学不可摆脱的历史宿命。简单对之进行否定,一头奔向"新时期",是一种非历史化的行为,注定将会远离真理。在某种程度上,我们只有正视意识形态动力在这一时期中国文学的客观存在,揭开其对于当代文学具体作用的面纱,既看到这一动力存在的必然及其带给中国文学的新变,也不回避这一动力给中

[①] 在《政治无意识》一书的开篇,詹姆逊提出:"永远历史化!这句口号——一句绝对的口号,我们甚至可以说是一切辩证思想的'超历史'的必要性——也将毫不奇怪地成为《政治无意识》的真谛。"参见[美]弗雷德里克·詹姆逊《政治无意识:作为社会象征行为的叙事》,王逢振、陈永国译,中国社会科学出版社1999年版,第1页。

国文学带来的种种问题，才能真正给予历史一个适当的回应。历史需要真正客观的阐释者，正如我们需要真正真实的历史。因此，现在不是简单指斥一个时代及其文学为"荒谬"的时刻，现在是重新接近那一时代，重新靠近那一时代的文学，并进而将那一时代的文学放入其语境中去重新看待之的时刻。唯有靠近，才有发现。

在一个急切的时代里，革命和建设都是更为紧要的事业，文学在这样紧急的关头，不再能够恪守自身的维度，而只能从属于摧枯拉朽的革命和建设事业，并在其中发挥工具性的价值与意义。从1928年文学革命向革命文学的转向开始，文学在进入一个新的历史阶段的同时，无疑也日渐失去自己的独立性，直至"文革"文学时，成为一种僵硬的文学"格式"。按照经典马克思主义文论的说法，文学作为意识形态之一种，要通过政治和法律上层建筑等中介环节，在与道德、哲学、宗教等各种其他意识形态的相互作用下发挥自己的作用，这样的文学既能够反映一定的社会存在，同时又拥有自身的能动性和独立性。但在这一时期的中国文学中，"属于意识形态"的那种宽泛度和宽松性越来越逼仄，"是意识形态"的直接性、急切性则越来越直白显明。到了"文革"文学时，文学一度被认为不再是客观现实的呈现，也不再是主观情思的抒发，而是一种意识形态生产。文学不再区别于意识形态，而就是意识形态的生产，以至就是意识形态本身。

但压力与动力总是互相辩证的，审美的、独立的文学空间一定程度上的被削减，并非就说明文学的发展陷入停滞。相反，文学在这一时期反而释放出最为瑰丽的光彩。历史地看，文学服务于意识形态，尽管到了"文革"文学有些激进化了，但大体上仍还是有其历史合理性与必然性的，也一定程度上接续了中国文学"文章合为时而著，歌诗合为事而作"式的伟大现实主义传统。在救亡图存的关键时候，文学并不介意或拒绝表达意识形态，它甚至愿意为意识形态"歌与哭"，同时带着描画历史与明天的激情，从中汲取发展能量，朝气蓬勃地开展新的文学试验。在当时的历史形势下，文学也的确应该是武器，是刀枪。当时的形势不由得人们不将文学的本质要义和文学的审美特性退居思想的二线，只要有利于战争、革命和建设的胜利，无论是文学或是别的什么，就都应该被拿来使用。这是当时的文艺主潮，也是一种不可遏制的历史激情。[1] 从根本上说，文学总是一定的人们所理解的文学，是一定时期的人们所创造的文学，文学不仅不能回避政治与时代，反而还始终受制于政治与时代。如果从对政治与时代的呼应来看，中国文学在这一时期可能是最为激动人心的，自有其不可忽视的成就。

一、"革命"时期的现代性焦虑

如果可以用一句话来概括意识形态动力给予当代文学的总体影响，或许我们可以说意识形态动力让"革命"时期的现代性焦虑进一步凸显、释放，从而从内在到外在地形塑了这一时期的中国当代文学，使之留下不可磨灭的"革命"烙印。

---

[1] 参见李泽厚《中国现代思想史论》，生活·读书·新知三联书店2008年版，第30页。

鸦片战争以来，中国就处在了一个积贫积弱的位置上，备受列强欺凌。在现代性的意义上始终无法摆脱的关于落后的焦虑，一定程度上使得现代性的激进化几乎是中国不得不走向的一条道路，这是考虑20世纪中国历史的时候一个不容忽视的事实。正是在这种局势下，文学不能不被裹挟进革命的进程之中，成为滔滔革命洪流中的一股溪水。如果"革命"可以作为20世纪中国的主词的话，1942—1976年这一段历史就是"革命"的中坚阶段。战争不过是革命在特定阶段的特定表现罢了，从某种意义上说，建设中国的进程也是在一种革命思维下进行的。这一时期因此可以总称为"革命"时期。以"革命"为主词的意识形态成为这一时期文学发展的主要动力，推动文学产生新变、获得发展。革命以及围绕革命而衍生的阶级斗争、土地改革、"大跃进"等，离开这些意识形态所给定的框框，也许很难理解这一时段的文学。这一时期的文学如果不表现这些历史给定的"对象"，便会觉得自己"不务正业"。总体上来看，意识形态与文学在这一时期呈现一种合流的趋势。文学生产意识形态，表达意识形态，回应并满足意识形态的要求，也就是回应并满足自身的要求，这一时期的中国文学无疑取得了辉煌成绩。文学是否能够回应并满足意识形态的要求，因此成为中国文学衡量自身的一个重要标准。文学配合政治不仅是意识形态的要求，更是成为文学本身的内在诉求。意识形态催发了文学的全新发展，文学也极大地推动了意识形态在更广大的范围内扩大影响。在这一过程中，中国文学对于现代性的焦虑得到宣泄，也由此获得自身发展的不竭动力。

旷新年在考察"革命文学"的前世今生的时候，认为："革命是现代性的最高表现形式,也是后发展国家发展现代化的重要方式。"① 也是在现代性的意义上,"1928 年发生的普罗文学运动第一次使中国文学和世界文学产生了直接的联系,它和国际无产阶级文学运动形成了一种时代的共振……这不仅是政治选择了文学,或文学选择了政治,而是一个远为复杂的文化现象"②。如果能够平心静气地思考一下中国现代以来的历史,当能发现渴望重新进入现代意义上的世界强国的梦想一直激励着国人奋发图强,不断向前。当年以天朝上国自居的封建帝国,不想随着鸦片战争的惊天炮响,突然看见了那个真实的外部世界,也看见了自己真实的世界位置,在这一"看清"里包含了无尽的伤感与落魄,同时也激发了自身奋发图强的执拗渴望。在"中国""天下"这样的概念里生活了几千年的中国被迫开始认识"世界",这不仅是"看见"的问题,还是一个"时间"意义上的滞后和"价值"意义上的落后被揭示的问题。

如果可以借用弗洛伊德的性压抑学说,这次"看见"事件不啻一个原始压抑与创伤的建立,从此以后中国都在这样一种创伤之下生活。这就不难理解为何一个世纪以来,自梁启超《论小说与群治之关系》始,文学这项本来最为小道的事业,却不断地被加码,被增值,被涂写附加意识形态的意义和内容。中国的走向现代,某种程度上来看,是在被迫的局势下、在危亡关头无奈也是必然的一步,注定将在很多方面不同于西方现代性的萌生和发展之路。革命之所以成为中国现代性的主词和主旋律,就是因为现代中国有一种内在的危亡意识,有一种"赶英超美"的现代性焦虑。如

---

① 旷新年:《1928:革命文学》,山东教育出版社 1998 年版,第 12 页。
② 旷新年:《1928:革命文学》,山东教育出版社 1998 年版,第 87 页。

此，也就能看到革命文学以及由革命文学发端的 1942—1976 年的中国文学，其具体得失成败无论如何评说，都自有其历史的必然性和伟大意义。中国文学背负了现代性如此巨大的压力，只有不断在意识形态意义上开拓创新，才能多少慰藉自己，慰藉时代与历史。

二、意识形态动力的复杂影响

　　1942 年，以毛泽东《在延安文艺座谈会上的讲话》的发表为标志，中国文学进入一个新的时代。按照毛泽东在《新民主主义论》里的说法，中国文学彼时尚属于新民主主义文学。但历史已经被给出一个新的方向，伴随着中国革命由新民主主义革命递进到社会主义革命的光荣前景，中国文学势必也要由新民主主义文学递进到社会主义文学。这是为中国文学的现代性品格与追求所注定了的。对于建立一个独立自主再也不受列强欺辱、逐渐强大富强的民族国家的渴望构成这一时期最具有冲击力的社会思潮。意识形态因此在这一时段的中国文学中成为挥之不去的"氛围"或"气场"。从抗日战争到解放战争，再到社会主义革命与建设，与中国革命逐渐走向纵深相匹配，尤以 1949 年新中国的成立为突出标志，中国文学逐渐将一种明朗乐观的精神气质提到历史的显眼处，形成特色鲜明的"中国作风和中国气派"。

　　回望这一历史时期，能够明显发现伴随着马列主义文艺观在中国大地的逐渐扎根，意识形态话语在当时文学场域内已然遍地生花，并因此强有力地形塑以致扭转了中国文学的整体面貌。比之于 20 世纪 30 年代的急切焦躁，比之于20世纪20年代的动摇失望，乃至比之于"五四"时期的狂猛峻烈，这一时段的中国文学体现出一种非凡的乐观与英雄主义基调，形成了一种独特的话语风貌。在这一时期，意识形态最为有效地深入中国文学的腹地乃至魂灵，在革命与建设的火热现场，中国文学来不及细细思量，就被裹挟进了这一时代的主"旋律"之中。文学成为表现社会现实、负载"现代性"大业的最佳载体，成为时代声音的主要传播载体。从某种程度上说，这是文学与意识形态互相促进、相得益彰的历史时期，这一时段的文学总体上来看是成果丰硕的，"三红一创、保林青山"等都已成为中国文学永恒的经典，成为铭刻新中国辉煌征程的重要标识。但也应该看到，伴随中国现代性不断激进化展开的，是中国当代文学的逐渐意识形态化，这一进程到"文革"文学时，开始显露其严重后果。某种程度上，"文革"文学大有忽略掉文学的本性和本义，无视文学自身的规律与特性，而有成为政治意识形态①传声筒的风险，从而给中国文学带来很多内在的问题。

在对马列文论做庸俗的、机械的理解的观点看来，文学就是一种意识形态，因此一切的文学作品其实都可以视为一种意识形态写作，不管主观

---

① 本章中"意识形态"与"政治意识形态"基本上可以互相置换。有时为了着重突出"政治"对文学的影响，使用"政治意识形态"这个表达。值得一提的是，"政治意识形态"不同于"政治""政治文化""政治传统"，"……它具有实践的品格和行动的取向。人们总是按着一定的意识形态构筑自己的政治生活，建立自己满意的政治制度……"季广茂：《意识形态》，广西师范大学出版社2005年版，第6页。在本书中，"意识形态"及"政治意识形态"尤指一种政治理念或观念及其动员民众投身于政治事务、以实现自己满意的生活的功能。在这个意义上，当代文学与意识形态，尤其是政治意识形态结下了不解之缘。

上是否有意。然而文学与意识形态毕竟不能等同，二者之间的关系也不仅仅是"反映"或"传达"这么简单，而是有着远为复杂的内在联系。中国文学在这一时段日益急切地向意识形态靠拢，不同程度地损失或者无视文学自身的规律与特性，这不能不是一个历史的遗憾。在一个总体意识形态气息浓厚的时代里，虽然也不时有人站出来声言文学的独立品格，强调文学的审美特性，但在时代的大音量中他们的声音常常轻易就被覆盖，被埋没，因此并未能对文坛产生什么影响。这种意识形态气息特别浓厚的文学局面，到了新时期才有显著改观。

但这个问题显然比表面看上去更加复杂，问题总是要一分为二来看。这一时期的中国文学尽管有遗憾，但也有非常可贵的收获与进取。无论怎样评价这一时段的文学，从文学与民族国家意识形态同步的角度来看，这一时段的中国文学都可谓创造了中国文学独特的经验。纵然称之为"反现代性的现代性"，那也是一种中国自身的现代性之展开方式。就像人不能揪着自己的头发离开地球一样，中国文学自有其独特的历史道路，也有其独到的自我诉求，中国文学无法离开中国特定的历史和现实而自在自为，在这一时段，这个特定的历史和现实就是中国的新民主主义革命和社会主义革命。也应该看到，正是在意识形态的催发之下，中国文学焕发出昂扬自信的全新风格，形成了较为明显的刚健明朗的中国气派。某种程度上，即便放在百年中国文学史上，这仍可称是中国当代文学最为自信的时期，也催生了一批经得起时代检验的经典之作。今日检视，仍让人感慨良多。

总体来看，这一时段的中国文学无疑距离中国"政治"[①]很近，这是后来人们质疑它的地方，但如果我们改换一下看问题的角度，从中国文学的"实际"出发，而不是从文学所谓超越性的"本性""本质"出发，我们当能从中看出，意识形态其实已经突出地构成了这一时段中国文学的某种动力。不仅推动了一些崭新形态的文学样式的出现，而且推动了中国文学在逐步探索"中国作风和中国气派"的道路上走上自己的现代性之路，从而最终推动了文学向前发展。是否将文学视为一种纯粹独立的艺术形式，是导致意见分歧的中心。应该看到，意识形态与文学的关系本来复杂，并非一个简单决定论就可以说清，也绝不仅仅是"反映"或"传达"这么简单，而文学本身也有自身逃脱一切外在限制与束缚的最后的"文学性"所在。在历史的彼时彼刻，在火热的革命和建设现场，发生在文学领域的同样是一场惊心动魄的"战斗"。人们总乐意"一览无余"地简化一个时代的复杂风貌，但历史从来不是清晰简明的。意识形态推动了这一时期文学的发展，但这个过程远比人们想象得要更为复杂，更为曲折，也自有其不可磨灭的历史意义。以赵树理为代表的一系列解放区作家的创作与意识形态之间起起伏伏的关系，也许是这一复杂过程最为形象的注脚。在束缚文学与解放文学之间，尚有无穷的辩证亟待厘清。在中国文学的得与失之间，尚有无限的问题与无限的意义亟待重新阐发。只有更加辩证地认识和剖析这一时期中国文学的意识形态动力，我们才能更好地介入20世纪中

[①] 张炯的看法能够反映一般研究者的心声，他认为"文艺从属政治的思潮"在"新中国成立后流行大陆近三十年"。参见张炯主编《新中国文学五十年》，山东教育出版社1999年版，第20—21页。

国文学，将之作为一个整体、一个延续而非断裂的过程去对待，从而探查那一时期文学更为丰富的本然。我们要关注的正是这种复杂性。在将意识形态视为这一时段中国文学的发展动力时，我们更在意的也是对于这种复杂性的梳理与辩证分析。

第四节　文学与意识形态的纠葛
——以赵树理为例

以 1949 年和 1966 年为界限，1942—1976 年的中国当代文学可以分为三个部分。

1942—1949 年是中国当代文学的奠基期，这时候的革命主要是新民主主义性质的革命，革命对象包括封建主义、帝国主义和以国民党为代表的官僚资本主义，文学则主要讲述各种"翻身"故事，因此普遍具有明朗乐观的中国作风和中国气派。文学与意识形态在反对"三座大山"的基础上合拍共振，文学创作上出现了不少新风格新气象的作品，显示出一个新的文学时代，文学创新所具有的那种强劲能量。

1949—1966 年是中国当代文学取得主要成绩的时期，所谓的"红色经典"大多数都在这一时期完成。当然进入"红色经典"的只是这一时段数量庞大的作品中的一小部分作品，这就可见这一时期文学创作的繁盛。对于建设一个强大的新中国的憧憬、建设新中国的宝贵经验等，均借助社会主义现实主义的创作手法得到文本的落实，文学与意识形态的和谐共振达到高峰。文学因与现实同步共振，因能同步表现社会主义建设伟大实践而真正具有"经国之大业，不朽之盛事"的尊崇地位。此时，在文学作品中表现意识形态的种种诉求，既是一种要求，也是作家的内心呼声，二者既相得益彰，也时有冲突与矛盾。文学的发展日益受到更加强化的意识形态的干扰。

1966—1976年为十年"文革"时期，这一时期的文学以"革命的浪漫主义"为主要精神支撑，观念性和理想性既是文学的理想，也被视为文学的本相。意识形态直接与文学等同，文学不仅是意识形态得以实现自身的工具，其本身即是一种意识形态生产。

无疑，1942—1976年的中国文学体现出某种一致化或一体化的趋势，这种一致化或一体化的直接确立是在1949年召开的"统一"解放区和国统区文学[①]的第一次文代会，而其直接根源则是1942年的《在延安文艺座谈会上的讲话》，"文艺为工农兵服务，为广大人民服务"成为文艺的核心纲领。在这个意义上，人们可以举出任何一位"红色经典"作家作为这一时期意识形态与文学之间复杂纠葛的表征者，毕竟社会主义现实主义是社会主义文学的主要创作方法，而"红色经典"乃至"革命样板戏"都是社会主义文学的宝贵成果。但考虑到1942—1976年这一长时段文学与意识形态之间关系的不断变动，考虑到意识形态动力的复杂性以及当代文学与

[①] 第一次文代会上，同为革命文艺的国统区和解放区文学事实上"……涉及一个谁为正统的问题。与解放区的革命文艺相比较，国统区的革命文艺就算不上正宗……革命文艺有了新的起源依据，那就是《讲话》"。陈晓明：《中国当代文学主潮》，北京大学出版社2013年版，第56—57页。抛开"五四"，另立起源，这既是社会主义文学的必然要求，也导致一致化或一体化了的当代文学内部一直充满着内在的辩证与冲突。

意识形态之间复杂的辩证关系，考虑到当代文学一致化或一体化内部始终存在的"争议"之声①，尤其是考虑到意识形态催生下的"新"文学的新生与坎坷经历，也许只有赵树理才是那一时期最为典型的作家。赵树理的创作起于1942年左右，止于"文革"期间，是一个地地道道的新中国作家。他为意识形态感召而写作，曾经被树立为"赵树理方向"，却又在时代的推进中终于感到无法再继续写作，这都让人感慨万千。如今看来，他一生的坎坷经历的每一褶皱，似乎都适足以表征那个以意识形态为动力的文学时代，它的前进，它的后退，它的激进，它的保守，它的成绩，它的缺失与遗憾等。因此，欲要更为真切细微地感受意识形态动力对于当代文学的复杂影响，我们就必须走近赵树理，去仔细研读赵树理的作品。

一、不变的赵树理及其代表性

赵树理是现当代文学史上一个极具争议性的人物。对赵树理的评价问题一直是现当代文学史上一个争执不下的问题，就争议性而言，可能这一时段没有人能够与赵树理相提并论。争议导源于却又恰恰最足以说明赵树理一方面是那个最佳地实现了意识形态的要求的作家；另一方面又是最大限度地对意识形态对文学的过分要求提出尖锐反驳的人物。事过境迁之后，当我们回望这一时段的文学之时，赵树理依然是那个最先跃入脑海的人物或者人物之一，曾经在他身上所进行的那些针锋相对的讨论依然困惑

---

① 在文学上，这种争议之声最显目的应是胡风的"主观战斗精神"说和百花文学的短暂"绽放"。一定程度上，这些争议后来都多少成为新时期文学前行或反拨的重要推力。

着当代的读者们。无疑，一直只想默默无闻地做"文摊小说家"的赵树理在某个点上与当时的意识形态形成融洽关系，从而一跃成为台上最闪耀的人物。但纵观赵树理的一生也能发现意识形态固然构成了赵树理创作的主要动力，但这种动力对赵树理创作的影响，却远比人们想象得要复杂得多。

就赵树理的文学成就所引起的社会轰动而言，赵树理是典型的"无心插柳柳成荫"，但赵树理作品的确具有一种"解放区文学"的新面貌、新气象，的确以最刚健明朗的作品最大限度"完美"演绎了其时意识形态的种种要求。一方面，在旧社会摸爬滚打多年的赵树理对解放区的政策是真心拥护，解放区意识形态对文学的种种要求，恰恰与赵树理对国家对农民的关切完全契合。他基本上不用"挖空心思"去顺应意识形态的要求，事实证明他只需要自然而然写出自己的感受、渴望与担忧，就能够与意识形态合拍。另一方面，在解放区文学展开之前，赵树理已经具备多种多样的民间文艺的储备，且已经对农民的命运充满悲悯之情。这就使得他能够在解放区一下子就与新的政策接通，从而最为及时又最为生动地表达意识形态的诉求。随着形势的发展，这点民间文艺的本领也使得他即便在最为意识形态化的文坛语境里，也仍旧能够依靠民间文艺的"藏污纳垢"和生动活泼，相对保持文学表达的某种自由度。

在一个激进化的时代氛围里，赵树理可能仍是为数极少的冷静者或稳重者之一。他就是按照老农民的思路，像做农活一样经营写作，这当然会带来文艺某种程度上的"下里巴人"化，因此而带来不少弊病，但也正是因为如此，赵树理的作品最大限度地接通了"五四"以来文学大众化的血脉，至今在文学性与普及性的融合上仍独具一格，是兼顾普及与提高的典范之作。这也就意味着,即便抛开时代的加成,赵树理的作品至少在文学的大众化这一脉络上仍拥有难以被忽视的文学价值,尽管对他的争议也部分来自此。某种程度上说,赵树理从没有合格的观念化作品,他始终保持创作的本色与本真,以真诚的态度"写实"地对待身边的生活,但如果将赵树理的创作视为一个整体的话,这就是说,包括他学之于民间又赠予民间的那些民间文艺创作如鼓词、小调、快板,尤其是戏曲等,赵树理的创作也确有不少直接呼应意识形态的写作。他的部分作品因为其特别本真的关心农民、心系农村的表现内容,更是通常被视为解放区文学的经典与代表。

赵树理从"懵懂之境"来到"赵树理方向",再从"赵树理方向"到黯然辞世的人生轨迹最有代表性地体现了意识形态与文学之间关系在这一时期的发展变化和动荡起伏。值得一提的是,在时代的风云激荡、变幻多端里,赵树理以一个"文摊作家"的身份自居,始终保持一种不改质地的"现实主义"的写作风格。他的不变与意识形态的不断变化(或者策略之变化)构成有意味的张力结构,这样,透过赵树理这样一个棱镜,透过他的"以不变应万变"的真实生命,我们也许能够更加明朗地看到一个时代的意识形态如何构成了文学发展的动力,在这个过程中又形成了多么复杂的文学与意识形态的辩证关系。

二、为介入现实而写作

1925年赵树理来到长治就读山西省立第四师范学校(以下简称"四师")初级班,这是赵树理生命中至关重要的一件大事。以此为界限,之前的赵树理可谓是一个地地道道的农民,之后的赵树理则逐渐成长为一个有着启蒙思想、一个能为了农民的利益而从骨子里甘愿放下启蒙者身架的知识分子和作家。如他在自传中所说:"我出身于一个有宗教关系的下降中农兼手工业者的家庭。我的祖父……晚年入了三教圣道会,专以参禅拜佛为务。我的父亲是农民而兼编织柳器的手工业者。"① 根据赵树理的自述,一直到1925年去四师读书之前,他都一直热衷于封建迷信思想,十分严格地恪守封建伦理纲常,可以说是一个活脱脱的愚昧麻木的农民。如若不是父亲对于"出路"的设想有了一点松动的话,赵树理可能一辈子都是一个彻底的农民。高小的文化程度虽然能够使他在农村做一个小学教员,但小学教员的视野始终受到限制,他也就不可能那么容易就接触到新的文化,形成新的世界观。

在农村生活而又能为农村发声,一直是一件不大可能的事情,赵树理也并不例外。但赵树理即使在因成名成家而迁居北京之后,仍坚持每年花费大量时间下乡"体验生活",以保持自己对农村对农民的血肉联系,这可能就是例外了。这除了体现赵树理对于农村和农村生活的想念之外,应该说还体现出赵树理对于农村的感激与深情回望。而这一切都源于农村和农村生活真正给了赵树理诸多的馈赠。事实证明,真正生活在农村,真正是一个农民,并不仅仅给予赵树理以封建迷信思想,民间所以是一个"藏污纳垢"的地方,就在于它的巨大包容性。正是在多年农村生活的实际经历中,赵树理为成为一个优秀的农民作家做了许多潜移默化的准备,这些

---

① 赵树理:《自传》,载董大中主编《赵树理全集》(第四卷),大众文艺出版社2006年版,第404页。

准备都将在他今后的写作中成为其滋养，并得到持续开发。

据赵树理好朋友王春的回忆与概括，赵树理起码由农村生活经历获得了"保证他一辈子使用不尽"的"三件宝"："头一宝是他懂得农民的痛苦……第二宝是他熟悉农村各方面的知识……第三宝是他通晓农民的艺术，特别是关于音乐戏剧这一方面的。"① 这里每一个方面对于赵树理成为一个比较能懂得农民的作家都是必要的。② 在日后赵树理的作品中所能看到的那种生活的鲜活痕迹，并不是没有原因的，它来自多年农村生活的宝贵积淀。

新的世界观来自赵树理在四师的学习经历。在四师学习期间，"五四"新文化运动的启蒙价值观极大地冲击了赵树理的世界，迷信那一套东西终于开始退出他的思想。犹如闭塞地方的植物第一次见到了阳光，他贪婪地吸收着新的文化与价值观，逐渐扭转了自己的世界观。黄修己的论述告诉我们："……鲁迅、郭沫若、郁达夫、蒋光慈的书，甚至还有易卜生、屠格涅夫的作品，普列汉诺夫、布哈林等的著作。文学研究会、创造社、语丝社乃至狂飙社的刊物、作品经常在赵树理和他的同学们的手中传阅。"③

---

① 王春：《赵树理怎样成为作家的？》，转引自黄修己编《赵树理研究资料》，知识产权出版社2010年版，第8—9页。
② 但这些只能说是赵树理成为一个优秀农民作家的必要而非充分条件，而并非就决定了赵树理必然成为一个优秀的农民作家。就这三样宝贝来说，任何一个在农村生活过又有一定生活体验的人都有可能具备，但唯独赵树理成了一个出名的作家；与赵树理时期风格都相近的山药蛋派大多也都有这样的生活储备，但相比赵树理，他们还是有些差距的。因此不应该对赵树理的农村生活经验过分强调，毕竟从经验或经历到创作，中间还有一条长长的道路。
③ 黄修己：《赵树理评传》，江苏人民出版社1981年版，第20—21页。

随同"五四"新文化运动，赵树理不仅接触了当时最出色的中国作家的著作，还接触了国外尤其是苏俄文学理论家的理论著作，可谓收获颇丰。这种影响的痕迹可以从赵树理20世纪20年代末最初创作的小说如《悔》《白马的故事》之中看到，它们完全是"五四"时期"新小说"的写法，绝无一点通俗或民间文学的痕迹。

当然四师时期赵树理最重要的转变还是政治观念的转变。阎锡山的军阀统治一直是山西人民的一大祸害，地主的剥削、官僚的腐败等，一直让赵树理深深痛恨。1927年国民党悍然发动"四一二"反革命政变，其倒行逆施的种种恶行与十月革命之后中国共产党为国为民的种种善行构成极大反差，强烈冲击着赵树理本来闭塞而平静的内心，使他从政治情感上开始拥护中国共产党。1927年，在大革命风起云涌的时代氛围里，赵树理与四师的同学们一起参与了驱逐腐败校长姚用中的斗争，就是在这次斗争中，赵树理更加靠近了共产党，于斗争后加入了中国共产党。[1]这是赵树理与意识形态的最初"结盟"。考虑到赵树理此后在中国共产党的启发下自身世界观的重大转变，以及他与解放区意识形态、新中国意识形态等形成的复杂关系，可以将四师学潮中赵树理与人合写的《驱姚宣言》[2]视为其文学生命的起点。

《驱姚宣言》中，不仅有"牺牲是家常便饭，流血为无上光荣"这等视死如归精神的渲染，更有"还希望我们的同学本此精神，联合世界革命

---

[1] 黄修己：《赵树理评传》，江苏人民出版社1981年版，第22页。
[2] 赵树理：《〈山西省立第四师范同学录〉序》，董大中主编《赵树理全集》（第一卷），大众文艺出版社2006年版，第1页。

青年:打倒了帝国主义!!! // 解放了中华民族!!! // 促成了世界大同!!!"[1]这样反对帝国主义、向往世界大同的呼吁。这就是赵树理最初的作品。从这里开始,赵树理就表现出要将将近20年的农村生活痛苦经历内化为内心的愤怒与忧思,以极端强烈的呐喊来为农民争取最为现实的利益、为中国的美好前景做力所能及的实际贡献的强烈心声。某种意义上,赵树理的写作就其自发的触因来看,根本就不是什么"空中楼阁"式精致或纯粹的写作,跟后来的纯文学更是有很大差别,而始终是一种介入现实的写作。或者说,介入现实以改变现实,才是赵树理愿意放下手中的实际工作、拿起笔的唯一动因。如此也就不难理解,为何赵树理的文学作品会最大限度地契合于社会现实的要求,为何赵树理能成为当代文学的意识形态动力的一个代表性诠释。多灾多难又终于充满新生与希望的中国现实,从根本上促成了这一切。

值得深思的是,赵树理最后的文字也不是纯粹的文学作品,而是一个反思或反省文字的长文。在这个表白心迹的长文里,赵树理裸露自己的心迹,将一颗赤诚火热的心献给自己仍然信赖的党和国家。这篇长文就是《回忆历史 认识自己》。在对自己一生的种种进行细致回顾的时候,赵树理一一表明自己的心迹,但基于对自己的真诚和对党的信任,他也提出了一个现在看起来有些悲感的要求:"我本人的全部情况也便随之而出,搜集起来,便是总结。我以为这过程可能与打扑克有点相像。在起牌时候,搭子上插错了牌也是常有的事,但是打过几圈来就都倒正了。我愿意等到最

---

[1] 赵树理:《〈山西省立第四师范同学录〉序》,载董大中主编《赵树理全集》(第一卷),大众文艺出版社2006年版,第15页。

后洗牌时候,再被检点。"① 这让人想到他一个名为《表明态度》的小说,只不过《表明态度》里赵树理动情批判的是资产阶级的私有化倾向,在《回忆历史 认识自己》这里,他则要真实地表明自己的心迹,以避免批判的成立或加重。此时的赵树理可能并不只是一个个例,而是当时中国大部分作家的一个表征,而其时当代文学的某种境遇也就此可见一斑。

赵树理对意识形态从向往、顺应到渐渐地被迫疏离,是有目共睹的事实,他笔下的文学作品是这一事实最为有力的见证,但唯一不变的始终是赵树理那种介入现实的文学态度,这让他的作品始终有一种现实感,"接地气",始终生动活泼,因此有无穷的魅力。为介入现实而写作,作为赵树理始终不渝的创作准则,让他的写作与意识形态结下无尽缘分,值得后人反复钻研与评说。

概括地说,赵树理的作品无疑表现了解放区文学的强大生命力,展现出了解放区文学全新的面貌,同时也预示了社会主义文学的全新可能,因此成为中国当代文学的重要发展与推进。正是有鉴于赵树理的作品在表现一个新时代的光明前景和鞭挞一个旧时代的黑暗末路时,呈现出了全新的明朗刚健的中国作风与中国气派,陈荒煤表达了解放区对赵树理的总体看法,由此提出当代文学史上著名的"赵树理方向":"……我们觉得,应该把赵树理同志方向提出来,作为我们的旗帜,号召边区文艺工作者向他

---

① 赵树理:《回忆历史 认识自己》,载董大中主编《赵树理全集》(第六卷),大众文艺出版社 2006 年版,第 483 页。

学习,看齐!"① 对于陈荒煤和解放区文艺界来说,赵树理的作品除了创造了为广大群众所欢迎的民族新形式,有着全心全意为人民服务的优秀品性以外,最值得称赞的恰恰是他的作品几乎完美地契合了解放区意识形态。② 在这个意义上,可以认为,赵树理最为典型地体现了当代文学的意识形态动力带给当代文学的历史性新变。如果我们不能真正认识赵树理的小说在解放区文学中的重要价值与革命意义,就将无从客观评价社会主义文学的发展谱系。赵树理的作品无疑是当代文学最早的经典,在某种程度上已成为当代文学必要的基石。

三、文学与意识形态的复杂纠葛

从《小二黑结婚》开始,评论界的确把赵树理的小说看成是最能体现毛泽东文艺思想的标杆,因此作为旗帜提出来,以使大家效仿。但事实上赵树理的小说与解放区文艺思想以及当时的意识形态只是一种暗合,二者

---

① 陈荒煤:《向赵树理方向迈进》,转引自黄修己编《赵树理研究资料》,知识产权出版社2010年版,第177页。

② "赵树理的作品政治性是很强的。他反映了地主阶级与农民的基本矛盾,复杂而尖锐的斗争。他是站在人民的立场来写的,爱憎分明,有强烈的阶级情感,思想情绪是与人民打成一片的。"陈荒煤:《向赵树理方向迈进》,转引自黄修己编《赵树理研究资料》,知识产权出版社2010年版,第174页。某种程度上,这也可以解释为何赵树理的作品会被夏志清严重贬低,夏志清的具体论述也让我们深思:文学研究与批评一旦脱离作品的历史实际,被错误的政治立场左右,将演变为一场多么可怕的灾难。参见 [美] 夏志清《第二阶段的共产小说(节选)》,转引自陈荒煤等著《赵树理研究文集》(下),中国文联出版公司1996年版,第23—25页。

的细微裂隙有待时间的拉远才能为人感知。从黑暗的旧时代走过来的赵树理，在看到中国共产党领导的土地改革运动和解放区带给社会的新变化时，内心想要歌颂的想法是强烈的，是由衷的，也是自发的。这使他对于当时的意识形态有一种热烈迎趋的自发感情。但如果细细观察赵树理的写作，当不难发现事实上支撑他写作的始终是一种实事求是的创作精神。一切从实际出发，而非从某个理念出发，才是他写作的基本理念。赵树理非同一般地强调体验生活的重要性，并非就是对于解放区文艺思想的忠实照搬，而是来自自己对于生活的亲身经历及对文学功用的个人思考。我们说赵树理感召于解放区意识形态而进行适得其所的创作，其实无异于说解放区意识形态恰好击中了赵树理的内心，二者对于文学的性质及功能的认识基本一致，这才有了赵树理那些明朗刚健、生机勃勃的创作的勃发，及其在解放区的备受推崇与欢迎。

在某种意义上，正是赵树理的写作所具有的那种本真性品格，使得他那些即便是对新政权充满歌颂和赞美之情的写作，也不能不充满了意识形态与文学的复杂辩证。有鉴于此，我们甚至必须认识到以下这一点：赵树理并不是解放区文学最为典型的观念性的代表，甚至于不是"赵树理方向"的典型代表。如董大中所观察到的："……就赵树理本人来说，我们看到的是一个极其奇特的现象，就是赵树理自己的创作并不符合'赵树理方向'。赵树理是'为人民'写作的，他把'为人民'置于至高无上的地位，而当时的文艺却是'为政治'的。"[①]董大中过分强调"为人民"和

---

① 董大中：《中国农村变革的史诗》，载《赵树理精选集》，北京燕山出版社2009年版，第9页。

"为政治"在当时的差异,有些不妥,就1942—1976年的文学实况和历史实际而言,为政治某种程度上就是为人民,为人民某种程度上就是为政治,二者事实上是一回事。然而,董大中还是揭示出了赵树理写作中的一个重要的面向:尽管有对新政权的意识形态的拥护和支持,但赵树理的本色创作依然时时与这一意识形态规范有所疏离。这可能是赵树理创作的一条幽深的线索,由此赵树理的独特性和区别性才难以遮掩。

陈晓明可能说得更加清楚,他认为:"赵树理并不是狂热的意识形态的信奉者,他既要顺从时代政治潮流,也要面对生活经验与事实。"① 这样的写作难免不能协调,赵树理也并非完美解决了这一问题,但他选择的最为朴素的路径如今看来可能也最为有效。事实上,尽管人们对赵树理小说的文学性有种种指责,但却又不得不承认他的确将农村与农民写活了。农民作家一直是赵树理最为显在的名号,以至于有论者认为:"在现代文学史上,赵树理是继鲁迅之后最了解农民的作家。"② 到底能不能在"最了解农民"的意义上进行作家的排序暂且不议,但将赵树理与鲁迅在表现农民方面相提并论,起码透视出钱理群等对于赵树理在认识农民、表现农民的全面性和深刻性上的认可。

从"文坛"上下来,去做"文摊"作家,这是赵树理的文学诉求,这就使得赵树理的写作视点与农民在一个水平线上,从而能够贴着农民的精神脉搏来写作。他将自己的小说定义为"问题小说",并对此有一番实际

---

① 陈晓明:《中国当代文学主潮》,北京大学出版社2013年版,第102页。
② 钱理群、温儒敏、吴福辉:《中国现代文学三十年》,北京大学出版社1998年版,第369页。

的解释:"为什么叫这个名字,就是因为我写的小说,都是我下乡工作时在工作中所碰到的问题,感到那个问题不解决会妨碍我们工作的进展,应该把它提出来。"①正因为是针对问题而来,赵树理便特别重视体验生活,并相信"艺术来源于生活"的信条,有时候甚至可能到了过于僵化的程度。比如,赵树理始终带着对农村与农民的热爱对待自己的写作,常常因为实际工作而耽误了写作或者荒废了写作而不感觉有什么。他不止一次表示如果农业生产需要他出力的话,他完全可以放弃写作去从事农业生产;他之所以没有写作工业或其他题材的作品而一直专注于农业、农村和农民方面,也是因为他觉得他的个人经验和能力可能无法为工业生产做贡献,但却可以为农业生产和农民生活的提高做贡献。在某种程度上,赵树理的写作与他的生活和他对农村与农民的关切是融为一体的,不可分割。"大跃进"之后,赵树理不断向上级领导反映农村的真实情况,也是本乎自己对于"三农"问题的一腔热情,这种对于现实的忧心逐渐占据了他的生活,为解决农村更为现实的问题,他甚至逐渐减少以至停止了写作。在赵树理这里,文学如果无助于现实的社会主义事业,他宁可不写。他就是这样的有着铮铮铁骨的"现实主义"作家。

《套不住的手》《实干家潘永福》《张来兴》等都表现出更加急切地要干预现实的倾向,也更加观念化一些,但它们也将赵树理的小说那种"问题小说"的特性更加凸显出来,并因此而为人注目。不比"五四"时期此类小说主要用来揭示问题,以求改变,赵树理的"问题小说"则更为重视实

---

① 赵树理:《当前创作中的几个问题》,载董大中主编《赵树理全集》(第三卷),大众文艺出版社2006年版,第303页。

际行动，要求直接干预现实，直接改变现实。他努力地在意识形态与文学之间找取平衡，他的艰难和痛苦适足以反衬当时文学被日渐"异化了的"意识形态所烤灼的那种煎熬与灼痛。

四、仅此一个的赵树理

鲁迅之后，可以说赵树理是中华民族的另一个脊梁。赵树理一直不显山不露水，也不愿意在前台活动。虽然写了不少小说，也以小说而闻名于世，但是他最为关心的其实是曲艺事业，那是更加靠近老百姓靠近农民的艺术形式的总称。他一生写了不少的曲艺作品，在他的心目中，曲艺甚至要比小说的地位更重要。不过，重中之重还是农民本身的福祉和农村本身的发展与新变。这就是身为作家的赵树理在这个世界上真正关切的事物的排序。我们要研究赵树理，我们如今缅怀赵树理，这也是始终不能忽略的重要方面。

赵树理的创作可以以1942年和1959年为界分为三个阶段：从在懵懂中接触新的世界观和新的意识形态，到被树立为这一意识形态的最佳文学代表和象征，再到逐渐与这一意识形态疏离。站立在坚实的农村大地上，始终以一个农民的视角思考农村存在的问题与历史性新变，我们的确可以说，赵树理的创作始终身在意识形态之中，与意识形态有着千万种联系。只是这当中的复杂性非一言可以道尽。尤其应该看到，一方面，在那个时代，解放区意识形态代表了中国的发展方向，代表了中国最广大人民的根本利益，赵树理的作品在此意义上自有其不朽意义。在某种程度上，赵树理契合意识形态的写作也是契合历史发展方向、为人民服务的写作。另一方面,赵树理实事求是的一面使得他往往能够与意识形态之间保持一个必要的空间和距离,这一必要的空间和距离是赵树理文学生命更为坚实的根基,使得他不容易被后来日益收紧的意识形态要求干扰,仍保持其写作的本真性。

赵树理的文学作品首先是在政治意识形态的含义上建立其意义维度,这点无可厚非。如果说这是赵树理小说的骨架,对农民生活的熟悉、对农民痛苦的体察、对农民审美观念和需求的熟稔等就构成了赵树理作品的血肉,二者的合力才使赵树理成为仅此一个的赵树理。正是通过与农民最深层精神的血脉相连,赵树理写出一个时代农民的精神和挣扎,同时也写出新的时代给予农民的新的启示和考验。由此赵树理小说永远具有魅力,那是来自农民日常生活的魅力,那也是来自民间大地的长久积淀的美感的提炼与升华。意识形态与文学的张力就在二者之间产生,赵树理所以能够折射体现一个时代的文学的集体面目,正导源于此。比之于鲁迅等老一代书写农村农民的作家,赵树理无疑写出了新的生活,写出了新时代的农民,同时也就写出了以农民为主要力量所进行的革命和建设事业的精神主轴。郭沫若在读过《李有才板话》后情不自禁地说:"我是完全被陶醉了,被那新颖、健康、朴素的内容与手法。这儿有新的天地,新的人物,新的感情,新的作风,新的文化,谁读了,我相信都会感兴趣的。"[①]这当然是在新的意识形态视角下所看到的图景,但这其实也可以放置在中国现当代文

---

① 郭沫若:《〈板话〉及其他》,转引自黄修己编《赵树理研究资料》,知识产权出版社2010年版,第154页。

学的整体结构中去看待,我们必须得承认,即便在这个整体结构中,赵树理依然是新颖的[①],依然是不可取代的。

就对农民或农村的表现来说,在赵树理之后的作家并没有能够超过他,在赵树理之前的作家也从未能如他那样与新的时代深度吻合,从而表达出新时代的新气象、表现出新时代的内在风骨。赵树理之后,世界在急剧变化,中国文学也在对于"文革"的反拨中走向新的时期。农民或农村再一次远离文学的中心场域,再度成为文学表现的"穷乡僻壤",新时期文学即便表现农民或农村,也不再能够让农民与农村真正占据主体,农民或农村又一次成为"俯视"的对象,"乡土"则又一次成为现代性之眼注视下一成不变、毫无起色的农村图景,这不能不又是文学的一种悲哀。中国文学对于农民的表达与呈现至今依然不能遗忘赵树理,他是那么平易地与农民打交道,他是那么深切地爱着农村,他为了农业曾经那么执着地拼搏,最主要的是,他赋予农民以完整的主体地位,完全以农民的视角来打量世界,对待生活,这一切如今都是如此地令人怀念。在这样的怀念中,他的文学作品已成为一种宝贵的文学馈赠,给予后来的中国文学一种宝贵的农民精神的血脉。它或许会被遗忘,却再也不会被长久地中断。因为,只要我们仍在怀念赵树理,这条农民精神的血脉就会再度勃发,重现生机。

---

① 赵树理的独特性在于他的所有创作都从农民的需求出发,以农民的审美水平为创作出发点,并且在如此"普及"的限度内取得了非凡的文学成就,乃至收到了"提高"的效果。关于赵树理对于农民文学的贡献,相关论述可参见李仁和《对农民文学缺失的思考》,《山西大同大学学报(社会科学版)》2008年第3期。

对于与意识形态之间充满复杂关联的中国现当代文学来说，赵树理是一个不可跨越的人物，这首先得自在他一生的写作之中，意识形态一直构成其写作的动力。赵树理从来不忌讳自己作品的应用价值和实际意义，他敢于做一个"文摊"文学家，他对于不被重视的民间曲艺及其他民间文艺形式有着"过剩"的兴趣和热情，他甚至认为为国家、为农民做一些实际的事情比自己的写作更有意义。其次得自赵树理尤其典型地是一个从旧时代到新时代的作家，他身上有着强烈的"旧日"情怀，同样不乏相当明显的"新时代"情结。人生前30多年的辛酸阅历构成了他此生奋进的动力，也滋养了他对于"旧时代"无以复加的深情和难以压抑的批判，在这种情形下他热切地期盼一个新时代的到来。他被看成代表了解放区文学发展方向的"赵树理方向"的代表者，一个新时代的作家，但他骨子里的那股"旧时代"的农民气却也让他能够实事求是地看待"新时代"的问题。不难理解的是，他一直以"问题小说"的形式去面对现实，而他最让人难以忘怀的书写则一定程度上凸显出"新时代"的某种"旧"的阴影。与此同时，他又最为及时、最为有力地表现了意识形态的诉求，也愿意在对于意识形态诉求的表达中更新自己的写作道路，使之有最大的"现实"效果，以促成社会的改变、国家的进步和人民的新生，并因此接通了民间文学的深幽文脉，在文学史上第一次给予农民、农业、农村以主体式呈现。总之，没有什么比一个一心想写作意识形态性作品的作家与意识形态之间错综复杂的联系能够更为有效地揭示中国当代文学特定时期的存在状态的了。这就是赵树理在当代文学中不可绕过去的特殊性所在。

第三章

当代文学的文学反叛动力

本章将在1976—1989年的中国当代文学范围内，考察当代文学的文学反叛动力。按照一般文学史的处理，这一时段的中国当代文学通常被称为"新时期文学"。

中国当代文学的现代性之路不断走向激进化的轨迹，也可以视为是对当代文学"文学反叛"不间歇的踪迹的某种揭示。就"文学反叛"最为普泛的意义来说，中国当代文学一直走在一条文学反叛的道路上。向上追溯，"五四"文学对于晚清文学是一次巨大的反叛，这一反叛直接导致新文学的出现，可谓意义重大。20世纪三四十年代逐渐兴起的无产阶级文学是对于"五四"文学的反叛，文学与阶级从此挂钩，它的持续推进就是50—70年代中国文学。就现实性很强的中国现当代文学来说，文学从来也没有真正卸下干预现实乃至改造现实的重任，最初的文学反叛莫不是在现实性的范畴内得以确立自身。文学的工具性和功能性一直是文学最为光鲜的光环，时代需要这样的光环，文学也乐于披上这样的光环。中国当代文学不断走向激进化，内在地要求文学在工具性和功能性的意义上走向激进化。时过境迁之后，人们难免要为文学喊冤叫苦，但放在特定的历史条件下，文学不承载如此之重的现实诉求也是不可想象的。中国现代以来的文学始终要在"现实/历史"的维度上确立自身，文学成为建构历史的手段，也成为表达或表现现实的手段。就主要的方面来看，在现实主义的审美体系下，新时期之前中国当代文学的最大现实是：文学无暇或无法考虑自身的诉求，所有关于审美性与自身独立性的诉求都要建立在现实性与政治性的考量之上。这就给中国现代以来的文学反叛设定了一个基本轨道，即文学反叛更多是基于表现内容的反叛，而鲜少涉及表现形式。只需要看一看中国现代以来文学各时段的命名就可知一二。

"文革"文学在当代文学史中常常被给予"简单化"处理，单单从文学本体的意义上来看，似乎也确乎符合历史，但如果从中国当代文学的历史进程来看，"文革"文学却是一个必不可缺的桥梁，自有其不可替代的文学史价值。尽管这是一座可能遭致巨大非议的桥梁。它一头连接着"十七年"文学的"黄金岁月"，一头连接着20世纪80年代文学的又一"黄金时代"，在当代文学的历史进程中，是亟待严肃对待的一个课题。就文学与意识形态的关系来说，"文革"文学既将二者推进到一个最为紧密结合的地步，同时也最大限度地揭示了文学与意识形态是多么需要保持必要的距离。

事实上，早在"文革"文学发生之前，地下文学的火种就开始隐隐地燃烧了，×诗社的文学活动可以追溯到1962年，尽管他们几乎未能够保留下自己的作品。正是由于"文革"文学这一巨大的压抑结构的存在，后来的地下文学才可能在不得已的情势下出现，在暗夜里喷射出反叛的亮色火苗。以白洋淀诗派和"今天"诗派为突破口，当代文学的反叛终于冲出层层压制，绽放出绚烂的花朵。还要回到"文革"文学，回到"文革"文学的极端化，才能理解何以白洋淀诗派和"今天"诗派作为中国先锋诗歌的源头，会走向如此极端如此惊世骇俗的地步。曾经的"文革"文学对文学有多大程度的压制与束缚，此后的文学反叛就在多大程度上致力于打破这种压制与束缚，一定程度上给文学"松绑"。一种压抑的力量需要一种起码对等的反叛力量来瓦解，这就是新时期以来文学反叛能够获得巨大声势的根源所在。相比于此前的文学反叛，新时期以来的文学反叛经历了从内容反叛到形式反叛的变迁或曰递进，将中国文学的文学反叛推进到一个前人无法想象的高度。

新时期文学根本上是对于"文革"文学反叛的结果。尽管伤痕文学、反思文学、改革文学乃至寻根文学等仍有其历史局限性，但相对于"文革"文学对于文学的极端压制与束缚，它们依然可以在"立人"的意义上构成一定程度的反叛。在新时期，文学反叛的持续推进，尤其是文学反叛与新生成的意识形态、新的文学类型和样式等构成的复杂联系结构，有力地推动了当代文学的发展。在反叛的激情之下，新时期文学充斥着昂扬的基调和高扬的主体意识。在人的确立之下，是关于人的内心世界的探查的深入，是现代主义乃至后现代主义等西方思潮在短短的时期内的迅速光临，这一切都变得如此必要和必需，也催生了中国当代文学重大的发展与变化。

文学反叛当然是一定限度之内的反叛，新时期文学的文学反叛并非对于此前文学有一个彻底改换，反叛也不意味着断裂，当代文学依然是与社会现实关系紧密、强调直面现实紧跟现实而创作的文学类型，现实主义的审美主导地位并未被有效撼动，现代主义在中国依然根基较浅，甚至未曾形成气候。但应该看到在占主导地位的现实主义之外，当代文学毕竟更加包容，现代主义、后现代主义的创作有了可以容许的空间。先锋小说在20世纪80年代后半期表征了这一反叛冲动的最后力量，那种形式主义的冲量几乎是中国文学史上绝无仅有的极端反叛，新时期文学反叛仅仅因此就将为历史所铭记。第三代诗歌则表征了这一文学反叛自身开始走向动荡与分裂的情景。作为一个时期文学发展重要动力的文学反叛在20世纪90年代以后仍然时有出现，但那已经是散兵游勇了，不再能够构成一个时期性的文学冲量。就中国当代文学来说，打破"文革"文学的僵化与僵硬是文学反叛得以凝聚和取得突破的关键契机，随之而出现的80年代文学"因时而生"地在文学性的实验方面将文学反叛推进至极致，从而开创了一个新的文学时期。某种意义上，这是一个文学逐渐走向自主的文学时期。

时至今日，我们可以看到所谓文学自主只是一种相对的说法，事实上新时期文学依然在意识形态的规约之下，文学自主的20世纪80年代"神话"也早已不经深察，但应该承认在当时的时代语境下，单单摆脱掉意识形态的"沉重"负担，对于中国文学来说，就是一项伟业，就是反叛的达成。仅仅从文学可能开辟的那层空间来看，新时期文学是那个旧的结构打碎之后初步建立的新的结构，它目前仍在发展之中，它是反叛的结果，对它的反叛尚且需要时日。

第一节　文学反叛的含义

一、反叛者与前行者

从某种程度上说，文学的发展离不开文学反叛。文学一旦诞生，就走上一条不归路，文学的各种形式、各种题材、各种写法一经诞生，就时刻面临着僵化和瓦解的命运。所谓相反相成,所谓"祸兮福所倚,福兮祸所伏",说的都是这一普遍规律。一方面,文学的某一阶段总是可能会走向成熟,而成熟也意味着僵化的可能出现,因此对此僵化状态的反叛和反抗几乎是必然要到来的。于是这就成为一种十分普遍的情况:反叛的力量默默积聚,直到某一天突然爆发,以令人震惊的方式宣告自己的长期存在和合理诉求,从而将文学导向一个局部调整或全面变动的场域之中,进行新的综合、调整、改革,从而获得新生。另一方面,文学相对比较稳健的发展莫不是一种有所偏颇的发展的结果,因此就暗含了"改革"的必要与空间。在形成稳健发展的格局之前,文学如不偏颇便不能够一心一意向着某一路径进发,不偏颇也不足以摆脱开此前占统治地位文学的主流模式。在这个意义上,不仅前行者是已经稳健化了的偏颇者,后来者也必须以自己的偏颇超越前行者或摆脱前行者的巨大阴影,才能真正取得文学上的开拓进取。由于前行者巨大的综合力量,也由于反叛者的力量往往相对薄弱,温和的渐变对于文学的更迭来说,便几乎是不可能的。反叛者必须要走的是一条激烈变革之路,为了纠偏不惜更加偏颇,这是一切反叛者的内在逻辑。这里面当然有意气用事的成分,但相对于前行者巨大的综合力量而言,反叛者亦只有如此激进方能挣得一片天空:打破铁板一块的令人窒息的环境,透进一些可以呼吸的新鲜空气。

往往在文学发展的某些节点,在文学面临转折的时候,文学反叛经过长期的酝酿与隐藏之后猛然登场,以一种当时文学所不能理解的语言与方式宣告自己的存在和诉求,同时宣告一个新的文学时代的到来。文学反叛就此体现为强大的爆破性力量,犹如"铁屋中的呐喊",可能极具悲剧色彩，但也可能因为"铁屋"的存在而使自己的"呐喊"更加洪亮，从而唤起人们对于僵化了的文学的觉醒意识，推动文学向前发展。

就反叛者与前行者之间的关系来看，文学反叛类似于美国批评家哈罗德·布鲁姆所谓"影响的焦虑"所描述的情形。布鲁姆将启蒙运动以来的英美诗歌统统归入"浪漫主义"范畴，并认为在这一浪漫主义时代，影响的焦虑是作为后来者的诗人必须解决的心头难题，所谓影响的焦虑即对于摆脱前代诗人巨大影响力的巨大焦虑。为摆脱影响的焦虑，后来的诗人不得不对前代诗人进行"误读"和"逆反"，不得不对前代诗人的诗歌做出"消解式修正"。而一切伟大的诗人必须超越这种前代诗人所带来的影响的焦虑，才能最终确立起新一代的诗歌形态和新一代的诗人强人。"……诗的历史是无法和诗的影响截然区分开的。因为，一部诗的历史就是诗人中的强者为了廓清自己的想象空间而相互'误读'对方的诗的历史。"[1]"误读"也即反叛，不"误读"前人就无法达成对前代诗人的颠覆。在布鲁姆看来，这是一场父与子之间的剧烈斗争，"是父亲和儿子作为强大的对手相互展开的斗争；犹如拉伊俄斯跟俄狄浦斯相逢在十字路口"[2]。布鲁姆的基点在于浪漫主义诗人，其影响的焦虑是一种建立在诗人和诗歌本身之上的理论建构，对于诗人和诗歌所"置身"的社会现实有所忽视，但影响的焦虑适足以形象地说明文学反叛的内在动因。虽然现实地来说，文学反叛

---

[1] ［美］哈罗德·布鲁姆：《影响的焦虑——一种诗歌理论》，徐文博译，江苏教育出版社2006年版，第5页。
[2] ［美］哈罗德·布鲁姆：《影响的焦虑——一种诗歌理论》，徐文博译，江苏教育出版社2006年版，第12页。

者一般处在一个相对弱小的位置上，但如果从反叛精神的强大与否来考量，他们是完全可以与当时文学的强大力量做一较量的。

文学反叛一般有一个蛰伏期，但文学反叛的真正出现则是从它浮出历史地表开始的，就是从浮出历史地表开始，文学反叛具备了足以对抗当时文学的力量和精神，并敢于公开表达自己的见解与诉求。文学反叛一旦作为一股力量浮出历史地表，它默默积存的力量便已足以对付旧有的文学力量，尽管过程曲折，文学反叛因此也总能够达到自己的目的。力量已经积存足够，并不表示文学反叛过程就轻而易举，正像政权的更迭一样，文学反叛往往要经历非常曲折的往复过程方能最终达到自己的目的。在力量成熟之前，文学反叛的散兵游卒也可能会遭到非常严重的打击。因此，能够浮出历史地表，并成为一股巨大势力的文学反叛相对而言是较少的，这也是为什么能够将自己的姓名硬生生焊接在旧的文学格局当中的文学反叛者受人尊敬的原因。单单从文学本身的发展来说，文学反叛所面对的压力与它将要获得的荣誉和赞誉是成正比的，文学上的变迁往往要经历非常的阵痛和坎坷，既有的文学样态和文学格局总是倾向于维护既成事实，而这正是文学反叛所致力于击穿或打碎的东西。双方的矛盾某种程度上最终会变得不可调和。

自文学诞生以来，文学反叛多少无法摆脱文学赖以产生的社会的影响，在民族—国家的建制之内，文学的那些兴许仅仅在自身层面上的反叛，往往要么确实无法逃脱民族—国家框架下的宏大诉求，要么会被做如此解读，从而具备一定的社会批判意义。在现实主义文学理论看来，文学是对于现实或曰社会生活、个人生活的全面再现，文学语言直接与社会现实对等，二者几乎具有同样的效力。浪漫主义、现代主义、后现代主义理论尽管对于文学力量和作用的看法不一，但都对文学书写与现实——外在现实和心理现实——之间的对应关系有精到描述。在这个意义上，文学可以整体上被认为与现实有着非同一般的对应关系：文学被认为是现实的反映，同时对于现实有着巨大的描绘、形塑和推动功能。这就意味着，当社会趋于极端僵化之时，文学往往因为其既有再现现实、表现情感和思想的能力，又是一门"虚构"的艺术的双重特征，而成为进行反抗的突破口。"伟大的诗作几乎都包含假话——虚构是文学艺术的真谛。正宗的高雅文学依靠比喻——不但是对词汇本义的转换，而且还对先有喻义作再转换。"[①]正如布鲁姆所说，"诗"或曰文学的本质在于虚构，在语言的层面上虚构体现为对于"词语本义的转换"，这样"诗"或文学就拥有了对社会现实反叛的必要条件。文学反叛往往因为其虚构的本性而能够最大限度地言说现实的腐朽或虚假现实的真相，从而取得振聋发聩的震荡力。某些极端的情况下，在一个对社会的外在部分严密控制的社会里，文学被逼向内心，向内部世界"延伸"。在这片不可触及的广阔天地里，文学反叛正足以产生并蓬勃发展，这正是文学反叛的动人之处和力量所在。

文学反叛尽管有时会被作为社会反叛的突破口来解读，但它却必须朝着对文学自身反叛的方向迈进才能最终完成文学反叛的使命。说到底，文学反叛不管起因何在，总要将反叛落实在文学自身的界限内。没有文学内容和形式的大变化，仅仅配合社会反叛而进行的文学反叛，严格意义上不

---

① [美]哈罗德·布鲁姆：《影响的焦虑——一种诗歌理论》"再版前言"，徐文博译，江苏教育出版社2006年版，第10页。

能称之为文学反叛,那只是社会反叛在某一时段"征召"了文学而已,并不能带来文学自身的自觉和觉醒,因此不能称为真正的文学反叛。归根结底,文学反叛仍应是文学限度内的反叛,或者说,只有在文学限度之内的文学反叛,才能针对文学存在的问题"对症下药",解决旧文学的弊病,开启新文学的新篇章,从而使得文学走上良性的发展轨道。

二、文学反叛的内涵

所谓文学反叛主要是指文学内容和文学形式两方面的反叛,变革了的内容和变革了的形式正是文学反叛的成果。文学反叛有时候要借助于社会反叛的力量来扩大自己的声势,但文学反叛绝不仅仅是社会反叛的工具,也绝不能仅仅安于社会反叛"工具"的地位。文学反叛有其自身的目的。大体来说,任何一次文学反叛都是对于文学观念的一次革新,从而推动整个社会对于文学认识的进一步深化。文学反叛的总体目标是使文学更加是其自身,更加符合其本性,但这并非意味着要让文学封闭或自我封闭起来,从而成为最纯粹的"纯文学"。事实上,所谓文学回到文学自身以及"纯文学"观念自产生以来就面临很大的争议:从绝对的意义上来说,不可能有"纯"文学的存在,这就像拽着自己的头发要离开地面一样是不可能的;但从相对的意义上来看,"纯文学"不过是表达了特定时期的特定人群对于文学工具性的一种反抗或反拨,有其一定的合理性。但即便如此,刻意强调"纯文学",也颇有将文学从社会诸建制中隔绝的隐含含义,同样的诉求,不如使用"严肃文学"这个概念。事实上,不管是否强调文学的"纯",文学总是能够相对来说更加靠近自身,而不是自身之外的他物,包括政治、社会、文化等。在这个意义上,每一次文学反叛无疑都等于在发射一种信号:文学过分地离开了自己,现在它要重寻自我。

文学反叛是对于一个已经形成压抑结构的旧文学的反叛,压抑结构越强大,文学反叛的力量也就越澎湃。文学反叛一旦达成,势必将对旧有的文学秩序构成强有力的冲击,然而,旧有的文学力量并不会立刻消失,而是会以零散的方式进行新的组合,直到逐渐被文学反叛力量彻底击垮。这常常是一幅壮美的图景,其间却也必然充满着反复和曲折。文学反叛冲击旧文学秩序的过程,同时也是二者互相融合、接纳的过程,因此尽管文学反叛宣称要打倒一切旧秩序,它事实上仍要与旧文学秩序在碰撞中融合,在融合中取得自身的发展。经历过文学反叛的文学不可能一下子走向所谓的完美之境。一切都在过程之中,新的文学秩序包含新的文学内容和文学形式,但文学反叛并非将既有文学力量斩草除根,新的文学秩序也包含旧的文学内容和文学形式,新与旧在一种混合之中,只不过新的更加占据上风。从更根本的意义来看,在一定社会环境下进行的文学反叛总体上不能脱离特定文学发展阶段的限制,因此反叛也始终是一定限度内的反叛,反叛并非就是另立一片天地,而是在旧有天地的基础上改造、变革或革命。经历过文学反叛之后,大体上来说新的文学力量占据了主流,成为新的文学秩序的主要建构力量,但新的与旧的文学力量之间仍然有交叉、有联系、有斩不断理还乱的瓜葛,二者将在一个长时间内共同存在,直到新的文学秩序彻底树立。

历史地看,文学反叛对于既有文学的压抑结构常常不惜进行极端化的反拨，这使得文学反叛常常不免成为另一种形式的偏激，有时候甚至会破坏文学的正常发展。但在历史的紧要关头，偏颇和极端有时候也就是一种"正义"，文学反叛之所以是反叛行为，就意味着它与《失乐园》中的撒旦理应同属一个阵营，要以"大逆不道"的方式与既有文学力量做殊死搏斗。[1] 当然，文学反叛也不全部走极端路线。对于僵化的既有文学力量来说，有时候哪怕一丁点的变化或改变都可能是"大逆不道"的，因此文学反叛有时候可能只是凸显了既有文学力量的僵化和"迂腐"，实有的反叛举措也许并不大，这是需要历史地分析的。然而即便是"并不大"的反叛，在特定的历史条件下，也可能是前所未有的大反叛。更主要的是，文学反叛为了在文学自身的意义上重新建立文学的丰富维度，常常不得不将已有的反叛一再向前推进，直至达到其极致状态。从这个意义上说，再微小的反叛最终都要导向大的反叛的发生。大的反叛导致大的变动，旧的形成压抑结构的文学结构由此被打破，文学秩序由此重新调整，一切伴随着对于文学的新的认识而上升或下降。这是一个激浊扬清的时期。被解放了的文学一时间内体验到极端"自由"的感觉，文学的各种尝试和实验热潮

---

[1] 也应该看到，文学反叛如果将偏颇和极端推进到荒唐荒诞的地步，也有可能反噬自身，提前葬送自己的前途。因此，文学反叛理应有一个限度，更应该时刻注意与意欲反抗对象的承继与创造性共生。林毓生对"五四"时期激进的、全盘性的反传统主义做一番检视之后，便不无批判性地提出传统的创造性转化的重要命题，并且尤为着重地指出："我们必须认清传统与现代化的关系绝不应是黑白二分——要现代化就非全盘地推翻传统不可——的关系。我们可以并应该对一切传统中恶毒的、陈腐的成分加以严厉的排斥，但这一反传统思想却无需是全盘性的。"［美］林毓生：《中国意识的危机——"五四"时期激烈的反传统主义》"增订再版前言"，穆善培译，贵州人民出版社1988年版，第2—3页。

随之而来，新的文学秩序就在此时于不知不觉之间建立。

一旦新的文学秩序确立，这一特定的文学反叛就可宣告使命完成。新一轮的文学反叛立刻从此出发，再次积聚力量，等待破土而出的一天。在这个意义上说，文学反叛从根本上说是一个永远没有完结的事业，这就是反叛的宿命。在文学发展的道路上，文学反叛是一个永不凋谢的话题，新的秩序会产生新的僵化，新的文学反叛力量又会再行滋生。每一次文学反叛都是对既有文学力量的否定或校正，这个否定或校正只能暂时无虞，从长远来看，仍有再度僵化的可能，因此仍需要对之进行新的反叛。如果从一个更长的时段来看，文学反叛实际上永远走在一条"否定之否定"的道路上，而文学却由此获得向前发展的力量，不断向前。

第二节 新时期文学反叛综论

一、新时期文学反叛的必要性

当代文学自 1966 年进入"文革"文学以来，文学的实际发展是微乎其微的，在将文艺是阶级斗争的晴雨表等理念继续发挥和推进的同时，当代文学实际上逐渐偏离了"文艺为工农兵服务"的正确道路，不幸走向了纯粹"理念"的"假大空"道路。因此，现在简单指责一部分研究者对"文革"文学没有研究的热情也有所不妥，从文学性上来看，那的确是一个文学凋敝的时期。在极端性的意义上说，我们只需要了解"文革"时期各种"革命"主张就可以了,当时所谓的文学不过是用文学的形式去表达那些主张而已,文学的表现锋芒绝不会超出意识形态的种种规定。中华人民共和国成立以来,中国当代文学在大众化和群众化的道路上日渐走向深入,确实取得了重要的、不容抹杀的文学成就,文学的受众面积的确扩大了很多,但在最初的革命性意义耗尽之后,值得警惕的是,随着"文革"文学的深入推进,当代文学事实上已走向了一条越来越狭窄的道路,也日渐走向了文学的僵化。诗评家谢冕在为朦胧诗辩护的时候回溯了中国新诗的发展历史,认为"我们的新诗,60年来不是走着越来越宽广的道路,而是走着越来越窄的道路"[①]。应该说,不仅新诗如此,整个当代文学也是如此。在某种程度上,"文革"文学成为新时期文学反叛得以开展的必要前因。

事实上,还是在"文革"期间,地下文学就已经开始其文学反叛的最初征程,现有的史料表明最初反叛的力量是多极的、广布的,虽然微弱,却葆有生机。以1978年"今天"诗派的成立为标志,这股酝酿隐身了10年之久的文学反叛潮流终于涌现出自己的代表者,并公开宣告自己的身份。激动人心的新时期文学反叛由此拉开序幕。它无疑是对于"文革"文学针锋相对的——反拨。这既得益于新的文学反叛者们在"文革"文学中曾经浸淫至深,也是"拨乱反正"时期社会心声的必然体现。正因如此,新时期文学反叛最初主要是一种内容上的反叛,在"立人"的意义上,人们有太多压抑的心声要求表达。在进行文学内容方面的反叛之际,文学反

---

① 谢冕:《在新的崛起面前》,《谢冕论诗歌》,江西高校出版社2002年版,第246—247页。

叛者也开始对文学形式做最为大胆和偏激的探索。早期的反叛者在现代主义文学的熏染下，已比较注重文学形式的探索，1985年左右，新时期文学反叛开始大规模地跨出内容反叛的藩篱，转向形式探索的场地，从而将文学反叛持续向前推进。新时期文学反叛自此开始见出声势。

二、新时期文学反叛的历史贡献

无论从内容方面来看还是从形式方面来看，新时期文学总体上都走在了一条文学反叛的道路上。

"新时期"的"新"尽管不乏政治新时期的含义，甚至不能不说"文学'新时期'是一个依附于政治'新时期'的概念，前者在后者的严格制约之下"①，但这个"新"既然是一个文学意义上的命名，我们就还是能看到新时期文学在当代文学史上的那种确凿的突破与贡献。在社会维度上，新时期文学尽管一定程度上仍需要满足社会现实给出的种种要求，但文学的独立性开始受到关注，现实主义的审美主导地位开始松动，现代主义乃至后现代主义的涌入等，也从多个层面打开当代文学的可能。在文学自身的维度上，尽管"纯文学"最终是一种不可能实现的镜中花水中月，但以"今天"诗派为代表的最初的反叛者和以"先锋小说家"为代表的最后一波反叛者所表征的文学反叛已经在文学形式的意义上开拓出广阔的天地。20世纪80年代一个让人激动的文学词汇是"现代派"，中国文学打破与外

---

① 李杨：《重返"新时期文学"的意义》，载程光炜编《重返八十年代》，北京大学出版社2009年版，第11页。

部世界的隔绝开始滋生出"横的眼光",某种程度上是特别振奋人心的大事。虽然现代主义最终并未能在中国文学的热土上建立一个强大的传统,但现代主义的文学技法和文学精神却不能不说从此渗透中国文学的广泛实践中,成为文学发展的重要推力。

概括地说,伤痕文学、反思文学、改革文学、知青文学等文学潮流是新时期文学反叛在内容方面取得突破的重要领地,而以"今天"诗派为主力阵容的朦胧诗、后起的现代派文学、第三代诗歌、寻根文学、先锋小说等则是这一时期文学反叛在形式方面有所斩获的重要领地。这里的划分只是相对而言,也考虑到文学反叛首先在内容上取得突破,然后才更明显地在文学形式上打开空间的历史情状。20世纪70年代末80年代初,除了朦胧诗多少在现代主义的意义上有对于文学本身的开拓之外,伤痕文学以来的文学实践更多地是在内容上实现对于"文革"的拨乱反正,尚未明显注意到文学形式的反叛。考虑到小说在当代文学现实主义审美体系中的重大作用,可以认为文学反叛以1985年现代派文学为标志开始明显进入更加注重文学形式探索的层面,并最终以先锋小说的极端实验而达到形式实验的顶峰。

其实对于文学的分析无法将内容与形式简单分开,内容都是形式的内容,而形式也无一例外都是内容的形式,这里只是试图方便展开论述,以便更好地看待新时期文学反叛在内容与形式两方面所取得的重大进展。就内容方面的文学反叛来说,新时期文学只要在"人"的立场上发言说话,无疑都是一种巨大的反叛,因此这一时期以人道主义为基调的文本内容自然有其巨大的反叛意义。无论是对于"文革""伤痕"的揭示、对于"文革"的反思,还是对于当下改革的叙写、对于知青生活的回味,新时期文学都更加注重在历史现场的"人"或"个体"的意义上言说。相对于外在的社会而言，这样的文字能够激起亲历者的情感共鸣，从而取得广泛的轰动效应。事实上，20世纪80年代文学正是因其广泛的社会影响力，而被誉为文学的"黄金时代"。

在这里，历史，尤其是现实，与文学再次融合在一起，现实主义依然是这些创作的主要文学理论资源，文学虚构与历史或现实依然被认为是同一或同步的，文学的能量依然来源于它"如实"反映现实的程度与能力。然而，也正是文学与现实如此靠近，现实主义的审美主导地位并未根本动摇的缘故，新时期文学反叛至少在20世纪80年代前期有效参与了新时期以现代化为主词的意识形态的建构，并未能在文学性的意义上有大的突破。1985年现代派文学之后的文学反叛开始更多地用心于形式探索，一则是当代文学艺术创新焦虑的必然结果；二则也与现代化的初步成果带来的巨大社会改变息息相关。敏感的王蒙在1988年写下《文学：失却轰动效应以后》，指出文学业已失落的事实，却也尝试启发人们看到文学远离轰动效应并非就是坏事。新时期以来，文学一直有一股回到自身的冲动和潜流，如今失去了意识形态意义上的轰动效应，文学正好可以回到自身，在自身的维度上开拓进取。现代派以后的新时期文学更多在形式方面继续探索，虽然依然有着强烈的与现实对话的欲望，却无一不是更为尖锐地走进了文学形式探索的腹地，从而将文学反叛推向深入。

可以如此简单概括新时期的文学反叛：在内容反叛上，一方面，新时期文学最初主要是对于"文革"及"文化大革命文学"的反抗，但在对"文革"文学的反叛达成之后，它更多地将反叛专注于文学自身，更多是在一种"现代性"焦虑下，探索当代文学新的内容和主题。另一方面，新时期文学深度参与了对于新时期意识形态话语的建构。它的反叛力量来源于意识形态所赋予的力量。某种程度上，新时期文学对旧的意识形态的反叛，恰好参与了对一种新的意识形态的建构。在这个意义上，新时期文学从未走出意识形态的罗网，只是相对于"文革"时期意识形态对文学的负面影响而言，新时期文学与新时期意识形态是同频共振的，所受到的制约相对弱化一些，因而有足够的热情和动力在内容与形式两方面积极探索文学的新的可能。到了新时期后期，文学才逐渐不再是意识形态聚焦的热点。在形式反叛上，新时期文学的形式反叛一般而言是有内在意味的，多数是为了达到内容反叛的目的。从这个意义上说，新时期文学的形式反叛无疑是在践行"有意味的形式"。即便如此，我们依然不能否认新时期文学的形式反叛的确在客观上推进了中国现代主义文学的发展和壮大，实现了中国文学的新发展。在形式革新和文学本体论的意义上，新时期文学解放了此后文学的手脚，在文学内部的探索方面积累了宝贵的经验，从而为此后文学的发展打开了非常丰富的可能性。

如果将视野放大到整个20世纪中国文学，就有建设性意义的文学反叛来说，能够与新时期文学"相提并论"的，是"五四"新文学运动。很多人倾向于认为所谓新时期不过是重新回到了五四运动的起点上，在一种比喻性的意义上看，这是正确的，但实际上很难说贴切。时代在改变，文学的使命、遭遇、环境等也在改变，可以认为"五四"文学是新时期文学的前驱，新时期文学是"五四"文学的后续。尽管二者没有多少"直接"的继承关系，将二者放在一起讨论却是必要的。二者都试图在回答国家——

民族命运这样的问题的同时，开创文学本身的新局面。二者面临的境况也有相似性：一方面，旧有的文学从内容到形式上都十分僵化，不能适应新的时代要求，亟须有力的文学反叛；另一方面，文学作为人们内在心声的表达载体，助力社会层面的革新，表达特定的反抗与新的诉求。

新时期文学作为一个时期虽然早早过去了，但整个当代文学可以说还在受益于它。以文学反叛为主要追求的新时期文学，开创了此后很长一段时间内中国文学的新的可能，打开了诸多的面向。新时期文学一方面联系着最为意识形态化的"文革"文学及其长长的发展谱系，另一方面联系着逐渐市场化国际化的20世纪90年代以来的文学发展。犹如一座桥梁，对于桥梁两端的认真探查均离不开对于新时期文学的深入研究。从这一意义上说，新时期的文学反叛既是对于旧时代的一次终结行动，也是对于新时代的一次预见和展开。在今后一个长时期内，新时期文学因其文学反叛的实绩都是无法跨过的，至今很多问题依然要回到新时期文学中去寻找最初的根源和谜底。在承继与反叛之间，以新时期文学为起点，一个新的文学传统正在建立，仍在路上。

三、"立人"维度下的内容与形式反叛

从"人民"中发现一个个的"人"，是这一文学反叛最为显明的标志。对于从个体话语到总体话语的扭曲来说，没有比将之重新纠正更加有力量的反叛了。这就不难理解为何新时期文学中人道主义、人情论、人性论等突然涌现并蔚为壮观。北岛有名的"我并不是英雄／在没有英雄的年代

里/我只想做一个人"①为其典型表达。纵然这里的"一个人"在历史的特定时刻还是有成为"英雄"的嫌疑,但这样的回归个人、回到"人"的思想的确表达出新时期的内在心声,也诉说着一个新时代的到来。"北岛是站在一片文化废墟之上的,在最基本的价值规范被践踏、被摧毁之后,他所要求的,就只能是最基本的内容,合理的社会和人生必须先要有一个前提。"②在某种程度上,新时期也是站在一片文化废墟之上的,它也要呼唤、宣扬最基本的价值规范,强调人之最基本的意义。

从"立人"的角度来看"五四"时代和新时期,二者某种程度上面对的都是一个非人的时代,一个对"人"的基本权益破坏和损害的时代。像李泽厚认为的那样,二者都体现了"物极必反"的道理,都是对于此前一个巨大压抑结构的反叛,也都可谓开创了一个新的时代:"一切都令人想起"五四"时代。人的启蒙,人的觉醒,人道主义,人性复归……都围绕着感性血肉的个体,从作为理性异化的神的践踏蹂躏下要求解放出来的主题旋转。'人啊,人'的呐喊遍及了各个领域、各个方面。"③李泽厚正是站在"立人"的立场上对"文革"文学后的一代反叛者持赞赏态度,并从中乐观地看到中国文学即将在第六代知识人这里迎来"多元

---

① 北岛:《履历:诗选 1972—1988》,生活·读书·新知三联书店 2015 年版,第 47 页。
② 张新颖:《中国当代文化反抗的流变:从北岛到崔健到王朔》,《文艺争鸣》1995 年第 3 期。
③ 李泽厚:《二十世纪中国(大陆)文艺一瞥》,载《中国现代思想史论》,生活·读书·新知三联书店 2008 年版,第 270 页。

取向"的时代。①李泽厚的积极乐观态度很能说明20世纪80年代整个社会的基调，那是一个辞旧迎新的新时代，"文革"像一场噩梦一般被翻过去，新的生活充满希望地展现在人们面前。如果说1968年在"文革"的热潮中写作《相信未来》的食指对未来的希望因渺茫而显其悲壮的话，新时期文学中所体现的这种时代的乐观和希望则充满了在"人"和"个体"的意义上有所确证的昂扬感。无论对于社会还是对于个人来说，"人"的确立都是至关重要的，文学反叛正是由此开始，掀动当代文学从内容到形式的全面变革的大浪。

不过在"人"和"个体"意义上的文学反叛，从一开始就显现其复杂性或者局限性：一方面对于"文革"的反思不过是对于"四人帮"的批判而已，在现实主义审美并未根本动摇的情况下，这种反思虽然也试图从"文革"发生的历史和现实根源上寻找问题的症结，但事实上在一种热烈的理想主义氛围下也只能做一种最低限度的反思。普遍的思路是将"文革"归结为"四人帮"的罪恶，新时期文学只要将"四人帮"从文学层面打倒，就足以跨越"文革"，迈步进入新时期。这就使得"人"或"个体"的发现仅仅成为批判"四人帮"所需要的一个对立面，在与罪恶多端的"四人帮"对比的意义上，"人"或"个体"逐渐被"拉伸"成"大写的人"，事实上回避了对于"人"或"个体"更为细致的考察和更为深入的探讨。比如，"伤痕文学"就急切地修复了"文革"中惨遭蹂躏的失

---

① "历史尽管绕圆圈，但也不完全重复。几代人应该没有白活，几代人所付出的沉重代价使它比五四要深刻、沉重、绚丽、丰满。"李泽厚：《二十世纪中国（大陆）文艺一瞥》，载《中国现代思想史论》，生活·读书·新知三联书店2008年版，第270页。

落的一群——知识分子和老干部的历史创伤，并由此"重新确立了历史的主体和主体的历史"①。这里的重点在于尽快修复历史创伤，而非对于人或个体的真正倾心关注。"拨乱反正"的时代大气候需要当代文学快速迈过"文革"，走向新时代，表现最新的现实与最新的时代巨变。在这种时代语境下，新时期文学虽然讲述个人的故事和心曲，但这些个人的故事和心曲总是能够迅速而轻易地投射到整个时代当中去，成为社会期望与想象的表征。这确实有助于当代文学成为时代的弄潮儿，但也在一定程度上影响了它向更深入的层面开掘刚刚过去的历史。经历过巨大的苦闷，人们的确期望尽快获得情绪与情感上的释放，这是新时期人们强烈的愿望。这样，在"立人"的意义上，新时期文学反叛很快止步于对"大写的人"的宣导，却无力更加深入剖析人或个体更为内在的价值与意义。正是从这里出发，李杨认为洪子诚对于当代文学一体化进程的研究仍有待于持续推进，至于新时期。②新时期文学对于"文革"文学的反叛固然能够在文学形式上有所突破，但其赖以确立其反叛能量的，主要还是在文学内容上的改换。但显然，新时期文学反叛也有其不可克服的限度。

回头再看那段历史，求新与遗忘几乎是一体两面的。应该看到，在对革新或创新的渴慕的推动下，当代文学在"四个现代化"的梦想激励下，与整个社会的发展产生强烈共鸣，的确开拓了当代文学的崭新格局。当代文学由此走向了更加开放、更加包容，同时也更加自由的阶段。但也应该

---

① 陈晓明：《中国当代文学主潮》，北京大学出版社2013年版，第248页。
② 李杨：《重返"新时期文学"的意义》，载程光炜编《重返八十年代》，北京大学出版社2009年版，第8页。

看到，新时期文学反叛对"文革"的反思和反叛在轻易地找到一个批判对象——"四人帮"，之后就宣告结束，人们对于"新时期"的渴望很快使得苦难的过去被一翻而过。这确实是一次简单的反思，但这也是一次历史条件下可能的反思。无疑，新时期文学反叛仍然在社会现实给出的框架下讨论问题，因此仍是有限度的反叛。由此也就可以理解何以新时期文学仅仅在一种最低限度上发掘"人"和"个体"却足以构成一股文学反叛的冲力，推动文学的蓬勃发展。在当时的语境下，对于"人"和"个体"的最低限度上的自觉，一方面的确抓住了"文革"文学的软肋，从而有针砭时弊的效果；另一方面又一定程度上帮助建构新时期以改革开放为核心的意识形态话语，从而与新时代协调一致。

"五四"时期的文学反叛除了内容上对于封建主义的反叛之外，在文学形式上更是展现出巨大的反叛能量。按照王德威的说法，晚清时期中国文学的现代性已呈众声喧哗之势，后来的"五四"文学与之相比，倒显得有些单一了。尽管如此，"五四"文学依然是对于此前文学的一次剧烈反叛，文学不仅走出了封建主义的藩篱，更是逐步确立了文学的本体论意义，在文学形式上迈步进入"现代"。小说、诗歌、散文、戏剧等现代意义上的文学类型均奠基于"五四"文学，西方现实主义、浪漫主义、现代主义文学思潮第一次进入中国文学的视野内，并部分催生中国现代主义的发生等也始于"五四"文学。任何文学反叛如果不深入文学本身，都不能称之为真正的文学反叛。"五四"文学如此，新时期文学更是如此。不能简单地把新时期文学视为"五四"文学的重新开始，但二者的相似性也是明显的。与反叛内容上的相似性相比，更主要的还在于反叛形式上的相似以及对文学形式反叛的递进性等方面。在文学自身的意义上,"五四"文学和新时期文学都将中国文学的发展推向深入。从百年中国文学的大视野来看,没有这两次文学反叛,中国文学起码在艺术水准上,仍将停滞在一个比较低的层次上,中国文学的现代转型将依然遥遥无期。

"立人"维度下的新时期文学对于文学内容的反叛典型体现为对于"文革"文学的有力反拨,那些"文革"时期被压抑下去的文学内容如今解除压抑浮上历史地表,但因为"文革"时期对于文学内容的压抑过于深重,这些浮出历史地表的文学内容如今看来并无多少新意。由于种种原因,新时期文学对"文革"的反思并未逸出新时期意识形态的主弦,尽管在最初的文学反叛中新时期文学表现为一股惊世骇俗的反叛力量。在现实主义审美体系下,文学与现实的同构关系既使得文学能够最为强劲地干预现实,形塑对于现实的认知与想象,又使得文学必须符合社会现实提出的时代要求,也就是契合新时期的时代主题。

尽管新时期文学与意识形态的关系有极大的松动,文学依然受制于社会现实的要求却是不争的事实。新时期文学的反叛之路因此一直伴随着相关的批评与争论,关于朦胧诗的争论,关于"现代派"的讨论,关于异化、主体论的争论,关于"清除精神污染"的讨论等都说明文学反叛尽管能量充沛,也不得不受制于新时期意识形态的总体规范。现实主义的审美体系并未根本动摇,这就意味着文学内容上的反叛在新时期文学反叛中注定收效不大。当然,这是在相对的意义上而言,是在时过境迁之后对新时期文学进行反思时得出的结论。也应看到,即便是在有限的范围内进行了有限的反叛,新时期文学反叛依然在文学内容与形式两方面上取得了重大突破。

回到当时的语境，新时期文学无疑是一次坚决的、成效显著的文学反叛。

四、现代主义文学的勃兴与陨落

新时期文学更为动人的反叛体现为对于现代主义文学的追寻和探索。现代主义文学的火种自"五四"时期传入中国，极大地促进了中国文学的现代转型，但现代主义文学从未在中国文学占据主流位置，在20世纪中国特定语境中也一直被视为旁门左道。无论是救亡还是革命与建设，都要求一种与现实同步的文学类型，现实主义审美体系因此而建立。文学都是一定社会一定环境中的文学，没有飘在天上的文学，这意味着对中国文学的历史与现状的认识不能脱离中国具体语境，如此便可以理解现代主义文学在中国文学中的意义所在。新时期文学重新引入现代主义文学乃至后现代主义文学居然是在一种几乎"空白"的情势下的新开拓，可见"五四"文学的现代主义火种已经熄灭多久，而整个中国文学界对于现代主义文学和后现代主义文学又是多么隔膜。与"五四"时期的渊源晚清时期一样，新时期文学所渊源而来的"文革"时期也是一个相对封闭的历史时期，在文学接受方面，相对减少了对于世界优秀文学的借鉴吸收。① 有鉴于此，新时期文学反叛有意从世界文学中汲取养分，重新开眼看世界。正是在这

---

① 也应该看到，"文革"时期的一些内部读物，如"灰皮书""黄皮书"等的大量印发，虽然只是给干部阅读，却也广泛地流传到民间，成为一代人的精神营养。所以，我们应该认识到，封闭与开放在"文革"时期都是相对而言的，这些内部读物无疑传播了世界文学的火种，由此开始新时期现代主义文学的早期酝酿。可参见郑异凡主编《"灰皮书"：回忆与研究》，漓江出版社2015年版。

种"横的"开眼之中，新时期文学天然地与世界文学取得联系，开始现代主义的征程。

正由于"文革"文学在表达方式、表现内容与话语风格等方面的限制，最初的文学反叛不得不在现代主义文学的意义上，"隐晦曲折"地表达自己，这就使得最初的文学反叛者仅仅表达个人的一己之思，就能够构成对既有文学的反叛。历史地看，这反而给了中国现代主义文学以逼仄却执拗的发展可能。中国的现代主义文学到了新时期文学才真正开始壮大起来，少不了"文革"文学的"功劳"，但同时它也客观反映出中国当代文学业已行进到了一个特定的历史阶段：现代主义文学的阶段。

一般认为，中国的现代主义文学发展并不充分，也并未建立一个有效的文学传统，在20世纪中国文学的历史语境中，现代主义文学可谓"生不逢时"。不过这只是就总体状况而言，就具体情况来说，新时期文学尽管仍然以现实主义文学为主导文学，但现代主义文学也显示出不可抗拒的力量和生机。客观地说，现代主义文学事实上是这一时期文学的精神支撑，那些广为人知的80年代名著也多有现代主义因素的渗入。这就是说，这一时期的文学反叛所催生的现代主义文学乃至后现代主义文学构成新时期文学新发展的重要成就，从而推动当代文学向前发展：一方面它的表达方式和话语形式本身就是一种反叛；另一方面它在文学自身的意义上推动文学向内部发展，向自己延伸，由此解放了文学本身的能动性与可能性。

在鲁枢元看来，这是一种"向内转"的趋势。在20世纪80年代的文学语境中，鲁枢元并非站在现代主义的立场上为"向内转"摇旗呐喊，他还是要从"五四"以来的中国文学传统中寻找"向内转"的踪迹与线索，以用来反驳"……中国当代'向内转'的文学是步西方现代派文学的后尘，是拾西方现代派文学的余唾，是西方现代派腐朽没落文学观在中国当代文坛上的回光返照"这样的"简单化的、错误的结论"[①]。然而，鲁枢元急于撇清的，可能恰恰是新时期文学"向内转"不能略过的一个方面，那就是对于西方现代派或现代主义文学的呼应。当时的学界围绕文学"向内转"现象进行了观点分歧的讨论[②]，清晰地说明着当时"向内转"在当代文学发展史上的复杂意味。鲁枢元对于"向内转"成因的分析以简单的"让步"方式将"世界现代文学的影响和诱发""五四文学流向的赓续和发展"一笔带过，重点从"文革"文学的背景和新时期文学的逆反心态切入，从而得出新时期文学与时代和社会之间的呼应关系，却也很是富有启发："这十年里，我们的文学对我们的时代、对我们的社会、对我们当代人的意识，进行了多么普遍而又深邃的探索！"[③]应该考虑到这样的认识在当时的语境中的合理性和适切性，但也应该看到它对于现代文学的认识和处理

[①] 鲁枢元：《论新时期文学的"向内转"》，《文艺报》1986年10月18日。转引自孔范今、施战军主编，路晓冰编选《中国新时期文学思潮研究资料》（上），山东文艺出版社2006年版，第371页。

[②] 相关文章有周崇坡《新时期文学要警惕进一步"向内转"》，《文艺报》1987年6月20日；童庆炳《文学的"向内转"与艺术创作规律——兼评〈新时期文学要警惕进一步"向内转"〉》，《文艺报》1987年7月4日；杨朴《"向内转"：新时期文学发展的必由之路——与周崇坡同志商榷》，《文艺报》1987年8月29日；潘凯雄、贺绍俊《"内"与"外"——由新时期文学"向内转"的讨论而引发的对话》，《作家》1988年第5期；曾镇南《为什么说"向内转"是贬弃现实主义的文学主张？》，《文艺报》1991年3月23日；等等。

[③] 鲁枢元：《论新时期文学的"向内转"》，《文艺报》1986年10月18日。转引自孔范今、施战军主编，路晓冰编选《中国新时期文学思潮研究资料》（上），山东文艺出版社2006年版，第374页。

方式在当时所具有的普遍性意义及由此透示的文学界对于现代主义的模棱两可的态度。不难看出，现代主义文学在当时并不是一个有没有的问题，更多的是愿不愿意理性客观承认之、看待之的问题。

讨论现代主义文学的时候，首先应该区分的是中国现代主义与西方现代主义，或者说应该对这种区分有一个基本认识。但是不幸的是，这个问题可能从刚开始就是一个伪问题。20世纪80年代中期由徐星、刘索拉所导引出的关于真伪现代派的论争，一定程度上是一个无法取得统一意见的论争：世上没有任何相同的现代主义文学，西方现代主义文学也不是一个整齐划一的文学流派，因此按照一个固定的标准去框定中国现代主义文学的人总是会感到力不从心。"现代主义或现代派，在当代中国文学的语境中，具有比喻性的意义，那些与经典现实主义有所背离的艺术行为和作品，都可能在艺术上产生惊奇效果，这可以在一定程度上认定它们具有现代主义特质。"[①] 这也许是目前来看比较合理地看待中国现代主义文学的一个角度，虽然陈晓明是就叙事文学做出的判断，却可以将其效力辐射至整个新时期文学，包括诗歌、戏剧、散文等。

以现实主义为最大他者，并不意味着中国现代主义文学就不具备现代主义文学那种普泛意义上的特质，就不是典型的现代主义文学，尽管从中西差异来看，中国的现代主义文学是通过现代主义的方式肯定现代，召唤现代人的价值和现代生活的意义，西方现代文学则更多是对于现代人和现代生活的反思，是在一种否定或悖论的角度上立论揭示人和生活的沉重。

---

① 陈晓明：《中国当代文学主潮》，北京大学出版社2013年版，第315页。

这种局面出现的原因自然有很多，但可能重要的还是在于"……就社会的客观行程说，中国与西方发达国家还整整差一个历史阶段。中国要走进现代化，欧美要走出现代化"①。在看待中国现代主义文学的时候，这种基本的历史阶段的差异是一个怎么也绕不过去的问题。承认这种差异并不意味着对中国的现代主义文学更加"求全责备"，而主要在于认识到中国语境中现代主义文学必然具有其"差异性"特征，并在此基础上给予其"历史的"理解。

继"今天"诗派现代主义的孤独探索之后，基本上在整个20世纪80年代，现代主义文学热潮都与当时社会的"现代化"追求密不可分，常常要借助"现代化"的话语来为自己的合法性立论。②相比西方，中国的现代主义文学难免有不同的含义，具有不同的表现形态和审美风貌，但在中国特定的环境下，它毕竟有力地推动了文学在形式方面的跃进，在新时期文学中也形成了一种整体的、普遍的创新与探索的精神氛围，激励着文学向摆脱"干扰"、回到自身的道路上前进。就此而言，我们完全可以抛开真伪现代主义文学的争论，径直去看现代主义文学在中国的展开和发展，因为不是别的什么理想模式，而正是这些实际展开的现代主义文学实践构

---

① 李泽厚：《二十世纪中国（大陆）文艺一瞥》，载《中国现代思想史论》，生活·读书·新知三联书店2008年版，第278页。
② 参见徐迟《新诗与现代化》，《诗刊》1979年第3期；徐迟《现代化与现代派》，《外国文学研究》1982年第1期。在《现代化与现代派》一文中，徐迟更为明确地站在马克思主义的立场上，认为"我们要用马克思主义来研究现代主义"，将现代派的文艺视为现代化建设的必然反映，从而反对将现代派文艺一概视为颓废没落文艺的观点，强调"我们的现代化既有一个特别困难的进程，看来我们的现代派的处境也将很快是比较困难的。"

成了中国的现代主义文学。不可否认，现代化对于中国现代主义文学的发展曾经起到推力的作用，但现代化毕竟与文学现代主义的追求不同，到了80年代中期以后，当现代化的初步成果已经使得中国的经济状况和社会状况发生了巨大改变的时候，现代主义文学与现代化就不得不渐行渐远了。文学不再具有广泛的社会效应，这让一部分现代主义文学的探索者陷入孤独之境，正因此，他们得以将现代主义探索向文学的内在腹地更加深刻地开掘。这一探索以1984年朦胧诗的落潮为起点，直到20世纪80年代后期先锋小说的集体亮相，在文学形式探索的道路上，将现代主义文学推进到一个时期的极致。在有限的空间里，当代文学对于现代主义的渴望和欲望在先锋小说那里耗尽了自己的想象力。90年代以后现代主义不再是一个响亮的口号，但它也并未消失，而是成为一种文学性的幽灵，渗透进此后所有的写作中，只是不再有力量凝聚起来，成为一个可观的现象。这么来说，80年代的文学反叛的确创造了中国现代主义文学的"黄金时代"。

追溯起来，中国现代主义文学在"文革"时期就有了相当长时间的默默酝酿时期，"文革"时期的地下文学便已经形成了一条虽然隐蔽但并不弱小的现代主义文学或文化潮流。对人生、生活与存在的荒谬情景的深刻体验与在"灰皮书""黄皮书"、手抄本等书籍影响下对于西方现代主义文学的认识相互印证，在一代青年内心积淀下强烈而深厚的现代主义精神质素。生活是再好不过的教科书，地下文学距离现代主义文学因此远比人们想象当中更加近。那时候广为流传的包括《厌恶及其他》《局外人》《麦田里的守望者》《人·岁月·生活》等在内的西方现代派和苏联解冻时期的作品，对那一时期的青年有着后来人们难以想象的巨大影响。北岛在接受查建英采访的时候特意强调了爱伦堡的《人·岁月·生活》一书对他的影响和震动:"……《人·岁月·生活》我读了很多遍,它打开一扇通向世界的窗户,这个世界和我们当时的现实距离太远了。现在看来,艾伦堡的这套书并没那么好,但对一个在暗中摸索的年轻人来说是多么激动人心,那是一种精神上的导游,给予我们梦想的能力。"[①]正是在"文革"足够压抑的时代氛围里,这些现在看来稀疏平常的"现代主义"或"类现代主义"的作品所能带给当时青年人的震动难以估量。地下意味着孤独,意味着边缘,也意味着个人可以执着于自己的探索从而不为时代所裹挟而去的可能。因此,尽管说中国现代主义文学一经浮出历史地表,就与当时的思想解放潮流和新时期意识形态汇融,表达相近的诉求与愿景,它的最初出现却仍旧有着个人化探索的色彩和魅力。

一代青年个人化的探索犹如在暗夜里点燃的一盏盏橘黄色的煤油灯,尽管光亮微弱,却足以证明一个民族的真正力量、真实情感和良知的保存。对于中国现代主义文学来说,正如张清华对于白洋淀诗派及其他民间"潜流写作"的分析所透示的,"作为一个在边缘处存在的诗人群落……真正的意义在于他们找到了一个现代诗人应有的写作立场,这就是存在于时尚的红色主流文化之外的个人化写作立场……"[②]在一定程度上,可以认为个人化写作立场的确立是中国现代主义文学的典型特征,文学从对于总体话语的表达转向对个人话语的发掘与探索,最重要的变化则在于知识分子

---

① 查建英主编:《八十年代:访谈录》,生活·读书·新知三联书店2006年版,第69页。
② 张清华:《关于当代诗歌的历史传统与分期问题》,载《内心的迷津:当代诗歌与诗学求问录》,山东文艺出版社2002年版,第95页。

在这一个人化写作立场中找到了自己的位置。在由地下写作开始的文学新时期里，知识分子重新成为文学的书写者，这即便不是中国现代主义文学所以勃兴的最重要原因，也是其中一个相当重要的原因。

从某种程度上可以认为，知识分子的"翻身"是中国现代主义文学在新时期取得重大突破的关键。在刘小枫看来，中国现代知识分子可以划分为四组代群："五四一代""解放一代""四五一代""游戏的一代"[①]，并认为"四五一代"是怀疑的一代，这一代人的文学"已经开始学会尊重个人生存的不在场，并打算透过存在的深渊去窥视超历史、超民族的个体实存的位置"[②]，因此是比之于"五四一代"在文学上可能更加有前途的一代。对于"四五一代"对西方现代派文学的认同，刘小枫认为其原因在于"受苦对人来说是普遍的，超民族、超地域的，正如与人一同受难的上帝是超民

---

① "五四一代"，即20世纪末至21世纪初生长，20—40年代进入社会文化角色的一代；"解放一代"，即30—40年代生长，50—60年代进入社会文化角色，至今尚未退出角色的一代；"四五一代"，即40年代末至50年代末生长，70—80年代进入社会文化角色的一代；"游戏的一代"，即60—70年代生长，90年代至21世纪初将全面进入社会文化角色的一代。参见刘小枫《"四五"一代的知识社会学思考札记》，《这一代人的怕与爱》（增订本），华夏出版社2007年版，第236—237页。刘小枫此文写作于1989年，这种划分注重知识分子与"社会—历史结构转换"关系的考察，对中国文学百年历程的回顾有重要参考价值。在以上四代知识分子中，刘小枫"把'五四'一代和'四五'一代看作本世纪中国文化的实质性社会岩层，它们标志着中国现代文化社会的实质性断层"（刘小枫：《当代中国文学的景观转换》，载《这一代人的怕与爱》（增订本），华夏出版社2007年版，第237页）。一定程度上，这种看法可以印证"五四"文学和新时期文学是中国文学两次比较大的文学反叛的看法。

② 刘小枫：《当代中国文学的景观转换》，载《这一代人的怕与爱》（增订本），华夏出版社2007年版，第251页。

族、超地域的"①，但又由此出发，认为"四五一代"的文学由于缺乏"神本主义"，也就是缺乏"审视痛苦的景观"，因此对于西方现代派的认同难免流于"仅仅形式上的模仿，依然无法消除精神透视上的盲点"②。刘小枫对于文学的考察基点在于"神本主义"的西方现代派文学，因此他的看法有可能成为又一种形式的关于中国现代主义文学的真伪问题的辩论。对于我们来说，重要的并不在于认同或反对他的观点，重要的在于由此看到中国现代主义文学自产生以来一直要面对西方现代主义文学这个他者的事实。这一方面表明在现代性的意义上中国现代主义文学是后发文学，始终要面对晚到的尴尬；另一方面也说明在世界性的意义上，中国现代主义文学虽然确实晚到，却又的的确确可以纳入世界性的文学潮流，因此可以在世界性的层面上展开有关讨论。

刘小枫的论述所透示出的两点比较重要：第一，"四五一代"的文学开始尊重"个体实存的位置"。这是就文学表现内容而言，它与张清华关于个人化写作立场确立的论证互相印证，可以说明中国现代主义文学是个人化的文学，是为个体的文学。第二，"四五一代"的文学对于西方现代派的认同来源于对于苦难的承受，正是苦难意识或苦难遭遇导致中国现代主义文学的发生。对中国新时期现代主义文学来说，苦难既是一种民族的苦难，更是一种个体的苦难。中国现代主义文学正是在民族与个体苦难的

---

① 刘小枫：《当代中国文学的景观转换》，载《这一代人的怕与爱》(增订本)，华夏出版社2007年版，第253页。

② 刘小枫：《当代中国文学的景观转换》，载《这一代人的怕与爱》(增订本)，华夏出版社2007年版，第253页。

交互作用下开始自己探索性的写作，从而开始其文学反叛之路的。正如孟繁华观察到的，对于苦难的竭力表达也是中国现代主义文学落潮的一个重要原因："现代主义则以个人话语同样讲述集体的想象。对人的关切和人的解放的呼喊，是以诉诸苦难、绝望的形式实现的，这一有限的观念资源逐渐耗尽。"[①] 孟繁华可能主要是就20世纪80年代上半期的现代主义文学发言，但对于苦难的强调和呈现可能是整个80年代中国现代主义的重要内容之一，经由苦难创造一种现代主义的悲剧故事，正是80年代文学激动人心之所在。在80年代理想主义的基调下，现代主义文学的"悲剧"叙事因为具有一种对抗性的能量而获致活力，进行了相当广泛的文学开拓。但也应该看到，尽管沉溺于苦难与悲剧的经营，现代主义文学却也由于各种原因，仅仅止步于对于苦难和悲剧做"表面化"处理，不愿或难以深入苦难和悲剧的深层做进一步的开拓。现代主义文学对于苦难的处理不仅无法向存在之困境迈进，而且常常立足于一般性的社会批判，从而仅具有一般的社会意义，未能向更为深远的层面持续开掘。整个新时期文学对于苦难的处理毋宁说是对于苦难的消解。从整体来看，新时期中国现代主义文学并未能正视苦难，一则它没有正视苦难的勇气，二则它也缺乏那种持之以恒、孤注一掷的探索劲头。对于苦难的消解，其实根源于对于苦难的畏惧，这无疑导致新时期中国现代主义文学未能达到它被期许的高度。

中国现代主义文学一方面受新兴商品经济的冲击与影响，另一方面受制于自身日渐枯竭的探索能量，因而在20世纪80年代末宣告终结。与此

---

① 孟繁华：《1978：激情岁月》，山东教育出版社1998年版，第185页。

同时，作为一个潮流的新时期文学反叛走过其历史征程，现代主义文学与新时期文学反叛的血肉联系也就此尘封。它的功过是非都值得后世反复讨论、深入思考。

不能否认在意识形态许可的界限内，新时期文学的文学反叛达到了新高度，并成为此后中国文学发展的重要基石。它有诸多的不成熟与缺陷，但它的确打开了文学的更多可能，推动了此后文学从内容到形式的全面进步，界限已经打破，探索的苗头从此就再也不可遏制。20世纪90年代以后的中国文学再也无法以一个大一统的思路来进行归纳，那是彻底的多元化的时代。文学当然还有它自身的问题，但文学的存在空间和自由度、文学自身的各个向度都得到极大的拓展，这都是不争的事实。从这一意义来看，"重返八十年代"不仅仅是一种学理上的"历史性"考虑，而且是当代文学反思自身的需要：一个最有可能取得文学突破的文学时代，最终却只是成为政治意义、社会意义颇浓的文学的"黄金时代"，所有那些形式主义、现代主义的探索最终都无疾而终，未能取得文学上更进一步的进展。对这个问题的思考不能仅仅停步于作家、读者、社会环境等方面，也不能仅仅归结为社会的有意引导或政策干预，也应该从中国现代主义文学的自身缺陷与限度重新思考。面对西方几十年来的现代主义文学成就，现代派以来的新时期现代主义文学探索者确乎有些不知所措，有种抓到什么是什么的盲目。从根本上说，新时期中国现代主义文学的种种尝试，某种程度上存在着内在的混乱，自身首先就缺乏坚实的探索根基，因此不能形成稳固的探索方向，持续钻研之。对这一问题的探讨，显然要向更深层开掘，向更广阔处追寻答案。比如，是否可以认为20世纪中国文学的现实主义品格，其实已经提前注定了中国现代主义文学的宿命与命运？现代主义文学确实不如现实主义文学更加适合中国的实际。无论如何，可以肯定的是，对这个问题的思考必将有助于解开中国当下文学的诸多症结。

第三节　文学反叛的极致表达
——以"今天"诗派和先锋派为中心

事无巨细地考察新时期文学的文学反叛之路不是本书的意图，在给出新时期文学反叛的大体轮廓之后，本书试图考察的是两个最为鲜明地表征新时期文学反叛动力的文学流派：一个是"今天派"或以"今天派"为代表的朦胧诗派；另一个是先锋派。并希望通过对二者的考察揭示新时期文学反叛动力对于当代文学发展的推进与影响。

如果说"今天派"以诗歌的方式在纵情宣泄长期被压抑的暴烈心声和探索现代主义诗歌技艺方面有重大突破，并揭开了新时期文学反叛[①]的大幕的话，先锋派或先锋小说家们则在叙事领域大开大合、锐意探索，仿佛在一片平地之上建立锦绣江山一样，生生地在现实主义文学围困中建立起中国先锋派文学的瑰丽世界。就语言和叙事方面的"探索性/破坏性"来

[①] 目前可见的在"文学反叛"题名下的有关探讨都与诗歌有关，局限在诗歌领域，说明当代诗歌的反叛已经成为为人瞩目的文学与社会现象。有关探讨可参见以下两篇硕士论文：杨海林《反叛和反叛的痛苦——近三十年新诗的反叛情结》，四川大学，2007年；郭徽《"反与返"：中国当代先锋诗歌的反叛性及其局限》，华中科技大学，2011年。

说，可能在新时期只有第三代诗歌那"美丽的混乱"可以与二者相提并论。但显然先锋派是一个更加有中心目标的反叛团体，从意识形态的高地撤退之后，先锋派执意在形式主义的天地挥斥方遒、激扬文字，从而将中国的叙事文学推向一个新的高度。单就叙事的革命性而言，可以说先锋派已经穷尽了叙事文学的革命性。先锋派结束的同时，新时期文学也宣告结束，从某种程度上可以认为先锋派的出场敲响了新时期文学终结的丧钟。先锋派将新时期的文学反叛推到极致，但也必然将其推进到难以为继的地步，从而正式宣告新时期文学的终结。先锋派最为明显地说明着"先锋"的命运，同时也诠释着文学反叛的最后命运。从根本上说，所有的文学反叛最终都要偃旗息鼓，在反叛性的意义上建立的王国都是暂时的王国，纵然人们难以忘怀那由文学反叛所构筑的美丽世界，它终将无可奈何地逝去并离我们而去。

无论如何，以"今天派"和先锋派首尾呼应的中国新时期文学反叛最大限度地开启了中国当代文学革新和发展的可能，其强劲的冲力不仅推动新时期文学的当下发展，更是在某些方面奠定了此后文学的长远发展。历史会铭记它们！

一、"今天派"：新时期文学反叛的第一股力量

"今天"诗派或"今天派"是新时期文学史上第一个公开出现的文学反叛团体，主要包括食指、北岛、芒克、舒婷、顾城、江河、杨炼等人，这些成员大多是"文革"时期白洋淀诗歌群落的旧有成员，与"文革"时

期的地下文学有着深厚的渊源。"今天派"的诗歌一出场就表现出与"文革"诗歌迥然相异的面貌,那大胆质疑的精神、专注个人内心世界的探索、抒情的格调、精致的现代主义诗风等都让当时的人们无比震惊。不需要过多重复当时人们对于"今天派"诗歌的震惊反应,即便现在来看,"今天派"的部分诗歌依然令人心神震荡。它用确凿无疑的词句说明:长久压抑的心声一旦得到宣泄的途径,是会如火山爆发一样震惊世人的。

"今天派"的出现有力地宣告了一个新的文学时代的到来,可以说是打响了新时期文学反叛的第一枪。这个生长在旧的"文革"时代的文学流派,其精神和诗艺上的全部诉求都直接来源于"文革"时期和"文革"文学。这些青年人正是在经历了对"文革""向往—拥护—质疑—反抗"的心路历程后,才最终站到旧时代的对立面。对于这些共同经验的讲述使得"今天派"一登场就得到热烈的响应,新时期文学的反叛的大幕一经拉开,就如此激动人心。谢冕从坚持艺术先锋性探索的角度来看待这个问题:"中国当代的诗歌史,在很长一段时间里面,无情地扼杀了这种先锋的探索……所以,当朦胧诗打开一道闸门之后,这个大一统的板块就产生了裂痕。在产生了裂缝之后,主流之外的异质才能够进来。70年代与80年代之交的朦胧诗的批判与反批判……打开了黑暗王国的统治而透进一线天外的光亮。"[1] 在当代诗歌史以至文学史上,无论是从内容反叛的角度还是从形式反叛的角度,"今天派"都可谓开风气之先的诗歌流派。新时期文学反叛由此正式浮出水面,也充分显示出自己的反叛能量与旧的时代之间错

---

[1] 谢冕、洪子诚、徐敬亚:《先锋诗歌:一代不如一代》,《社会科学报》2005年1月13日。

综复杂的关系。

尽管学界一般将"今天派"和其他一些创作风格相似的诗人统称为"朦胧诗"派或者"新诗潮",但身为"今天派"重要成员的北岛显然有他自己的看法:"我一直对'朦胧诗'这一标签很反感,我认为应该叫'今天派',因为它们是首先出现在《今天》上的。"[1]众所周知,朦胧诗的出场经历过一番激烈的争吵和难以想象的曲折,围绕着朦胧诗的论争最为显明地体现出新旧交替的时代意识形态与文学之间复杂的关系。"朦胧诗"这个命名最初是一种有贬义色彩的描述,后成为"今天派"被广泛认可的诗歌"身份"。这与北岛们的初衷还是有很大不同的,《今天》是民间刊物,走的虽是边缘化的路子,但从未动摇过对于文学的革命性诉求。这个承接"文革"时期一系列地下诗社或地下文学社团[2]而来的文学团体很早就确立了个人化的诗风和现代主义的诗艺,成为"文革"暗夜里一支闪亮的火把。[3]但不认可"朦胧诗"的身份标签,并不表示"今天派"与政治是无关的,与意识形态是绝缘的,事实上正是因为执着于对"文革"的明确批判,"今天派"才得以确立自己写作的基点,也才得以获得如它现在所具

---

[1] 查建英主编:《八十年代:访谈录》,生活·读书·新知三联书店2006年版,第77页。
[2] "今天派"之前比较有名的地下文学流派有×诗社、太阳纵队、贵州诗人群、白洋淀诗歌群落等,它们最早的甚至在"文革"开始之前的几年就开始了反叛性的活动,这说明在"文革"时期早已经有一股隐隐的文学反叛冲动在积聚和酝酿。可参见杨健《文化大革命中的地下文学》,朝华出版社1993年版,第86页。
[3] 当代诗歌研究者徐敬亚在《今天》创刊30年时,如此界定《今天》和"今天诗群":"……《今天》和以北岛为代表的'今天诗群',成为点燃数十年中国现代诗热浪的第一缕火光。"徐敬亚:《中国第一根火柴——纪念民间刊物〈今天〉杂志创刊三十年》,《当代作家评论》2009年第1期。

有的巨大的反叛性力量。

（一）强烈的质疑精神与个体意识的觉醒

作为新时期第一股文学反叛力量，"今天派"的文学反叛主要体现为对于"文革"话语的质疑、反抗和对于"人"或"个体"的发现、尊重与赞美。这两方面的反叛可以以北岛的"我——不——相——信"（《回答》）和"我是人/我需要爱"[①]（《结局或开始——献给遇罗克》）来作为典型表征。在这个意义上，北岛以其强烈的个性表达了"今天派"的普遍心声，也表达了当时整个社会潜藏的普遍心声。

"我——不——相——信"体现了一种典型的反叛意识的觉醒，这种反叛意识表现为坚决的质疑或怀疑精神。"文革"无视个人或个体的利益，对人的基本权益构成严重侵犯，现在北岛们发现了其中的问题，并开始勇敢地对其质疑乃至发出"质问"。如此来看，《回答》中的"我——不——相——信"就不仅仅是一种简单的宣告，同时也在表达一种愤慨，表达对于曾经被愚弄和被抹消的生命的惋惜和悲哀，更主要的是表达一种否定与拒绝。"我不相信天是蓝的，/我不相信雷的回声，/我不相信梦是假的，/我不相信死无报应。"[②] 这里重要的并不是去分析"天是蓝的"等四个陈述是否正确，重要的是四个陈述前面的那四个大字"我不相信"。在"我不相信"的激烈控诉下，挺立起来的是一个具有强

[①] 北岛：《履历：诗选 1972—1988》，生活·读书·新知三联书店 2015 年版，第 51 页。
[②] 北岛：《履历：诗选 1972—1988》，生活·读书·新知三联书店 2015 年版，第 13 页。

烈怀疑精神的、觉醒了的个体。个体不再隐匿，个体现在站出来表达自己的诉求。"我"不相信，这实际上是个体或个人的重新发现。只有在"文革"的灰暗背景上，人们才能认识到这个平凡的"我"的出现对于当代诗歌来说有多么重要，而简单的"不相信"三个字又饱含了多少历史曲折和痛苦经验。

"'四五'一代从虔信走向了不信，这是对种种伪理想的拒斥——他们不再盲目地相信什么。'四五'一代的文学恰是这种不信的表达。"[①] 刘小枫对于"四五"一代的分析正好契合"今天派"的心声。"今天派"的诗人尽管各有各的个性、风格和主题等，但共同拥有的是某种不信和怀疑的精神。正是在这种强烈怀疑精神的催发下，他们对于"文革"的批判不像伤痕文学那样流于表面，仅仅通过对伤痕的展示来确证一种主体的存在或完好，从而以再次成为历史的主体为完结。他们总是试图逃避一切总体性话语，也逃避成为总体性话语的一部分。在他们的诗歌里，一种怀疑主义美学散发着独特的光芒。

"我是人／我需要爱"则体现了对于人或个体的重新发现。"文革"时期，一切个人或个体利益的情感表达都隐而不见，在那样的语境下，才能理解"我是人／我需要爱"的重要启示意义。"我是人／我需要爱"，是北岛写给《出身论》的作者遇罗克的诗句，全诗对于"文革"的控诉大胆而犀利，充满着在那一时期看来鼓动性很强的句子。"我"本来是"自己"的最基本的确证，但现在却要通过一次话语的确证来确认，这其中的悖谬

---

① 刘小枫：《当代中国文学的景观转换》，《这一代人的怕与爱》，华夏出版社2007年版，第250页。

情境是不难发现的，可是正是这样的强调反证出一个对人性残害的时代的真实存在，正是这一看似不必要的充满悖谬的表达唤醒了人们对于"我"的认识和发现。如果说"我是人"将"我"从非人的环境中抽离出来，恢复人的各项权利，重新"成为"人的话，"我需要爱"则表达了作为一个非"非人"，"我"自身是有着丰富的存在维度的。正是通过"爱"，"我"的作为"人"的个体存在变得完整。这"爱"是在个体意义上的一种言说，某种程度上是摒弃或拒绝向"集体"升华的私人生活。北岛借此表达了人们对于日常生活的某种渴望，也表达了日常生活对于一个人的必要性。北岛之外，"今天派"诗人对于个体意义上的人或个体的重新发现和呈现，没有比舒婷更细致入微、触动情感的了，甚至可以说，舒婷的那些走在内心情感节奏上的诗句为人们揭开的是一个像大海一样广阔的心灵世界，从而呈现了生活世界的丰富色彩。舒婷的诗歌提醒人们：在外部世界之外，尚有一个心灵世界的存在，而这才是人或个体存在的更为基本的维度。而与这心灵世界相伴随的，是一个广阔的、有趣的、充满柔情蜜意的生活世界。

　　整体上，"今天派"诗人并非个个都有强烈的反叛"文革"的意图，虽然他们的诗作多少都表达出这层含义，或者说在新时期那样的时代氛围里，都可以在这层含义上解读。毕竟，刚刚过去的"文革"时期对他们戕害至深，对他们的影响难以估量。他们的写作因为反叛了"文革"时期的文学成规，而有了批判"文革"的积极意义，并由此具有广泛的社会影响。我们还是倾向于从"立人"的角度来看待"今天派"。从"立人"的角度来看，"今天派"诗人无疑都非常出色，在历史的特定关头，"今天派"精准地表达了从"非人"到"人"的历史转折过程，并对"人"或"个体"的情感、思想和想象给予倾力呈现。在这个意义上，20 世纪 80 年代有关"大写的人"的书写热潮，其真正源头可能正在于"今天派"诗人，甚至可以溯源至 X 诗社等早期地下文学团体。

（二）地下诗歌阶段

1968 年开始大规模进行的"上山下乡"运动可能是"今天派"诗人重要的精神和现实促发点之一。一代青年人响应号召到农村去"接受贫下中农再教育"，命运就这样把知识青年与乡村连接在了一起。在"上山下乡"的实际经历中，理想与现实剧烈碰撞，一代青年一方面充满改造世界的热情，另一方面无疑也日渐感受到现实之残酷与荒谬。从城市到乡村的转变，对这些城市青年来说绝非易事，在实际的"插队"生活中，他们虽也能够感受到劳动的伟大意义，并因此而有思想上的转变，但在日益逼仄的生存条件下，却也并不总是能够确证历史的那种神圣感。在总体话语与个体话语之间，不能不有一个巨大的落差，而这个落差无法不给青年人带来极大的震动。当时青年的感情是迷茫而又复杂的，一方面不愿意放弃理想，另一方面又真切地发现了理想之虚妄。

"今天派"成员之一宋海泉在插队时的感受也许具有一定的普遍性："曙色在前方渐渐显现，前途却是茫然未卜。但有一点是清楚的：我们已然彻底地告别了昨天，告别了我们的精神家园。今天我们所踏上的，是一条自我放逐的路，一条漫长的、充满荆棘的路。物质的贫困是意料之中的事，重要的是，我们将开始一种精神的流浪生活。"[1]"放逐""流浪"等在一代青年的真实心境里，并非夸大其词，一旦从虚妄的意识形态理想高地退下来，一代青年人就不能不感受到生活的全部荒谬性，感受到一种生命被剥夺的放逐感。然而遭际的不幸往往能够成为文学的幸运，正是这种或者肉体或者精神的放逐感使得"文革"时期整个地下诗歌或地下文学的发生发展都渗透着个人或个体焦灼沉痛的真实声音，渗透着强烈的反叛欲望。这种思想情绪迫切需要适宜的表达形式，而"地下"的广阔空间提供了这种表达形式的藏身之所。这些青年人的创作天然地与地下流通的那些"灰皮书"、"黄皮书"、手抄本取得亲近，从而从创作的开始就具有非常现代主义的分量。事实上，"文革"时期地下流通的"灰皮书"、"黄皮书"、手抄本，其数量与质量都是相当可观的，其中苏联"解冻"时期的相关著作和西方现代派的作品尤其给予一代青年人以重大影响，帮助他们确立怀疑主义的世界观和对人被理念异化的更深刻的认知。这些书籍的效力当然首先来自其本身的能量，但更多的却也不能不说是缘于其与"文革"时期青年人自身的遭际息息相通。不能过分夸大这些书籍的力量和作用，毕竟即便在那些没有书籍之光可以照耀到的青年人的内心，也不能否认存在这种类似的怀疑主义精神的滋生和迷茫痛苦情绪的弥漫，但也应该看到一代青年人如果没有这些书籍的帮助是很难将自己的这些想法和情绪以现代主义诗歌或文学的方式表现出来，从而就有可能错失在历史的特定关口让自己的表达成为一个时代文学反

---

[1] 宋海泉：《白洋淀琐忆》，载刘禾编《持灯的使者》，广西师范大学出版社2009年版，第103页。

叛的突破口的历史良机。显然，在地下文学这里，内因与外因都已经具备，足以造成文学反叛的发生。

对于地下诗歌或地下文学的发掘，是在朦胧诗已经成为新时期重要文学事实之后才着手进行的，这就难免会产生历史叙述的彰显与遮蔽的相关问题。如洪子诚所说，从事这项发掘或重叙工作的人们"……一方面……愿意为中国当代的'现代主义'倾向的诗歌建立一条连贯的线索，这样，60年代初开始存在的'地下诗歌'，被描述为为朦胧诗准备的'前史'关系，其中暗含着一种趋向'成熟'的进化过程。但重叙与发掘的另外动机，又来自对现有叙述……的不满，怀疑这种有关'准备'、'成熟'的理解。"[①] 其实无论是视为前后相继的过程，还是视为互不相干的独立过程，以"今天派"为代表的朦胧诗都与此前的长达十余年的地下诗歌创作有着密不可分的精神联系。对于"文革"及其展现的权力之罪恶的反抗和对于人或个体的重新发现等是二者之间联系的重要纽带。从这一意义来看，没有必要争论黄翔、哑默等贵州诗人群体和以食指为精神向导的白洋淀诗派何者是中国现代主义诗歌的源头，我们可以尝试将整个"文革"时期的地下写作视为一个独立的文学时期，而地下文学也因此有其相对独立的意义。在这个意义上，每一个地下文学时期的创作者都有其独一无二的个体性意义，在文学史上都有其一席之地。

尽管在大多数时间其影响力只在很小的范围，但作为一股精神潜流，地下文学却事实上构成了与当时的地上文学的尖锐对立，从而无声地维护

---

① 洪子诚、刘登翰：《中国当代新诗史》，北京大学出版社2010年版，第218页。

着一个时代文学的尊严，诠释着文学那种绝处逢生的倔强性格。历史的追根溯源自有其意义，但也不能因为追根溯源而轻易取消历史的先行者的独立意义。在这个意义上，食指就是食指，他以个人的诗艺和精神穿透力在"文革"时期最为真切地表达了一个时代的迷惘情绪和坚定信念，获得了最为大量的精神影响和诗歌传承，因此可以视为"文革"时期地下诗歌的最大代表。但食指也最为典型地体现出先行者的某种过渡意义。现在我们可以更加清晰地辨认，食指更多是在一种生存论的意义上去介入现代主义诗歌，这从他后期那首惊世骇俗的《疯狗》即可看出；此外，食指的诗歌与20世纪五六十年代盛行的政治抒情诗有着非同一般的亲缘关系，他的诗歌也更多地吸取古典主义诗歌的美学特质，这都显示了食指的某种"过渡"性质。正如谢冕观察到的："在食指的使命感和理想精神面前，人们明确无误地辨认出他与中国诗歌传统的历史纽结，他理所当然地成为接续历史与未来、传统与现代的桥梁。"[1]尽管食指有《这是四点零八分的北京》这样表达迷惘情绪的传神之作，但食指更大程度上还是一个浪漫主义诗人，愿意《相信未来》，他只是更为真切地找到了人或个体的立场与价值。因为困惑于理想与现实的落差，食指致力于表达一种迷茫或失落的情绪，必须指出，尽管如此，这在当时的时代语境中也已经是十分大胆的反叛了。其前驱意义自然不容忽视。

仅仅在精神传承的意义上，食指是后来的白洋淀诗派以及"今天派"的精神源头。事实上，无论是白洋淀诗派还是"今天派"，从诗歌技艺和

---

[1] 谢冕：《20世纪中国新诗概略：1978—1989（上）》，《谢冕论诗歌》，江西高校出版社2002年版，第130页。

现代主义特质来看，都与食指有着非常大的不同，但这并不影响食指的精神指导或示范意义。食指之后，"今天派"开始隆重登场。

（三）从"今天派"到"朦胧诗派"——文学反叛的落潮

尽管"今天派"的出现以北岛、芒克创办于1978年12月的民间刊物《今天》为标志，但他们的诗歌激起新时期极大反响，却是以朦胧诗的名义进行的。值得一提的是，从"今天派"到"朦胧诗派"的发展，不仅见证了"今天派"的瓦解，也见证了新时期文学反叛的某种阶段性落潮。

"朦胧诗"这个名字来源于《诗刊》1980年第8期发表的章明的文章《令人气闷的"朦胧"》。从朦胧诗的命名及当时的争议很可以看出新时期文学反叛的某些曲折经历。章明的文章承认当前出现的新诗对于"文革"文学有着极大的反拨作用，但这不是他的主要关切点，他的主要关切点在于看到"反拨"的"过度"所造成的另一层"恶果"："也有少数作者大概是受了'矫枉必须过正'和某些外国诗歌的影响，有意无意地把诗写得十分晦涩、怪僻，叫人读了几遍也得不到一个明确的印象，似懂非懂，半懂不懂，甚至完全不懂，百思不得一解……我对上述一类的诗不用别的形容词，只用'朦胧'二字；这种诗体，也就姑且名之为'朦胧体'吧。"① 无疑，章明这里是在贬义的意义上使用"朦胧"二字，对朦胧诗持一种批评的立场，而且章明文中举出的《秋》《夜》等诗也并非后来被归为朦胧

---

① 章明：《令人气闷的"朦胧"》，载姚家华编《朦胧诗论争集》，学苑出版社1989年版，第28页。

诗阵容中的诗人所作，且比之于后来的朦胧诗更具有传统意味；但吊诡的是，这些"误差"都被人们轻易忽略，此后朦胧诗这一概念便被直接运用到以"今天派"为代表的那些有文学反叛意味的青年诗人那里，并很快成为一个大家都能接受的概念。正是在这里，新时期文学对于"今天派"文学反叛的"涵纳"具有不少言外之意。如果说"白洋淀派演变为'今天派'，标志着中国新诗正在酝酿着一场深刻的革命"①，那么从"今天派"到朦胧诗派的演变，则不能不说是对于这场"深刻的革命"的某种消解。事实上，从关于"朦胧诗"的激烈论争及其结果，能够看到新时期文学对于文学反叛的极端排斥和尽量"涵纳"。

有关朦胧诗的论争无疑是新旧意识形态争夺阵地的一个战场，经过这场战役朦胧诗的名号得以确立，但"今天派"的革命性意义也就此宣告完结。朦胧诗成为新时期文学名正言顺的起点，这时的朦胧诗已经剔除掉"今天派"的革命性因子，成为新时期文学主潮的重要部分。正如陈晓明注意到的："把朦胧诗看成新时期中国文学的起点，这可能是一种暧昧而吊诡的做法，新时期是一次主流文学的命名，而朦胧诗在其萌芽阶段，却是产生于对主流思想文化的怀疑与潜在反抗，经历过'自我'与'时代精神'之冲突的论证，朦胧诗又一度成为新时期主流文学最有力的前卫。最后的结果是，大部分朦胧诗人都以不同的形式与主流文学相疏离。"②历史就是如此充满"歧义"，但客观地说，"今天派"到朦胧诗派的转变一定程度上也可以说明新时期文学反叛本身的限度。如同一切文学反叛一样，新

---

① 陈晓明：《中国当代文学主潮》，北京大学出版社2013年版，第273页。
② 陈晓明：《中国当代文学主潮》，北京大学出版社2013年版，第271页。

时期文学反叛有其特定的使命、时运与局限，因此必有结束的一天。

还在朦胧诗论争热烈地开展着的时候，朦胧诗作为一个诗歌潮流已经开始退潮了。"1983年以后，《今天》作为'诗群'已不存在，朦胧诗的新锐势头已在衰减。"[①] 作为对"文革"时期颂歌式的政治抒情诗的大胆反拨，朦胧诗的使命可谓已经完成。不必纠结于朦胧诗这一名号是否正当，应看到此前铁板一块的政治抒情诗的天下如今已经破除。朦胧诗打开了当代文学多重可能的向度，个人或个体的思想与感情不再是禁忌，而能够得到适度的表达；从诗歌技艺上说，现代主义的各种手法和技巧也已经越来越渗入到每一个诗歌写作者的写作中去，成为一种写作常识或常态。大量对于朦胧诗的模仿和复制之作的产生，一方面说明朦胧诗在新时期已然形成重大影响；另一方面也预示着朦胧诗已经或即将完成自己的使命：革命的意义存在于"先锋性"之中，一旦"先锋性"成为一种"日常"，"先锋性"也将就此终结。朦胧诗的退潮并非说明诗歌又一次面临大一统的僵硬格局的压迫，客观地说，朦胧诗打开了一个空前广阔的诗歌天地，它的消亡更多是一种诗歌探索或反叛能量的自身枯竭。如果非要使用消亡这个词的话，朦胧诗也是消亡于一种更加开放和多元的诗歌场域之中，可以认为它已经出色地完成自己的历史使命。

以"今天派"为代表的朦胧诗的退潮也有其自身的原因，这也是它所不能超越的自身局限性所在：朦胧诗用以反叛"文革"的诗歌本身就具有浓重的社会意味，这一方面导致它对于"文革"及"文革"文学的反抗和

---

① 洪子诚、刘登翰：《中国当代新诗史》，北京大学出版社2010年版，第246页。

反叛及时、有效、有力量；另一方面也导致它不期然地与新时期"拨乱反正"的时代主潮同频共振，一定程度上与其他文学力量一起，共同帮助建构了新时期意识形态。尽管朦胧诗人们不会赞同这一说法，但在一定程度上新时期关于"大写的人"乃至关于"现代化"的渴望都可与朦胧诗的呼声取得呼应，也是一个事实。就朦胧诗来说，由批判精神而来的英雄主义情调，由使命意识而来的崇高格调，由现代主义文学特质而产生的悲剧意识等，都不仅仅具有诗学意义，而且极为有力地参与了新时期主流意识形态的建构。随着新时期意识形态的初步建构与相应调整，朦胧诗派也必然出现相应的变动。回首往事，在朦胧诗刚刚出场的时候，"三个崛起"的声音何其高昂壮观，一个可以被期许的诗歌和文学的壮美前景又如何激励了一个时代的文学志向和梦想。如今，这一有着顽强冲力的文学反叛也不得不走向衰颓，不禁让人扼腕。

在朦胧诗兴起的时候，谢冕曾如此论述这一新诗潮的意义："一个统一的太阳已爆裂而为碎片。这些碎片闪闪烁烁，正在凝聚为一个又一个独立的悬体。这是一个没有偶像、也不承认权威的诗歌世界，几乎每一个诗人都在创建自己的诗歌王国，他们自以为是的艺术实践使他们确认自己是这个王国的君主。20世纪60年代以来世界诗歌格局中的多元体系已在中国形成。这种格局将无法逆转。"[①] 历史地看，这一论述准确而有力，不管朦胧诗最后如何成为诗坛主流，又如何各自解散，朦胧诗毕竟打开了中国诗歌的多元化局面，从此诗歌再也不是独尊一体了，这就极大地释放了诗

---

① 谢冕:《地火依然运行》，上海三联书店1991年版，第14页。

歌写作的潜能和可能。

然而，谁能想到，推翻偶像和权威的"北岛"们不期然也成为后起之秀眼中的新的偶像和权威，第三代诗人风风火火冲将出来，大喊大叫着"打倒北岛"等口号。这可能是朦胧诗人们从来没有想到的情况。在某种程度上可以认为，第三代诗人的崛起可能是朦胧诗人不得不退出历史舞台的又一个原因。这个所谓迭代的实际过程可能更加激烈，"甚至朦胧诗的脚跟尚未站稳，'第三代'诗便从1984年起'悍然'向它宣战，'革'前代革命者的理想化、英雄化、贵族化之'命'"[①]，在诗学的意义上，也可以说这是后现代主义诗歌向现代主义诗歌的挑战，中国文学的反叛冲量由此可见一斑。任何浮上水面的文学反叛都只是中国文学内部反叛冲动的冰山一角，第三代诗人的崛起反映了在中国这样一个大的国度，在新时期这个历史时期，其文学反叛动力的强劲，其反叛力量的广泛滋生。第三代诗人敏锐地察觉到的美学变革的可能，到了先锋派那里有更加直接的表达，中国新时期文学的形式主义变革就此走上其极端路线。先锋小说不再直接面对意识形态说话，而是在文学史的意义上与既有的现实主义文学传统对话。也就是说，先锋小说及其同时期的文学更多的不是在与社会现实同步或乖违的意义上找到自己的叙事动力，而是仅仅在文学史的框架内反叛之前的文学"传统"，在文学史内与文学前辈对话，就找到了文学反叛的着力点。

---

① 罗振亚：《朦胧诗后先锋诗歌研究》，中国社会科学出版社2005年版，第5页。

(四)"朦胧诗派"的内部裂变

朦胧诗的退潮也与朦胧诗人内部的裂变有重大关系。从"今天派"到朦胧诗派是一次重要的改变,朦胧诗派既是对于"今天派"的扩充,也是对它革命性意义的消解或变更。事实证明,瓦解一个文学流派的最好做法就是对其无限扩充,直至超出其必要的承载限度。人们越来越倾向于将新时期伊始所有那些具有创新苗头的诗歌都归入朦胧诗阵营中,这就导致随着朦胧诗派的日渐壮大,那些被归入朦胧诗派的诗歌也日渐显现出巨大的差异。朦胧诗派的裂变因此是必然的。在朦胧诗派的核心阵容——北岛、舒婷、顾城、江河、杨炼等——中,这种差异性也日渐增大。最初用"新"就可以将他们概括在一个门类之下,经过时间的推移,人们发现朦胧诗人的"新"是各有各的"新",其内在诉求和文本风貌并不完全相同。在朦胧诗派被推至社会前台之后,这种内部差异逐渐显现出来,并成为一个问题。

北岛冷峻的质疑、强大的理性、简约的诗风、宣告式的口气既与其个人气质有关,也体现了一个时代对于时代政治的热心和关切。[①]就对政治的态度来说,江河、杨炼与北岛有一定的共性。江河、杨炼的诗歌从一开始就与时代、民族和历史这样的宏大词汇相联系,现在来看,有些难以想象这样

[①] 与白洋淀诗派和"今天派"诗人有过密切交往的先锋画家彭刚,在回忆北岛的诗歌时提及:"……我和芒克,还有多多更艺术一点,北岛政治成分大一点。他的《太阳城札记》,写的都是政治理想,追求民主,我当时不感兴趣,我感兴趣的是追求自我的感觉,追求先锋派。"参见亚缩、陈家坪《彭刚、芒克访谈录》,载刘禾编《持灯的使者》,广西师范大学出版社2009年版,第249页。

的诗作居然可以归为朦胧诗。江河的主要作品有《祖国啊，祖国》《纪念碑》《葬礼》《太阳和它的反光》等，在这些诗歌中个人的命运总是与时代和国家的命运联系在一起，因此对于个人命运的书写也就是对于时代和国家苦难历程的记叙，从这里他找寻民族和国家的希望和力量所在，也找到个人存在的全新尺度。如洪子诚所说："这些诗显示了介入'历史'的强烈欲望，同时也表现了鲜明的社会政治视角：试图通过对民族历史和文化传统的探寻，来获得对现实问题和历史的认知。以'自我'的历史来归纳民族历史，既是感知视角，也是由这一视角转化的抒情方式。"[1]江河依然是表达"大我"，依然试图用"小我"为"大我""服务"。就此来看，江河的诗歌与之前的政治抒情诗有着不小的渊源，二者的区别可能在于江河对"小我"这一视角的把握更加人性化，更加贴近个人的性情和细腻感知。

与江河有更多相似性的杨炼的写作在朦胧诗人阵容中更加具有"异质性"，可以说杨炼使得朦胧诗的包容性之大更加显著，但这也更加说明了朦胧诗是一个多么松散的团体。杨炼与江河一样倾心于"史诗"的书写，认为"我的使命就是表现这个时代……对于我，观察、思考中国的现实，为中国人民的命运斗争是理所当然的事情。具体地说，就是表现长期受屈辱、被压抑的中国人民为争取彻底解放而进行的英勇斗争以及由此带来的精神领域的巨大变革"[2]。杨炼其实并未对就近的历史有多少回顾，他的视野一下子就穿越千年岁月，回到遥远的远古历史当中去。杨炼对于历史的书写更像是对于历史的丰富想象，在《大雁塔》、体系性长诗《礼魂》《西藏》

---

[1] 洪子诚、刘登翰：《中国当代新诗史》，北京大学出版社2010年版，第237页。
[2] 洪子诚、刘登翰：《中国当代新诗史》，北京大学出版社2010年版，第237页。

等诗歌中,"杨炼迷恋语词的修辞功能,他笔下的语词浸透了历史的厚重意蕴,却与现实并没有多少实际关联"①。杨炼的写作对于历史的处理方式一定程度上是后来寻根文学的先声,但在朦胧诗的界限内,他的这些诗歌只能说是对朦胧诗的一种拆解。在某种程度上,杨炼是朦胧诗反叛性写作"江郎才尽"的一个标志,很难看出杨炼诗歌的反叛性何在,但他却堂而皇之地置身于朦胧诗派主力阵容之中,这就可见朦胧诗派内部的分化之严重。

相比之下,更少与时代政治有关联的朦胧诗人是舒婷和顾城。舒婷是朦胧诗派主力阵容中唯一的女性,同时也是新时期接受度最高的朦胧诗人。这可能与她诗歌中的那种浪漫主义情调,那种对于个人心声细腻的抒发和表情达意的坦诚有很大关系。无意于冒犯女性,应该说,舒婷的女性身份在一定程度上也给予其诗歌一层或温情或绵柔或清新的气质,这些相对都比较能为人接受。舒婷的诗歌中经常出现"海"的意象,与北岛诗歌中的"海"往往是希望与孤独的悖谬象征不一样,舒婷诗歌中的"海"总是充满希望、令人向往。舒婷的诗歌尽管清新非常,却也常常具有丰富而多重的象征意义,这使得她的诗歌能够为各个层次的读者欣赏,读解其妙义。《致橡树》等诗歌既可以视为对男女之情的表达,也可以视为对个人独立性的吁求,进而还可以视为对于一切限制性、权威性话语的反抗,但人们一般从前两层尤其是第一层意义上来看待它。因此人们对于舒婷诗歌的误解可能比正解还多,但也许正是这种误解的经常发生使得人们忽略掉舒婷诗歌中悲剧和痛苦的那一面,而沉溺于其诗歌梦想的辉光和甜蜜的情

---

① 陈晓明:《中国当代文学主潮》,北京大学出版社2013年版,第282页。

感那一面。从一定程度上说，作家都在被误读，重要的在于舒婷在新时期对于人的内在诉求和情感欲求的表达触动了一代人的心声，从而成为一代人的诗歌记忆。1982年之后，舒婷仍然写诗，其诗歌已不再有大的反响。但她新时期初期写下的诗歌代表作，如《双桅船》《致橡树》《神女峰》《祖国啊，我亲爱的祖国》等，显然已经成为当代诗歌的经典，仍以其强大的魅力折服一代一代的读者。

顾城是最为激烈地表达对社会疏离情绪与意愿的朦胧诗人，但这恰恰并非因为他真正如人们所认为的是一个"童话诗人"的缘故，而是因为他对于社会看得很透彻，并因此对社会很是感到悲哀。在《请听听我们的声音——青年诗人笔谈》[①]《"朦胧诗"问答》[②]等文章中，顾城对于诗歌和当时社会认识的深刻性都很令人印象深刻。应该说顾城是朦胧诗人中最具备诗人气质的诗人，是天然的诗人。除了早期诗歌对于权力、政治有公开的评说外，顾城很快就进入"任性的孩子"的位置上去写"童话"一样美好、纯净的诗歌，并就此成为一个众所周知的"童话诗人"。不能不说这样的选择出于对一个曾经"黑暗"的社会的不信任和提防，但也更多是顺应自己的天性而为。在一次访谈中，顾城说："我喜欢西班牙文学，喜欢洛尔

[①] 在这篇笔谈里，顾城认为"新诗"要表现的内容是"具有现代特点的自我"，"新诗"之所以"新"，就是因为"出现了具有现代青年特点的'自我'"，这种自我正与过去诗歌中的自我相对立："我们过去的文艺、诗，一直在宣传另一种非我的'我'，即自我取消、自我毁灭的'我'。"参见《请听听我们的声音——青年诗人笔谈》，《诗探索》1980年第1期。

[②] 顾城：《朦胧诗问答》，载《顾城文选·卷一：别有天地》，北方文艺出版社2005年版，第175—178页。

迦，喜欢他诗中的安达露西亚、转着风车的村庄、月亮和少女……我喜欢洛尔迦，因为他的纯粹。"[1] 就天性而言，顾城可能是朦胧诗人中最为纯粹的一个，他的诗歌总是倾向于构建一个与尘世隔离的彼岸世界，在那里只有美好的事物，没有任何的污浊与肮脏。顾城的诗歌天然是现代主义的，用梦幻一样的眼睛看世界，顾城写下的也许永远是人们不解的字句。但其中也有一条线索可以依循，那就是反向性书写的线索。如传颂甚广的《一代人》——"黑夜给了我黑色的眼睛，／我却用它寻找光明"——所示，顾城的所有写作何尝不是一种反向书写，秉持一种反向推理的逻辑。我们欲了解顾城，就要从他写下的表面话语反向思考。

在某种程度上可以说顾城其实是在反向书写一个曾经污浊不堪的世界，也只有从这个意义上才可以将顾城的诗歌与朦胧诗的题旨联系起来。他用自己的纯美和纯粹证明着人间可以是美好的，人与人之间可以是简单的、友好的。只有从最反向的反向出发才能读出来顾城对于"文革"的反抗之声。顾城这么隐蔽，这么隐忍，他心中到底积压了多少黑暗的情绪，或许永远都是一个谜。1993年，在遥远的新西兰激流岛，顾城挥斧杀妻而后自杀，震惊世人，引人感慨唏嘘的同时，也引人思考诗歌的童真梦幻与诗人的暴力非理性如何得以在顾城身上调和。

当年团结在《今天》的诗人，为了争取向着强大的"统一"的诗歌进行冲击的需要而进行了联合和凝聚。一旦这一任务告成，《今天》的联合

---

[1] 顾城：《河岸的幻影——与王伟明问答》，载《顾城文选·卷一：别有天地》，北方文艺出版社2005年版，第179—180页。

便成为历史的一块丰碑，而不再承担推动艺术发展的使命。推动艺术发展的功效体现在"今天"的裂变上，这就是：至少有几位有影响的诗人（北岛、舒婷、顾城、江河、杨炼等）因艺术上的差异而开始裂变，然后，他们自然地各自成为一个核心开始新的"聚合"——结成了一个一个新的群体。①

其实裂变是必然的，当初"太阳的碎裂"形成了一个一个诗歌小王国，后来这些小王国被统一命名为"朦胧诗"，从而凝结为一体。本来这个所谓的朦胧诗派就是一个足够松散的诗派，如今它的解体也可以说是理所当然。谢冕认为新的"聚合"正在路上，这就可见谢冕依然对于这批诗人充满感情。但事实上"今天派"或朦胧诗派的裂变尽管有一定的"重归自由"的意味，更多的还是体现了朦胧诗派作为一个团体其历史使命已经完结。至于此后是否能够"聚合"为"新的群体"，并不是一件很乐观的事情，即便能够"聚合"，那也是另一个层面的问题了。历史给定"今天派"或朦胧诗派的时间就那么多，这就是"今天派"或朦胧诗派的最大现实。

通过以上的分析不难看出，无论是外在的客观情势，还是文学反叛的必要限度，或者朦胧诗人之间本来就有的巨大差异，种种因素都说明以朦胧诗为开端的文学反叛必然要面临崩溃或终结。这是一个必然临到的事件。不必对之抱以惋惜，也不必为此凭空添上"光明的尾巴"。背负着文学反叛的使命，以"今天派"为核心的朦胧诗派可谓已经完成了自己的使

---

① 谢冕：《地火依然运行》，上海三联书店1991年版，第99页。

命。尽管其间有千种万种的遗憾和缺失，历史毕竟要翻开新的一页。

二、极致而短暂绽放的先锋派

按照洪治纲的相关梳理，"先锋"在中国最早是一种军事术语，在汉语中"先锋"最早见于《三国志·蜀·马良传》。"在西方，'先锋'最早出现在法语中，即 Avant-Garde，也是一种纯粹的军事术语"，大意是指作战时率领先头部队迎敌的将领。[①] 卡林内斯库在考察了"先锋派"的含义从军事领域到政治领域再到美学领域等的变迁史后，认为"十九世纪七十年代在法国，先锋派一词虽然仍保有其广泛的政治含义，已开始用于指称一小群新进作家和艺术家，这些作家和艺术家把针对社会形式的批判精神转移至艺术形式的领域……新的先锋派艺术家感兴趣的……是推翻所有羁束人的艺术形式传统，享受探索先前被禁止涉足的全新创造境域的那种激动人心的自由"[②]。尽管先锋派的含义此后继续发生分化，在不同的时代语境下获致差别甚大的含义，但我们可以认为，文艺上的先锋派其基本含义仍可以归纳为一个主要以叛逆和创新为追求的流派，并不可避免地要走向极端主义。考虑到先锋派、先锋文学、先锋小说在中国当代文学的语境中几乎有相同的含义，本书不再对此做区分。

---

① 洪治纲：《守望先锋——兼论中国当代先锋文学的发展》"绪论"，广西师范大学出版社2005年版，第2—3页。
② ［美］马泰·卡林内斯库：《现代性的五副面孔——现代主义、先锋派、颓废、媚俗艺术、后现代主义》，顾爱斌、李瑞华译，商务印书馆2002年版，第121页。

在中国当代文学的语境下，先锋派或先锋文学一般来说是一个约定俗成的通用词，是一个时期性的概念，一般也与先锋小说概念通用。最早的先锋派研究者之一陈晓明认为："当代的先锋派虽然不是一个有组织的流派，但它显然已经有了比较固定的界定——这个称呼的基本含义是指马原以后出现的那些具有明确的创新意识，试图在艺术形式方面开创一条道路，并且初步形成自己的叙事风格的年轻作者，主要有莫言、马原、洪峰、残雪、扎西达娃、苏童、余华、格非、叶兆言、孙甘露、潘军、北村、吕新等人，他们影响了1990年代更年轻一代的作者。"[①] 可见当代先锋派主要是就小说而言，并不包括当时轰轰烈烈的诗歌运动大旗下的诗歌创作。与先锋小说大体同步而略早的第三代诗歌其实也具有非常的先锋性，所谓"美丽的混乱"既说明第三代诗歌相比朦胧诗对于诗歌有更大更狂野的反叛举动，也说明这一文学先锋性的反叛举动之暴烈，竟有些失之于混乱不堪。不过，文学史通常的做法是将第三代诗歌放在诗歌的谱系内论述。由于其鱼龙混杂的混乱风格，第三代诗歌的先锋性尝试显然与先锋派的先锋性探索有很大差别。就第三代诗歌而言，有研究者认为"朦胧诗后的先锋诗歌的反叛是'破坏'大于建设，疏离多于超越"[②]，可谓切中肯綮之言。

（一）先锋派的历史贡献

先锋派在小说领域内的探索相对而言更多地受到了学界的肯定，尽管

[①] 陈晓明：《中国当代文学主潮》，北京大学出版社2013年版，第341页。
[②] 罗振亚：《朦胧诗后先锋诗歌研究》，中国社会科学出版社2005年版，第13页。

形式主义策略的极致表达也招致一部分人的强烈批判。先锋派的反叛举动主要体现在形式主义表意策略上，这包括对于叙事本身的探索，对于叙事语言的探索和对于小说文体和氛围的刻意经营。在文学史的意义上，先锋派的这些反叛动作可谓破天荒的举动。先锋派仅仅在文学自身的地界内纵横捭阖，这使得他们的文学反叛因此更加纯粹，也更加目标明确，但也必然将由于刻意回避历史与社会"刻度"而导致文学探索的某种空洞。更确切地说，形式主义表意策略走向极端，便不能不走向某种"去历史化"的境地。在20世纪90年代之后，这日益成为一个不能忽视的重要问题，亟待解决。这些都是我们重新看待先锋派时需要注意的。虽然关于先锋派至今并没有一个明确的划分，先锋派本身也不是像"今天派"一样是一个有组织的团体，但在80年代后期一些青年人的文学反叛不约而同地选择仅仅在文学史内部进行，也是一个明显的文学事实。他们各自探索的合力共同促成一场也许在文学史框架内最具有野心的反叛行动，也确实取得了前所未有的巨大成就。

当代先锋派的渊源可以追溯到"文革"时期的地下写作，《波动》等手抄本小说已经显示出一些文学先锋性的探索，体现出对于叙事本身的兴趣，对于现实主义审美体系的"反动"和对于现代主义风格的追求的意愿。但可能由于地下写作的条件所限或诗歌相比小说来说更加具有"直接性"，最先冲出历史地表的地下写作类型是诗歌。诗歌无疑是最为敏感的，但对一个急切需要从"文革"灾难中走出来的时代来说，诗歌又是最容易被时代主流所裹挟的。"今天派"仅仅持续了两年，朦胧诗也不过维持了数年时间，1983—1984年朦胧诗作为一个潮流已经开始退潮。继起的第三代诗歌依然继续着文学反叛的思路，甚至不无极端地提出"诗到语言为止"的极端口号，体现出文学反叛的尖锐性。但第三代诗歌的确过于混乱了，充斥着作秀等非诗歌因素，它的混乱在一定程度上遮蔽了它的那些文学创新的革命性意义。它的轰轰烈烈的出场不过证明着当时的诗歌界有多么混乱不堪，多么各自为政，反而从一定程度上败坏了人们对于诗歌的好感和信心。不否认第三代诗歌的中坚力量都是对诗歌怀有敬畏之心且执着探索诗艺的诗人，但整体来看，第三代诗歌却的确"混乱"得可以。

谁也不曾想到在1985年左右小说界正在酝酿一场深刻的革命，相比诗歌的敏感，小说或许更加迟钝，但它也更加有韧性，更加有沉入生活的能力。在诗歌落潮后，小说由于其广阔的表现力而逐渐走上文学反叛的中心地带。莫言、马原、残雪当时的写作都并没有有意要开创一个新的文学反叛潮流，他们的作品后来被归结为中国先锋派的最早尝试，只是一种事后的"命名"。命名只是对于文学事实的一种应急反应，这反而说明了先锋派在当代文学中出现的某种必然性。1987年之后《人民文学》《收获》等文学杂志对于先锋派的发展和集结做出某种引导，但事实上那也只不过是顺应了当时的一种文学大潮而已。在此情形下，余华、苏童、格非、孙甘露等更年轻的先锋派主将一一登场，先锋派渐渐成为当时文坛一股不可遏制的文学反叛潮流。与诗歌领域的文学反叛不一样，先锋派的文学反叛一开始就专注于形式主义方面，这使得他们一开始就在现代主义的道路上开拓进取，甚至一度达至后现代主义文学的领地。短短的几年时间里，先锋派已经将形式主义探索推向了极致，无论对于小说观念的革新，对于小说叙事的革命，还是对于小说语言的探索，对于极端生存状态的探查，先锋派都是既有破坏性又有开创性的革命者。在叙事文学领域的反叛活动虽然开始得比较晚，但取得的成效却是很大的。在中国当代文学史的框架内，不难看到，先锋派在形式主义方面的开拓都极为有效地渗入后来的小说创作中，从而成为继起者不可回避的一种文学营养和传统。

"不管人们愿意不愿意，先锋派创造的形式主义经验，已经构成当代中国文学不可忽视、不可分割的一部分。"[①]陈晓明进而认为主要由于先锋派形式主义方面的贡献，"……当代中国文学，特别是当代小说，终于具有相当水准的艺术性可言"[②]。"艺术性"本身可能是一个争议性比较大的概念，如若将其置换为"现代主义文学"，这一说法的意思就更加清晰了。尽管先锋派不乏后现代性的某些特点，它的形式主义实验在新时期文学中主要还是在现代主义文学的框架下有革命意义。中国现代主义文学的发展本来很不完善，先锋派则是这种不完善之中的相对完善，在历史的特定时刻，中国现代主义文学因先锋派的出现而达至一个不可逾越的高度。当然这是就创作潮流而言，就个体作家而言，先锋派之后形式主义的经验真的已经成为他们创作的一个基本维度，虽然再未形成一个有效的潮流，但中国文学的现代主义分量却是有增无减。艺术的革新一旦达成，就没有后退的可能，它可能不再能成为一种轰动现象，但它却必然成为一种基本前提，后来的艺术只能在此基础上继续往前走。从这个意义上说，先锋派形式主义的贡献有力地推进了中国现代主义乃至后现代主义文学的发展，或

---

① 陈晓明：《无边的挑战——中国先锋文学的后现代性》，时代文艺出版社1993年版，第301页。
② 陈晓明：《无边的挑战——中国先锋文学的后现代性》，时代文艺出版社1993年版，第302页。

者起码推动了中国文学中现代主义乃至后现代主义因子的壮大。

(二)对现实主义审美体系的挑战与打破

中国当代小说到了先锋派这里才算真正大规模地开始从"写什么"转移到"怎么写"的路子上去,既往小说的规范一一被打破,现实主义审美体系由此现出摇摇欲坠的危机。了解20世纪中国文学史的人,都知道现实主义审美体系曾经多么有力地推动了中国文学的发展,又曾经多么深重地影响了当代文学的进一步发展,以至成为某种桎梏,从而显示出某种荒谬性。不能说先锋派的矛头就仅仅是冲着现实主义审美体系而去,但他们的文学反叛的确在很大程度上造成对于现实主义写作的反叛。这些更为年轻的写作者好像是一下子就变成了当代文学现实主义写作的掘墓人,他们的小说实验每每以超越常规的形式特征,实现某种反现实主义的探索,从而以诸多重磅作品实实在在地打破了现实主义的审美体系。

20世纪80年代中期以前,尽管诗歌界轰轰烈烈地开展现代主义诗歌活动,但叙事文学领域的现代主义文学探索却很难说真正得到了有效开展。现代派、寻根小说、知青文学等都对于文学反叛在叙事领域的推进有所贡献,但又都未曾打破现实主义的主导地位,文学仍然在现实主义的框架内,主要从其与现实的同构关系中获得生命力和魅力。这不能不极大地限制新时期文学的继续前进。莫言、马原、残雪之所以被视为中国先锋派的最初三位开路者,正是由于他们对于现实主义审美体系的挑战开始动摇现实主义的主导地位,使得现代主义作为一种审美体系在他们的写作中开始建立。这不再是现代派那样的仅仅作为一种写作手法的现代主义,更不是寻根派那种回到民族本位的现代主义[①],更不是纯然西方的现代主义——尽管莫言、马原、残雪都不否认自己受到外国现代主义乃至后现代主义作家的重要影响,而是一种真正生长在中国历史与现实的土壤里,在中国当代文学传统里生长出来的现代主义。

世上没有任何两种相同的现代主义文学,就像世上没有任何两片相同的树叶一样。任何一种看似能够普遍化的"主义"都要经过本地化改造,也必然要经过本地化改造。如此说来,莫言不可能是福克纳或马尔克斯,马原也不可能是博尔赫斯,残雪更不可能是卡夫卡,他们都只能是自身。比较文学可以在比较的视野下做相应的令人感兴趣的比较研究,但比较的一个基点也正在于承认他们之间的差异性。中国的先锋派一直面临一个苛责:与西方同类大师相比,中国的先锋派被认为是"低人一等"。必须得说,这种苛责有些莫名其妙,僵硬死板。能够找到差异的比较,对于增进对参与比较的两个对象的认识而言,都是一件有益的事情,但比较绝不意味着按照一个固定的标准去发现对象之一如何在不能等同于另一对象的意义上是残缺的、不完善的或不好的、不出色的,这样的比较虽然很容易

---

① 寻根文学一方面是对于"文革"反思持续推进的必然结果,另一方面也是对于现代化追求的必然体现,现代化要求对本民族光辉历史的再叙述,因此它典型地体现出中国文学在20世纪80年代中期的现代性焦虑。就寻根文学在中国当代文学史上的开拓来看,寻根文学无疑也只有在现代主义的意义上才能真正得以理解。寻根文学是回到民族本位的现代主义文学,这一吊诡体现出中国文学的某种矛盾心态,一个重要的外部促因可能是拉美魔幻现实主义的强大影响。参见陈晓明《中国当代文学主潮》,北京大学出版社2013年版,第326—327页。

"先声夺人"，却事实上毫无意义可言。任何理论或主义的旅行都不是纯然在真空中旅行，萨义德的"理论旅行"说因此应当受到重视。这也意味着我们要能看到理论或主义在旅行之后发生变异的必然性，从而以一种比较独立的眼光去看待理论或主义在它的旅行地的必要变异，并在此基础上看到旅行地本身对于该理论或主义的"现实"改造，看到本土化改造之独立意义。这是我们在看待先锋派时，必须要有的认识。

"80年代中期马原、莫言、残雪等人的崛起是先锋小说的真正开端。这一开端，在小说叙事方式革命、小说语言的实验、小说对现实生存状态的表现等三个层面上是同时进行的。"[1]从叙事方式、小说语言、小说对现实生存状态的表现等层面来定位先锋派不能说不准确，但任何概括其实都是一种简化，对于中国先锋派而言更是如此。事实上无论从哪些向度出发归纳先锋派的探索进向，都只能是一种近似或大约的概括。先锋派的众声喧哗仿佛打开了潘多拉的盒子，释放出来的既有文学革命性的因子，也有文学破坏性的因子，它是如此难以归类、难以概括。总体而言，中国文学需要这样一场革命，它的建设意义也远远大于破坏意义。总体来看，先锋派留给当代文学的形式主义遗产，至今仍是当代文学的宝贵财富。不管先锋派是否有内在的深层意味的追寻，他们的文本因其非常明显的形式主义特征，都不能不被列入形式主义探索的范畴。事实上，他们的文学反叛也主要是在文学本身和文学形式本身的意义上得以确证。

在这个意义上，马原因其叙事圈套而闻名，他第一次启发读者去关注

---

[1] 陈思和主编：《新时期文学简史》，广西师范大学出版社2010年版，第150页。

小说是"怎么写"的，从而暴露出现实主义的虚构性，瓦解现实主义的神圣权威。在马原这里，小说第一次凸显了"写作"这一行为的重要性，他非常严肃地告诉人们：正是"写作"创造了文学作品，"写作"可以将小说导引向任何一种结局，这就颠覆了现实主义文学中写作与现实等同的神圣反映规律，从而将小说或写作本身置于更为重要的地位。马原的小说十分注重叙事的经营，他缠绕而模棱两可甚至自相矛盾的叙事过程将小说硬生生拉向"怎么写"的论域中去，最先开启了先锋派的反叛之举。尽管马原后来的写作并无大的突破，但他对于先锋派的开创之功却是不容抹杀的。"怎么写"所引发的叙事革命，始终是此后先锋派的一大探索领域，格非、苏童等都有精彩的发挥。在这些先锋派的探索中，小说的叙事本身上升为一种美学要素，这对于中国当代文学来说是前所未有的突破。

莫言甚至无意于刻意写作寻根派的作品，对于在农村土生土长的莫言来说，农村是他必然的创作源泉："他对那块故土又爱又恨的情感，决定了他的寻根并没有知青群体的那种观念性的文化反思态度，他只有与乡村血肉相连的情感和记忆——这就是他始终的'在地性'。"[1]"在地性"只是莫言写作的一个方面，应该说莫言的写作之所以如此浑厚又如此开放，取得如此重大的文学成就，并不仅仅在于其对于"在地性"的当代坚持，而更在于他对于"在地性"与"国际性"的某种恰切的融合。所谓国际性是指莫言的小说所受到的外来文学影响，尤其是西方文学影响，及其带来的文学新变。可以认为，莫言的写作真正找到了"在地性"与"国际性"融

---

[1] 陈晓明：《中国当代文学主潮》，北京大学出版社2013年版，第336页。

合的渠道，他的写作既是中国的，又是世界的，几乎是轻而易举地就实现了中国文学走向世界的梦想。莫言的《红高粱家族》等作品是沉入内心的讲述，由于"在地性"的缘故，小说强烈地向个人内心倾斜，外在事件只有在内心体验和感受的基础上才真正确立。这样，"莫言的小说叙事向着更加踏实的乡土经验、向着语言和感觉层面转向"[①]。对感觉的敏锐捕捉，小说语言挥之不去的感觉氛围，因此成为莫言小说的一个鲜明特质。在莫言这里，小说语言本身成为小说的审美要质。人们阅读莫言的小说，总是最先被其或汪洋恣肆或敏锐细腻的语言所吸引。先锋派对于小说语言的发挥和探索不管有没有从此得到启示，莫言都预示了此后小说的一种新的革命可能。

残雪对于暴力的表现令人印象深刻，在暴力与幻觉的转换叙事之中，残雪显示出出奇的冷静和淡定，这一切使得残雪的探索更偏向对于存在层面的探查。这里的存在是哲学意义上的存在，而非具体的现实的存在。残雪的小说看不出明显的时空标记，她讲述的毋宁说是一种抽象的故事，是对于一切存在的某种悲剧性体验和感知。这些多少启发了先锋派对悲剧、苦难、暴力等的探索，在这些没有任何时间标记或者有时间标记也是一种虚指的存在课题面前，在常规叙事下不可能出现的东西涌溢而出，存在之门突然敞开，小说得以进入一片全新的领地。先锋小说常被认为是怪异的，这除了它在叙事和语言方面的极端探索之外，也与它对于存在的探查以及由此走向"偏至"的存在领地有关。这里有相当哲学化的追求，也不

[①] 陈晓明：《中国当代文学主潮》，北京大学出版社2013年版，第338页。

排除这里有对后现代主义的借鉴,这一切使得先锋派更加深奥难懂,更加不可捉摸。

先锋派的探索事实上很快就超越了他们的先行者,马原、莫言和残雪的革命性意义很快就被消解了,顺着马原、莫言、残雪指示的路径,先锋派们的探索往更加极端、更加放肆、更加大胆的方向走去。马原、莫言、残雪是他们最近的"父亲",他们势必要拿出最"偏至"的手段,才能挣脱这几位"父亲"的阴影。他们要走出"影响的焦虑",非如此不可。在短短的几年内,他们写下了大量千奇百怪的小说,几乎释放了中国文学形式主义反叛的所有可能。正如论者所说:"人们可以对先锋派的形式探索提出各种批评,但是,也无法否认他们使小说的艺术形式变得灵活多样。在传统小说的文体规范边界被打开之后,当代小说似乎无所不能、无所不包。"[①] 不管多么隐晦曲折,事实上也可以看到先锋派最大的假想敌依然是现实主义的审美体系,但这一切都不再与时代、社会、现实有关,仅仅是在文学史的框架内所进行的反叛性"对话"。先锋派对于现实主义审美体系的挑战既是剑走偏锋,也是恰到好处,最终实实在在打破了现实主义审美体系。经历过先锋派的挑战之后,现代主义乃至后现代主义已经不仅仅是一种可能,而真正成为中国文学的现实,成为事实。此后的中国文学再也不是仅仅用现实主义就可以完全涵纳。最重要的是,经过先锋派的冲击,现实主义审美体系作为比现实主义文学更影响深远、更强大的美学体系不再"一家独大",现代主义、后现代主义等新的美学体系日见显出

[①] 陈晓明:《中国当代文学主潮》,北京大学出版社 2013 年版,第 364 页。

其实力与影响，中国文学从此有了更广阔的探索空间，也有了更大的发展可能。

（三）先锋派出现的历史必然性

从一个大的方面来看，先锋派是文学"向内转"持续推进的必然结果。从"文革"文学的梦魇中走出来的新时期文学对于"文革"文学的反拨典型地体现在"向内转"的追求上。尽管"向内转"仍然经历过一番意识形态含义浓重的争议，但在人道主义、主体论等思潮的推动下，在反思"文革"的大气候下，它还是得到了持续深入的探讨和表现。20世纪80年代上半期文学对于"向内转"的探索依然与社会现实有着千丝万缕的联系，现实主义依然是叙事文学主要的审美依赖，文学也主要是在与现实同步的意义上确立其价值和意义，获得其轰动效应。在这种情况下，文学形式方面创新的压力一直存在，未尝缓解，并与日俱增。20世纪80年代中期关于"纯文学"的论争表明"向内转"开始推进至对于文学本体的关注和对于文学形式方面的注目。先锋派顺应此而来，将这一关注和注目推向极致，同时也推向终结。

有关"纯文学"的讨论一方面体现出新时期文学"向内转"的持续推进，另一方面也体现出当代文学艺术创新压力的有增无减。事实上，新时期对于文学"现代化"的想象主要体现为在现代性意义上对文学重新想象，这使得新时期文学在一种中西对比的意义上不能不倾心于文学创新。20世纪80年代被誉为可以与"五四"时期媲美的又一个开放时代。西方的各种思想、理论和文学成果以前所未有的力度在短时间内被介绍到中国来,这一度被认为是又一次回到"五四"时期,这种说法里面其实包含了对于既往文学历程的一种大胆否定:"五四"到新时期60年左右的时间居然是文学的"断层",文学如今又要回到零起点,重新出发。尽管这样的论调有其不合事实之处,但它的确有利于人们理解文学新时期的真正含义。不管怎样,现在文学进入一个新的时期,"横的眼光"如今要胜过"纵的眼光"[1],已是整个社会的普遍共识。正是在整个社会已经在改革开放的热潮下张开怀抱拥抱整个世界的新形势下,在西方文学的刺激与启发下,新时期文学逐渐有意识地脱离意识形态的笼罩,开始寻找自己的道路,因此这注定是一条在西方文学影响下的创新之路。

西方现代派文学受到热烈追捧。20世纪80年代初《现代小说技巧初探》的出版以及1980年袁可嘉等人选编的《外国现代派作品选》的问世引起的轰动效应不亚于当时对于"大写的人"的呼唤,而这时候中国的现代主义文学还并未有大的发展。这种创作滞后于理论的情况其实是新时期文学的一个一般现象,新时期对于西方理论和文学成就的"拿来"其规模

---

[1] "今天派"如此诉说自己的心声:"今天,当人们重新抬起眼睛的时候,不再仅仅用一种纵的眼光停留在几千年的文化遗产上,而开始用一种横的眼光来环视周围的地平线了。只有这样,才能使我们真正地了解自己的价值,从而避免可笑的妄自尊大或可悲的自暴自弃。"转引自王干《废墟之花——朦胧诗的前世今生》"引言",江苏文艺出版社2009年版,第6页。从一定程度上可以说,"今天派"的心声也是新时期文学的心声。

与力度都是空前的①，消化它们则需要一定的时间。但可能的创新方向已经就此被指明。如果没有这"横的眼光"的打开，先锋派在中国大地上的出现可能就无从谈起，这就是外来影响的重要性，但这一外来影响仍要与新时期文学对于文学创新的内在焦虑联系起来——尽管这一文学创新的内在焦虑可能仍然免不了受外来影响的影响——才能真正促成先锋派的出现。

先锋派出现的历史必然性在于新时期文学在20世纪80年代后期的遭遇。首先，新时期文学进入到一个意识形态缩减的历史时期。文学失去意识形态轰动效应，不再成为社会注目的中心和焦点。现代化的成果逐渐明朗，商品经济的兴起改变了人的境况，在人挺立起来之后，人的物质欲望和精神欲望开始受到关注。被意识形态支撑起来的"大写的人"的观念面临解体，文学不得不退回到自己的领地，讲述文学自身的故事。对于这种落魄境遇的反抗使得先锋派更加注重形式主义的反叛策略，因而与此前的更加注重内容的文学实践区别开来。

其次，先锋派的主要作家面对上一代作家普遍具有一种"历史的晚生感"，陈晓明的这种概括的确抓住了先锋派群体的典型特征。尽管后来他将这一概念用在更为晚生的先锋派之后更为年轻的创作群体身上，但不能不说对于先锋派来说，"晚生感"的确是他们掀起文学反叛的最为重要的内在驱动之一。陈晓明从面对知青群体、面对"大师"和面对传统三个层

---

① "如此纷纭复杂的外来思想和文学范例涌进中国内地，我们在短短的不到十年的时间里浏览了西方一个世纪的思想成就和文学成果……虽然谈不上融会贯通的理解，但是这一系列的积累对于酝酿一次文学观念和写作立场的变革是绰绰有余的。"参见陈晓明《中国当代文学主潮》，北京大学出版社2013年版，第343页。

面来分析这种晚生感及其必然导致的先锋派的突围线路，可谓鞭辟入里。[①]从某种程度上说，先锋派的成就与它突围的难度成正比。先锋派是比知青稍年轻的一代人，因此对于"上山下乡""文革"等历史，不像知青作家那样有置身历史之中的"在场感"。面对知青文学在20世纪80年代取得的"辉煌"成就，他们某种程度上自感尴尬。他们依然倾力于对"文革"历史的处理，但在他们那里，由于"晚生"的历史境遇，"文革"与其说是一段真实的历史，不如说是一段虚幻的旅行。由于无法将"文革"体验为一种实存，先锋派对于历史的起源、历史叙事的法则乃至历史叙事所依赖的理性精神等都给予解构式处理，这使得他们每一个看上去都是大逆不道的文学反叛者。但也因此，先锋派必须突破此前关于"文革"的一切文学叙述话语与叙述模式，开拓自己的路子，这就使得他们不能不走向形式主义的表意途径，去做新的尝试、新的探索。

再次，尽管承接新时期文学的脉络一路而来，但先锋派与其说与新时期文学有关系，还不如说与西方文学或理论有关系。他们是真正西化的一代，比之于"五四一代"更加激烈。但他们也是真正将西方文学内化到自身文学经验和生命经验中的一代，无论是余华的冷酷无情、格非的叙事空缺，还是苏童的颓废的诗情、孙甘露大胆的小说文体实验，中国的先锋派在对西方文学的吸收上真正达到了"融化"的程度，从而酿成不少中国文学永远的经典之作。

最后，中国的先锋派在创作上有一个直接的渊源或前驱可以依凭，依

[①] 陈晓明：《无边的挑战——中国先锋文学的后现代性》，时代文艺出版社1993年版，第27—30页。

凭之，超越之，这也使得先锋派的出现不可阻挡。既要面对西方的大师，也要面对中国的"大师"——莫言、马原、残雪等人，先锋派的突围于是显得特别偏激。但在那样的情况下，先锋派也只有足够偏激才能开创自己的道路。尽管20世纪90年代先锋派集体转向平稳的现实主义，但那也并非对于先锋派经历的否定，先锋派的落潮与先锋派的兴起一样，受制于一种综合的力量，它的转向并不能抹杀其开创时期探索精神的勇敢和所取得成绩的丰硕。更不能由后事反推前事，对先锋派做不值一哂的粗暴批判。在文学先锋的意义上，先锋派骨子里并不曾完全消泯先锋精神，毋宁说他们只是在不同的时代语境下将先锋探索落脚在了不同的文本探索之中。

（四）先锋派的衰亡及其原因

一般认为1989年是先锋派作为一个潮流开始退潮的时间点，这一年"先锋小说确实发生了某些变化——形式方面探索的势头明显减弱，故事与古典性意味掩饰不住地从叙事中浮现出来"[①]。曾经一度不可一世的先锋派，如今要重走常规化的小说道路，带着形式主义的遗产回到现实主义的平坦大道上。其实先锋派回归现实主义只是一个笼统的说法，他们已经不能说是完全地重返，也不可能完全重返，形式主义的遗产使得他们对于"现实"故事的讲述也有不同凡响之处。在这个意义上，形式主义遗产一经获赠，就再难以真正舍弃。但无论如何，作为一个有着巨大声势的文学

[①] 陈晓明：《中国当代文学主潮》，北京大学出版社2013年版，第356页。

流派的先锋派从此转向了衰退，历史只给了它几年的时间，如今它已经不能再掀动什么大的风浪。

到了20世纪90年代，作为一个群体的先锋派已经不存在了。先锋派作家如余华、苏童等开始回归故事，回归人物刻画，显现了从形式到内容的转变。这一转向其实可以从余华的《活着》等作品中更明显地看出来，余华对于平常人的平常人生的倾力书写，对于苦难的现实主义式呈现，对于福贵等人物形象的用心刻画等都让人心生感慨。这不再是那个冷酷无情的余华，而是一个温情的不无悲悯色彩的余华。这样的转变的确让人大吃一惊，但《活着》《许三观卖血记》等作品不仅表明余华转型的完成，也表明先锋派的形式主义探索已经走到了尽头，现在是时候离开先锋回归现实主义的腹地了。回到现实主义，并不意味着回到现实主义文学，再次回到那种现实主义的审美体系，而是相应地从形式主义探索的高地撤退下来，回到相对平稳的叙事、相对温和的情感、相对明晰的人物之中。形式主义的遗产早已经成为渗透他们写作的一种基本质素，或一种基本气质。回到现实主义，也不意味着就能轻易回到现实大地，事实上无论是落潮期的先锋派，还是此后撤去先锋派大旗的先锋作家，在一个长时间内都显现出对于现实发言能力的孱弱。他们依然喜欢在历史空间纵横捭阖、挥斥方遒，他们与现实大地之间似乎依然隔着一层什么东西。

陈晓明认为："90年代文学面对的难题是在先锋派创造的形式主义经验基础上，如何与变动的现实生活找到准确的连接方式。90年代初期，先锋作家大都遁入历史而回避现实生活，这使他们实际上丧失了持续解决难题的能力。他们甚至无力对人们迫切需要了解的当代生活的复杂性、尖锐性和深刻性方面提供任何具有意义的想象。"[1]是否能够以对现实的发言能力来判断作家写作能力是一个言人人殊的话题，这里值得关注的是经历过先锋派的冲击之后，包括对先锋派寄予厚望的批评者依然要在面对现实的"强攻"能力上来看待当代文学，正是这点凸显了中国文学沉重的现实语境和中国先锋派必然面临的结局。中国文学中一直缺乏一种轻盈的文学类型，缺乏对于轻盈之美的欣赏与器重的传统，先锋派的形式主义探索尽管成效卓著，也没能改变这个倾向。在沉重与轻盈之间，即便转向之后的先锋派依然面临不少困惑，并因困惑而生出挫败感。他们无力处理当下现实，不能不说是因为找不到切入现实的"先锋"视角，而这根本上是一种来自写作本身的拒绝：滋养他们成长的形式主义表意策略，始终无法激活他们对于现实的想象力。换句话说，形式主义表意策略让他们无法做到"接地气"，某种程度上，他们无法面对现实，先锋派的写作因此很难在厚重、沉重、宏大等意义上开掘现实，这是先锋派20世纪90年代以后面临的一个长期问题。后来，格非的《欲望的旗帜》、余华的《兄弟》等都试图处理当下现实，然而都不能说有力地面对了现实，反而遭到一片非议，这样的命运其实早就写就。反过来看，反而是一直在现实主义根基上进行深耕细作的一批"50后"作家如贾平凹、莫言、阎连科等表现出穿透现实的强大精神力量，从而释放一种"重"的美学力量。对于中国的现实和中国文学的现实而言，也许只有重的文学能够打开它那难以捉摸的"现在"的大门。先锋派恰恰只能在"轻盈"的意义上确立其不朽的功勋和前景。

---

[1] 陈晓明：《关于九十年代先锋派变异的思考》，《文艺研究》2000年第6期。

这就是问题所在。

论者试图从多个层面去论证先锋派落潮的原因，但根本的一点可能还在于先锋派的现实处境。这一现实处境首先是社会对于先锋派的容忍能力，其次是先锋派自身的探索限度。就前者来说，中国文学或者20世纪文学一直是一种以"重"为美的文学，先锋派的相对较"轻"的探索不是没有出现的可能，但注定是一个短暂的过程，"重"最终要压倒"轻"，重回现实主义的王国。虽然历经变异，但现实主义文学依然是中国文学的主流。尽管先锋派的形式主义冲击使得这一重新回来的现实主义王国并非铁板一块，而是有了更加丰富的内涵，某种程度上成为"无边的现实主义"，但基本的维度还在于"现实主义"这里。卡尔维诺在谈到米兰·昆德拉的小说《不能承受的生命之轻》时说："他的小说告诉我们，我们在生活中因其轻快而选取、而珍重的一切，于须臾之间都要显示出其令人无法忍受的沉重的本来面目。大概只有凭借智慧的灵活和机动性我们才能够逃避这种判决，而这种品质正是这本小说写作的根据，这种品质属于与我们生活于其中的世界截然不同的世界。"[①] 卡尔维诺关于"轻与重"的论述表明现代小说观念的更新，小说不仅仅是米兰·昆德拉所谓"道德悬置"，小说更是要依靠其自身尤其是语言的特性来"轻盈"地介入沉重的生活，也就是"以轻击重"。这就意味着小说是一个独立的世界，与现实世界有截然的分界。小说是一门"轻盈"的艺术，是可以飞翔在沉重大地上的灵性之物。先锋派一度让人们看到小说之"轻"的可能性，但在一个以重为美的

---

① ［意］卡尔维诺：《未来千年文学备忘录》，杨德友译，辽宁教育出版社1997年版，第4—5页。

文学整体空气里，那种可能性注定不能长久。当然，不容忽视的一点始终是，先锋派的形式主义表意策略走向极端化，便不能不出现去历史化的严重后果。在某种程度上，先锋派的"晚到"的历史命运，决定了它或许只有将形式主义表意策略推向极端，才能获得自己的"一家之言"。但不得不说，极端化了的形式主义表意策略无疑也搬起石头砸到了自己，去历史化的愈演愈烈不仅使先锋派日渐脱离脚下的土地[①]，而且使其作品日益空洞无物。在这个意义上，社会对先锋派的容忍限度或许不仅来自在文学的"轻"与"重"之间的辩证，更来自先锋派自身的去历史化灾难。

此外，先锋派开始蓬勃发展的时代是中国经济的市场化进一步发展的时代，经济越来越凸显而成为制约文学的第一道闸门，新时期文学一直要反抗过去已经有些僵硬化了的意识形态的束缚，不曾想意识形态的弱化并不是靠自己的力量挣取，而是要拜突然起来的市场经济"恩赐"。历史地看，有感于新的变化了的文学环境，先锋派在文学与现实同频共振的20世纪80年代文学中找到一个突围之路，用以开展其纵横捭阖的形式主义实验，但这个突围之路也渐渐被新起的市场经济及其残酷的经济逻辑堵住了，毕竟市场经济大形势下，文学的终极品格应该是"好看"。到了网络文学时

---

① 程光炜认为新时期文学发展到现代派，就已经"将主人公与当代史的血缘纽带人为地剪断"，在追慕文学的现代化的过程中，淡化与历史的联系，更指出："……作家们为什么故意降低文学与历史的必然联系，这是因为新时期文学向先锋转型之后，受'翻译文学'影响，为'海外汉学家写作'，已经成为不少人的功利选择。"参见程光炜《新时期文学的"起源性"问题》，《当代作家评论》2010年第3期。这里，程光炜提示了另外一个观察先锋派的视角，"为海外汉学家写作"这一说法是否确当或许需要再探讨，但先锋派在对形式主义表意策略的追慕之路上，确实有写作目的上的变化，这或许也进一步推动其将形式主义表意策略推向极端。

期,"好看"更进一步发展,文学的终结品格竟变为了一个字:爽。从一定程度上可以说,后新时期的到来是以先锋派的落潮为标志的,文学的祛魅抽去了先锋派的重要成立基础。直到这时候人们才突然发现,一直以来仿佛世外高人一样的先锋派作家也是世俗之人,也生活在日常生活里,离不开柴米油盐酱醋茶,脱不了爱恨情仇痴愚顽,一句话,也是一个现实性的人。世俗性与先锋性这一对永恒的矛盾本来是内在于先锋性的一组矛盾,这时候开始以令人惊心怵目的方式表现出来。先锋派作家的世俗一面不禁让人为之忧伤,但先锋派作家本来就不是什么世外高人。"实际上,每个作家在他成为先锋的第一天起,就一直潜伏着走向背叛的危险,这个危险就是无处不在的世俗诱惑。"[①]一旦回归到日常生活,或者说一旦世俗生活的一面开始占据先锋派作家生活的重心,先锋派的探索与反叛便不能不面临停滞与终结的危机。

先锋派落潮更重要的原因可能还在于先锋派的形式主义探索无法在中国文化中扎根。先锋派无疑在将来自西方的形式主义资源予以本地化的过程中做出了非凡的贡献和努力,但不能不说这种本地化工作依然有待从新的角度打开新的面向。更进一步言之,我们不能不遗憾地发现,在将形式主义探索逐渐推向极致/极端化的过程中,先锋派的做法过于偏激、激烈,因此不仅未能有效吸收中国当代文学的既有精华,事实上也未能将其形式主义探索真正本地化,二者始终未能真正融合。论者对于先锋派作品中"空缺的哲学与文化阐释"的论述,因此可以扩充为对整个先锋派形式

---

① 温儒敏、赵祖谟主编:《中国现当代文学专题研究》,北京大学出版社2013年版,第300页。

主义探索的一种总结:"如果说在拉美小说中'空缺'、'重复'植根于文化观念,它们被看成是生存现实的原生态;那么它们被移植到中国当代的先锋小说中就转变为叙事方法和形而上的生存论观念探索……文学在形式方面做的探索无法在文化中扎根,也就永远不会从观念的领域转化为现实的存在形态。"[①]这也就可以理解为何先锋派作品总是试图将一些现实性或历史性的问题在一种时空模糊的情景下转换成一些抽象命题,从而走上哲学化的探索道路。这种哲学化的探索常常是一把双刃剑,一方面为先锋派在叙事领域大开大合的无碍探索提供了可能;另一方面也导致先锋派往往走向过于偏执的抽象主义的道路,从而也就注定了先锋派的悲剧下场。回到世俗性的理解,从某种纯粹是揣测的角度来看,也未尝不可以将先锋派的形式主义探索视为一种"晚生代"的特殊反叛策略,这一策略的最终目的是争取文学话语权。这样,它的极端性和易朽性都已经事先注定。一旦叛变完成,它也就面临必然的瓦解。也就是说,它的使命是一次性的,等到争夺到文学话语权,这种形式主义探索的使命也就结束了。随着先锋派渐渐走入主流文学刊物和当代文学的前台,他们的探索劲头自然日渐凋零。

  时至今日,我们也应该看到,即便是在毫不受社会等外部干扰的情况下,纯粹在先锋派的意义上,它也不可能是一个持久的文学运动,而只能是一个时期性的文学运动。一切文学潮流归根结底都是一种时期性的文学潮流,针对一个时期的文学环境发言,解决当时的问题。在这个意义上,先锋派只是因为存在的时间更短暂,而更加凸显这一"时期性"罢了。真

---

① 陈晓明:《无边的挑战——中国先锋文学的后现代性》,时代文艺出版社1993年版,第127页。

正的先锋必然短暂而孤独，正如有的论者所说："文学艺术中，真正的先锋是一种精神上的超前……它所指称的作家应该站在时代的最前列……"[①]先锋派注定是孤独的，也只有孤独才能保持它文学反叛和探索的可能性。但在具体的语境中，真正的孤独恰恰可能导致真正的消亡。先锋派可以认为自己没有必要迁就那些僵化的耳朵，也没有必要"恭维"那些不懂倾听的耳朵，但文学始终是一定社会环境中的文学，始终要受制于一定的社会存在。当先锋派将自己的孤独发展到脱离社会存在的自言自语、自说自话的境地时，它距离消亡也就指日可待了。

当然最根本的原因可能仍在于先锋派本身或先锋探索本身的限度，这才是它的最终限定。先锋或反叛总是在一定限度之内进行，先锋或反叛总是要时刻警惕平庸和平常，但又时刻走在一条无限趋向平常和平庸的道路上。时间的每一点延长，都无疑加速了它走向消亡的脚步。从这一意义上说，先锋派从它诞生的一刻起，就已经走上了覆亡之路。这一切都是命中注定。先锋或反叛的日渐壮大也就是它的日渐消亡，一切就是如此吊诡。然而，在中国当代文学的辽阔天空里，先锋派毕竟已经飞过，且留下了尽管短暂却极端美丽的痕迹。在这个意义上，我们甚至可以认为，与其说先锋派消失了，不如说先锋派渗透进此后的一切文学之中，成为无所不在、时刻游荡的文学性幽灵。

[①] 洪治纲：《守望先锋——兼论中国当代先锋文学的发展》，广西师范大学出版社2005年版，第13页。

第四节　社会批判与诗学建构
——以北岛为例

北岛不仅仅是一位诗人，除了诗歌之外，他出版过一部小说集《归来的陌生人》[①]和为数不少的散文集[②]。北岛的小说创作不多，基本都创作于20世纪80年代中期以前，以富有探索性的中篇小说《波动》最为出名，但即便是从《波动》中也能看出北岛的才华并不在小说上。除了思想上的极端反叛和形式上的现代主义探索在当时有革命性意义之外，《波动》如今已经很难将人吸引。小说比较长的篇幅常常会破坏北岛对于语言张力的经营与把握，北岛的优长显然不在此。至于散文，北岛在90年代的某个时候开始一直在写[③]，其散文创作有助于人们看到一个更加丰富的北岛：看到他的幽默、他的辛酸、他的梦想、他的文学渊源与爱憎，尤其他作为一个普通人的喜怒哀乐。北岛的散文一定程度上延续了他对于"激情和想象力"的追求，同时也解放了他对于语言张力的过分雕琢和对"含蓄"的过分追求。诚如北岛自己所说：

---

① 北岛：《归来的陌生人》，花城出版社1986年版。
② 20世纪90年代以后，北岛的创作一定程度上向散文偏斜，至今已有《蓝房子》《午夜之门》《失败之书》《青灯》《城门开》《时间的玫瑰》等多部散文集面世。
③ 在回忆写作散文的缘起时，北岛说："最初是偶然的。当时和老板关系不好，把在大学教书的饭碗给丢了，只好靠写专栏养家糊口。"翟頔：《中文是我惟一的行李——北岛访谈》，《书城》2003年第2期。

"写散文对我是一种放松，写诗久了，和语言的关系紧张，像琴弦越拧越紧。"[1]应该说，北岛的散文创作自成一格，别有韵味，具有与诗歌不同的审美风貌。

综合北岛的整体创作，尽管北岛的小说与其最初的诗歌一道构成其文学反叛的最初尝试，尽管北岛20世纪90年代以后对散文写作倾注了相当多的心血，但北岛的文学反叛依然主要有赖于其诗歌创作，依赖于那些常常令人过目不忘的经典诗句。从70年代初开始诗歌写作，北岛的诗歌写作从未真正中断，他也主要是以一位诗人的面目示人。更重要的也许在于从70年代初到现在，他的诗歌一直锐意创新，不断锤炼诗艺，这点也许一直到其生命的终结都不会改变。基于此，本书对于北岛文学反叛的考察将主要以其诗歌创作为考察对象。正是通过诗歌创作，北岛创造了一个独一无二的反叛的文学世界，它既是北岛个人的文学反叛行为，更是中国当代文学中反叛文学的一个代表。

对于北岛诗歌创作的分期，一直以来并没有大的疑问。北岛的诗歌向来不标明写作日期，这也许是北岛有意提示人们将他的诗歌视为一个整体来看待，也许是在提示人们他的诗歌创作是一种超越时间性的写作，是跨过时间对于人类普遍存在的一种反馈。尽管如此，北岛的诗歌创作分期也是明显的，一般可简单划分为出国之前和出国之后两部分，这两部分以1988年

---

[1] 翟頔：《中文是我惟一的行李——北岛访谈》，《书城》2003年第2期。

年底《今天》十周年纪念活动为界①。根据一平的见解，除了国内和国外这样的划分外，"……我个人将北岛的国内作品又分为两个阶段：1980年之前为早期作品——地下时期；1980—1989年为作者获得中国文坛承认之后的创作"②。一平十分看重获得文坛承认对于北岛诗歌创作的影响，这点值得称道，但这种划分仍有诸多不妥。一方面，像《回答》这样的写作于1973年、首次发表于1978年（《今天》创刊号）、再次发表于1979年（《诗刊》1979年第3期）的诗歌作品很难用"获得中国文坛承认"来以1980年为界一刀划开；另一方面，获得文坛公开承认也不能仅仅以《诗刊》或主流文学刊物刊登北岛的诗作为唯一标识。北岛认为"今天派""真正获得主流媒体的接受是在《今天》关闭以后，继而引发了一场全国性的争论……由于读者普遍的逆反心理，'今天派'诗歌反而更加深入人心"③。事实上，"今天派"在被主流媒体认可之前已经造成了巨大的反叛声势，获得文坛公开承认是稍后的事情。这样，以是否获得文坛公开承认为分界，也存在不少问题。《今天》于1980年年底关闭，共存在两年。这意味着如果从获得中国文坛承认

---

① 北岛1987年春赴英国杜伦大学访学并教书，除了1988年年底回到北京赶上《今天》十周年纪念活动之外，基本上就算是长期出国了。参见查建英主编《八十年代：访谈录》，生活·读书·新知三联书店2006年版，第78页。在查建英的这篇访谈中，北岛认为自己1989年4月下旬到美国开会才算真的长住美国，并且认为1988年春赵一凡的死让他觉得"一个时代结束了"，但本书认为这两个时间点都不如《今天》十周年纪念更加能够代表北岛写作中的"一个时代结束了"这样的转折。《今天》与作为诗人的北岛有着血肉般的联系，以《今天》的死亡的被确认来祭奠一个逝去的时代，意味着北岛从此告别自己诗歌创作中的"旧时代"，走上一个"新时代"。
② 一平：《孤立之境——读北岛的诗》，《诗探索》2003年第Z2期，第145页。
③ 查建英主编：《八十年代：访谈录》，生活·读书·新知三联书店2006年版，第77页。

的角度来看，北岛诗歌的"地下时期"的时限问题会面临不少的争议：是以1979年《诗刊》发表《回答》为分界点呢，还是以1980年年底《今天》关闭为分界点？其实，就北岛诗歌来说，地下时期和最初的地上时期并无严格的分界，很多最初发表的诗歌体现着北岛地下时期写作的特点，因此可以将北岛地上时期最初的那些作品与其地下时期作品视为一个部分，而将北岛反思调整自己早期创作的时期视为另外一个部分——中期创作，这个部分直到1988年年底，自此之后是海外创作部分，又可以称为后期创作。

早期创作和中期创作的分界点也许更好地是从作品变化中去寻找。正是在这样的视野下，创作于20世纪80年代初期的《结局或开始》具有某种象征性的时间标记意义。这首诗一定程度上将北岛早期创作中的那种直白的抗议之声提至最高音，也将那种"宣告"式的向公众表达意见的冲动发挥到极点。由此开始，北岛的写作开始将对话对象主要设定为自己，从激情宣泄过渡到冷静凝思，从而将对于"文革"的反叛推向纵深，在诗学反叛上也走向更加幽深偏僻的道路。因此可以大致上以《结局或开始》作为北岛早期诗歌创作和中期诗歌创作的分界点。这样北岛的早期诗歌可能一直延续到"今天派"的解散。这些早期诗歌主要是一种外向性的诗歌，目的主要在于确立人的意义和价值，"人的回归"是其中不变的情绪与主题。相比之下，中期诗歌创作主要是一种内向性的诗歌，是对于历史和个人、人的冷静反思和深刻思考，"反思的深入"是其中不变的情绪与主题。后期诗歌创作则主要是更加向内的探索性诗歌，是对于语言、自我等的深入开掘，"语言的降临"是其中不变的情绪与主题。

无论是早期中期还是晚期诗歌，北岛的诗歌都在一定的时段内具有特定的反叛意义。北岛从来不愿意成为一个公众诗人，尽管人们经常将他视为公众诗人的典型，尽管他后来对早期诗歌有深刻反省，甚至不无后悔。应该看到，尽管与政治、社会、时代等构成一定的冲突，有着万千复杂难解的联系，北岛的诗歌其实一直都是在内心游走的艺术。正因此，北岛的文学反叛持续而深入，毫不妥协，能够在不同的语境下坚持文学反叛性的必要性，从而以自己全部的诗歌创作建构起一个辉煌的反叛的文学世界。以反叛的角度切入文学，北岛的诗歌创作由此显示出长久的启示意义。

新时期文学中，北岛的文学反叛不仅是最初的，而且是最为毫不留情的，最为深入持续的，然而北岛的最为彻底的文学反叛要么是被有意遮掩，要么不能得到有效的分析，从而一定程度上造成人们对于北岛的文学反叛的认识常常流于一般和观念化。[1] 从对于"必然性"的介入到逐渐疏远，北岛真实的诗歌足迹从一定程度上代表了新时期文学反叛的足迹，这也就是文学反叛从外部逐渐走向内部的过程。从个人状态来看，北岛的一生可谓都是在一种边缘化的状态下生活，这有助于他对于诗歌的专注探索。某种程度上可以认为，北岛对于诗歌充满敬畏之情，是他之所以能够将文学反叛进行到底的一个重要原因。但遗憾的是，北岛的诗歌虽然名声

---

[1] 北岛的名声总是比他的诗歌更加响亮，但对于北岛诗歌的研究和分析显然有待于进一步深入。迟至1986年北岛才有专门的诗集在大陆出版，"在这之前，台湾早已出版《北岛诗选》，他的诗也被翻译成英、法、德、瑞典等多国文字，美国的康奈尔大学出版社也出版了《太阳城札记》"。参见洪子诚《北岛早期的诗》，《海南师范大学学报（社会科学版）》2005年第1期。北岛的诗歌彻底的怀疑精神总是让人不敢正视，人们不敢正视它存在主义意义上的"废墟"意识，北岛的诗歌在新时期被有效地缝合在"大写的人"这样的人道主义诉求之中，但他与舒婷、顾城等的区别显然是不容回避的。

在外，却一直缺乏更为深入的解读，尤其是对其在新时期文学反叛层面上的贡献，至今都缺乏有力的阐释。人们当然能够看到北岛80年代诗歌的反叛性，但一般很少能看到北岛20世纪90年代之后诗歌更加强烈的反叛性。即便对于北岛80年代诗歌反叛性的认识，人们也还仅仅停留在一个一般化的认识水平，强调其对于"文革"的批判和对新时期的呼唤，而非其诗学意义上的反抗。因此，对北岛诗歌的深入分析，尤其是对其文学反叛的分析，不仅有助于对北岛诗歌在新时期诗歌中基本位置和价值的重新厘定，也可能是对于新时期文学再行考察的必要一步。

一、与社会批判不可分割的诗艺

北岛主要的身份是诗人，尽管他20世纪70年代写过《波动》等中短篇小说，后来写过不少散文，他最初和最后都是以那些质地非凡、气格不俗的诗歌而为人所知。北岛的诗歌冷峻、坚硬，犹如钢铁结构一般，简洁而有力，往往在有限的词句里表达无限深刻的思想。他奉行的是极简主义精神，对于有可能导致诗性涣散的叙事性诗歌保持必要的警惕，从最初到最后都致力于诗歌语言张力本身的建构，试图通过语言内在的力度打开诗歌的向度和可能。北岛一般不写作长诗，除了《白日梦》之外，他的诗作大多非常短小，寥寥数语建构起一个有张力的诗的结构，对于诗歌语言的开发因此成为他诗歌艺术的重要依赖。这让他有些类似于鲁迅的不写长篇。北岛的诗歌思辨性很强，注重使用意象，往往通过精准意象的择取来表达比较深刻的思想。在一定程度上可以把北岛看作一位哲人，他对于诗歌的开掘主要在于思想性内容的传达。

在这个意义上，可以认为北岛与鲁迅在精神气质上有些相近。无论是思辨性的意味，还是对于社会和人事的深刻洞察、坚定不移的怀疑精神等，北岛都可谓承接了鲁迅的某些特质。在朦胧诗阵容里面，如果说舒婷负责抒情性风格的建设的话，北岛就是负责思想性内容建设的一位。如果说可以对思想本身再行分层的话，北岛的诗歌表达的是深层的思想，而不是表面的思想。这常常使他的诗歌比较晦涩难懂。但北岛的诗歌其实很注重叙述性的经营，也很在意一种诗语内在的音乐感的建构，尤其是早期那些著名的诗句，基本上都是一种陈述或叙述，是一种"宣告"，是个体对于公众或社会的陈述，特别具有节奏感，干脆利落的音节中常有不可阻挡的情感气势。

尽管北岛非常看重其诗歌的本体论意义，但纵观北岛的诗歌创作，他事实上一直试图对公众说话。这有北岛诗歌创作的发生学原因，也与北岛本人的创作追求有关。北岛于20世纪80年代初期曾经说过："诗人应该通过作品建立一个自由的世界，正直的世界，正义和人性的世界。"[①] 这里有两层意思：第一，诗歌是一个独立的世界，是与现实世界分立的世界，诗歌世界有它自身的逻辑，不必受制于现实世界的逻辑；第二，诗歌作品的用意在于建构一个不同于现实世界的想象世界，而衡量这个世界的尺度是"自由""正直""正义""人性"等。这意味着北岛的写作与"文革"有着深深的渊源，对"文革"文学的彻底反叛，因此是北岛诗歌的一个重要

---

① 孟繁华：《1978：激情岁月》，山东教育出版社1998年版，第172页。

基点。

然而如果单单从诗歌艺术上来看,"政治正确"并不就意味着诗歌水平的上乘,而反叛者也往往会在被反叛者那里更深刻地看到自己的面孔。北岛后期曾一度否定前作,但否定并不一定意味着做出改变,或者即便在表面上做出改变,北岛也无法完全抛开诗歌对于社会正义和政治良善追求的热念。因此,不必否认北岛诗歌具有明显的社会批判性,或者换句话说,北岛的诗歌需要这种社会批判性作为某种支撑。如果没有这些社会批判性做支撑,北岛的诗歌兴许会有完全不同的命运。的确,离开"文革"这个重要背景,北岛的诗立刻就会减色不少。十年"文革"对于漫漫历史来说可能微不足道,但却足以成为一个人乃至一代人命运的关键与转折点。正是因为特定的时代背景,北岛的怀疑精神和反叛冲动才找到一个可靠的支点,北岛的迷惘和深刻孤独感才特别让人动容,北岛对于特定时代政治的反叛也才能一步步深入对于人类存在的探查和对于语言的深入探索之中,从而完成诗学意义上的文学反叛。

在北岛这里,诗艺与社会批判是如此不可分割,二者是熔铸在一起的。"卑鄙是卑鄙者的通行证,高尚是高尚者的墓志铭",在"文革"接近尾声的历史时刻,北岛能够写出如此惊世骇俗、渗透着深刻哲理和反叛精神的诗句不是偶然的,这是对于一个时代的精准揭示。这首诗的大胆反叛精神至今读来仍令人心惊,如果我们将对北岛创作的理解建立在公众认知的层面上的话,它其实可以广泛地概括北岛整个的创作。尽管这样粗略的概括有失偏颇,但北岛作为一个诗人的形象的确立,的确与这首诗的反叛之决绝有极大关系。这种第一印象实在是让人记忆深刻。诗人或作家都逃避不了被误读的可能性，有时候误读甚至还是诗人或作家作品的唯一实现可能，指出误读的存在是重要的，但更重要的也许是看到北岛诗歌与政治之间那种错综复杂的联系，从而从中看到新时期文学不得不走上的那条反叛道路。

在这条被历史给定的反叛道路上，最先走入人们视线的就是北岛。尽管以食指为代表的暗夜里的诗人的诗歌探索足够胆大妄为，甚至也创造了旧媒体时代文学传播的奇迹。[①]但在北岛出现之后，食指就仅仅是一个伟大潮流的开端而已，他对一代青年痛苦迷惘情绪的敏锐捕捉自然有其不可替代的革命意义，但他"相信未来"的坚定与执着显然更多地显示了与旧时代的联系而非分离。食指是一座桥梁，这座桥梁的意义在于将诗歌引渡到北岛以及以北岛为代表的"今天派"那里。北岛与食指们的最大差异在于那坚定不移的怀疑精神的释放。北岛的《回答》对于历史与现实的回答是振聋发聩的"我——不——相——信"，比之于"相信未来"的食指们，北岛诗歌的反叛性再明显不过。

北岛的诗歌之所以能够在新旧时代更替之际一下子成为时代的最强音，正在于他从个人化的体验和诗情出发，表达出一代人的心声和思想。对于过往荒谬历史和荒谬历史下人的生命和基本权益被剥夺的事实，北岛拒绝给出和解的方案，他的质疑和怀疑是坚决的、彻底的、不容怀疑

---

① 齐简在回忆"文革"时期食指的诗歌被传颂一时的情况时说："郭路生的诗在更大范围的知青中不胫而走，用不同字体不同纸张传抄着。世界上不会有第二个诗人数不清自己诗集的版本，郭路生独领这一风骚。"参见齐简《诗的往事》，载刘禾编《持灯的使者》，广西师范大学出版社2009年版，第8页。

的。北岛后来更是将这种质疑和怀疑的致思深入对自我与历史合谋关系的反思以及对于语言不可克服的意识形态话语特性的反思中，从而不仅催发中国文学一向少有的忏悔意识的觉醒，也使得诗歌能够深入到存在的根底，使之具有一些存在主义的况味。"在'今天'派诗人中，北岛算得上一个'叛军'首领。他的诗，展现了一代人从怀疑、决裂到抗争的心路历程。"[①]纵观整个新时期文学的历程，北岛也可以称得上是"叛军"的首领，没有人像他那样可以仅仅凭借一首诗就占据文学反叛的要位，也没有人像他那样在文学反叛落潮的时候保持沉默，只是为了再次的爆发[②]，更没有人像他那样在一生的写作中不停地反叛"必然性"[③]，在日渐喧嚣的20世纪90年代以后，却将诗歌写得愈发纯净。北岛在21世纪提出"必然性"的说法，可见是经过深思熟虑之后的看法，也包含了北岛对于自己诗歌历程的深深反思。"必然性"不能作为衡量和解读北岛诗歌的最后根据，但它很可能是一个有益的帮助。将反叛性书写视为自己诗歌的生命，这就是北岛的文学反叛所以具有持续性和坚定性，并因而具有代表性的根本原因。

---

① 林贤治：《北岛与〈今天〉——诗人论之一》，《当代文坛》2007年第2期。
② "记得80年代中期，当'朦胧诗'在争论中获得公认后，我的写作出现空白，这一状态持续了好几年，如果没有后来的漂泊及孤悬状态，我个人的写作只会倒退或停止。"参见唐晓渡《传统就像血缘的召唤——北岛访谈录》，《诗潮》2004年第3期。北岛的写作时期性较为明显，但他对于公共话语或社会的警惕和抵触是持之以恒的，从一定程度上说，文学反叛最终都是一种文学语言的反叛，一切其他寄托都要在语言上真正见分晓。北岛因此而能保持一种始终如一的边缘化角色，时刻保持反叛性。
③ 因此之故，北岛关于宿命和必然性的辨析令人印象深刻："我相信宿命，而不太相信必然性。宿命像诗歌本身，是一种天与人的互动与契合；必然性会让人想到所谓客观的历史。"参见唐晓渡《传统就像血缘的召唤——北岛访谈录》，《诗潮》2004年第3期。

不过，就北岛的诗歌创作而言，不管他的文学反叛与社会或政治有多大干系，他都首先是在一个诗人的立场上发言，他的诗歌也应该首先在诗歌的意义上进行解读。诗歌对北岛而言就是宿命，这就意味着北岛没有比诗歌更好的处理现实世界的方式。北岛对诗歌的亲近是一种来自生命最为内在之处的亲近，这样即便在对最为外在化的客观历史的表达中，北岛依然是"宿命地"以一个诗人的身份和语言在表达。这是我们在整体把握北岛诗歌时，始终都不能忘记的。

二、对过去那个时代的反叛及其深刻性

北岛的诗歌得益于"文革"及"文革"文学，正是在对"文革"及"文革"文学的反叛中，北岛代表着一种有生机的文学新力量诞生，代表着破旧立新、创制新伟的新时期文学的创新可能。

出生于 1949 年的北岛是典型的共和国的儿子，对于红色中国的信仰几乎是他渗透在血液里的记忆。1966 年，北岛 17 岁，这正是一个青年建立世界观和人生观的时候，他先是热情地参与到"文革"的运动之中，继而在现实与梦想的巨大落差中感受到一种深深的失落、苦闷与彷徨。一个时代给一个青年的伤痕就此成为烙印，成为北岛一生的反刍所向。如他所说："自青少年时代起，我就生活在迷失中：信仰的迷失，个人感情的迷失，语言的迷失等等。"[1]"迷失"于是成为北岛青少年时代的一个关键词，

---

[1] 唐晓渡：《传统就像血缘的召唤——北岛访谈录》，《诗潮》2004 年第 3 期，第 69 页。

迷失意味着对于自己命运和社会现实的一种怀疑和不信任，也意味着主观感受和客观现实的巨大分离，更意味着一种左右彷徨、不知所终的惶惑与迷惘。正是从此出发，北岛走向了孤独，走向了内心的"流亡"，同时他也走向了愤怒，走向了反抗，更主要的，走向了彻底的不留余地的怀疑。在回忆自己诗歌写作历程时，北岛强调食指的不可或缺，也是在一种"迷惘"①的意义上来展开回忆。只不过食指的迷惘更多结果在怀疑自身与坚信历史和未来的思想之中，而北岛的迷惘更多结果在对于自我的坚信与对于历史、社会和未来的深刻怀疑之中。无疑，北岛的怀疑是因为他已经有了内心的确信与向往。

洪子诚认为"要是不避生硬，对北岛的诗归纳出一个'关键词'的话，那可以用否定的'不'字来概括"②，可谓抓住了北岛诗歌的一大特点。北岛20世纪80年代的诗歌常常以否定性思路作为结构的原则。当他坚定地站在"文革"的对立面时，更感"文革"带来的创痛之深，这使得他对"文革"的否定和批判力度更加强烈。一定程度上，人们对于北岛的理解就是对他这种否定性思路的理解：北岛就是那个敢于对旧时代大声说"不"的人。借助自己的诗歌，他给新时期人们发出一个有力的信号：必须否定刚刚过去的那个黑暗时代，中国才有明天。"不"这样的表达并不能帮助诗歌语言张力的建构，但在具体的语境中，"不"这样的表达却

---

① 北岛回忆1970年春第一次听到同伴背诵食指的诗时说："……对我震撼极大。我这才知道郭路生的名字。我们当时几乎都在写离愁赠别的旧体诗，表达的东西有限。而郭路生诗中的迷惘深深地打动了我，让我萌动了写新诗的念头。"查建英主编：《八十年代：访谈录》，生活·读书·新知三联书店2006年版，第70—71页。

② 洪子诚：《北岛早期的诗》，《海南师范大学学报（社会科学版）》2005年第1期。

能够直接针对时代发言，针对大众发言，从而因其对于时代情绪的敏锐捕捉而使得那些诗语迅速遍布人心。对旧时代说"不"并不就意味着对新时代说"是"，事实上如果仔细观察会发现北岛对于"新时期"一直保持着审慎的警惕。他对于未来有期许，所谓"从星星的弹孔中／将流出血红的黎明"[①]即表明这种期许之坚定，但这种对于未来的期许大多没有具体的内容，可能仅表达一种对于否定之否定的朦胧期待。也就是说，在北岛这里，否定性是绝对的，肯定性是相对的，肯定性常常是为了给否定性设置一个对立面而存在，北岛的否定性因此而是彻底的。

否定性的思维逻辑是北岛从整整一个时代获取的足以与黑暗时代对抗的属于个体的力量。由于这一否定性的思维逻辑过于亮眼，很可能掩盖了以下事实：对旧时代的否定越激烈，北岛借自旧时代的东西就越多。这就是北岛诗歌具有某种政治性的根本所在。北岛诗歌的政治性就此来说是一种宿命，北岛意欲否定的那个时代实际上最为丰厚地滋养了他的诗歌创作。在"肥沃"的土地上开出的花才堪称惊艳和美丽，北岛诗歌的力度和美感多少有赖于这种时代转换所带来的反差。这也是北岛后来对20世纪80年代的诗歌创作展开反省的原因，但反省只能证明诗人作为一个主体的态度，而"文革"对于北岛的影响是潜移默化的或是无意识的，与北岛主观上的态度无涉，那是内化到北岛思维中的一种思维方式。北岛80年代的诗歌的确追求一种广场效应，这可能是他意欲用诗歌建立一个"正义和人性的世界"的必然途径。这样，20世纪80年代的北岛依然是个在诗歌

[①] 北岛：《履历：诗选1972—1988》，生活·读书·新知三联书店2015年版，第47页。

工具论的意义上去看待诗歌的人，不管他对于"纯诗"的强调有多用心，都无法改变这一历史事实。事实上，北岛的诗歌一直与社会性的内容有一种顽固的对抗性关联，这使得他后来即便是向着纯诗方向努力的诗歌依然可以在这种"诗歌—社会"或"个人—社会"的对抗结构中去理解。过分强调北岛诗歌的社会性也许对于北岛来说是不公平的，但有意忽略或者过滤掉北岛诗歌的社会性也是不可取的。北岛后来对自己诗歌过于强烈的社会批判性的反思是必要的，但这种反思也许更能说明其诗歌与社会批判之间无法扯断的联系。因此，北岛的文学反叛首先在一种社会批判意义上得以确立。作为中国当代最优秀也最具反叛性的诗人，北岛对于"文革"的批判、质疑与否定在其以"不"字为核心的"宣告式"诗句里得到最为鲜明的表达。北岛的深刻性就在于他那些具有广场效应的诗句恰恰也同时具有反思的彻底性和思想的深刻性，对这些话语的深刻揣摩和体会往往会导致听者或读者深层次的觉醒和共鸣。

从迷惘到说"不"，这也是一代人的心声，北岛无疑用他有力的诗歌表达了一代人的诉求。北岛并非对于作为主体的自我没有反思，他曾说："我们不是无辜的／早已和镜子中的历史成为／同谋。"[1] 应该说北岛的否定性思维的深刻性不仅仅在于对"文革"的不遗余力的否定，更体现在对于自身的深刻反思，具体到历史场景中，就是对于自身与历史某种"同谋"关系的深刻反思。正是在反思的深刻性上，北岛体现出其文学反叛的彻底性。

---

[1] 北岛：《履历：诗选1972—1988》，生活·读书·新知三联书店2015年版，第82—83页。

值得一提的是，也许由于北岛这一"向内"向度的反思过于尖锐直接，这些诗歌一般不为公众所接受或熟知。这一方面说明"木桶效应"在一个社会中的决定性作用，正是"庸众"或一般大众的理解力限制了天才，也凸显了天才；另一方面也说明由于逐渐不能与时代主潮同频共振，北岛开始逐渐被公众冷落。新时期伊始，北岛凭着自己有限的数十首诗歌最为集中地表达了一个时代的呼声和思想需求，但在过去的"伤痕"被认为已经"修复"之后，北岛再要坚持其社会针对性很强的文学反叛，就有些脱离时代潮流了，并终因脱离时代潮流而逐渐被忽视。《今天》杂志仅仅存在了两年时间，"今天派"的大多数成员更是"不约而同地"先后于20世纪80年代后期至90年代出国"漂流"，这些尽管不无偶然因素，但也可以说明文学反叛在一定意识形态框架内总是有一定限度的。在时代主题已然完成"拨乱反正"后，"今天派"的声音就不再能"取悦"人们的耳朵了。

北岛诗歌在对"文革"文学的反叛上至少有两点不容忽视：第一，反思的深入导致忏悔意识的觉醒；第二，反思的持续推进导致对于存在困境的发现，从而使得其诗歌得以进入存在主义论域，超越具象而进入普遍的存在之思。就忏悔意识而言，北岛的忏悔是建基在个体性之上的忏悔，这就有别于"文革"后大量的反思之作，不是将历史的责任归到几个恶贯满盈的罪人身上就算了事，而是将历史的责任归到每一个参与历史、身在历史中的人身上，对于个人的罪过做深刻忏悔。尽管北岛的忏悔依然依靠广场效应来增加自己的力度和号召力，但由于将忏悔指向自身，对自我做深入的反思和反省，他就将反思推进到每一个人都应感到忏悔的层次，大大增加了新时期文学的反思深度。"我,站在这里/代替另一个被杀害的人"①,北岛有一种勇于承担和勇于牺牲的精神,在对于旧时代的否定中,他自觉地担当这样的角色,其诗歌中的"我"既大胆否定、大胆质疑,也有不凡的承担精神,既能够经受孤独的折磨和失望的打击,也能够在孤独和失望中继续坚定信心。在这里,"我"主动地站出来代替另一个人发言,不仅仅出于揭示旧世界的黑暗的需要,同时也是自我救赎、自我赎罪的一种方式。没有人要求"我"站出来,可是"我"自觉对于发生的一切有深深的忏悔,"我"因此而必须站出来。"我"的某种英雄主义精神并没有抵消或抹除"我"的忏悔的真切,也正是在"忏悔"心态下,"我"的行为才变得果敢无畏,才敢于承担历史的责任。

在《履历》这首书写一代人对于精神历程的追踪之作里,北岛对于忏悔的介入更具复杂性。"我不得不和历史作战/并用刀子与偶像们/结成亲眷"②,这里的复杂性在于一方面"我"已经意识到了"历史"的异质性和欺骗性,意识到自己生命的被剥夺,"我"起而反抗,但另一方面就连"我"反抗历史的方式也无往而不在历史之中。"我"不得不与"偶像们""结成亲眷",足以说明"我"与"偶像们"的行为有多么一致,因此"所谓的'作战''刀子',依然是对施暴者的反向模仿,不期然中成为它的戏剧性的对偶或对称,'亲眷'一词更令我们痛心地感到了这一点"③。"我"

---

① 北岛:《履历:诗选1972—1988》,生活·读书·新知三联书店2015年版,第48页。
② 北岛:《履历:诗选1972—1988》,生活·读书·新知三联书店2015年版,第79页、第80页。
③ 陈超:《北岛论》,《文艺争鸣》2007年第8期。

对于"历史"的反抗注定将是悲剧性的。但对于这种悲剧性反抗的认识和醒悟却并不仅仅是悲剧,它不仅提示一种忏悔意识的觉醒,更能说明北岛已经将忏悔意识推到多么复杂深入的境地。应该说,北岛的诗歌在一定程度上大异于新时期主流的反思路径,从而凸显出其文学反叛的深刻性。

就存在主义探索来说,北岛的诗歌可谓对于鲁迅作品的一种接续。从某种程度上说,北岛和鲁迅都有哲人气质,他们的作品倾向于从一般的物事中持续开掘,以发现物事深处的思想为要旨。这使他们的作品远离浪漫主义或现实主义的简单框定,而进入存在主义的论域中。鲁迅的《野草》尽管在艺术上不乏象征主义的精妙发挥,但在内在意蕴上则可谓对于存在主义的某种发挥。北岛的很多诗歌也不乏在意象上精致组织的象征主义之作,但象征主义绝非北岛的追求,北岛的诗歌不管多么晦涩难懂,其实都是用意于一种思想性内容的呈现,尽管在后期诗作中,这一意图更加隐藏在词语的张力之中。而这种思想性内容的深入推进,就是对于存在主义的"发现"了。洪子诚注意到北岛和鲁迅在"悖论式的情境"营构上的某些相似之处[①],由于是对于北岛诗歌艺术特性的分析,洪子诚并未将它放在存在主义的论域里来探讨。但其实"悖论"已经是存在主义常常触碰的问题了,何况北岛的诗歌对于"悖论"的处理常常脱离一般的现实环境因而使之具有普遍的概括性。

可能有很多人注意到北岛的诗歌一般不标注具体的年月日,这与浪漫主义诗人的做法相当不同,也可以说是对以往诗歌研究的一种有意"疏

---

① 洪子诚:《北岛早期的诗》,《海南师范大学学报(社会科学版)》2005年第1期。

离"。这种对于写作时间的特殊处理，在一定程度上造成部分解读者的困惑与恐慌，但也会促使读者们将北岛诗歌的时间性因素剔除，而在一个普遍性的意义上去看待它们。事实上北岛的诗歌内容也拒绝读者在时间性的意义上对其作出判断，无论是"明天""今天""昨天"，还是"黎明""黄昏"等，北岛对于时间的处理都是一种对时间性的有意模糊。这就使得对于这些诗歌的阅读必须抛开外在的时间因素，而直接进入诗歌内部的景观。这就能够看到尽管北岛用意在反叛"文革"，却绝非仅仅将"文革"揭露批判一番了事，从"文革"这一黑暗的深渊里北岛看到的是人的自由的困境、社会对于人的压制、人权的难得及历史的虚无等，这就有些存在主义的意味了。抽去所有的"现实主义"枝节，北岛的诗歌其实更有力量了，人们将会发现构成北岛诗歌钢铁一般的结构的原来是一些存在主义的永恒命题：人的自由及其困境、历史的虚无、生活的荒诞、人的责任及勇气等。超越了现实的存在主义批判是对于一切现存或将有的社会的批判，也可能是一种最为深入彻底的批判。在新时期文学中，北岛诗歌的存在主义意蕴一直不被发觉，不能不说是一个遗憾。很多年后，陈超通过对北岛诗歌中个体的存在状态——孤独、异化、痛苦、绝望、自审、荒诞等——的考察和北岛诗歌中"个人立场的怀疑和批判精神"的细致追踪，发现"……北岛在意识背景上基本属于存在主义系谱……"[1]这个迟到的发现无疑是对北岛的深化了的认识。陈超的发现也让人反思，时至今日人们对于北岛是理解更多一点还是误解更多一点。就目前来看，对于北岛的理解仍

---

[1] 陈超：《北岛论》，《文艺争鸣》2007年第8期。

在路上，对他文学反叛的彻底性的认识仍有待深入探讨。

北岛一直被认为是新时期文学反叛最为得力的干将，但可能北岛的文学反叛也是被认识最少的，或者是被认识得最偏颇的。仅仅将北岛的诗歌放置在人道主义的时代主潮里去解读，既是简单的，也是不得要领的，虽然可能是最易于让人接受的。从北岛对于朦胧诗的疏离、对于朦胧诗概念的否定等可以看出人们对北岛的认识和北岛对自身的定位之间有多大差距。尽管时至今日没有必要将诗人的自我认定作为下判断的唯一根据，但那也是一个必要的参考。北岛的诗歌的确可以，也必须从反叛"文革"的意义上去解读，但这只是解读北岛的开始，而不是终点。北岛诗歌对于"文革"的反叛不仅大胆、极端，能够表达一代人的真实心声，而且持续深入，到达忏悔意识和存在主义的腹地。但北岛不是社会批判家，也不是一位哲人，作为诗人，他将诸种反叛心声出色地熔铸在他的诗歌创作中，从而以诗学的方式实现其社会批判诉求。正如吴晓东所说："北岛的意义正在于把抗议的声音和反叛的政治向诗学沉淀。其反叛中既包括政治倾向上的反叛，也有诗学意义上的反叛。两者相较，诗学的反叛也许是意义更大的反叛。"[1]

作为一个诗人，北岛诗歌的社会批判能量一直都是与其对诗歌本身的反叛不可分割的，甚至可以说没有对诗歌本身的反叛，北岛诗歌就将丧失其社会批判能量。人们喜欢笼统地将北岛的诗歌概括为一种"政治性"的诗歌，这种概括其实很有问题。而根本上来说，北岛诗歌所谓的"政治性"，

---

[1] 吴晓东：《北岛论》，载《二十世纪的诗心——中国新诗论集》，北京大学出版社2010年版，第3页。

其实就是一种社会批判，是对于不良社会的严正批判和对于一个良性社会的深情呼吁。只是在"文革"与新时期的衔接阶段，人们更倾向于将对于过去时代的社会批判看作具有一定程度上的政治性罢了。应该看到，即便社会批判性意味最为浓烈的《宣告》《结局或开始》等诗作，北岛也不是仅仅围绕政治性去经营诗歌，这些诗歌完全不是一个"政治性"就能限定，而是有着诗歌艺术性上的种种探索与尝试。北岛诗歌的复杂性就在于一方面它有极其明确的社会批判性；另一方面这一社会批判性的达成又是以诗的或艺术的方式，通过象征、隐喻、夸张等艺术手法而得以实现。在诗歌的意义上，它们可以跨越具体的政治指向性，超越特定年代的限制而使批判性伸越至一切年代、一切地域。说到底，北岛依然是依靠其独一无二的诗歌而为人铭记，这使得对于北岛诗学意义上的反叛的考察成为必要。

三、不断精炼的诗学建构

吴晓东对于北岛诗歌从"政治的诗学"到"诗学的政治"[①]的转折有精到的阐释，借助对这一转折的分析，他试图对北岛的整体创作给予把握，也的确提示人们北岛诗歌的两个关键词：政治、诗学。无论是政治向诗学的转化还是诗学向政治的更为潜隐的转化，都说明北岛诗歌与政治之间错综复杂的联系。坦白来说，从"政治的诗学"到"诗学的政治"的转折只是能够大约提示北岛诗歌在前后期表达的侧重点，却并不能说明北岛前后

---

① 吴晓东：《北岛论》，载《二十世纪的诗心——中国新诗论集》，北京大学出版社2010年版，第1—35页。

期诗歌严格的分野。也就是说，北岛诗歌兼具"诗学的政治"和"政治的诗学"两个维度，无论是对前期诗歌的理解还是对后期诗歌的考察，都应该在这两个维度下进行。这里的"政治"可以是具体化的特定时期的特定政治，也可以是伊格尔顿一切文学批评都是"政治批评"的那种起最终决定作用的"政治"，或者詹明信意义上的"政治无意识"的"政治"。换一个说法，我们也可以将北岛的诗歌看作一种持之以恒的社会批判。在后来的海外生活阶段，北岛的诗歌艺术往更加纯净的方向精进，裸露出其诗歌更为内在的质素与骨架支撑，在在令人惊叹。

北岛在 20 世纪 90 年代以后的诗歌创作已经不能有效参与到中国当代文学的进程中，但仍有其非凡意义，也应该引起研究者的重视。那些执着于词语张力建设的诗歌其实是北岛一直以来的诉求，在特定社会批判的场景推远之后，北岛诗歌的特质更加真实地呈现出来，从而使得北岛诗歌的诗学创新意义如水落石出般显现。

（一）根本上是一种语言反叛

在一次访谈中，北岛这样认识自己出国前和出国后诗歌的不同："我没有觉得有什么断裂，语言经验上是一致的。如果说变化，可能现在的诗更往里走，更像探讨自己内心历程，更复杂、更难懂。"[①] 诗歌是语言的艺术，北岛出国后的诗歌显然减少了与社会的直接对立和冲突，在异国

---

① 翟頔：《中文是我惟一的行李——北岛访谈》，《书城》2003 年第 2 期，第 41 页。

他乡,他只能更加深刻地面向自我、面向语言说话,于是语言从诗歌中上升,成为一个显要的因素。北岛的难懂看上去更加严重了,但那其实不过是他一向追求锤炼诗歌语言的一个必然结果。对于北岛来说,它可能反而更加接近他对于诗歌的理解。事实上,北岛对于诗歌反叛的信赖很大程度上来源于其对于语言本身力量的信赖,其诗歌艺术本质上充满了对于语言张力的执着探索,是对于语言的开掘、探险与开发。

有论者正是从政治与美学乌托邦的角度来看待北岛的诗歌:"只要想到北岛的新的诗歌美学和语言形式是如何带给当时青年一代以文学亢奋、审美愉悦和政治冲动,就可以意识到新诗潮语言的美学乌托邦属性。"[①]北岛从来不试图肯定什么,他以否定著称,他的怀疑精神也深入语言内部,所谓"美学乌托邦"的属性可以从其诗歌中明显看出。值得一提的是,尽管北岛看重语言的反叛性和颠覆性,但用诗歌建构一种美学乌托邦,可能也并非其意图。对于"美学乌托邦",他的怀疑与批判也是可察的。在题为《语言》的诗歌中,北岛说:"许多种语言/在这世界飞行/语言的产生/并不能增加或减轻/人类沉默的痛苦。"[②]这意味着语言本身有挥之不去的社会性乃至意识形态性,也意味着北岛对于语言反叛局限性的清晰认识。这就是即便在那些"宣告"式的作品里,北岛依然刻意保持着一种语言上的陌生感的原因所在。说到底,北岛这个语言的信徒反而成了语言的叛徒,但也正是对于既定语言的反叛,将北岛逼向对于语言最为深刻的怀

[①] 吴晓东:《北岛论》,《二十世纪的诗心——中国新诗论集》,北京大学出版社 2010 年版,第 4 页。
[②] 北岛:《履历:诗选 1972—1988》,生活·读书·新知三联书店 2015 年版,第 119 页。

疑。在这个意义上，北岛诗歌对于意象的精心择取和对于蒙太奇的独到处理等都体现出北岛有意的语言反叛，而它们给北岛的诗歌带来了全然不同的文本风貌。

北岛的诗歌对于"文革"时期诗歌乃至整个"文革"话语的反叛因此不能仅仅在社会批判的框架下去解读，而是应该同时放在诗学的意义上尤其是语言的意义上去看待。对于特定时期政治的反叛或许是北岛的宿命或一种不可脱离的语境，但北岛对于特定时期政治的反叛，只有在诗歌尤其是诗歌语言中生根才显示其力量，这是其诗歌给我们最大的启迪。北岛的诗歌语言早已脱离简单的现实主义的定义，浪漫主义也只是他给人的一种气度上的假象，他的诗歌真正是现代主义的，与精神的现代主义相比，更是一种语言的现代主义，是对于语言的现代主义乃至存在主义探索。这就是北岛文学反叛的深刻所在。

（二）内容与形式背后的诗学建构

无法判断北岛在"文革"期间阅读的那些地下书籍究竟在何种程度上塑造了他的文学趣味，也无法判断北岛最初对于食指诗歌的"震动"是更多有感于诗歌的内容还是诗歌的形式，但纵观北岛迄今为止的诗歌创作，能够发现北岛诗歌一直走在一条对语言本身的反叛之路上。对于诗歌来说，可能没有什么比语言上的反叛更为具有反叛意味了。由语言的反叛出发，北岛的诗学反叛至少包括对诗歌的内容与形式、诗歌观念等方面的反叛。

北岛诗歌的内容被认为最容易辨识，那些喊出一个时代最强音的社会批判之声从一出现就深入人心，时至今日仍然激动人心。北岛诗歌在内容方面的革新主要在于对个体或自我的重新发现与彰显，这一对个体或自我的发现与彰显很快就与20世纪80年代初期的人道主义思潮取得呼应，获得巨大"轰动效应"，从而在一定程度上遮盖了北岛那种不为社会思潮所裹挟的独立性。站在个体或自我的意义上发言，因此成为其诗歌的立足点。"个人孤立，这是北岛人生和写作的基点。"[1]北岛的诗歌无论是表现外在社会生活还是表现内在个人生活，都是在自我或个体意义上的言说，这就与以公众身份发言的此前或当时诗歌形成鲜明对比。这使得北岛的诗歌往往建立在个体或自我的意义上，而不需要依附任何外在的价值或信仰体系。尽管北岛在诗歌中对自我或个体有毫不留情的分析和批判，但他的诗歌依然使诗歌回复到个体或自我的维度上，回到以个体或自我为根基的诗学维度上，并因此而有真正现代性的意义。

北岛的诗歌常常是对话性质的，这是建立在个体或自我基础上的对话，这个对话常常是指向自我的。也就是说，北岛的诗歌是自我对自我的说话，在自我与自我的对话中将外部世界隔开，同时将自我的世界层层打开。这并不意味着北岛对于现实世界漠不关心，这恰恰意味着北岛对于现实世界的关心要在诗学的意义上建立，在与自我的对话中确立，并在语言或词语中凝结。欧阳江河如此分析北岛诗歌的"超现实主义"风格："……超现实主义……这种倾向并没有削弱北岛诗作中的现实感。相反，超现实主义为

---

[1] 一平：《孤立之境——读北岛的诗》，《诗探索》2003年第Z2期。

他处理错综复杂的语言现实提供了某些新的、更为客观的视点。按照拉康（Jacques Lacan）的说法，现实既不是真的也不是假的，而是词语上的。"①北岛的后期诗歌越来越显示出某种封闭性，具有冥想的性质，对话性渐渐变为自我或个体的一种思想历程或内心言语的揭示。自我或个体几乎隐而不见，但其实又是最为深处的那个存在。从激昂愤慨的自我或个体到隐藏在文本深处的看不见的自我或个体，北岛的诗歌内容经历着一些变迁，但都与自我或个体的思虑有关。某种程度上可以认为诗歌的深刻性来源于人对于自我的认知的深刻性，尤其是对于有着明确思想性追求的北岛来说，更是如此。建立在自我或个体基础上的北岛诗歌因此呈现出内容上的复杂与深刻。人们常常觉得北岛的诗难解，尤其是其后期的诗歌仿佛就是故意与可懂性或可读性作对，但那其实源于北岛对自我或个体这一诗歌维度的坚持。应该说，正是这一坚持使得北岛的诗学反叛有了牢固的根基和强大的韧性。

与诗歌内容相比，人们对北岛诗歌形式的误解可能是更深的。北岛的早期诗歌还残留着旧时代诗歌形式的痕迹，保持着形式的整饬和韵律的和谐，主要依靠内容的明确指向性获得其反叛性。后来，即便是从旧时代的诗歌形式里走了出来，北岛的诗歌似乎也没有在形式上取得多大的突破，他的大部分诗歌的固定形态是每行不超过 10 个字，一首诗大概 20 行。单单从形式上看，北岛没有任何突破性，也许唯一的突破性在于打破政治抒情诗那种严整的对称性结构和严格的韵律体系。然而，就是在如此简单到极致的诗歌形式里，北岛却最为深刻地对诗歌形式进行了革命：在北岛这

---

① 欧阳江河：《北岛诗的三种读法》，载《站在虚构这边》，生活・读书・新知三联书店 2001 年版，第 198 页。

里，诗歌的形式感并非来自类似于古诗那样严格的韵律或严整的形式，而是来自诗歌内部的一种节奏感，来自语言内部的节奏感，来自词语与词语之间的节奏感。

在谈到译者对策兰首句为"数数杏仁"的无题诗的翻译时，北岛强调："韵律虽然难以传达，但节奏却是可能的。节奏必须再创造，在另一种语言中找到新的节奏，与原节奏遥相呼应。"① 对于北岛来说，一首诗只要有自己的节奏，独属于自己的节奏，就是一首好诗了，不需要任何多余的东西，也不需要在乎诗歌的长短，节奏本身就是诗性的最高体现。甚至由此出发，北岛反对叙事性的诗歌，反对长诗，以保持诗歌的必要本性：张力。"总体而言，我对长诗持怀疑态度，长诗很难保持足够的张力，那是诗歌的奥秘所在。"② "张力"是北岛诗歌的明确追求，张力的获得不仅仅是依靠外在的整齐划一的形式就能获得，更需要从诗歌内部的节奏感，从词语之间的多层语义关系的建构来获取。北岛的诗歌一般比较短小，在有限的篇幅内，北岛对于诗意的建设正是从"形式"的张力入手的。"形式"的张力是更不易察觉的，是沉淀在诗歌内部的与诗歌内容不可分离的形式建设。如果说节奏是北岛诗歌形式的语感特征，那么张力就是北岛诗歌形式的结构特征。在北岛这里，诗歌形式由节奏和张力共同组成，并在一首诗的整体中得以实现。北岛可能不同意"精致的瓮"这一说法，但北岛对于诗歌形式的理解和实践却不期然与"精致的瓮"这一理念息息相通：艺术品作为一个整体而存在，这个整体是自足的。北岛对于诗歌的挑剔是令

---

① 北岛：《时间的玫瑰》，生活·读书·新知三联书店 2015 年版，第 172 页。
② 北岛：《时间的玫瑰》，生活·读书·新知三联书店 2015 年版，第 136 页。

人惊奇的，从语言的每一个细节到词语的每一点差异再到形式上的一点点变迁等①，都可以被他视为对诗歌的严重破坏。这些也是这种诗歌整体观的必然体现。

  北岛的诗歌经常在各种朗诵会上朗读，《回答》最初就是在天安门诗歌运动中一炮走红，但是北岛诗歌对于节奏和张力等形式因素的注重也使得他的诗歌更多情况下不可朗读。也就是说，北岛的诗歌相对来说更适合阅读，它们不是听觉的艺术，而是视觉的艺术，并通过视觉直接与思想接通。北岛充分利用了汉语的形象性特征并对其进行独特的诗学改造，那些词语与词语的转折、过渡及种种修辞上的联系只有通过"看"、通过阅读才能真正得以实现。从这个意义上说，北岛对于20世纪90年代诗歌有着广泛而深刻的影响，同时对于"文革"文学中以"颂歌"为主要题旨的诗歌有着彻底而无情的反叛。如此就能理解在80年代初期的"宣告"式的阶段匆匆过去之后，北岛的大部分诗歌为什么让人感到了理解的艰难。不少人从意象的组织、悖论式情境的构造等方面来研究北岛诗歌，但依然很难真正深入北岛诗歌内部，对其形式意义给予明确揭示。诗评家尚且如此，就遑论一般读者了。北岛在诗歌形式意义上的反叛并不引人注目，但却是更为深刻的反叛，也亟待更为深入的研究。

---

① 对于诗歌的题目，北岛是这么认为的："一首好诗的题目，往往不是内容的简单复述或解释，而是与其有一种音乐对位式的紧张。"参见北岛《时间的玫瑰》，生活·读书·新知三联书店2015年版，第115页。"紧张"显然是就诗歌的张力而言，对于这一张力的考察连题目都不放过，这就是北岛对于诗歌形式的理解。

（三）北岛诗歌观念的反叛性

北岛是那种凝练型的作家，思想穿透力一直是他比较明确的追求，这使得他的创作成为一种压缩的艺术：压缩既是剔除现象的芜杂直取本质，也是一种以少胜多，类似于极简主义的策略，将无比丰富的思想和感情凝结在有限的字句里。进一步说，在极简的压缩里，北岛追求的是语言的张力，是言有尽而意无穷的绵延的魅惑力。在谈到诗歌写作时，北岛认为："不一定在于写什么，而是在于怎么写……但诗得有激情和想象力，得有说不清的力量和让人晕眩的东西。"[①] 对于北岛来说，激情和想象力是必不可少的，但激情和想象力的呈现却有赖于必要的形式主义策略。因此，重点仍然在于"怎么写"，而写作的目的则在于创造某种"说不清的力量和让人晕眩的东西"。给"激情和想象力"找到一个合适的形式，安排一个合适的结构，找到一个合适的表达手段和策略，其目的却是要将"激情和想象力"含蓄地呈现出来。这就是北岛诗歌的根本追求和志趣所在。正是从这里，北岛开发出耐人寻味，甚至有时令人难以捉摸的诗意。正是从这里出发，北岛的写作对于形式无比挑剔，对于语言无比谨慎，对于作品的整体结构无比在意。

可能由于北岛自身有海外生活经历，北岛对于有异国书写经历的诗人表现出非同寻常的喜爱。在回答唐晓渡关于"与你有过较为亲密的精神血缘关系的诗人都有谁，曾有论者认为你最初受到苏联诗人叶甫图申科的影

---

① 翟顿：《中文是我惟一的行李——北岛访谈》，《书城》2003年第2期。

响，是这样吗？"的问题时，北岛表示对于叶夫图申科的兴趣是很短暂的，也是速朽的。然后北岛说出自己心中的伟大诗人的名单："我喜欢的多是20世纪上半叶的诗人，包括狄兰·托马斯、洛尔迦、特拉克、策兰、曼杰斯塔姆、帕斯捷尔纳克、艾基、特朗斯特罗姆……"[1]北岛否定了那些更加具有政治和社会直接性的诗歌前辈，转向那些对于命运和压制有反抗精神的有异国生活与书写背景的诗人，意味着他对于诗歌作用的理解在20世纪80年代初——他正是在80年代初表现出对叶夫图申科的厌恶——已经有了超出当时人的理解。北岛一直有着对纯诗的追求，但北岛的诗歌绝非纯诗可以限定，而是常常有诗歌以外的精神寄托，有言近旨远、咀嚼不尽的特点。

　　北岛的诗歌观念可以从两个方面来考察：第一，诗歌应当及物，应当表现一种经语言凝结的现实，应当保持批判的锋芒；第二，处理苦难，直面苦难，认为诗歌是一种面向苦难的艺术，时刻让诗歌与苦难保持某种必要的张力。"在我看来，诗歌是一种苦难的艺术。"[2]北岛的诗歌致力于对于苦难的书写，苦难既包括某种外在的苦难经历或历史，更指向所有那些对个人构成威胁的力量。因此，北岛的诗歌强调对于权力等压制力量的反抗及对于苦难的抗争。这就是北岛的诗歌观，或者起码构成其诗歌观的重要一面。这也是北岛所以写作诗歌的最后根源。因此，北岛的诗歌从来不是花前月下的浪漫抒发，也不是苦大仇深的现实主义叙写，更不是对于玄奥虚无的哲理的探讨，而是时刻与人的社会性存在、人的苦难性遭遇和人的

---

[1]　唐晓渡：《传统就像血缘的召唤——北岛访谈录》，《诗潮》2004年第3期。
[2]　翟頔：《中文是我惟一的行李——北岛访谈》，《书城》2003年第2期。

存在困境联系在一起，来源于并致力于对人或人类苦难的承担，对人或人类存在之痛的揭示与反抗。这一切落实在北岛的诗歌之中，终获其应有的力量。

北岛的诗歌创作因此可用他的两句诗来表达："是笔在绝望中开花／是花反抗着必然的旅程。"① 这首名为《零度以上的风景》的诗作被陈超视为北岛"个体诗学"的具体而精准的表达。在零度写作的意义上，陈超认为："北岛迎向'零度'这个敏感的语词，将自己的写作称为'零度以上的风景'，意味着他的写作要触及生存和语言的困境，历史记忆与人性关怀，文化批判和个人反思的。"② 诗人总是不能脱离自身的存在来抽象地写诗，童年记忆更是足以成为作家一生反刍的题材和不断回归的场所，不用过分夸大"文革"带给北岛的深刻创伤和历史记忆，但北岛的写作的确与"文革"有着不可割断的联系。在不断的"反刍"中，北岛的目光向更为深远、更为普遍的人生与人类困境掘进。北岛的超越性在于他在自己的诗歌中将对于一个具体社会的批判、质疑和反思推向"生存和语言的困境"的论域，也就是深入到了存在和语言的困境，从而使得自己的写作犹如"在绝望中开花"，在苦难中得到升华。在这个意义上，北岛的诗歌是"反抗绝望"③ 的成果——"花"，是在"绝望"基础上的抗争之必然绽放。

北岛特别看重策兰《死亡赋格》一诗的意义，他对于阿多诺在看到

---

① 北岛：《在天涯：诗选1989—2008》，生活·读书·新知三联书店2015年版，第99页。
② 陈超：《北岛论》，《文艺争鸣》2007年第8期，第90页。
③ 关于"反抗绝望"的更为丰富内涵的思考，可参见汪晖《反抗绝望——鲁迅及其文学世界》，河北教育出版社2000年版，第256—323页。

《死亡赋格》之后收回其格言的做法的评述无疑是"夺他人之酒杯，浇自己之块垒"："阿多诺终于收回他的那句格言：'长期受苦更有权表达，就像被折磨者要叫喊。因此关于奥斯维辛后不能写诗的说法或许是错的。'"[①]"反抗绝望"的成果是"花"，而"花""反抗着必然的旅程"，这就是说北岛的诗歌不管对于"绝望"的反抗多么激烈，都最终落实在"花"上，是对于"必然的旅程"——僵化的文学模式，僵化的表意模式，或者非诗歌或非文艺的一切写作教条或模式等——的另一种反抗。对于大多数人来说，"是笔在绝望中开花"是北岛比较容易为人所理解的一面；"是花反抗着必然的旅程"则常常容易被忽略，被前者所覆盖或曲折。这就不容易看到北岛在诗歌观念上反叛的深刻性。

在对策兰诗作《用一把可变的钥匙》的分析中，北岛更加深入地阐明了自己的诗学观念。这首被北岛视为打开策兰诗歌的"钥匙"的诗歌未尝不是打开北岛诗歌的一把钥匙[②]。北岛从对于词与雪的区分入手："词与雪，有着可言说与不可言说的区别。而诗歌写作的困境，正是要用可言说的词，表达不可言说的雪。"[③] 这里，对于诗歌写作困境的认识同样是北岛对于自己诗歌观念的一次更新。用可言说的词去表达作为待表达对象却不可言说的雪，诗歌写作因此是克服词与雪之间的错综复杂的纠葛与矛盾的定型过程。而词所以能够表达雪的关键在于"什么雪球会聚拢词语／取决于回绝你的风"，"在这里，风代表着苦难与创伤，也就是说，只有与命运处

---

① 北岛：《时间的玫瑰》，生活·读书·新知三联书店2015年版，第189页。
② 北岛：《时间的玫瑰》，生活·读书·新知三联书店2015年版，第177—180页。
③ 北岛：《时间的玫瑰》，生活·读书·新知三联书店2015年版，第179页。

于抗拒状态的写作，才是可能的"①。这恰恰是对于北岛自身诗歌写作的忠实表达。他不仅一直在探索"词语"表达"雪"的种种可能，并且一直在表达一种决绝的抗拒与反抗，用力于一种"处于抗拒状态的写作"：从外在的特定时期的政治到存在主义范畴的超越时间限制的人类一般困境，北岛的反抗与反叛一直未曾中断。这一切都源于其诗歌观念的支撑。导源于旧的时代，北岛的诗歌观念与旧时代有极深的渊源，但他又最为反叛地超越了他的时代，从而在不竭的写作与抗争的二位一体中，获得来自旧时代的取之不竭的、最为珍贵的馈赠。

---

① 北岛：《时间的玫瑰》，生活·读书·新知三联书店2015年版，第179页。

第四章

当代文学的市场经济动力

本章将在1990年至今日的中国当代文学范围内，考察当代文学的市场经济动力。

作为文学发展的动力，市场经济是20世纪90年代以来文学不可绕过的一个基本因素，无论就大的文学环境还是具体而微的每一个作家的创作实践而言，市场经济都渗透在90年代以来的文学之中。不同于作为动力的意识形态和作为动力的文学反叛，市场经济作为文学发展的动力似乎更是一种无形的力量，但考究90年代以来中国文学的曲折变化，我们当能会心发现，其实它也未尝不是一种最为明确和最为具体的力量。

1942年以来，中国当代文学一直在较为浓重的现实关切下前行，这是中国文学追求现代性的必然体现，意识形态给予当代文学的推动与阻碍在第二章已有论述。现代性的日渐激进化最终导致"文革"文学的出现，"文革"文学既是中国文学现代性激进化的顶峰，也是激进化开始缓和、调整、转型的起点。新时期文学以文学反叛为主要发展动力，虽然落脚点在美学力量的反叛，但最初的起点却也包括对于"文革"的批判，因此有着强烈的现实关怀，能够与时代大潮相呼应。整个20世纪80年代上半期，当代文学充当整个社会想象的载体，当代文学与社会现实的同步或同一在思想解放运动的大潮下达到顶峰。以"大写的人"为精神旗帜，以"四个现代化"为现实诉求，新时期文学一定程度上放开手脚，开始开展多样化的文学创新实践。新时期文学普遍被视为文学的"黄金时代"，除了指文学自身探索的深入化和多样化以外，主要还是指文学与社会现实之间的那种同步或同一关系。文学的本体论意义尽管得到不同程度的探索和认识，但激动人心的文学实绩依然要在社会现实的参照之下才能得以确认。也就是说，对文学成绩的考量依然要在社会现实或更为宽泛的意识形态框架内得以确认。

"事过境迁，人们不得不反省的是，自以为从'文革'或'四人帮'的概念化和主题先行等政治性框架摆脱出来的中国作家，又是如此及时地为这个时代的集体想象再次建构着观念化的现实，只不过这一时期的文学在相当的程度上有现实经验为依据。在那个时候，没有人怀疑文学虚构是现实的真实反映。"[1]陈晓明针对改革文学所下的判词，在一定程度上可以用之于从"文革"走出来的20世纪80年代上半期文学。现代化的诉求与现代性的诉求被历史之手轻易地放在同一位置上，80年代中国文学的理想主义因此而显得理直气壮。在这种局面下，当代文学的更为内在也更为本质的探索和反叛只能走入文学本体和语言本体之中，在形式主义的表意策略方面尝试开拓新的天地。

北岛从20世纪80年代中期以来的诗歌体现出更加清醒的批判意识，将一种深刻的文学反叛落实在语言层面，不仅推进了当代诗歌的发展，而且将文学反叛推进到更加深远和内在的层面。北岛之后的第三代诗人尽管混乱不堪，但也不乏一些真知灼见的创造，对于语言和诗歌本体的实际探索在事后来看，比他们提出的各种各样的口号似乎更加有力量。也是在这个意义上，先锋小说对于小说艺术的先锋性探索引人注目。先锋派之前的

---

[1] 陈晓明：《中国当代文学主潮》，北京大学出版社2013年版，第300页。

小说无一例外建立在对于此前中国历史的追叙与"还原"之上，通过对于历史的追叙与"还原"建立自身在现实中的主体地位，从而有效地参与现实社会。文学的力量依然建立在对于外在于文学的社会、历史、政治、意识形态等的模仿、同步或同一之上。先锋派相应的迟到者的身份决定了他们面对这一历史情势的无奈与无力，正是在这种无奈与无力的局面之下，先锋派不得不进入对于小说的种种形式主义的探索与反叛之中。一方面先锋派出于反击当代现实主义整体表象体系和现实主义审美体系的缘故，而在当代小说中展开现代主义乃至后现代主义的诸种激进尝试，这是文学史给出的背景；另一方面，先锋派能够在20世纪80年代后期开始进入小说本体论意义的诸种探索之中，也透视着中国社会现实其时已经有了巨大改变，这一新的变化才是催生先锋派的深厚土壤。经济基础决定上层建筑，根本上还是整个社会现实的巨大变化给了先锋派以探索的社会空间。乘着改革开放的东风逐渐发展起来的商品经济开始瓦解计划经济，商品经济的发展在改变个人社会生活的同时也改变着人的地位和价值。在国家大业、社会作为之外，经济因素的考量逐渐成为个人确立自身价值的重要方面。这样，新时期意识形态中"大写的人"逐渐瓦解，个人不仅仅在意识形态框架内找寻位置，而是只要在社会生活尤其是经济生活中找寻位置就足够了，这样的变化带给当代文学巨大的冲击。没有这一冲击之下文学地位的巨大变化，先锋派很难将文学上的先锋探索真正落实下来。因此先锋派的出现既是商品经济发展的必然结果，也更进一步说明着商品经济对于当代文学的强力影响和渗透。一个重要的后果此后将一再被90年代以来的中国当代文学所感知：当代文学意识形态效应之失落，当代文学在一定程度上边缘化,不再成为社会的主要关注点。

王蒙署名"阳雨"发表于1988年的《文学:失却轰动效应以后》一文,敏锐地捕捉到了这一动向,并给出相应的解释:"人们变得日益务实以后,一个社会日益把注意力集中在经济建设、经济活动上而不是集中在政治动荡、政治变革和寻找新的救国救民的意识形态上的时候,对文学的热度会降温。"[1]20世纪80年代后期以来,官方文化主要发挥"宏观调控"的作用,不再事无巨细地主导文学书写,当代文学相对可以从宏大叙事中撤出,专注于围绕个人生活而展开的小叙事;精英知识分子文化(高雅文化)逐渐丧失其高高在上的启蒙姿态和地位,市场经济的逐步开展使得人们对于高雅文化的态度发生改变,经济力量对比的改变一定程度上使得高雅文化祛魅;大众文化(通俗、流行文化)逐渐兴起并流行。[2]在此情势下,当代文学必然发生相应的变化。尽管文学失去了"轰动效应",王蒙并不因此而对当代文学悲观失望,他呼吁大家不要少见多怪,并认为文学的前景依然是乐观的:"凉一凉以后也许会进入新的阶段、新的境界,出现新的人才或老人才焕发新的活力。也许凉一凉以后才会出现真正的杰作。但愿如此。"[3]可以看出,伴随共和国文学始终的王蒙对于当代文学在商品经济大潮中的新的遭遇并不悲观,反而有一些隐约的乐观期待。不管是否认同王蒙的具体观点,我们必须看到,80年代末以来当代文学从意识形态的高地撤退已经是一个不争的事实。

---

[1] 阳雨:《文学:失却轰动效应以后》,《文艺报》1988年1月30日。
[2] 参见洪子诚《中国当代文学史》,北京大学出版社2007年版,第330页。
[3] 阳雨:《文学:失却轰动效应以后》,《文艺报》1988年1月30日。

20世纪90年代之后，市场经济逐步确立，这是对商品经济的更进一步发展，其对当代文学的冲击也越发强烈。王蒙所感慨的文学失却轰动效应以后的"大有可为"的客观情势依然存在，但90年代以后，当代文学显然也更多地开始体会到市场经济对文学发展所带来的诸多恶劣冲击。当代文学一直与"救亡""改革""建设"等国家大事同声共气，并因此而是一项"现代性"伟业，到了90年代这一"黏合"突然解开，却并不仅仅源于文学自身的反叛和争取，而更是来源于整个社会大环境，尤其是市场经济的迅猛发展。这也许可以解释为何90年代文学突然像一盘散沙一样，找不到一个明确的中心。相比80年代文学，评论家和学者们也普遍感到对90年代以来的当代文学把握的困难所在，这是一个从未遭逢过的文学时期，它的重要特征即在于它的无中心。一切都要重新开始。这是一个文学可以放飞自己梦想的文学时期，然而刚刚失去"现实"的"重"压，当代文学就一头栽进市场经济的"轻"压之中。潘多拉的魔盒一经打开，实用主义精神的滋长、消费主义的蔓延、文学向传媒等的倾斜等一时间使得当代文学不知所终，无所适从。

20世纪90年代以来文学所面临的最大境遇就在于市场经济的兴起。在中国的现实语境下，无论是接受市场经济的兴起还是对之持否定或批评态度，90年代以来的文学无法略过市场经济的影响，却是基本的事实。就整体的文学格局而言，市场经济催生下的大众文学逐渐兴起，并成为文学王国中重要的一支；而"纯文学"也不同程度地沾染上市场经济的因子，开始某种内部裂变。无论是实用主义精神的渗透还是消费主义文化的入侵，其实都是市场经济的作用使然。"纯文学"不再是文学唯一的选项，这曾经让文学评论家和研究者大惊失色，却也渐渐成为一种基本的文学事实被普遍接受。"纯文学"反而由此获得相对更加独立的创作空间。也是在这个意义上，孟繁华将1993年视为"新世纪文学"的起点，认为："从1993年开始，中国当代文学经历了又一次大的转型，这个转型与80年代不同文学思潮的不断更替有极大的不同。80年代文学的变化，还是限定在单一的严肃文学写作的范畴之内……但1993年之后，文学生产或实践环境发生了深刻的变化。其中最大的变化就是以商业利益为目的的市场文化的崛起……而市场文化的崛起，也使'新世纪文学'必然有'狂欢化'的特征。"①

当然最重要的变化可能还是市场经济推动下文学大一统规范的正式解体，中国文学从此进入一个多元分化的文学时代。分层化、多元化成为文学的一个基本事实②，由此而释放的文学空间如此巨大，怎么强调也不过分。就细部的文学风景而言，市场经济不仅是20世纪90年代以来每一位

---

① 孟繁华、程光炜、陈晓明：《中国当代文学六十年》，北京大学出版社2015年版，第60—61页。

② 评论家和研究者都普遍注意到20世纪90年代文学的无法归纳，如洪子诚所言："文学潮流的淡化是90年代的文学现象之一……已不存在类似于80年代那样的以潮流方式推进的那种痕迹。在一个逐渐失去单一'主题'的社会，对世界和文学的理解更形'多元'。市场的选择和需求打破了文学的'有序'进程，而对于历史的反省，也使得历史发展和文学潮流对应的文学史观受到质疑。"洪子诚：《中国当代文学史》，北京大学出版社2007年版，第331页。在陈思和那里，这一文学潮流淡化的现象被置放在"无名"状态之下："当时代进入比较稳定、开放、多元的社会时期，人们的精神生活日益丰富，那种重大而统一的时代主题往往就拢不住民族的精神走向，于是价值多元、共生共存的状态就会出现……我们把这样的状态称为无名。无名不是没有主题，而是有多种主题并存。"陈思和：《写在子夜》，上海人民出版社1996年版，第11页。

作家都必须面对的存在事实，而且深刻影响或推动着作家具体创作活动的开展与调整。市场经济打开了一个广阔的写作天地，普通人、日常生活、欲望、城市、消费文化、女性经验等，成为20世纪90年代以来文学区别于此前文学的重要表现领域。作家们从"现代性"大业的压力之下解脱出来，却无力从市场经济的经济法则之下真正解脱，经济的压力比之于"现代性"大业给作家的压力更加贴近肉身，贴近生存的本相，因此更加难以躲避。这不能不影响到作家对于文学的态度和对于文学创作的具体展开。市场经济对于作家的影响看似有所松动，其实不容小视，布迪厄意义上的经济场和文化场不得不成为90年代以来作家具体而微的生存环境。90年代以来文学不乏轻浮简单之作，显现出臣服于市场经济逻辑的惨痛下场，但在这种相对宽松的创作环境下，也一定程度上让那些有志于文学的作家拥有了坚守自己的空间，从而使得文学上的跃进或突破成为可能。这些都只有在市场经济兴起的背景下才有出现的可能。在绝对的意义上，90年代以来，能够超脱市场经济逻辑的作家基本上无法作为一个现实的人而存在。不仅作家本人的写作生活发生巨大改变，作家所置身的文学写作—发表—出版等诸环节也日渐向着市场化转型，市场经济意义上的文学生产链正式诞生并蓬勃发展。文化（文学）体制的市场化转型更是从国家意识形态层面认可市场经济对于文化（文学）事业的渗透[1]，这些都使得作家所面临的文学环境发生巨大改变，从而推动文学做出必要的改变。

20世纪90年代以来，文学总体上呈现出去历史化的趋势，这固然可

---

[1] 参见洪子诚《中国当代文学史》，北京大学出版社2007年版，第328页。

以从文学内部寻找到一些可能的线索和踪迹，但根本上还是取决于文学外部环境的改变，取决于市场经济带来的一系列冲击。摆脱与"现代性"大业同声共气的压力之后，当代文学的确一时间显得无所不能，任何一种写法都可能出现并确立自身，当代文学从来没有像20世纪90年代以来的文学这样不可概括。规范的失却意味着可能性的蓬勃。"晚生代""个人化写作""底层写作""网络文学"等有限的几个术语与其说提示了90年代以来文学的不同潮流，不如说更加深刻地暴露了90年代以来文学的多元杂陈。从总体上把握90年代以来的中国文学，就必须看到市场经济所起到的那种根本作用，看到市场经济与文学发生的千丝万缕的联系，在如万花筒一般的90年代以来的文学面前，市场经济就像一根主线将所有那些无法归类的文学事实串接起来，使之成为一个可以总体言说的对象。因此，将市场经济作为90年代以来文学发展或变化的动力，是符合历史实际的。

20世纪90年代以来的文学鱼龙混杂，莫衷一是，但根本上都可以归结为市场经济的作用。市场经济不仅直接推动文学题材和风格的变化，也从根本上动摇了人们的文学观念，并使之更新。从根本上来看，90年代以来文学的新变不能不从市场经济的成形与日渐壮大得到解释。市场经济既是90年代以来文学发展的必要前提与背景，也在一定程度上推动了当代文学的发展，推动当代文学去尝试新的文学书写的可能。当然，它也给当代文学带来了不可忽视的危机与冲击。时至今日，市场经济作为90年代以来的文学发展动力，其影响依然处处可见，不容忽视。

第一节　市场经济时代的中国文学总论

在当代中国，市场经济及其雏形商品经济是20世纪80年代中后期出现的事物，因此在当代中国语境下，文学与市场经济之间的关系是一个全新的课题。市场经济是相对于计划经济而言的一种经济形式，更强调市场自身的调节机制，强调商品的自由流通，政府的宏观调控或计划性配置相对不被看重。从历史上来看，商品经济是一种基本的经济形式，从春秋战国开始中国就已经产生一定程度的商品经济萌芽，但由于中国是一个农业文明古国，商业或商品经济一般不受重视，甚至常常遭到打压，因此并没有形成一个持续的商品经济传统。从文学史上来看，有感于商品经济的一定程度的发展，明代出现了文学的世俗化倾向，《金瓶梅》等世情小说的出现就是明证。然而，相对于儒家温良恭俭让的教化而言，这种"世情小说"往往充满人欲横流、金钱至上等世俗情节，因此常常不能登上大雅之堂。可以说，中国文学的正统向来缺乏对于商品经济的有力呈现，而商品经济在中国历史上也从未成为有气候的经济现象，因此未曾构成中国文学发展的主要动力。从这个意义上说，90年代以来的文学可谓开风气之先的尝试，出示了中国当代文学新的可能。

市场经济的发展使得经济力量和经济关系成为人们看待世界和人生的更为直接的参照体系，因此带来文学乃至文化必然的失落。先锋小说之后，当代文学一下子面临无话可说的境地。作家们之前所拥有的社会现实的发言人或代言者身份，已在市场经济突飞猛进的发展中逐渐瓦解。作为精英知识分子文化或高雅文化的承载者的作家们，突然陷入边缘化的境地，这使得他们不知道如何应对当下的现实。文学边缘化的社会处境，对于尚无充分准备的作家们来说，无疑是当头一棒，他们不能不突然陷入混乱与茫然。如何面向市场经济时代的现实发言，如何面对市场经济的冲击，一时间成为作家们必须要克服的现实难题。总体上看，市场经济无疑是一把双刃剑，一方面它促进20世纪90年代文学在一种开放的心态和语境下做多方面的探索，从而促发文学实现大的突破与进展；另一方面它极大地影响着人们对于文学的看法和认识向着实用主义和消费主义转变，从而从根本上形塑文学的发展。

一、一个时代结束了

冯骥才1993年发表了名为《一个时代结束了》的文章，集中呈现了一个作家眼中市场经济对于文学构成的强烈冲击。冯骥才明确地感到新时期文学结束了，尽管他对此不无惋惜，而新的文学时代则前途未卜："一年来，市场经济劲猛冲击中国社会。社会问题性质、社会心理、价值观念等等变化剧烈，改变着读者，也改变着文学。文学的使命、功能、方式都需要重新思考和确立，作家面临的压力也不同了。如果说，'新时期文学'是奋力争夺自己，现在则是如何保存自己。一切都变了，时代也变了。"[①]

[①] 谢冕、张颐武：《大转型——后新时期文化研究》，黑龙江教育出版社1995年版，第43页。

从"奋力争夺自己"到"如何保存自己",这样的变动对于作家来说不啻沧海桑田,所引起的精神震动也绝非一言即可道尽。谁曾想到,中国当代作家刚刚从"现代性"大业的压力下解脱,刚刚想要"洁身自好",就又要面临市场经济无所不在的冲击,其形势可能还要更加严峻。毕竟,经济是社会最根本的决定因素,经济力量几乎可以渗透到衣食住行等生活的每一个细枝末节之中。因此当代文学首先面临的是在市场经济的冲击之下,如何保存自己的问题,而暂时还没有考虑什么反抗的策略或可能。有感于此剧烈变动,冯骥才不无忧心地感叹:"作家将面临的,很可能是要在一个经济时代里从事文学。一个大汉扛着舢板寻找河流,这是我对未来文学总的感觉。"① 这种忧心现在看来是有些夸张,但回到20世纪90年代初的社会环境和文学环境,冯骥才也的确表达出从新时期一路走来的作家们对于市场经济统摄下的90年代文学前景的深深忧虑和严重担忧。身为一个作家和文化人,冯骥才的观点与王蒙的看法恰恰形成一定的对照。冯骥才在意的是文学即将受到的冲击之大,而王蒙在意的则是文学失去轰动效应以后,文学写作自由空间开启的可能,以此为理由,王蒙甚至期望由此出现一个真正的"文学的黄金时代"。

无论怎么具体看待20世纪90年代以来文学在市场经济推动下所产生的诸多新变,显然,人们已经逐渐认识到,在表面的乱象背后,市场经济对于90年代以来文学所产生的那种决定性的重大影响。"……在90年代,最根本的变化是中国全面转向'市场经济',意识形态的弱化和向大众媒

---

① 谢冕、张颐武:《大转型——后新时期文化研究》,黑龙江教育出版社1995年版,第43页。

体转移，使当代文学开始大步迈入市场经济的历史轨道。这是90年代后当代文学大变的根本原因。"① 考虑到20世纪90年代以来当代文学的实际状况，这样的判断还是可以令人信服的。在此情势下，人们都普遍认为新时期文学作为一个相对完整的文学时期已经终结了，完成了自己的使命。先锋小说预示了这种转折与变化，新写实小说和王朔的横空出世则宣告90年代文学业已开始，中国当代文学由此开始进入一个新的时期。

主要借助市场经济的推动及其带来的广泛影响，20世纪90年代以来的文学不再有"轰动效应"，也不再仅在与社会现实同声共气的意义上确立其价值。无论是新写实小说对于"原生态""零度叙事"等美学追求的强调、对于小人物鸡零狗碎生活的写实性描写，还是王朔站在体制之外对于市场经济时代个人生活的直接描写、对于体制内生活的嘲笑与调侃，尤其是对于市场经济大潮的直观呈现等，都因此洋溢着一种"失重"的美学快感。然而，就是这难得的秩序感也只是90年代初文学才有的情况，随着市场经济的持续发力，90年代以来的文学越来越呈现出难以归类的复杂特征。小说依然是最能体现这一特征的体裁之一。新写实小说之后，"新历史小说""新状态小说""新体验小说""个人写作""私小说"等都曾经作为一种命名的尝试去切近90年代的文坛动向，但除了"个人写作"或"个

---

① 孟繁华、程光炜、陈晓明：《中国当代文学六十年》，北京大学出版社2015年版，第140页。另外，洪子诚对此也有论述，他看到"……市场经济作为难以忽视的社会背景和对文学所产生的影响、规约力量，已明显内化为文学的'实体性'内容……文学的整体格局，不同文学形态的关系，文学生产、流通、评价方式，以及作家的存在方式等，也都出现明显的变化"。洪子诚：《中国当代文学史》，北京大学出版社2007年版，第328—329页。

人化写作"由于其内涵的相对确定性和外延的相对广泛性而继续得到使用以外,其他的命名常常随用随弃,鲜少能真正沉积下来。20世纪90年代以来文学一时间鱼龙混杂、热闹非凡,但确实再也难以找到一个有效的主题可以将之归拢。

从一个更长的历史时段来看,20世纪八九十年代之交市场经济推动下的当代文学新变,其意义可能比之于七八十年代之交的文学新变更有文学分量和力度。在一定程度上,我们可以笼统地将90年代之前的当代文学视为受制于社会现实因此无法摆脱"现代性"大业之焦虑的文学时期,在这一大的判断下,新时期的文学反叛尽管开始回到文学自身,开始致力于文学审美一面的追求,但当代文学的意义依然根本上要建立在与社会现实的同步之上。八九十年代之交才是这一法则消失的时期。这并非说90年代以来的当代文学完全与社会现实无关,缺乏大的关怀,而是说在市场经济的影响下,当代文学更多专注于生活的细部风景,专注于个人的小小天地,一定程度上远离了宏大题材。经济力量对于当代文学的形塑和影响明显更加弥漫,更加强悍,更加不可逃避,也更加有能力给当代文学带来大的冲击。这样,一方面,"因为约束文学的力量已经转化,文学能够按照社会广泛的需求进行生产,多种需要造出了多种文学,这就最后地瓦解了指定和倡导的文学主流现象。商品社会的性质和中国社会的历史积淀,构成了中国现有文学的多形态共生杂呈的特性"[1]。另一方面,也应该看到,文学的迅速边缘化已成为一个显明的事实。这样的边缘化位置虽然殊非预

---

[1] 谢冕、张颐武:《大转型——后新时期文化研究》,黑龙江教育出版社1995年版,第44页。

期,却也意外地给当代文学以充分的凝视自我的空间,从而能够在一定程度上远离依托社会现实的宏大叙事,而进行专注的个人化叙事和文学探索。

基于市场经济的催发,多元化确实成为20世纪90年代以来文学的重要特征,多元化格局的产生也说明中国当代文学已经不再有一个单一的主线。在陈晓明看来,90年代以后中国文学处于一个"去历史化"①的历史时期,多元化格局的形成正说明"去历史化"的成型。②当然,对于当代文学在90年代以来"去历史化"潮流的形成及其危害,我们理应有认真的清理和批判。无疑,这是一个宏大叙事解体的时代,考虑到现代性与历史化的一体两面之关系,某种程度上这也是一个现代性失落的时代。张颐武看到了现代性在90年代面临的新形势:"进入90年代……一方面'现代性'的承诺似乎已近在咫尺,另一方面,它却并不是按照'现代性'的设计到来的。相反是以'知识分子'的危机和'现代性'的终结为前提的。"③基于这一认识,他从市场经济的实用精神对"知识分子"和"现代性"的巨大冲击,大众文化及消费社会的世俗化进程,"后现代"和"后殖民"话语对"现代性"话语的冲击和反思等方面,更为直接地指出90

---

① 在现代性与历史化的双重视角下,陈晓明绘出1942年以来的中国当代文学的"历史化"地形图:全面"历史化"时期、超级"历史化"时期、"再历史化"时期、"去历史化"时期。参见陈晓明《中国当代文学主潮》,北京大学出版社2013年版,第21页。
② 参见陈晓明《中国当代文学主潮》,北京大学出版社2013年版,第517—518页。
③ 谢冕、张颐武:《大转型——后新时期文化研究》,黑龙江教育出版社1995年版,第53页。

年代以来从现代性到后现代性的文化转型业已发生。[①] 就 90 年代以来的文化而言，现代性是否已经转向后现代性当然还需要仔细的辩证思考，但 90 年代以来，当代文学确实已不再能凝聚为一个统一的主潮，当代文学确已进入一个新的文学时期，也是一个不争的事实。宏大叙事的解体，现代性那种大一统的文化范式或文学规范的瓦解，都昭示着中国当代文学已进入一个无比繁艳的多元化多层化发展的历史时期。

有一部分论者将 20 世纪 90 年代以来的文学视为后新时期文学，持这一观点的谢冕、张颐武在其合著《大转型——后新时期文化研究》一书中论道："我们把作为新时期延续具有巨变的文学时代称为后新时期文学，也可以说，这是中国进入商业社会时代的文学。这一文学形态将受到商品社会的极大影响和制约，经济的杠杆将给从写作、批评、推广、消费以至审美趣味、作品风尚等以全面而深刻的影响。"[②] 商业社会、商品社会等其实都意在指出市场经济对于中国文学的重大影响。在这一市场经济的逻辑中，"严肃文学"并没有所谓超升的捷径，它也只能与市场经济"同流合污"。只有到了 90 年代这一文学祛魅的时代，一部文学作品从写作、发表到包装、销售的整个过程也开始更加结为一体，成为一个必须对之做整体观察的过程时，弥漫在作家身上的那层神圣光环才开始无可奈何地黯淡下去。此前无论是作家还是作品都有神圣的含义，现在在市场经济的原则

[①] 谢冕、张颐武：《大转型——后新时期文化研究》，黑龙江教育出版社 1995 年版，第 53—54 页。

[②] 谢冕、张颐武：《大转型——后新时期文化研究》，黑龙江教育出版社 1995 年版，第 43 页。

下，从作家到作品则都突然显露出自身世俗或凡俗的一面，这对于习惯了此前文学的人们来说无疑是一种震惊体验。此外，在过去那个物资普遍不丰裕的年代里，作家由于生活在体制内，其基本的生活是有保障的，这一体制内外的界限确保了作家地位的尊崇，作家因为有权享受丰裕的物资及其他福利，而享有人们的普遍尊敬和重视。如今，随着市场经济的展开，体制内的生活逐渐落后于体制外个体户的生活，这就难免造成互相之间心态的转变。这就是经济的不可忽视的隐形作用。其实，市场经济唯利是图的本性是与生俱来、挥之不去的，市场经济的日渐开展也逐渐使得整个社会对于"利益"的考虑明显加强，20世纪90年代以来的文学在这样的环境中成长发展，其庸俗或消费主义的一面也开始逐渐明朗化、公开化，并成为见怪不怪的平常风景。

无可否认，在面向过去的时候，20世纪90年代以来的文学由于摆脱了"现代性"大业的负担而似乎有了无限的可能性，这也是很多人对90年代以来的文学充满期待的原因。人们简单地以为跨过胶着于社会现实的种种限制与规约，前面就是一片独属于文学的自由自在的广阔天地，在那里将有最为伟大的文学作品出现。但事实并非如此，事实证明文学品质的提升或跃进始终需要一个压抑性的对立面存在，文学始终需要戴着某种"镣铐"跳舞，这也许就是文学的重与轻之间的辩证关系，这或许也就是文学的难度与它的成绩之间的辩证关系。一味的轻，一味的自由恰恰可能是文学发展的死胡同，不到90年代，人们是不会获得这种新知的。如果说以"现代性"大业为核心的社会现实主要通过外部干预来影响文学发展的话，市场经济给予文学的影响则主要通过内部渗透的方式来达成。要么通过实际的经济利益的多寡来扭转人们对于文学的看法和认识,要么通过实用主义精神和消费主义文化等侵蚀人们的内心,从而改变文学的书写方式、动机与"消费"方式。从根源上来说,如果没有市场经济的充分发展,90年代以来的文学未必能够摆脱社会现实方面的压力,从而得以专注于文学自身的事。然而成也萧何败也萧何,市场经济不仅仅带给90年代以来的文学空前广阔的写作空间,同时也带给90年代文学空前严峻的实用主义精神和消费主义文化的冲击,从而严重影响当代文学的进一步提升和跃进。这就是市场经济动力的不可分割的两面。

二、个人化写作的涌现及其限度

"90年代中期以后,中国当代文学已经很难用潮流或鲜明的转折来描述其历史标记,更没有运动在其中推波助澜。后新时期之后,文学的现实已经难以在原来的历史格局中加以归纳和分类,当代中国文学开始进入一个个人化的写作和传播时代。"[1] 就严肃文学而言,这样的概括可说是勉为其难的概括,尽管指出了20世纪90年代以来(可能并不限于90年代中期以后)中国文学的一个根本性的特点或处境,但"个人化的写作"毋宁说是一直以来都存在的:从根本上说,每一个作家不管多么受制于外在的意识形态或其他限制,其写作都是个人化的,个人化是作家主体性的体现。这样,"个人化的写作"或"个人化写作"所意在凸显的"个人性"

---

[1] 陈晓明:《中国当代文学主潮》,北京大学出版社2013年版,第518页。

就成为一个相对含糊的表达。但对于90年代以来的中国文学来说，不如此含糊又怎能将那些无序、多元、多样化的创作实践一网打尽呢？这也是洪子诚在对晚生代的"个人性"特征考察时所注意到的问题："但诡异之处是，'个人性'可能也是类型和模式，因而无法避免被抽取其类同性特征的描述。"①陈晓明认为"个人化写作"是相对于20世纪80年代中国文学中的现实主义审美规训体系而言的②，这就给"个人化写作"以相应的文学史意义，尽管事实上如晚生代作家执意要挣脱的恰恰是文学史的束缚，他们愿意在一片文学史的空地上开展自我／自由的文学创作。不管晚生代作家有没有成功挣脱文学史的叙事，他们都表征了90年代以来文学的个人化写作趋势，这可能是摆脱了"现代性"大业重负之后当代文学必须经历的一个阶段：没有任何的依托，只有自我。但文学史由不得他们，他们的创作也势必要在文学史上得以界定梳理，才能真正获得一个"历史"定位。总之，"个人化写作"这一概念虽难免有一些内在的可堪辩驳之处，但作为一个有概括性的概念，它也的确概括出90年代以来文学卸掉社会现实的负载之后回归到个体写作的事实。

洪治纲等针对晚生代发言，指出真正的个人化写作的双重意味在于："一是展示自己作为此人而非彼人的个性色彩，使自己的叙事具备一种风格……二是表明自己的写作是从个人的观点去切入历史，切入当代生活，切入话语自身，并以此构成对权威话语和主流叙事的逃离……"③前者可能是

---

① 洪子诚：《中国当代文学史》，北京大学出版社2007年版，第357页。
② 陈晓明：《中国当代文学主潮》，北京大学出版社2013年版，第518页，脚注。
③ 洪治纲、凤群：《欲望的舞蹈——晚生代作家论之三》，《文艺评论》1996年第4期。

所有写作的一个普遍追求，不具有什么具体的意义，后者才是摆脱掉"现代性"大业重负之后中国当代文学的普遍走向。在当时那样的时代氛围下，人们有理由期待，以个人为写作的基点，个人化写作足以催生当代文学最为繁艳的文学实践。20世纪90年代以来的文学之丰富与多元根本上取决于市场经济广泛开展留给文学的多重发展空间与可能，但在具体的叙事立场上则取决于这种个人化写作立场的确立。文学此时终于回到个人，只在个人的意义上成立，这被认为为文学走向深刻和深邃扫清了障碍，廓清了迷雾。文学再也不用为社会现实提出的种种要求而焦虑，作家只需要面向自己的内心、自己的体验、自己的生活，并对之进行认真开掘，就被认为可以写出最有质感的作品。然而也应看到，在市场经济的大语境下，个人绝非绝缘的个体，而是在社会活动中尤其是社会经济活动中的个体；具体的个人一旦孤立地面对自己，面对社会，一种空虚与虚无的情绪总是不由滋生，渗透性极强的市场经济因此能够潜移默化地影响或形塑每一个个人的思想与追求。个人化写作的限度，在这个意义上，就是个人在面临市场经济时代种种诱惑与软性试探时，坚守自我的限度。它的得失成败，自然一言难尽。

三、实用主义精神的泛滥

20世纪90年代，实用主义精神几乎是无法抵挡地深入每一个个人的内心和现实生活中。90年代文学刚刚摆脱"现代性"大业的束缚，就不得不陷入市场经济的"陷阱"之中，相较于社会现实的硬性干预来说，市场经济的"陷阱"十分柔性，它潜移默化地侵蚀文学那高贵的品性，潜移默化地诱导文学走向实用主义与消费主义的牢笼，从而止步于深刻的门槛之外。这始终是 90 年代以来文学需要面对并克服的一个问题。

实用主义精神将文学乃至文化的关切点从"崇高"的现代性大业拉向庸俗的个人福祉考量，就新时期以来关于"人"的书写来看，这在某种程度上或许也是一个可喜的进步。回望历史，在"经国之大业，不朽之盛事"之文学观念统摄下的 20 世纪中国文学发出的大多是集体声音，而周作人意义上的"平民文学"作为一个有力的口号，却一直未能有效实现。1942 年以来农村题材文学一度成为中国文学的主流，但农民依然是作为现代性大业的陪衬而出现，关于农民早有一系列"盖棺定论"的观念，当代文学要依照这些观念而非依照农民的意志来表现农村、表达农民心声。如此来看，后新时期的确是一个文学祛魅的时代，当代文学一直以来赖以建立其权威效果的宏大叙事轰然解体。随着市场经济的深入开展，当代文学真正来到了边缘化的境地。"进入九十年代以后……文学在经济和物质的冲击、挤压下似乎成了一种被遗忘的存在，只能无可奈何地由中心走向边缘。文学只是在'触电'、包装、炒作等商业化的硝烟之中才能偶露一丝'纯文学'的峥嵘，各种各样的非文学的空洞叫喊已经吞没和掩盖了那些真正的文学崇奉者们默默前行的身影。"[①] 因此就不难理解为何王朔那种嘲讽式写作一出场就牵动了所有人的神经，却又受到新的道德化话语的猛烈批判。边缘化的位置几乎是对整个 20 世纪中国文学沉重现代性包袱的一次松绑，这对于中国

---

① 吴义勤：《在边缘处叙事——九十年代新生代作家论》，载孔范今、施战军主编，路晓冰编选《中国新时期文学思潮研究资料》(下)，山东文艺出版社 2006 年版，第 397—398 页。

文学来说是一次意外的解脱，但也不能不因此产生诸多问题。

20世纪90年代以来，一直以启蒙者的姿态自居的作家突然之间来到一个尴尬的境地，已经边缘化的中国作家不再能够假借一个宏大叙事来进行文学叙事，文学由此开始真正回到个人，回到个人的具体生活之中。一旦卸掉现代性大业的沉重负担，个人生活或个人利益与需求就难免不进入作家们的视野范围。实用主义精神从这个意义上来说首先是一种建立在作家对个人发现基础上的新精神。然而，在市场经济的利益驱动下，这种本来可能解救个人或个体的新精神很快便往偏激的和庸俗的方向发展，从而最终导致对于个人或个体真实心声与诉求的再一次遮蔽与掩盖。一方面，文学的边缘化使得一部分作家可以进行只对自己负责的"纯"文学创作，从而在一片自由的飞地上更加执着地奔向文学的理想；但另一方面，它也使得那些为文学之边缘化地位倍感沮丧落寞的作家时刻尝试以"曲线救国"的方式将文学重新带向社会的热点和中心，这就势必要与20世纪90年代流行的实用主义精神打交道，甚至受到其深深的影响。

20世纪90年代以来文学的实用主义精神之严重泛滥，其最大的原因可能在于实用主义精神乃是人之精神基本维度之一。"现代性"焦虑统摄下的当代文学在某种程度上同时能有效压抑这种个人实用精神的成长，伴随着90年代以来市场经济催生下的文学的空前自由，在个人化写作范畴下进行写作的作家们，一旦退回到个体、个体的立场，在经济决定一切的年代里，就很难不成为实用主义精神的俘虏。文学实用主义精神的一面就此凸显，成为一个不容忽视的文学事实。王蒙针对90年代炒得沸沸扬扬的人文精神所发的感慨①正是看到了人之私欲的自然释放。尽管王蒙将人文精神倡议者直接放在市场经济的对立面的做法，对于人文精神讨论来说有点文不对题，但他关于人之私欲的看法依然有启发意义。这就使人们看到实用主义精神乃是人之常情之一，20世纪90年代以来的文学只不过使之公开化了而已，而且90年代以来的文学并非因为实用主义精神就全然臭名昭著，它与实用主义精神之间的复杂纠葛仍有待进一步考察细究。

一切迹象表明，中国文学并未做好准备进入90年代这一文学祛魅的新时代。90年代以来看似混乱、杂乱、无序的社会思想并非没有一个中心，这个中心其实就是追逐经济利益。作家们无法拒绝经济利益对于个人福祉的诱惑，但由于刚刚从现代性大业的宏大叙事中退出而一时无所适从，作家们也不能不同时对经济利益尤其是文学界的经济导向进行批判。但可能连批判者都不得不承认，一个新的时期就此到来了，而以经济利益为核心的实用主义精神正在统领人们的思想。从这个意义上说，作家的实用主义精神之彰显也许只不过是反映了整个社会实用主义精神在崛起的历史事实。

正如有的论者所观察到的："五四以来我们沉醉其中的乌托邦幻想与意识形态似乎已飘然远行。在整个文化领域中都已无法看到昔日的恢宏景观，而是众多杂乱的、纷披的碎片。而在这些纷披的碎片中，新时期的理

---

① "与其说是市场经济使私欲膨胀，不如说是市场经济条件下人们的私欲更加公开化，更加看得见摸得着了。我们的目标不是建立一个人人大公无私的'君子国'……"王蒙：《人文精神问题偶感》，《东方》1994年第5期。

想精神和浪漫激情业已为一种新的'实用精神'的崛起所替代。"[1]从一个总体的趋势来看,从"理想精神和浪漫激情"向"实用精神"的转变可以视为20世纪90年代以来中国文学的新变。这一新变从一定程度上推动了中国文学在90年代以来逐渐明显的多元化趋向继续发展,但也毫无疑问带来了90年代以来文学的整体精神滑坡与品质下降。

四、消费主义文化的兴起

经历过20世纪90年代初期的混乱和不适应之后,90年代以来的文学不得不进入消费主义文化的统摄之中,文学与消费主义文化的联姻由此成为90年代以来文学的重要现象。90年代以来文学的分层化、多元化格局除了与实用主义精神划不开界限之外,也与消费主义文化的勃兴难分难解。在北京、上海、广州等大型城市,文学的消费主义倾向发展得最为迅猛。大众文化的崛起很大程度依赖于消费主义文化的日新月异的发展,并成为90年代一个重要的文化现象。如洪子诚所说:"90年代文化上的最突出表现,是被称为'大众文化'的通俗、流行文化,借助大众传媒的迅速'崛起'……它成为主要的文化需求对象,并基本上形成一套产业化的生产、运作方式。它广泛地渗透在人们的日常生活中,并逐渐成为'主流文化'中的显要组成部分。"[2]大众文化既打开了一个全新的文化空间和文学

---

[1] 谢冕、张颐武:《大转型——后新时期文化研究》,黑龙江教育出版社1995年版,第76页。
[2] 洪子诚:《中国当代文学史》,北京大学出版社2007年版,第328—329页。

空间，也使得文化和文学的消费主义倾向更加突出和明显。中国这个第三世界国家的奇异性就在于它可能是世界上少有的同时兼备前现代、现代、后现代文化的国家之一，在北京等地的高档消费空间里文学可能只是一个极具消费性的商品而已，在河南部分山村里文学则可能依然具有现代性的神圣含义。但无论如何，一个以对"物"的消费为主导的消费主义文化在90年代以来的中国语境中已然兴起，90年代以来的文学因此沾染上"物"的特质。从极具精神内涵的文学到更加凸显"物"之价值的文学，90年代以来的文学可谓经历了沧桑巨变。

消费主义文化天然地与现代传媒亲近，在消费主义文化的影响下，文学除了褪去其自身的精神内涵和神圣光环之外，还不得不主动或被动地与现代传媒发生千丝万缕的关联。身为先锋小说家的余华在20世纪80年代并不为更多人所熟知，到了90年代随着《活着》被改编成电影，余华的知名度猛然间提高，就是一个最为浅显的例子。90年代文学尽管回到个人化的写作立场之上，但有了现代传媒等推销手段的助力，却并不就是在孤独地写作，而是在所有媒体的目光之下写作，因此更加可能一夜成名。90年代以来那些获得好名声的文学作品大多都不得不借助现代传媒以达成文学消费之盛况，文学与现代媒体和消费主义文化之间的扭结与矛盾就此更加重重盘结。在市场经济的语境下，文学既不能断然拒绝或排除消费主义文化的渗入，也无力拒绝消费主义文化给出的巨大诱惑。此前在国家体制下作家的尊贵身份到了90年代几成一句笑谈，在生计与文学志向之前，作家们不得不时刻面临深刻的抉择，但无论如何，经济利益成为作家挥之不去的一个心结，也常常暗暗决定他们的写作方向与方式。

如果说 20 世纪 90 年代以来的中国文学可能有真正巨大的突破，市场经济的利益法则与文学相对无功利的诉求之间的张力和矛盾将是一个有力的突破口。在对消费主义文化趋迎与回避之间，当代作家恰恰可能将"纠结"化为"力量"，从而写出新的有分量的力作。也是在此意义上，陈思和惋惜于 90 年代"另类小说"的某种精神滑坡："从六十年代出生的新生代到七十年代出生的'新新生代'的作家们，一是因为置身体制之外，经济上需要市场的支持，二来也是因为青春期的寂寞，需要传媒来增加他们的知名度，所以，或多或少都接受了市场的包装和传媒的热炒。但是这样一来，他们创作中标榜的'另类'文化就变了质。"[1]需要指出的是，这可能并不仅仅是这些"另类小说"才有的经历，20 世纪 90 年代以来的所有文学作品都可以在这一意义上得到检视[2]。

五、因祸得福的 20 世纪 90 年代文学

然而，文学也可能在此严峻的形势下因祸得福，反向挺进，从而更加守护自身的本性，并在自身的意义上将文学继续推进，达成一定的文学创新。正因为对于实用主义精神、消费主义文化的入侵和经济利益有所考

---

[1] 陈思和:《试论 90 年代文学的无名特征及其当代性》,《复旦学报（社会科学版）》2001 年第 1 期。

[2] 一部文学作品若要流传，最为基本的前提是需要发表和出版，而文学期刊、出版社在 20 世纪 90 年代的消费主义文化大潮中也相继走向自负盈亏的市场经济调节模式，这就意味着对于文学期刊和出版社来说，经济利益是其最主要的文学考虑，因而消费主义文化几乎是不可避免地要入侵文学这块"净土"。

量,人们反而能够对"纯文学"有一个更加理性的认识,从而给予真正严肃的文学创新和尝试以必要的空间和包容。但是就普遍的情况而言,20世纪90年代以来,"纯文学"显然已经失去之前的轰动效应,也无法再获得什么普遍的关注,所谓"不死的纯文学"[①]的声称听来更像是一种绝境之中的呼喊。在某种程度上,正是因为"纯文学"或"严肃文学"的岌岌可危,才有如此坚决的对之的拥护。但正因为有此境遇,"纯文学"或"严肃文学"反而可以心平气和地独守一隅,继续推进相应的艺术探索。平心而论,即便是经历实用主义精神和消费主义文化的冲击之后,20世纪90年代以来的文学尤其是"严肃文学"依然产生出许多无愧于时代的空前优秀的作品。90年代以来的诗歌相对80年代诗歌,走向更加纯净的艺术境地,对于现代汉语张力的探索也卓有成效;90年代以来的散文更是百花争艳、蔚为壮观,抒情散文、学者散文、文化散文、西部散文、女性散文等争奇斗艳,极大地拓展了当代散文的"领土",更加个性化的散文精品的不断涌现不能不让人对散文重拾信心。就小说而言,90年代真可谓长篇小说的时代,几乎每一个活跃于90年代的作家都拿得出至少一部有分量的长篇小说作品,中国的长篇小说到了90年代才真正获得更加从容的气度和不凡的格调。女性小说家更是异军突起,撑起了一片自己的文学天空。

可见,在实用主义精神和消费主义文化的侵扰之下,市场经济对于文学也有一些基本的良性助力。最基本的助力可能依然在于市场经济将文学从现代性的大业的限定中解脱出来,文学成为作家个人的事业,从而解放

[①] 相关论述参见陈晓明《不死的纯文学》,北京大学出版社2007年版。

了作家的手脚和心胸，使之有可能进行大胆的艺术探索和精进。20世纪90年代以来的文学作品并非不切入历史或现实，但因为有了个人这一立场，就呈现出与此前文学截然不同的面貌。正是在这一个人化立场上的持续开拓，90年代以来的作家终成气候。即便是对于消费主义文化和实用主义精神，我们也应该辩证地来看待。尽管它们构成了对于90年代以来文学的重大冲击，但也并非仅仅具有负面的效应。在实用主义精神、消费主义文化与作家之间横亘着的，始终都是作家的主体性，因此能否坚持这一主体性，成为90年代以来的文学能否将实用主义精神与消费主义文化的负面影响屏蔽在自身之外的关键。

正是在这个意义上，"陕军东征"成为一个可以管窥20世纪90年代以来文学真实存在状况的窗口。1992年9月到1993年6月，陕西作家高建群的《最后一个匈奴》、京夫的《八里情仇》、陈忠实的《白鹿原》、贾平凹的《废都》相继在北京出版："这四部长篇，据说一部比一部量重，都有雄心问鼎中国长篇小说创作最高奖'茅盾文学奖'。这一举震动了文坛，被首都评论界称为'陕军东征'。"[①]在90年代初文学的实用主义精神和消费主义文化倾向日益明显的时候，这几部属于严肃文学阵营的长篇小说的集体亮相不禁让人心生激动。对于民族秘史和地域风情的郑重展现成为这些作品常常为人称道的地方，多数人倾向于认为从这几部作品中能看到90年代文学依然有可以保持严肃追求的希望。"陕军东征"于是成为90年

---

① 韩小蕙：《北京四家出版社推出陕西作家四部长篇力作：〈废都〉〈白鹿原〉〈最后一个匈奴〉〈八里情仇〉。文坛盛赞——陕军东征》，《光明日报》1993年5月25日，转引自张志忠《1993：世纪末的喧哗》，山东教育出版社1998年版，第101页。

代文学不可跨过的一个重大事件。

尤其值得一提的是陈忠实的《白鹿原》和贾平凹的《废都》。无论任何一个时期的读者，都不难发现《白鹿原》与《废都》之间迥然相异的文本风貌。《白鹿原》意在诠释"小说被认为是一个民族的秘史"，在文化溃败的20世纪90年代，《白鹿原》以其宏伟的篇幅试图在巴尔扎克的意义上建构中华民族的史诗。不消说，这是十分严肃的追求。但未曾想到的是，如此严肃的追求在90年代却也可能成为一些人眼中的消费主义文化的牺牲品或同谋者。正如张颐武所分析的："这本精心结撰的，多少有点沉闷的巨著恰恰变成了后现代文化消费的一件不可缺少的消费品，一件古董，一件说明品味的油画，一个'高雅'文化的代码。人们购买《白鹿原》并不意味着倾注他们对严肃文学的热情，而是他们对'高雅'的一种消费。"[1]张颐武试图在现代性/后现代性的意义上来诠释《白鹿原》在文化市场上的遭遇，给人一定启发。但他在"后殖民"意义上对《白鹿原》所做的分析[2]显然只能在理论意义上成立，并无助于真正切入《白鹿原》的内在。严肃文学或曰"纯文学"竟会与消费主义文化取得联系？这不见得是陈忠实的初衷，但却是《白鹿原》和陈忠实的命运，更进一步地说，是20世纪90年代以来中国文学的命运。

看似朴拙笨重的陈忠实在谈论《白鹿原》写作心得的时候，也考虑

---

[1] 参见谢冕、张颐武《大转型——后新时期文化研究》，黑龙江教育出版社1995年版，第159页。

[2] 参见谢冕、张颐武《大转型——后新时期文化研究》，黑龙江教育出版社1995年版，第157—158页。

到"俗文学的冲击"和纯文学面临的风险,这使得他在下笔之前就特别重视可读性的问题:"可读性的问题是我所认真考虑过的几个最重要的问题中的一个……我们的作品不被读者欣赏,恐怕更不能完全责怪读者档次太低,而在于我们自我欣赏从而囿于死谷。必须解决可读性的问题,只有使读者在对作品产生阅读兴趣并迫使他读完,其次才可能谈及接受的问题。"[①] 能够意识到读者的存在,并因为读者而考虑可读性的问题,这是陈忠实值得肯定的一面,然而也正是在这里透露出 20 世纪 90 年代以来的文学相较 80 年代文学的一个重要变化:从作家本位到读者本位的变化。而能否获取读者的青睐正是文学市场最重要的保障。不是说陈忠实有意要往读者那里倾斜或者这种倾斜有多么直接剧烈,而是说在陈忠实的创作视野里,多了一个文学市场的考虑,这就可能带来其写作的根本改观。《白鹿原》开头关于白嘉轩与 7 个妻子之间性事的直接描写几乎不亚于《废都》中颇受争议的性描写,统观《白鹿原》,更是不难发现在"民族秘史"的底下有大量直露的性描写,这些性描写很难说都与小说主旨有必要的关联。不得不说,这种开头颇有消费主义文化影响的可能性。《白鹿原》从出版到销售整个渠道都是在"严肃文学"的旗帜下进行宣传,但在 20 世纪 90 年代,"严肃文学"俨然已经成为一个特定时期内文学消费的热点,从而可以作为图书销售的"卖点"。丝毫不用怀疑陈忠实写作严肃文学的初心,也丝毫不用怀疑《白鹿原》的文学品质,但《白鹿原》这样的作品显然无法仅仅在严肃文学的意义上来言说,而是不能不同时站在 90 年代

[①] 陈忠实:《关于〈白鹿原〉的答问》,《小说评论》1993 年第 3 期,第 10 页。

以来消费主义文化的意义上言说，才能真正打开理解它的大门。

与《白鹿原》相比，《废都》是一个更加奇特的文本，至今可能人们还在为《废都》到底是消费主义文化的标准文本——性描写在这里四处出没，一定程度上它可以称之为当代的《金瓶梅》，它的热销和引起的热议都无法与此摆脱干系——还是"纯文学"最为高深莫测的探索之作而争论不休。从任何意义上来看，这都不是一个传统的文本，虽然它处处显示出向以《金瓶梅》为代表的整个中国古典文学传统致敬的野心。在陈晓明看来，《废都》中庄之蝶的形象具有非常重要的现实批判意义："庄之蝶的形象是对在主流知识分子文化之外，始终存在的民间或非主流的文人形象的概括。在80年代追求现代化、思想解放、崇尚西学的时代，这类文人被严重压抑。在'文革'中，他们是'牛鬼蛇神'；在改革开放时代，他们是落伍者。但在90年代商业主义大潮兴起……庄之蝶显然复活了更为久远的记忆，也弥合了断裂已久的历史传统。"[①]庄之蝶形象的颓废因此可以视为中国传统文化业已颓败的象喻。面对20世纪90年代的精神困境，贾平凹试图求助于中国传统文化的复兴，但对于依靠传统文化去克服当下的精神困境，他又过于悲观绝望。于是，《废都》只能向着颓废美学的道路前进，那些随处可见的性爱场景只不过使这种颓废美学更加彻底，更加难以挽回而已："对于庄之蝶，只有以性欲的方式去与传统文化融为一体；对于贾平凹，只有逃逸到古典美学趣味中去才能确立艺术的信念。"[②]陈晓明因此能够宽容看待《废都》中弥漫的性场景和性话语，并将之视为贾平

---

① 陈晓明：《中国当代文学主潮》，北京大学出版社2013年版，第551页。
② 陈晓明：《中国当代文学主潮》，北京大学出版社2013年版，第552页。

凹在美学上的拓进。抛开对于其中性描写的道德化批评,如果将《废都》视为一个审美文本,它的确不仅语言精到、富有意味,而且几乎起死回生一般唤回了一个古典美的世界。在90年代消费主义文化和实用主义精神日益蔓延的情势下,这本身就是一种极大的审美挑战,也有力地揭示了时代的精神困境。

尽管认为《废都》"最好地表现了知识分子在文化话语中地位的沦落及对这种沦落的极度的恐惧",张颐武还是更主要地从《废都》诞生前后的各种传媒造势和消费主义文化声张出发,将《废都》视为消费主义文化市场的"一件极其成功的推销的范例"。对于具体的文本,张颐武也认为"……《废都》本身也洋溢着浓烈的商业气息,几乎处处都包含着对读者心理和无意识的精心的把握与控制,包含着刻意标帜的对社会话语的畏惧以赢得读者的好奇心"[①]。这与陈晓明的认识恰构成巨大的反差。如果从《废都》在90年代及以后的接受情况来看,张颐武的说法可能也是真实的,甚至更为真实——不是说《废都》刻意迎合消费主义文化,而是说《废都》在文化市场上客观地扮演了迎合消费主义文化这一角色。[②]

[①] 谢冕、张颐武:《大转型——后新时期文化研究》,黑龙江教育出版社1995年版,第151页。

[②] 这样的命运在阎连科的《坚硬如水》中也将出现,但相对而言人们对《坚硬如水》显然有着更大的包容和理解,这也许要归功于《废都》曾经所做出的努力和贡献。无论如何认识《废都》,它都最为醒目地标示出20世纪90年代文学的一个不可逃脱的命运:无往而不在消费主义文化之中,无往而不在文化市场的经济法则之中。

这并不意味着"纯文学"就此走向终结①，却多少透示出20世纪90年代以来文学雅俗界限日渐松动的趋势。《废都》透示出的问题也体现出90年代以来文学的一个重要面向：高雅文学与俗文学的界限确实不再那么泾渭分明。

20世纪90年代初，汪国真的诗歌一度风行大江南北，如果准确地定位汪国真的诗歌，它只能在大众文学当中找到一席之地。正如陈骏涛注意到的，到了80年代后半期，"在商品经济的大潮中，大众的文化心态产生了明显的变化：从教化性、认识性的需求逐渐向消费性、娱乐性的需求转移。于是，主要以迎合读者大众消遣和娱乐需求的通俗文学和纪实文学充斥于书市，吞噬了大量的读者，成为与纯文学分庭抗礼的强大存在"②。一直以来中国文学的现代性都以与民族—国家叙事融为一体的宏大叙事为基准，文学现代性的更加庞杂繁艳的面向因此受到冷落，夏志清将这一与民族—国家融为一体的宏大叙事传统概括为"感时忧国"，可谓精辟。在这一"感时忧国"传统之下，20世纪中国文学中通俗文学始终被冷待，是登不上大雅之堂的角色。90年代以来，伴随着市场经济的蓬勃开展，这一局面开始扭转。雅俗文学的界限日渐模糊，通俗文学或曰大众文学日渐兴起，并形成气候，"与纯文学分庭抗礼"这一说法一点也不夸张。在市场经济面前，一切都看销量，就这点而言，"纯文学"往往还

---

① "从《废都》以后，从《废都》的那些来自我们批评界的热烈赞美之后，我们还能划定严肃/通俗的界限吗？或者说，纯文学应该怎么存在下去呢？"参见谢冕、张颐武《大转型——后新时期文化研究》，黑龙江教育出版社1995年版，第154页。
② 陈骏涛：《后新时期，纯文学的命运及其它》，《当代作家评论》1992年第6期。

比不上一些经过精心策划的畅销书或通俗文学作品。后起的类型文学和网络文学也可以说是大众文化影响下通俗文学的又一次大规模实践，它们的持续风行很能说明这一通俗文学与纯文学分庭抗礼的事实。

消费主义文化的消费逻辑同时作用于雅俗文学，使得雅俗文学不能不因为共处这样的时代而具有一些相似之处，也不能不迫使雅俗文学尝试更多的融合可能。中国文学在雅俗文学之间的辩证由此再一次兴起。大量的"纯文学"作家会不时尝试写一些通俗文学或大众文学性质的文学作品，通俗文学或大众文学的作品也总是尝试运用一些"纯文学"的手法，这些都已经是20世纪90年代以来文学见怪不怪的常态。一切都以读者的需求和文化市场的效应为准。这也更加证明90年代以来文学分层化、多元化格局业已形成。大浪淘沙的潮流之下，如果选择站在"纯文学"的立场上，也许多少感觉文学在总体氛围上今不如昔，但一方面我们不妨试试站在通俗文学或大众文学的立场上去看待文学，这样90年代以来的文学甚至可以被称为盛期的文学；另一方面也应该看到90年代以来的文学环境毕竟是空前宽松的，只要是有心于"纯文学"志业的作家，坚持下去，就有可能收获不凡，如此倒不必在意通俗文学或大众文学的热潮到底多大程度上冲击了"纯文学"。

正是在这一意义上，应该理性看待池莉在20世纪90年代的文学转型。也就是说，我们更应该在大众文学或通俗文学的意义上来理解"池莉热"，而不是在"纯文学"的框架内对其进行严正批判，以至于认为："池莉的作品充分满足了当下部分读者尤其是市民读者在飞速变化的时代急于握住现实，甚至猎奇猎艳的心理。她越是走红，越说明她的叙事策略的'媚俗化倾向'，也说明了当代读者审美品味还有很大的提升空间。"① 这样的论述其实颇多问题，最大的问题还在于未能对 90 年代以来文学的市场经济转型有所了解，也未能对市场经济作为动力对于当代文学的推动作用有一个客观辩证的看待。按照这位批评者的逻辑，既然已经认为池莉的写作"朝通俗文学的方向又迈了一大步"，就不应该再在"纯文学"的意义上去严正批评池莉的所谓"媚俗化倾向"，或者起码应该对新时代文学的雅俗分合有清醒的认识，并在此基础上看待池莉的转型。进一步言之，通俗文学不正是以"媚俗"或迎合大众为审美趣味吗？这里论者也许主要还是对池莉从"新写实小说"向通俗小说的过渡耿耿于怀，认为这是一种精神滑坡或撤退，但站在大众文学或通俗文学的角度来看，这种过渡与变迁其实正是八九十年代之交以来当代文学一直都在进行的一个过程。文学的祛魅化在某种程度上也就意味着它有可能逐渐通俗大众化，如果不将文学的通俗大众化视为洪水猛兽的话，应该还是可以从中看到文学的新的可能和新的生机的。应该看到，市场经济的大浪淘沙，使得"纯文学"与通俗文学或大众文学的边界不再那么严整，作家在二者之间穿行往来也并非特别不妥，正是有了这样的宽容性空间，才给那些真正致力于"纯文学"志业的作家以比较宽容的创作空间，也才能够真正为建设一个多元、包容、多层次的文学环境提供可能。如此，比较内在的文学评判标准或意识才可能逐渐滋生。这对于中国文学的整体来说，不说利大于弊，起码是利弊互有的。

---

① 刘川鄂：《"池莉热"反思》，《文艺争鸣》2002 年第 1 期。

第二节　简论人文精神大讨论

"纯文学"与大众文学或通俗文学的界限之消长分合在20世纪90年代语境中可能还只是一个小小的事件,市场经济的逐步确立带给文学界的是一场更加巨大的冲击,不仅仅限于文学圈,而是波及文化这一更大的范畴。[①]时代变了,如今是以市场经济为主导的文学时代,市场经济对于文学的推动与制衡是90年代以来文学的最大现实。"纯文学"在90年代以来逐渐陷入危机,重要的也许不在于这种危机的出现,重要的更在于当时的知识分子和文学界乃至文化界对此危机的种种反应。"纯文学"陷入危机这件事,一石激起千层浪,在20世纪90年代的文化场域里掀起一股狂烈的辩论。正是在这场辩论中,中国文学向文化领域蔓延的趋势得以显现,而市场经济对于90年代以来文学巨大的形塑力量也有更加清晰的面孔。因此,有必要简述一下这场讨论,以对当代文学的市场经济动力有更

---

① "在90年代,一些小说的发表,传播和评价,以及由此引申的问题,不仅关系到作品本身,而且成为受到关注的文化事件。它们或者是引发文化论争的触媒,或者成为论争展开的'平台',从中折射出这个时代复杂的文化现象和文化冲突的某些'症候'。这类事件有:对王朔小说创作的争议,女性作家的'私人写作',《废都》《白鹿原》等长篇的出版,对王小波的评价,'现实主义冲击波',《马桥词典》事件等。"洪子诚:《中国当代文学史》,北京大学出版社2007年版,第351页。洪子诚的观察有很大真实性。无疑,这一文化事件的名单可以继续开列下去,这将会是一个长长的名单,它诉说着20世纪90年代文学所面临的冲击之剧烈,也意味着90年代文学势必要进行多方面的调适与改变。

第四章　当代文学的市场经济动力　　257

为全面深入的认识。

一、共识的破裂

"纯文学"的危机在"人文精神大讨论"中是一个中心议题,在讨论的过程中由文学到文化的辐射,则逐渐使得这次讨论成为一个重大公共事件。自1993年开始以来,人文精神讨论前前后后持续多年,讨论范围很快跨越文学圈而向整个知识分子界辐射,从而成为20世纪90年代一个重要的文化事件。90年代文学和文化所面临的困局以及对于这些困局的认识、理解、辩难与展望等构成这些讨论的核心议题,在这些议题的背后讨论双方最为根本的关切点在于知识分子的使命和地位之变化。正是在这一点上,双方的认识非常不同,且不能达成统一。像所有争论或讨论一样,人文精神讨论最后也不了了之,讨论双方依然坚持自己本来的理解,但知识分子的思想和言论在其以争议的形式呈现时,还是对于整个90年代文学和文化界产生了广泛影响,从而在一定程度上有助于人们对于90年代以来市场冲击下文学和文化的困局有较为辩证的理解。正如有论者所看到的:"……它是纯粹的民间性的,在知识分子自身的范围内展开,辩驳也好,反诘也好,都是纯学术性的,是文人自己的事情。虽然它无法彻底摆脱一切外来的干扰,却也把政治因素与文化论战区别开来,是几乎不带有多少政治色彩的。"[①] 这次讨论区别于此前比较大的文学争议或论争的地方

[①] 张志忠:《1993:世纪末的喧哗》,山东教育出版社1998年版,第247页。

在于它与政治的无涉，这充分体现出20世纪90年代以来的文学和文化已经置身于比较宽松的空气里。

人文精神讨论导源于1993年第6期《上海文学》刊发的一篇讨论稿：《旷野上的废墟——文学和人文精神的危机》。讨论在王晓明等几位文学批评家之间进行，讨论展开的具体原因可能与王朔现象有关，也可能与《白鹿原》和《废都》引起的争议有关，但更可能的则是与20世纪八九十年代之交以来中国文学所面临的种种变局与危机有关。"今天，文学的危机已经非常明显，文学杂志纷纷转向，新作品的质量普遍下降，有鉴赏力的读者日益减少，作家和批评家当中发现自己选错了行当，于是踊跃'下海'的人，倒越来越多……"[1]无疑这是一幅市场经济冲击之下文学的凌乱图景，经济利益正在驱动文学发生改变，而这个改变正在日渐严峻地进展。王晓明等的不安在于他们对于文学的理解近乎神圣[2]，且一直保持这种神圣的文学观念，不愿意随时代的变化而调整，而市场经济给予文学的冲击则将这一层神圣的面纱无情地撕去，从而裸露出文学的尴尬地位。在他们看来，这不啻一片精神的荒原。王晓明的忧虑从"文学的危机"到"人

---

[1] 王晓明等：《旷野上的废墟——文学和人文精神的危机》，《上海文学》1993年第6期，转引自王晓明编《人文精神寻思录》，文汇出版社1996年版，第1页。
[2] "照我的理解，爱好文学、音乐或美术，是现代文明人的一项基本品质……艺术，它正是我们从直觉上把握生存境遇的基本方式，是每个人达到精神的自由状态的基本途径。正是从这个意义上，文学自有它不可亵渎的神圣性。"王晓明等：《旷野上的废墟——文学和人文精神的危机》，《上海文学》1993年第6期，转引自王晓明编《人文精神寻思录》，文汇出版社1996年版，第2页。

文精神的危机",有一个跨越式的发展①,而这一跨越的达成其关键正在于对文学神圣性意义的强调;文学、人的精神素质、人文精神因此在同一个论述链上互相印证、互相支持。

参与讨论的几位批评家深入讨论了 20 世纪 90 年代以来文学界的各种精神滑坡的事实,从王朔到张艺谋到先锋文学和新写实小说,话题丰富。几位批评家袒露出来的真诚的确令人肃然起敬。"旷野上的废墟"这一具有现代性象征意义的意象透示出他们内心的某种焦虑和担忧,但在一个文学已经边缘化的时代里,文学的危机究竟有没有如此巨大的能够表征人文精神失落的可能性,却始终是一个疑问,也是他们最为拒绝接受的现实。王晓明等赋予文学神圣的意义与价值,这体现出超越世俗利益的深远关切,无疑是对于文学本体论的尊重,但这并不意味着文学在 90 年代以来的社会环境中就仍一定具有神圣意味。他们的固执与坚持,其实恰足以见证他们身上现代性的情结之深厚。现代性所召唤出来的悲剧情结和理想主义在他们身上的种种体现,在一个文学和文化日渐边缘化的历史时期,的确很令人动容,但他们在人文精神的指引下对于 90 年代以来文学和文化所下的批判也有些过于急切和偏颇,在一定程度上反而导致一种文化"专制"主义的诞生。现在来看,他们所认为的文学的危机未尝不是文学开始酝酿新变所必要经历的阵痛,而阵痛和混乱之后也许即将迎来比较平和

---

① "因此,今天的文学危机是一个触目的标志,不但标志了公众文化素养的普遍下降,更标志着整整几代人精神素质的持续恶化。文学的危机实际上暴露了当代中国人人文精神的危机,整个社会对文学的冷淡,正从一个侧面证实了,我们已经对发展自己的精神生活丧失了兴趣。"王晓明等:《旷野上的废墟——文学和人文精神的危机》,《上海文学》1993 年第 6 期,转引自王晓明编《人文精神寻思录》,文汇出版社 1996 年版,第 2 页。

的文学发展时期，迎来对于文学观念的新的认识。这一切终将与他们对于文学的神圣信念有所不同，他们只是不愿看到这一点或者不喜欢这一点罢了。

王晓明们所忧戚在心的人文精神的危机因为其比较抽象、比较宽泛的界定，随即招致大量的批评和争议之声。就抽象性来说，王晓明们认为："一种关注人生和世界存在的基本意义，不断培植和发展内心的价值需求，并且努力在生活的各个方面去实践这种需求的精神……用一个词来概括它，就是'人文精神'。"[1] 就宽泛性而言，王晓明们认为人文精神早已经失落，20世纪90年代市场经济冲击之下的文学废墟只不过将这一人文精神失落的命题更加显明地呈现出来而已。争议首先在于"人文精神"的界定和"人文精神"失落的确切时间。而关于"人文精神"这一概念，可能迄今也没有一个统一的认识，这毕竟是一个过于宽泛的指称，因为宽泛它能够广泛概括90年代以来文学和文化的整体状况，也因为宽泛它缺乏对于90年代以来文学和文化更为具体的针对性，失之于浮泛、空泛。对于人文精神失落这一说法，也有人提出相反意见："如果现在是'失落'了，那么请问在'失落'之前，我们的人文精神处于什么态势呢？如日中天吗？引领风骚吗？成为传统或者'主流'吗？盛极而衰吗？"[2] 王蒙的立论建立在对于文化专制主义的反省之上，在他看来，人文精神的提倡并非一件坏事，但如若将人文精神唯一化、神圣化，那就将是十分危险的。考虑到王蒙本人在中国当代文学历史中的特定遭际，他的顾虑或质疑并非没有理由，而人文精神的提倡者距离观

---

[1] 王晓明编：《人文精神寻思录》"编后记"，文汇出版社1996年版，第272页。
[2] 王蒙：《人文精神问题偶感》，《东方》1994年第5期。

念上的文化专制主义，似乎也真的只有一步之遥。王蒙对于人文精神质疑的参照系主要建立在市场经济和计划经济的对比之中，这是一个不小的偏移，但也正是这个偏移说明在"人文精神"的旗帜下，相关的讨论可以在多么宽泛的范围内展开，又可以走向多么不同的结局。

不管王晓明们对人文精神寄予多么超越性的诉求，无论他们如何试图在20世纪90年代理想主义失落的情况下重振理想主义，人文精神讨论的直接起因或根源都来自市场经济日渐兴起所带给文学和文化的那种巨大冲击。王蒙关于市场经济相对计划经济所带来的开放性的认识并非为王晓明们所拒绝，他们在意的是市场经济的负面效应。或者在历史的现场之中，他们在意的是那种文学的神圣性的凋落和实用主义精神、消费主义文化对文学和整个文化的渗透这一严峻事实。这是文学和文化在市场经济时代面临转型或正在转型的痛苦时期，这是一个巨大的变动时代。人文精神讨论在当代文学界乃至文化界所掀起的巨大波澜并没有呈现一边倒的趋势，而是形成众声喧哗的局面，这一方面可见这一文学和文化的转型或变动之剧烈，另一方面也说明关于新时期文学的共识已经破裂。[1]

共识的破裂或消失对于中国文学来说并非就是世界末日，一个没有共识的社会也将不再有过于单一的文学规范，人文精神讨论成为文学圈

---

[1] "80年代有关'异化''人道主义''文化热'等问题的论争居主流位置的文化群体对问题常有一种趋同的理解，有一种建立在问题意识和思想前提层面上的'共识'。但在90年代，文化论争中这种'共识'已经破裂。"洪子诚：《中国当代文学史》，北京大学出版社2007年版，第330页。

或文化界相对独立和自主的讨论和论争，这样宽松和民主的氛围可能正仰赖于人文精神之失落的始作俑者：市场经济。枷锁的挣脱并不意味着一个理想境界的到达，而在当代文学和文化圈，获得自由者势必要承受一定程度上一定时期内的孤独和茫然。人文精神讨论过去多年之后，在21世纪的今天，那些曾经令人迷茫和惊慌的文坛乱象和文化败象早已经成为见怪不怪的文学或文化事实，而当代文学正是在这样的情况下，逐渐走向真正更加从容的时代。在文学的分层化已经明朗化的今天，王晓明们忧心忡忡的"纯文学"并没有走向万劫不复的不归路，而是有着更加从容更加韧性的发挥，继续走在中国文学探索与创新的最为艰难也最为伟大的道路上。基于此，我们的确无法否认，市场经济打开了潘多拉的盒子，但从这个盒子里飞出来的并不全是魑魅魍魉，也有相当多的建设性的因子。

二、知识分子精英地位的失落

除了对于文学或文化"危机"的注目之外，也应该看到这一文学或文化"危机"和人文精神作为一种话语缘何进入20世纪90年代知识分子的视野之中。对于中国知识分子而言，也许后者更加重要，更有反思之必要。王晓明在人文精神讨论尘埃落定之后曾总结说："我曾说，'人文精神'的提倡其实是知识分子的自救行为，我今天仍然想重复这个意见。知识分子应该对社会尽自己的责任，'知识分子'这个词，本身就可以说是这种责任的代码。但是，在动手尽责之前，你先得要问自己：你拥有尽责所必需的思想能力吗？……"①人文精神讨论由此来看是知识分子试图自救的一种尝试。在一个文学或文化溃败的年代里，知识分子的批判和反思能力使得他们对现实的反馈最为敏感，他们有些愤激的言辞却也有力地表现了知识分子的境遇在20世纪90年代以来的重大转变：国家意识形态文化、精英知识分子文化、大众文化出现新的分化与组合，伴随着大众文化的强势崛起，精英知识分子文化在整个文化结构中的地位严重下降。这个世界不再需要高高在上的启蒙者，每一个人皆因其在社会经济结构中的独一份地位，而获得在社会上的独一份位置。大众文化用一种可复制的文化形式，恰好能够满足每一个体的最为日常的文化需求。习惯了启蒙者、精英身份的知识分子文化在此形势下，无可奈何地走向失落。人文精神的提倡因此可以看作是知识分子文化对于大众文化的一次严正批判，通过这种批判，知识分子试图重新回到整体文化结构的重要位置，召回昔日的尊严，却不过更加深刻地证实90年代以来文化格局的重大改变已经发生的事实。

与一种命定的"颓败"作斗争，人文精神的倡导者们一开始就显得无比悲壮，支撑这种悲壮的则是一种"神话"式的叙事法则。在张颐武的分析中，人文精神的倡导者"……设计了一个人文精神/世俗文化的二元对立，在这种二元对立中把自身变成了一个超验的神话。它以拒绝今天的特点，把希望定在了一个神话式的'过去'，'失落'一词标定了一种幻想的神圣天国。它不是与人们共同探讨今天，而是充满了斥责和教训的贵族式的优越感。它恐惧目前文化的复杂与多元，而以专横的霸权姿态确立自己

---

① 王晓明编：《人文精神寻思录》"编后记"，文汇出版社1996年版，第273页。

的话语权威。"① 这里重点在于对人文精神／世俗文化的二元对立的强调，人文精神的倡导者们并非不关心今天，也并非不支持或鼓励目前文化的"复杂与多元"，他们只是不能容忍世俗文化的日益风行，不能容忍世俗文化对于人文精神的侵蚀和破坏。人文精神与世俗文化的二元对立结构的设置暴露出人文精神倡导者有可能走向一种新的文化"专制"主义，这可能正是站在人文精神倡导者对立面的一些知识分子最为在意的问题。

因此张颐武强调："……我们不能拒绝崇高，但这种崇高也绝不能变为神话。'人文精神'也只有被放置于当下的语境中，与大众文化或'后现代''后殖民'理论一致，经受反思与追问。"② 这种对话语本身的反思可能是更加值得重视的。比之于知识分子对自身的反思来说，知识分子对自己话语的反思可能更加困难，然而正是在这个层面上，人文精神倡导者最需要直面自身。陈晓明针对人文精神的看法因此至今听来仍发人深省："事实上，知识总是被'生产'出来的，在这里，知识又是主体登上历史舞台的道具和背景。一些关于'人类性'、'终极'和'永恒'等等巨型语言，它们并不就是知识设定的目标，它们同样是被叙述出来的，背后未尝没有暧昧的历史情境，未尝没有具体的历史企图。"③ 人文精神是一回事，围绕着人文精神的一

---

① 张颐武：《人文精神：最后的神话》，《作家报》1995年5月6日，转引自王晓明编《人文精神寻思录》，文汇出版社1996年版，第141页。

② 张颐武将"人文精神"放在后现代、后殖民的论述范围内进行的论述涉及全球化的整体语境，既有前瞻性，一定程度上又不无曲解"人文精神"倡导者的初衷的偏斜。张颐武：《人文精神：最后的神话》，《作家报》1995年5月6日，转引自王晓明编《人文精神寻思录》，文汇出版社1996年版，第141页。

③ 陈晓明：《人文关怀：一种知识与叙事》，《上海文化》1994年第5期，转引自王晓明编《人文精神寻思录》，文汇出版社1996年版，第127页。

些话语及其话语建构方式是另一回事,在福柯的意义上,人文精神也应该被放在括号里,它的面目因此才能更加清晰。"一个多元分化的文化情境就只能概括为一个'文化垮掉'的时期么?很显然,这是一种描述,也是一种叙事,它是追踪、弘扬'人文精神'必要的历史虔诚,是道德化的职业态度理所当然的叙事方式。"① 陈晓明的反问揭示人文精神话语背后的隐而不宣的那些秘密。不过,反过来看,为何在一个文化多元分化的时代里,人文精神的倡导者还执拗地坚持人文精神?在历史的特定时刻,他们的真诚和严肃不可质疑,也不应该过分贬低他们对于文学和文化溃败的深深的忧虑之情。相对于已经多元分化的文学和文化时代,他们的文学和文化理想依然固执地在坚守在现代性的宏大事业那里。这种与历史错位、不合流的身姿使得他们成为20世纪90年代以来时代转型和文学转型最为醒目的路标。

第三节 "小叙事"的降临
——以新写实小说和晚生代为例

20世纪90年代以来,在市场经济动力的催发下,诗歌、戏剧、散文、小说等领域都在发生着天翻地覆的变化,这值得更加深入的探究,也需要更多的篇幅去论证。这里选取新写实小说和晚生代作为管窥90年代文学

---

① 陈晓明:《人文关怀:一种知识与叙事》,《上海文化》1994年第5期,转引自王晓明编《人文精神寻思录》,文汇出版社1996年版,第127页。

的窗口，正是建立在对 20 世纪 90 年代以来以市场经济为动力的文学史实的基本考察之上的理性选择。

新写实小说与先锋小说几乎同时或稍后出现，并在 20 世纪 80 年代末 90 年代初形成一定的声势。站在 80 年代文学的立场上也许不大能够看出新写实小说的革命性意义；站在 90 年代以来文学的立场上，这一革命性意义就十分明显了。如果说先锋派感知到文学意识形态功能弱化的现实并选择形式主义的极端突破策略，试图在一种极端主义的思路上开拓"纯文学"的崭新局面，并事实上挽回了"纯文学"最后的尊严的话，新写实小说则选择更为平实的角度切入无法升华的普普通通的现实生活，聚焦于褪去意识形态面纱的普通人及其平常生活，并倾力呈现从理想主义到乌托邦精神消解的历史进程[①]，从而在现实性的层面上寻找无法向意识形态的高度升华之时，当代文学可能的存在方式、书写样态和美学风貌。八九十年代之交，先锋派和新写实小说分别在形式和内容两个方向开始文学祛魅的历程，具体来说，先锋派主要在"语言乌托邦"和形式主义表意策略这方面开拓进取，而新写实小说则在呈现祛魅化的现实这方面探索前进。到了 90 年代，在先锋派解体之后，一部分先锋小说家也开始转向对祛魅化的现实内容的探查和对现实主义审美规范的部分回归，从而与新写实小说构成某种程度上的合流。因此，对于 90 年代以来文学动力的考察必然要求对新

[①] 在谈到池莉《烦恼人生》时，陈晓明认为："……它让读者认识到，我们这个时代的生活已经彻底丧失了乌托邦冲动，人们为日常生活所左右，为眼前的利益所支配。生活本身进入了一个散文化的时代，我们的文学如果不以蛮横的想象力进入一个绝对的语言乌托邦，那就回到平实无奇的日常生活，亲临其境，去咀嚼那些无聊的快慰和别有滋味的苦涩。"陈晓明：《中国当代文学主潮》，北京大学出版社 2013 年版，第 383 页。

写实小说进行相应考察。

与新写实小说相比，晚生代的作品可能是更加典型的20世纪90年代文学。无论是对欲望的毫无禁忌的表达还是对个人化写作立场的笃定，无论是对城市的书写还是对消费主义文化的趋近，晚生代的作品都最为有效地把握了90年代的内在特征，成为其某种程度上的典型表征。说晚生代的作品是典型的90年代文学，并不意味着晚生代的作品达到了90年代文学的最高度，而主要是就它作为90年代以来以市场经济动力为驱动的当代文学的有力表征与代表[①]而言，它获得其典型性。因此，对90年代以来市场经济动力的整体把握，亦不可忽略对晚生代做细致的剖析和思辨。

一、新写实小说的文学祛魅

也许是有感于1993年前后人文精神讨论而发，更主要的是对市场经济之下文学的境遇更加深入的认识使然，刘心武在20世纪90年代提出"直面俗世"："在眼下处于转型期的中国，作家和批评家应该首先直面俗世，才能有一个坚实有利的站位。"[②] 其实，在中国当代文学范围内，直面

[①] 20世纪90年代形成一定声势的文学方阵尚有女性文学、第三代诗人、美女文学等，但女性文学过于沉浸于个人化生活或私人生活的叙写，第三代诗人则专注于诗歌修辞性力量的建设，美女文学则过分地受到了消费主义文化的浸染，在一定程度上都不如晚生代那样对现实有深刻的探勘、对90年代社会有一个批判性的发现和呈现。

[②] 刘心武：《直面俗世》，《中华读书报》1995年4月5日，转引自孔范今、施战军主编，路晓冰编选《中国新时期文学思潮研究资料》（下），山东文艺出版社2006年版，第76页。

俗世早在20世纪80年代末就已经有人在悄无声息地实践了，只不过那时的人们还在为先锋派的大胆形式主义探索感到欣喜、惊讶与不知所措，直面俗世的这一批作品直到90年代才渐渐受到重视，成为一个重要的话题，并在新写实小说这一名号下得到广泛讨论。

新写实小说这一名号与《钟山》杂志的策划有直接关系，因此也可以说是文学期刊的一次成功策划，其间也有不少曲折故事。[1]1988年10月，《钟山》与《文学评论》联合召开"现实主义与先锋派文学"的讨论会，提出"新写实小说"这一概念。"新写实小说"的含义在1989年《钟山》开辟的"新写实小说大联展"专栏里得到界定，除了强调不同于此前的现实主义和当时已经接近尾声却声势甚大的先锋派之外，还特别强调："……这些新写实小说的创作方法仍以写实为主要特征，但特别注重现实生活原生形态的还原，真诚直面现实，直面人生。虽然从总体的文学精神来看，新写实小说仍划归为现实主义的大范畴，但无疑具有了一种新的开放性和包容性，善于吸收、借鉴现代主义各种流派在艺术上的长处。"[2]这样的界定其实相当模糊，新写实小说因此包罗广泛，体现出命名者与界定者对于当时文坛现状进行命名与概括的野心。[3]

一个概念过于宽泛和模糊也就面临着丧失其有效性的危险，一般公认

---

[1] 参见陈晓明《中国当代文学主潮》，北京大学出版社2013年版，第379页。
[2] 洪子诚：《中国当代文学史》，北京大学出版社2007年版，第295页。
[3] "划在新写实名下的几乎包括当时所有的没有明显现代主义或先锋派特征的青年作家……因为先锋派作家在90年代初的向写实靠拢，苏童、余华、格非甚至王朔等人的作品也一度被称为新写实……"陈晓明：《中国当代文学主潮》，北京大学出版社2013年版，第380页。

的新写实小说家主要是池莉、方方、刘震云、刘恒等几位，他们自20世纪80年代末以来的作品显示出大致一样的文学追求和审美风貌：内容上聚焦普通人的日常生活，不再依托社会现实来给予生活以崇高意义，美学上则是近乎冷静的"零度情感"的叙事态度和"原生态"的美学风貌，一种强烈的消解乌托邦的渴望从对鸡零狗碎的生活平铺直叙中涌溢而出。无疑，这是意识形态缩减之后文学对于当时现实的最初反映。也许是出于对文学的"载道"意义的有意反拨，这些作品对于文学的宏大意义绝对摒弃，从不试图在"现代性"大业的意义上确立其叙事的意义。回过头来看，这些试图与"载道"绝缘的作品其实都有着自身的隐秘追求，这使得它们所呈现的那些褪去光彩的生活和普通人更多具有一种灰色的调子，在此背后，作品试图传达一种特定的关于生活琐碎、颓败、平庸等的观念。应该说，这并不就是对于当时现实的如实呈现，或者说在如实呈现现实的名号下，新写实小说其实自有自己的美学追求与解构指向。但也正因此，新写实小说的革命性意义才得以彰显。等到90年代经历过市场经济的有力冲击，人们已经能够理性认识到意识形态弱化的现实之时，新写实小说就不再能够引人注目了。透过这种境遇的变化，其实可以看出新写实小说的那种革命性企图。与它看似冷漠的叙述态度和看似庸常的叙事内容相比，它并不试图与庸俗不堪的现实"同流合污"，依然显现出一定程度上的精英立场和知识分子情怀。它所谓的甘于平庸与琐碎，不过是对平庸与琐碎的更为切近的批判而已，只是这种批判打着"零度叙事"的旗子，不太容易被轻易辨认。

新写实在20世纪90年代短暂风光之后迅速瓦解，根本的原因在于那些看似客观冷静的生活直叙其实有着潜隐的文学"革命"的诉求，一旦当代文学打开了更宽广的探索空间，"写什么"与"怎么写"不再成为一个问题，新写实小说也就不再有继续存在的必要。在一个文学逐渐失去轰动效应的历史时空内，以拒绝"载道"的方式表达对庸俗现实的反抗，这是新写实小说的张力所在。这使得新写实笔下的鸡零狗碎的现实叙写，并不如其所述，而是具有相当的革命意义。池莉在90年代的转向及其获得的另一个层面上的成功，显然已经脱离了新写实小说的初衷，人们也一般不再在新写实小说的意义上来看待池莉的那些作品。这同样可以说明新写实小说本身具有的那种革命性意义和反抗精神。显然，新写实还不是典型的90年代文学，但它所具有的革命性意义已经昭示了或曰开始了20世纪90年代文学的诸多面向，这是新写实小说不会被文学史埋没的关键所在。

（一）小叙事的降临

在现代性的意义上，新写实小说表明文学正在卸下"现代性"大业的担子，不再以与社会现实同频共振为理想抱负，文学开始回到日常生活，回到个体生活的维度。无疑，文学正经历从宏大叙事到小叙事的转型。

整个20世纪中国文学都在现代性的巨大焦虑之中不得脱身，这也使得中国文学一直在"现代性"大业的意义上确立其基本意义，审美现代性一面的诉求一直无力伸张或真正有力地伸张自己。80年代末，先锋派率先开始溢出"现代性"大业的框架，形式主义的表意策略使得先锋派多少伸张了审美现代性一面的内涵，中国当代小说也由此可能走向艺术的全面解放。但先锋派一直为人诟病之处就在于其对于现实处理能力的孱弱，小说并非只有处理现实才有力量，但在中国文学的语境中，这样的要求也并非不合理，在某种程度上它甚至能够决定一种文学形式的命运与前途。不管先锋小说开创出多少可以自豪的艺术经验，中国文学现实主义审美体系还是有着强大的力量，文学处理现实的能力仍一直被作为评判文学水平高低的重要依据。与先锋派在处理现实方面的无力不同，新写实小说正是在处理意识形态缩减后的现实这一意义上为人称道。新写实小说无一例外地聚焦于普通人及其日常生活。在这些作品中，剥离了"载道"的诉求，这些普通人及其日常生活不再等待一个超越性的飞升，而径直就是自身，没有任何依附的自身。也只有在这时候，普通人及日常生活才算回到自身。直面现实，直面俗世，这就是新写实得以挺立在文学史上的重要凭依。新时期以来"大写的人"在新写实小说这里成为彻底的"小写的人"，如果说先锋派对于这一变化的触及由于包裹在形式主义的表意策略之中而多少有些"隐晦"的话，新写实小说则显示出其直接性、明确性与公开性。

新写实小说所直接聚焦的普通人无一例外都是小人物，在历史上不会留下姓名，是籍籍无名之辈。普通人一直被视为浩浩荡荡的大历史之中的无名力量，他们没有清晰的面孔，没有自己的思想，只是作为宏大叙事的边角料或衬托物而存在，现在是他们站立在生活的地平线上，成为生活的主人。其实长久以来他们就是自己生活的主人，只是在现代性意义上的宏大叙事的视野下，他们总是无法摆脱被"牺牲"的命运，他们一直无法讲述自己的故事，发出自己的声音。普通人在现代以来的中国文学史中并非不曾得到表现，而是不曾如此被表现，不曾在"现代性"大业之外的意义上被表现。在新写实小说中,普通人作为一个独立的个体得以在自身的意义上被认识。正如陈晓明注意到的:"关注普通人或底层人的故事,当然不新鲜,现代以来的无产阶级革命文艺就强调要反映劳动人民的生活。然而,这种反映一直是在讲述革命话语,是为了表现普通人受压迫的境遇,从而唤起革命愿望。另一方面,所谓劳动人民的形象一直是革命乌托邦的想象,它作为历史主体,寄寓了革命未来的期待。"[1]一方面,市场经济及其雏形商品经济的充分发展使得普通人逐渐走出"现代性"话语的束缚,从而给予新写实小说聚焦普通人的历史机遇;另一方面,这一机遇的出现也是一种开启或揭示,显露出一直以来中国文学对于普通人的表现多么"观念化",多么依赖于现代性意义上的宏大叙事。

正如论者所说:"新写实小说为20世纪90年代文学在另一个价值平面上的展开提供了新的地标。它消解生活的诗意,拒绝乌托邦,将灰色、沉重的'日常生活'推到了时代的前面。"[2]在王安忆等人笔下,日常生活自有其不可取代的建立在个人性意义上的意义,那是为时代大风大浪触及不到的生活的角落,但对于个人来说,却也成为一片自足的小天小地。因此日常生活本身无所谓诗意不诗意,重点是人们赋予它什么意义,现代以来的中国文学对于日常生活的呈现都无法摆脱现代性的焦虑,因此那些最为日常的个人生活也不得不在现代性的意义上获得或是批判或是赞扬等褒贬不一的评判。更常见的情形则是日常生活的被驱逐,这也是为何沈从文、张爱玲在文学史中一度被轻视、被忽视的部分原因。20世

---

[1] 陈晓明:《中国当代文学主潮》,北京大学出版社2013年版,第383页。
[2] 旷新年:《写在当代文学边上》,上海教育出版社2005年版,第90页。

纪 90 年代以后，日常生活能够不再依托现代性的意义，而独立成就其意义，这是十分重大的变化。日常生活叙事强调日常生活自成一体，它不需要有什么深刻的意义，也不需要负载多少"现代性"大业的诉求，它仅仅在自身的意义上确立自身，它不是任何宏大叙事的前奏，它就是一支单独奏响的曲子。

普通人一旦站立在地平线上，普通人的生活也就成为新写实小说表现的重点内容。无论是池莉的《烦恼人生》对于普通工人印家厚一天生活的平铺直叙的呈现，还是刘震云《一地鸡毛》对于小林日常生活的事无巨细的描绘等，都不试图给出更加深刻的"现代性"意义或者宏大诉求，而仅仅在日常生活的意义上对普通人的生活给予"客观"呈现和隐蔽的"礼赞"。只有走出宏大叙事的统治之后，当代文学才可能如此大胆、如此直接地走入日常生活叙事的论域。日常生活叙事的意义并不仅仅限于对于日常生活的捕捉、发现和表达、呈现，有鉴于对于普通人的书写在现代以来中国文学中的经历和遭遇，日常生活叙事更为在意的显然是凸显文学对于"载道"的摆脱和对于宏大叙事的偏离。在一定程度上可以认为，新写实小说揭示了 20 世纪 90 年代以来中国文学的一个重要的历史转向：在宏大叙事解体之后，日常生活叙事等小叙事成为 90 年代以来文学的重要构成。[①]

---

① 20 世纪 90 年代初王安忆的《叔叔的故事》掀起了一股不小的高潮，这个小说在叙事层面、精神探索层面和语言层面等都做出可喜的探索，但其主要的意义还是在于揭示出宏大叙事的虚幻和虚假，从而凸显一种日常生活的坚实可靠性，凸显日常生活叙事在 90 年代的普遍和流行。

（二）现实主义文学的丰富与拓展

新写实小说是对于现代以来现实主义审美体系的一次反动。在写实的表面下拆解掉"现实主义/历史本质"之间的一一对应关系，使得现实主义不再往观念化的层面升华，从而拓宽或丰富了中国的现实主义文学。

在20世纪中国文学的语境下，现实主义总是与整个国家的现代性诉求紧密联系在一起。在某种程度上，中国现代性的不断激进化之路同时也就是中国现实主义的不断激进化之路。现实主义不仅被认为能够客观全面地再现社会现实，而且被认为能够表现现实的本质层面和历史的深刻本质。这就使得现实主义再现的总是一种观念化的现实，一种提前预约了历史本质和现实本质的现实。在应然和实然之间，中国的现实主义总是更加倾向于"应然"一面的诉求，在一定程度上甚至忽略了实然。如此来看，能否真正理解这"应然"的一面，乃是理解20世纪中国文学现实主义审美体系的关键所在。在这一审美体系之下，现实主义通常被视为一种提前本质化了的现实主义，或说是一种浪漫主义化了的现实主义。30年代社会主义现实主义的引入，尤其是50年代后期以来"两结合"创作方法的发明，都体现出浪漫主义始终是中国现实主义文学的魂魄所在或力量源泉。

"……社会主义现实主义的理念最根本的意义在于要从理想性的高度去表现社会主义时代的现实，这是它的抱负，也是它的难题。理想本身是超越现实的，无法在经验的意义上和日常逻辑关系中得到直观和直接的揭示，理想性在现实主义的理论中要占据主导地位，并且还要获得合法性，这是现实主义理论最大的难题。"① 从根本上说，现实主义是一切文学的创作方法之一，浪漫主义、现代主义、后现代主义都未尝不是一种现实主义，现实主义的关键在于对于现实做何理解。观念化或理想性的理解也是理解的一种，但社会主义现实主义及其表征的现代以来中国的现实主义审美体系依然不能不面对这个质疑：观念化的、理想性的对于现实的理解和探查是否也回避了本来的现实？反而成为对于现实的某种遮蔽？有了这样的视野或反思，我们才可以理解为何新写实小说特别强调"零度叙述"和对于生活的"原生态"呈现。打着现实主义的旗号，新写实小说实际要做的事情则是推翻现代以来现实主义的审美体系。相对于对于日常生活叙事的专注而言，新写实小说美学上的反叛还要更加有力一些，也更能透示出它对于20世纪90年代以来文学的某种启示或开启意味。

"零度叙述""零度情感"等说法一般被认为来源于罗兰·巴特"写作的零度"一说，但新写实小说的"零度叙述"或"零度情感"显然对"写作的零度"进行了相应的本土化改造，着重强调"叙述者持较少介入故事的态度，较难看到叙述人的议论或直接的情感、价值评价"②，意在祛除对于现实的主观化理解和理想性升华的可能，从而专注于那些基本的生活事实和现实细节。③ 新写实小说的那些代表作如《风景》《塔铺》《烦恼人生》等几乎都是对于生活事实的基本呈现。新写实小说令人信服地证明：

---

① 陈晓明：《中国当代文学主潮》，北京大学出版社2013年版，第90页。
② 洪子诚：《中国当代文学史》，北京大学出版社2007年版，第296页。
③ 有关新写实小说"零度写作"与罗兰·巴特"写作的零度"之间的关系，可参阅陈晓明《中国当代文学主潮》，北京大学出版社2013年版，第381页。

现实主义只要回到基本的生活事实，一种冷酷的生活图景便会不加掩饰地到来。

"原生态"是新写实小说身上的另一个标签，"还原生活"是其基本的意图，尽管说任何"还原生活"或复原生活的"原始"状况都不可能真正在文本中得以实现，但新写实小说依然在对于现实主义审美体系的反拨之中，在对于"原生态"的追求之中，将生活的某种刻骨的"原始"情状给予了有力呈现。某种程度上，这就是没有"现代性"大业灌注的生活本身，没有历史本质，也没有观念化和理想性因子的渗入。尽管从根本上来说，这样的生活仍有其不言自明的诉求，所谓"原生态"的生活也绝非就是日常生活本身，"原生态"也未尝不是一种文学"革命"，但这样的给予生活"直陈"的书写还是让人感到过瘾。但也应该看到，与现实主义审美体系过于明显的对抗意图，也使得新写实小说对于现实的表达和呈现日益走向逼仄的境地。正如洪子诚对新写实小说家的评论所示："'原生态'……使他们的创作切入过去的'现实主义'小说的'盲区'，当然也因此产生新的'盲区'。"[1]

无论如何，新写实小说写出了一种远离本质化了的社会现实，也远离现实主义审美体系的生活，在当代文学史上，它从表现内容和美学诉求两方面做出了相较于先锋派更加平实化的文学探索，从而使得20世纪90年代以后中国文学对于现实主义文学的再行探索有一定的基础，也使得其时的现代主义文学探索有更接地气的收获。虽言现实主义，新写实小说其实

---

[1] 洪子诚：《中国当代文学史》，北京大学出版社2007年版，第296页。

更大程度上是一次现代主义的尝试，那些"零度情感"之下对生活"原生态"的呈现并非就是一盘散沙的鸡零狗碎的日常生活，而是往往有着反讽意义和解构企图的对于生活的另一种"形塑"。正如论者所注意到的："在某种意义上，新写实主义得益于西方现代主义的东西，要远远大于主流现实主义，他们的那种追求绝对客观化的写真态度，未必是在认同现实主义原则，而更有可能是领悟了现代主义（乃至后现代主义）的结果。"[1]美学上对于现实主义的反拨只有从现实主义之外汲取资源和能量，这正是新写实小说的做法，这给了它激进的反抗力量和美学锋芒。但也应该看到在现代主义或后现代主义的观念下，新写实小说对于20世纪八九十年代之交现实的"反映"也不能不是一种有选择的呈现，它的关注面和它的批判视角都显得比较窄。在对现实主义审美体系祛魅的意义上，新写实小说写下了重重的一笔，但随着市场经济在90年代以来的进一步展开，新写实小说笔下有革命意义的凡人俗世逐渐成为一种普遍化的存在，在真正的俗世到来之后，新写实小说所"有意"呈现的"小"人物的"鸡零狗碎"的生活，就不免显得特别失真。在这个意义上，新写实小说的革命性意义也就消失殆尽了。

20世纪90年代以来，现实主义文学的主导地位已经丧失，这使得现实主义文学更加复杂的面向能够被理性地看待和讨论。我们说现实主义文学的主导地位丧失，并不意味着现实主义文学的销声匿迹，而是说在一种多元化、分层化的文学大语境下，现实主义文学不再是唯我独尊的唯一文

---

[1] 陈晓明：《中国当代文学主潮》，北京大学出版社2013年版，第388页。

学样式,现实主义的审美规范也不再是唯一的审美可能。现实主义文学依然是20世纪90年代以来文学有力的一支,也曾掀起一些热烈的呼声与讨论,21世纪以后,"底层文学""非虚构文学"的提出,都是现实主义文学影响力的有力体现。

值得一提的是20世纪90年代中期以后现实主义冲击波[①]的出现。90年代以来的政治、经济改革及其对于社会的冲击影响广泛,官场及社会各界的腐败问题成为社会关切的焦点,这些都成为现实主义冲击波的重点表现对象,从一定意义上说,这是那种宏大叙事类型的现实主义叙事的回归,其针对的则是当代文学对于现实尤其是中国八九十年代"围绕经济建设这一中心"的历史变革处理能力的薄弱乃至孱弱。正如有的研究者有感于此所发的议论:"在我们的文学里,并没有表现出甚至哪怕是复制出这一现实世界真实而完整的图像,作为一种对象化结果的文学,与这一段历史现实在深度与广度上都不能形成对应的关系。"[②] 现实主义冲击波虽然未能持续太久,但也应该看到90年代以来,现实主义文学虽然有所弱化,却仍是当代文学的重要构成,是90年代以来文学多元化的重要一元。这就意味着现实主义文学有可能在新的语境下做出新的开拓与发展。

[①] "在90年代中期,'现实主义冲击波'最初指的是刘醒龙、谈歌、关仁山、何申等作家创作的一批小说出现的效应,后来,扩大指称90年代后期大量出现的以'现实主义'方法,表现当前乡镇、工厂、城市的现实生活,接触经济生活为核心的社会矛盾的小说在文学界产生的影响。"参见洪子诚《中国当代文学史》,北京大学出版社2007年版,第354页。

[②] 孔范今:《90年代现实主义文学的两次冲刺》,《时代文学》2000年第4期。

（三）乌托邦精神的消解

最后，新写实小说传达出理想主义失落、乌托邦精神消解的时代讯息，较早地触及20世纪90年代以来的时代氛围和90年代以来文学理想主义精神和乌托邦精神凋敝的现实。

无论是现代性意义上的由宏大叙事到日常生活叙事的转型，还是现实主义意义上对观念化、理想性升华的拒绝，其实都已经提示了新写实小说对于理想主义的拒绝和对于乌托邦精神的消解。20世纪80年代末新写实小说对于这一讯息的表达也许不无与文学的宏大叙事对抗的企图，也因此具有一定的悲壮性。人们可能要经过一番思考才能看到，新写实小说以一种"顺应"的姿态表达的其实是一种精神的反抗，以消解和庸常著称的新写实小说其实具有80年代理想主义精神的一面。但新写实小说的那些经典作品却又十分明确地传达出一个时代信息：80年代的理想主义精神显然已经难以为继。"零度情感"和"原生态"统摄之下的日常生活早已经成为无法捡拾的鸡零狗碎的日子，在如此简陋和简单的日常生活面前，一切理想主义和乌托邦精神都丧失了赖以生长的土地。因此，从另一个层面上看，新写实小说又表现出对于理想主义和乌托邦精神的彻底拒绝，这也是它在人们心中的一般印象。新写实小说对于变动的现实和时代精神是敏感的，它对于理想主义失落、乌托邦精神消解的直接表现等，都可以视为90年代以来文学整体时代氛围的滥觞或提前揭示。在当代文学史上，新写实小说由此呈现出其承上启下的过渡意义。

新写实小说家在20世纪八九十年代文化转型期比较早地开始聚焦日

常生活，他们以回避情感判断的方式表达对于日常生活的重新发现和认知，那些"灰色"和"沉重"的色调其实并非生活的本相，但却足以表达新写实小说家对于文化转型的某种敏感和内心矛盾。面对一个全新的文化转型时代，价值的重估在所难免，新写实小说家也在这一时代潮流之中，不能不经受某种内心波澜。但这却并不一定意味着新写实小说家与他们笔下那些黯淡的生活现实处在同一水平线上，也不一定意味着他们失却了理想主义和乌托邦精神。作家并不一定要认同于他笔下的生活或现实，作家与他的作品之间始终是有距离的。就20世纪八九十年代之交的中国文学环境而言，任何轻易或简单的结论都有将问题简单化的风险。

但批评者还是对此耿耿于怀，不无愤懑。"……所谓的新写实小说，却已经把日常生活写成只剩下油盐酱醋了——真正的、具体的、内部的、细节的、每个人都置身其中的日常生活在这些作家笔下几乎原封不动……"[①]谢有顺站在晚生代作品将日常生活与个人生命相接通的立场上，批评新写实小说对于日常生活的遮蔽，尽管锋芒毕露，不无偏激，却也有一定道理。然而，这并不能否定新写实小说在20世纪八九十年代之交以及90年代初单单书写日常生活就可能具有的那种革命性力量。也有论者将批评的矛头指向新写实小说家，将新写实小说所呈现出的理想主义和乌托邦精神消解的根源归结为新写实小说家本身精神信仰的滑坡："……那批所谓'新写实主义'作家的平静冷漠的叙述态度，真如有的论

---

① 谢有顺：《十部作品，五个问题》，《南方文坛》2001年第1期。

者所言,是一种有意为之的姿态吗?是否也同样反映出作者精神信仰的破碎,他已经丧失了对人生作价值判断的依据呢?"[①]没有理由去质疑人文精神讨论者对20世纪90年代以来文学所经历的精神滑坡的严肃关怀,也没有理由去断言新写实小说家是否已经"丧失了对人生作价值判断的依据",但重要的不在这些,重要的在于这种直接将文本与作者等同起来的批评方法所暴露出来的批评的草率与某种鲁莽。从文本中透露出来的理想主义和乌托邦精神消解的信息,直接推断新写实小说家自身精神能力的下降,这种做法非但不能揭示新写实小说家真正的思想活动和内心矛盾,在一定程度上还阻碍了对其作品进行更为深入的解读。如果能从这种将文本与作者直接等同的做法中走出,将可以看到新写实小说致力表达或者"无意"传达的乃是整个时代精神氛围的改变,是八九十年代以来理想主义和乌托邦精神失落的事实。新写实小说家只是记录者,是时代剧变的记录者,仅此而已。在揭示或预示时代未来的进向的意义上,新写实小说家反而值得称赞与肯定。

由池莉的《不谈爱情》,陈晓明读解出的正是这一层意思:"……这篇小说的篇名却是别具象征意义,它不仅仅表示家庭琐事和社会关系将爱情全部淹没,而且坦率地表示了这个时代理想化价值的彻底失落。"[②]新写实小说不给出任何亮色的寄托,它将生活固执地局限在生活的此刻和当下,在一片鸡零狗碎之中,生活找不到一个中心意义,也就丧失掉可以总结意

[①] 王晓明等:《旷野上的废墟——文学和人文精神的危机》,《上海文学》1993年第6期,转引自王晓明编《人文精神寻思录》,文汇出版社1996年版,第11页。

[②] 陈晓明:《中国当代文学主潮》,北京大学出版社2013年版,第383页。

义的机会。连爱情都被有意驱逐了，剩下的日常生活无非就是吃喝拉撒的庸常重复，日常生活褪去那层超越性升华的面纱之后，竟是如此的简陋粗鄙。新写实小说无疑让人感到震惊，震惊的不仅在于这一生活"真相"的揭示，还在于文学居然以如此冷漠淡然的态度对待生活，对待现实。这是理想主义和乌托邦精神的彻底消解，也是对20世纪90年代以来文学的一个提前展示。

不过20世纪90年代以来的文学早已不是铁板一块的严密整体，理想主义与乌托邦精神尽管经受市场经济的狂烈冲击，在一种普遍性的意义上不再风光，但依然在诸多散漫的个体的意义上得以重新集结，从而再度成为一个不小的文学现象。首先，这是就"纯文学"而言，在实用主义精神和消费主义文化侵袭的文化语境中，也许只有"纯文学"还会念念不忘精神的承担和理想主义的坚守；其次，就"纯文学"而言，这种对于理想主义和乌托邦精神的重申也不是十分主流的文学现象，但批评家的介入使得这一情况有可能在文学评论话语中占据主流位置。这就体现出在90年代市场经济的猛烈冲击之下，批评家的理想主义和乌托邦精神其实未尝稍减。在张颐武看来，90年代文学存在一种"后乌托邦"话语，并认为："它是'后新时期文学'的高级文学中的一种带有主流色彩的状况。"[①]通过对王家新的诗歌《帕斯捷尔纳克》和王安忆的小说《乌托邦诗篇》的分析，张颐武一方面看到当代知识分子对理想主义和乌托邦精神的深刻怀疑；另一方面也看到："……他们在确认了理想和乌托邦的令人怀疑和缺

---

① 谢冕、张颐武：《大转型——后新时期文化研究》，黑龙江教育出版社1995年版，第140页。

少根据之后，突然又重申了自己对理想和乌托邦的信念。他们在质疑了本体论之后，却又重申了对本质论的信念。"①为了说明这一"后乌托邦"话语在20世纪90年代以来的文学中并非个别现象，而是"一种带有主流色彩的状况"，张颐武从"走向'虔信'"和"走向母语"两个方面对其进行了更加深入的探讨。面对90年代庞杂的文学生态来说，张颐武论述的辐射面并不宽广，但就表达批评家在90年代以来的文学环境中仍然具有理想主义精神和乌托邦精神而言，这些已经足够。

显然，20世纪90年代以来，文学批评更加具有自主性的色彩，文学批评自身的理论化建设成为一项醒目的工作。相比此前的社会化的文学批评，90年代以来的批评无疑取得明显的进展，但90年代以来的文学批评也面临一个重大的挑战，这就是市场经济及其带动下大众文化的兴起，以及文化研究的横空出世。在此情势下，"在坚持传统文学批评观的作家、研究者看来，批评离'文学'，离作家创作越来越远，文本成为阐释有关阶级、民族、性别问题的材料，因而也受到严重质疑，一度有了'批评的缺席'的责难"②。现在来看，缺席的可能不是批评，而是传统的文学批评，而通过自身理论化建设和对文化研究的跟进，批评家的自主性得到进一步增强，他们也就感到有责任、有能力去面对90年代以来的文学现场，从而再次扮演"启蒙者"的角色。在90年代以来的文学现场，批评家的理想主义情怀和乌托邦精神在经历文化转型期短暂的混乱迷茫之后，很快重

---

① 谢冕、张颐武：《大转型——后新时期文化研究》，黑龙江教育出版社1995年版，第139页。
② 洪子诚：《中国当代文学史》，北京大学出版社2007年版，第332页。

新得以确认和巩固。尽管在整个社会结构中,文学批评家已经不能掀起什么大的风浪,但在文学这一范围内,文学批评家还是可以有所作为,那种理想主义情怀和乌托邦精神因此而长久不散。

这从上海市作协倡议下,全国百名批评家对于20世纪90年代最有影响的10部中国文学作品的选定中能够看得更加清楚。谢有顺在对这十部作品表示不满之后,将批评的矛头指向批评家批评意识的缺席:"……批评家在精神上的敏锐性已经大大地滞后……大多数批评家在90年代的生存现实和文学现实面前是失语的,缺席的。"[①] 比较张颐武关于"后乌托邦"话语的论述和这里对批评家的批评,能够发现在相当一部分批评家那里,理想主义和乌托邦精神依然存在,并且决定了其对90年代文学的遴选和看法。不同批评家的分歧可能仅在于对于理想主义和乌托邦精神的理解不同。谢有顺感慨于"批评家与普通读者之间已经形成了截然不同的两套评价系统和选择系统"[②],并在日常生活叙事的意义上举出90年代更加庞杂的有力量作品的另外的名单。但这些另外的名单并不能对于批评家的理想主义和乌托邦精神有所批判或超越,反而更证明了如他那样的批评家对于理想主义和乌托邦精神的另一向度的坚执。仅此而已。

就20世纪90年代以来这一祛魅时代文学的整体状况而言,理想主义和乌托邦精神的消解无疑是基本的和主要的,但也应该看到在作家和批评家等置身文学现场的人们身上,理想主义和乌托邦精神其实并未消减,反而显示出与祛魅时代较劲与拔河的态势。不仅是文学批评家尚有

---

① 谢有顺:《十部作品,五个问题》,《南方文坛》2001年第1期。
② 谢有顺:《十部作品,五个问题》,《南方文坛》2001年第1期。

一部分或大部分仍有理想主义和乌托邦精神，作家们也仍有不少仍然坚守理想主义和乌托邦精神，其中最典型的莫过于张承志和张炜了。20世纪90年代以后，"纯文学"渐渐成为一门独立的，但相对弱小的事业，这可能才算某种程度上真正回到文学的本义，不必为此大惊失色。当然，"纯文学"自身因此而走向封闭与僵化，是另一个需要严肃对待的问题，这里不予讨论。无疑，这是一个理想主义和乌托邦精神消解的文学时代，但这也不是一个理想主义和乌托邦精神消解的文学时代。这就是90年代以来中国文学的真实境遇。

二、迟到的晚生代

相比于新写实小说的过渡性特征，晚生代[①]的出现则可以宣告20世纪90年代文学的正式到来。90年代上半期的文学逐渐形成一些比较明朗化的特征：相较于先锋派的形式主义探索，它们一定程度上重新回到了故事和人物；相较于新写实小说过于"原生态"式的日常生活叙事——不能不说新写实小说家笔下的日常生活并非"朴素的"日常生活，而是刻意求偏僻求鄙陋的日常生活，体现出一种刻意去除"载道"负载的诉求，因此也在一定程度上再次疏远于当下现实——它们在一定程度上更加与90年代的现实紧密联系在一起，着力表现90年代变动的现实；

---

① 按照陈晓明的界定，晚生代主要包括何顿、述平、张旻、邱华栋、罗望子、刁斗、毕飞宇、鲁羊、朱文、韩东、东西、李冯、熊正良、鬼子等人。参见孟繁华、程光炜、陈晓明《中国当代文学六十年》，北京大学出版社2015年版，第214页。

更重要的可能还在于一种个人化立场的明确确立，无论是对于故事和人物的回归，还是对于 20 世纪 90 年代变动现实的呈现，都是在作家个人经验的意义上得到确立。作家个人的生存经验由此得到强调。如果说新写实小说的个人化立场还有"反抗危机"式的现代主义诉求的话，晚生代小说的个人化立场则是文学回到真实的个人生活的尝试，无关乎反抗什么。个人生活成为晚生代几乎唯一的题材来源，他们的写作与个人生活如此直接相关，生活与写作也由此结为一体。

（一）命名的变迁

晚生代这一有着明显类别特征，但作家之间又千差万别的创作群体的出现可能是无序化、无主潮的 20 世纪 90 年代以来文学的最后一次集结。此后的当代文学除了提倡文学关切社会现实、重回社会公共空间的底层文学、打工文学、"非虚构"写作等之外，就只能简单依靠代际来梳理出某种大概的线索。无论何时，用代际来划分一批作家，即便有再多条行之有效的理由，也只能是勉为其难的尝试。命名的尴尬其实来自 90 年代以来已然多元分化的文学现实。从这个意义上来说，晚生代是当代文学最后一次有力的集结，也潜在地从一些基本的层面上规约或提示了未来中国文学的发展去向。

"新状态文学""新表象""新市民""新生代""晚生代""六十年代出生群落""女性主义"等都曾经被用来描述这一群体，从这一庞杂的名单里不难见出 20 世纪 90 年代文学批评家面对新的文学动态的某种热情和热情之下的茫然无措。①20世纪90年代以后的文学一方面持续分层分化,多元化格局日渐稳固;另一方面更为根本的则在于文学标准的持续分化。作家不再能够在单一的题材或美学规范下写作,而是常常有多样化的写作尝试。这也确实让那些要强行为之命名的批评家们十分为难。

"新状态文学"这一提法最早赢得文学界的注意,并迅速引发相关讨论热潮。"新状态文学"主要的提出者为王干、张颐武、张未民。在他们看来,"新状态文学"体现出文学在20世纪90年代的最新发展,体现出与之前的80年代文学截然不同的风貌,因此是90年代文学亮相的真正开端。在对90年代上半期文学的全面考量下,一方面他们认为:"'新写实'和'实验文学'都不代表对八十年代形成的文学模式的自觉的超越,而是一种延续性的调整……它们在共同延续八十年代的人性探索、自我探索和艺术探索题旨方面,是非常明显和用力的,但其'探索'已经困顿,离当下的生活状态越来越远,态度也就越来越'冷'了。这样文学也就无法实现一种新的状态。"②另一方面他们认为:"经过'新写实'的调整(它毕竟提出了写生存状态这一主张)和'实验文学'的探索,随着九十年代中国社会经济和社会文化的日益深入的进展,今天看来,作家们慢慢地找到了自己的状态,文学创作也似乎形成了一种新的与当下生活相适应的迹象,

---

① 无论是"状态"还是"表象",都有些过于抽象,虽然能够表达这一群体写作的某些特点,但要推而广之,就不大现实。"新市民"这样的命名则过于靠近通俗文学的含义,就对纯文学现象的命名来说,多有不妥。"女性主义"尽管是这一群体的重要部落,但因为性别的限制也注定无法普及开来,"女性主义"后来成为一个单独的指称,用来指称20世纪90年代中国女性文学的兴起。
② 王干、张颐武、张未民:《"新状态文学"三人谈》,《文艺争鸣》1994年第3期。

小说和散文中表现尤其明显。"①事实上，三位论者在论述所谓"新状态文学"时，虽想要揭示一种普遍性，却其实仅仅论证了新状态小说这一特殊文学门类，对于诗歌和散文尤其是戏剧领域的新状态的探查或揭橥并不是没有，而是挂一漏万，不能说服他人。最关键的在于对于新状态文学的界定和新状态本身的界定，三位论者都仅仅提出一些泛泛而论的描述，并没有清晰的概念界定和理性色彩的把握。他们唯一强大的论据可能在于新状态文学实现了对于一种"新"文学的追求。②但是，求新难道不是一切文学探索者的特征吗？"新状态"到底是何种意义上的"新"？三位论者的论述因此并不能令人满意。

朱立元对于"新状态文学"的批评颇能揭示新状态文学这一概念的内在问题和外在混乱，但由新状态文学这一概念去推测命名者的"命名情结"③，并对当代文学相关研究者进行大范围批判，却也并不可取。新状态文学的三位论者的确敏锐地感知到了20世纪90年代以来中国文学的新的动向和变化，只是尚未找到合适、恰切的概念去描述它们而已。朱立元指责新状态文学"目的是要消解80年代文学对民族生存和社会的责任感，取消作家对人民精神、灵魂塑造和引导的使命感，把文学引导到纯粹个

---

① 王干、张颐武、张未民：《"新状态文学"三人谈》，《文艺争鸣》1994年第3期。
② 当他们强调文学要"勇敢地面对90年代的新生活，并表达对这个新生活的感悟，描述对这个新生活的感知"（王干、张颐武、张未民：《"新状态文学"三人谈》，《文艺争鸣》1994年第3期）之时，背后的逻辑支撑可能仍是现代性意义上的进化论思想或马克思的"物质决定意识""社会存在决定社会意识"等唯物论思想。不得不说，用这种决定论的思路来对待文学现象，有些失之于简单。
③ 参见朱立元《命名的"情结"——"新状态文学"论刍议》，《学习与探索》1995年第5期。

人、当下的随意、即兴的情绪宣泄的道路上去"[1]，并重申人文精神与价值在20世纪90年代市场经济大势之下更为需要坚守，而不是轻易放弃。不难发现，为朱立元的论述做支撑的仍然是他有些古典的文学标准和文学趣味。在90年代以来文学多元分化的语境下，他的立论虽然严肃可敬，但也在一定程度上偏离了90年代以来中国文学的现实，显示出某种不愿随时代变化而调整的文学古典主义与理想主义的顽固情结。

就20世纪90年代上半期的这一创作群体而言，"晚生代"这一说法目前得到比较广泛的认同，一定程度上推动了学界对于这一群体的研究走向纵深。晚生代这一概念的重点在于"晚"字，这是对一种迟到感的揭示，同时也有一种历史的承接与变迁的韵味。无论是"新状态"还是"新生代"的提法，都突出一个"新"字，然而经历过80年代以文学反叛为动力、求新若渴的文学时期之后，中国当代文学从创作者到接受者都不约而同地渴望文学创新的脚步能够慢下来，再提"新"，反而不容易触动人心。黄子平关于"创新这条狗"的戏言不知不觉已被冷却和遗忘。这是一个市场经济为动力的文学新时代，这是一个世俗的时代，市民文化的崛起使得文学保守主义思潮逐渐流行。并不是说晚生代的"晚"契合了文学保守主义思潮的诉求，而是说在一种文学保守主义乃至文化保守主义的整体氛围中，"晚生代"在"晚"而非"新"字上下功夫，就颇能够击中当时的世道人心，同时也能恰切地表征当时出现的新的文学创作群体的整体美学风貌和文本诉求。

20世纪90年代对于文学激进主义的反思和质疑最早来自海外，继而

---

[1] 朱立元：《命名的"情结"——"新状态文学"论刍议》，《学习与探索》1995年第5期。

在国内掀起一股反思热潮。站在致力于传统的创造性转化的立场上，林毓生对于20世纪中国思想史中"对中国传统文化遗产坚决地全盘否定的态度的出现与持续"深表遗憾，在此意义上，他不赞同以下理论预设："……如果要进行意义深远的政治和社会变革，基本前提是要先使人们的价值和精神整体地改变。如果实现这样的革命，就必须激进地拒斥中国过去的传统主流。"[①] 如同张志忠观察到的，海外学人研究中国文学和历史，其视角和理论资源都有可取之处，在一定程度上不乏真知灼见，但"必须指出，这些思考，有可能是隔岸观火……他们对于当代中国的历史进程，缺少亲身的体验，在把握上有很多困难和盲点"[②]。应该看到，中国文学走向激进化的发展道路是历史的必然。然而，90年代里，文化保守主义思潮还是在这样的海外声音的刺激之下不可避免地到来。这可能并不只是外因的缘故，更根本的还在于内因，在于中国文化在市场经济冲击之下走到了一个新的局面，使得文化保守主义成为可能与现实。不管晚生代的提出和论证者陈晓明有没有意识到"晚生代"这一概念契合了90年代以来先是暗涌后来逐渐汹涌的文化保守主义的大潮，二者的若合符节都是一个明显的事实。顺此，晚生代的创作在一定程度上也可以视为文化保守主义的产物。

"'晚生代'这一概念主要是指出他们在文学史上的迟到感：先锋派那批作家与传统现实主义构成直接挑战，他们的写作开始了中国当代文学艺术的新形式；晚生代出场时，这样的艺术挑战背景已经失效，他们不再具

---

① ［美］林毓生：《中国意识的危机——"五四"时期激烈的反传统主义》，穆善培译，贵州人民出版社1988年版，第2—3页。
② 张志忠：《1993：世纪末的喧哗》，山东教育出版社1998年版，第187页。

有变革的悲壮感，只是依靠个人经验写作……"[①]陈晓明这一论述的关键在于将晚生代放置在当代文学史的脉络中来论述，给予晚生代以一个清晰的文学史的定位。这一做法现在看来并无尖锐之处，但在当时还是要有极大的勇气。晚生代的出场按照他们自己的设想是以断裂的形式展开的。《北京文学》1998年第10期刊登了朱文发起、整理的《断裂：一份问卷和五十六份答卷》和韩东的《备忘：有关"断裂"行为的问题回答》，明显体现出他们要以"断裂"来向当代文坛决裂的意思。但一切文本的背后，总有支撑这一文本展开的更为强大的逻辑，在主流文学刊物上宣告"断裂"，这一方式本身就是在同当代文坛对话，尽管看上去这种对话很是激烈。纵然"蓬勃的历史已经终结，他们是文学史上'剩余的'一代人"[②]的事实既无奈又尴尬，但生在一个"纯文学"日渐边缘化的时代氛围里，晚生代其实时刻渴望为文学史所接纳。不然就难以解释何以他们要在《北京文学》上公开宣布自己的"断裂"。

　　相较于断裂，晚生代可以更准确地用"脱序"来加以概括。宏大叙事解体了，神圣性的意义消解了，统一的秩序不存在了，晚生代的创作普遍体现出的是一种脱序的冲动。他们总是执拗地将文学拉回到个人的界限之内，专注于个人经验的开掘和发挥，躲避或漠视一切的整一性的[③]范畴。晚生代作家大都疏远于体制，在体制之外生活既让他们远离中心，也使得他们对文学的探索越来越局限于对于自我经验的开发，一种极端个人

---

① 陈晓明：《中国当代文学主潮》，北京大学出版社2013年版，第392页。
② 陈晓明：《中国当代文学主潮》，北京大学出版社2013年版，第392页。
③ 李敬泽：《"新生代"的故事——〈新生代作家小说精品〉序》，《创作评谭》1999年第1期。

化的叙事立场就此确立。就脱离体制而言，20世纪80年代末90年代初令世人"大跌眼镜"的王朔是他们的先驱，就对个人经验的开发和个人化叙事立场的确立而言，同时或后来的开启私人化写作的作家是他们的同道或传人。这一切都表明，晚生代虽然并不在文学史的框架内写作，虽然声言"断裂"，但他们的写作依然可以轻易被容纳进现有的文学史叙述[1]之中。这就可以看出，他们的脱序举动其实是整个90年代以来文学新变的一个重要表征，并预示着今后文学的可能方向。他们也许并不是在文学业绩上最为突出的，但他们的确表征出当代文学在90年代以来可能具有的样貌和进向，如此来看，他们的确是应时而生的必然之物。[2]

洪子诚注意到20世纪90年代以来的文学相对于80年代文学，在普遍性的情绪和书写内容上的变迁："在90年代文化意识和文学内容中，上个十年的那种进化论式的乐观情绪有很大的削弱，犹豫困惑、冷静、反省、颓废等基调分别得到凸现。世俗化现象，都市日常生活、人的欲望，代替重要社会问题，成为取材的关注点。"[3]宏大叙事解体伴随的总是小叙

---

[1] 李敬泽在对新生代和晚生代这两个概念的比较论证中也许触及晚生代这一概念在当代文学史中必要的文学史意义所在："'新生代'或'晚生代'，这些词都是在与80年代的对话中才得以成立。当人们宣布'新生代'或'晚生代'出现时，他们也在宣布80年代的终结，更准确地说，是80年代文化逻辑和文化情调的终结……对80年代的他者化描述是阐释'新生代'或'晚生代'的前提和起点。"李敬泽：《"新生代"的故事——〈新生代作家小说精品〉序》，《创作评谭》1999年第1期。

[2] "只有和市场化、全球化、后现代等等90年代的关键词排列起来，你才能理解'新生代'或'晚生代'的意义。"李敬泽：《"新生代"的故事——〈新生代作家小说精品〉序》，《创作评谭》1999年第1期。

[3] 洪子诚：《中国当代文学史》，北京大学出版社2007年版，第333页。

事的勃发，新写实小说已经给出一个可能的先例，现在晚生代要将这一小叙事向深处推进，将小叙事经营得更有个人生活的质感与个人性的光泽。进一步取消新写实小说给予日常生活的反抗意义，进入一种与日常生活一体的写作状态中去，这样，一种与世俯仰的情绪便不可阻挡地从他们的字里行间涌溢出来。正因此，叙事者与作家的等距或重合关系成为相关论者对他们寄寓厚望的突出之点："到了新状态，叙事者与作家是一回事了，叙事者具有了作家的身份。这个作家就是生活状态中的一员，与小说中的人物没有一个超距离的关系，而是等距离的或是重合的关系……"① 这样，作家的写作就不再面临宏大叙事的外在要求和理性把握，只需要面对自己当下的生活状态，写出自己的感觉和体验，就已经足够。在张颐武的相关论述中，有此写作自由度的新状态文学不仅可能超越寓言化的升华模式，而且还可能使得文学走出对西方话语的追逐，回到文学的本土出路上来。②

在文学史的框架内，先锋派已经将形式主义的激情耗尽，晚到的这一批写作者只有从形式转向内容进行自己的开拓。市场经济的开展使得对于个人生活的注目成为可能，新写实小说则给出了另一个需要回避的对抗性展开可能，因此对于个人经验意义上的日常生活的发掘成为晚生代的重要

---

① 王干、张颐武、张未民：《"新状态文学"三人谈》，《文艺争鸣》1994年第3期。
② 王干、张颐武、张未民：《"新状态文学"三人谈》，《文艺争鸣》1994年第3期。批评家总是能够微言大义地对具体的文学现象给予理论化提升和升华，不用细致辩驳晚生代的写作是否是对于文学本土出路的探索这样的说法，重要的在于由此看到晚生代的写作看似最为内在地走在个人生活的河流之中，却也其实最为广阔地与这个巨大的时代相连。我们讲"纯文学"，只是侧重于对文本内部风景的观察和省思，并不意味着"纯文学"就是所谓完全超脱于时代与社会的，"纯"的文学。

特征，日常生活叙事因此大行其道。晚生代仅仅是20世纪90年代以来文学在日常生活叙事方面的一个集中表征而已，王安忆等人的创作也在日常生活叙事的意义上有效开展。从整体的文学场域来看，晚生代的个人生活书写或者日常生活叙事的意义可能并不落脚在其与生活等距的那种对于生活状态流的把握之中，毕竟对于生活状态流的把握很难界定，并且是一切文学都应该具备的品格，而在于其对于日常生活的认真的细致的发现及其体现出的反抗精神。这就必然涉及对于90年代以来的文学状况如何进行整体把握的问题。90年代以来，一方面，当代文学受到市场经济的巨大冲击，文学的边缘化已经成为一个不争的事实；另一方面，在此边缘化的情形下，当代文学反而滋生出一种文学理想主义的情怀和诉求，并成为90年代文学一个值得关注的议题。从前一个方面来看，晚生代只要坚持对当下现实的书写，就已是文学的胜利，它的诸多弊端也就可以被谅解和原谅。毕竟是在文学受到剧烈冲击时的逆流书写。从后一个方面来看，晚生代并不属于坚守文学理想主义的一脉，而是致力于对于文学"现实主义"做最新拓进。纵然在表现当下现实之时表现出诸多缺陷，晚生代的写作仍然因为执意脱去理想主义的彩衣，专注于自己的生活而可能具有不凡的文学史意义。在这一切的背后，晚生代对于"纯文学"的刻意坚守也足可令人动容。谢有顺正是在此意义上[1]对包括晚生代在内的一批警惕文学理想主义的作家

---

[1] 谢有顺对于上海文艺出版社组织评选10部最有影响力的大陆90年代作品（《长恨歌》《白鹿原》《马桥词典》《许三观卖血记》《九月寓言》《心灵史》《文化苦旅》《活着》《我与地坛》《务虚笔记》）所做的严厉批评正是对文学理想主义和乌托邦幻象的批判与警惕："一份取消了个人挣扎，取消了九十年代的日常生活与作家之冲突的作品名单，会是九十年代文学的真实代表吗？我表示怀疑。"谢有顺：《十部作品，五个问题》，《南方文坛》2001年第1期。

称赞有加，认为："他们对时代内部之事物的描绘与捍卫，不是援用旧有的集体主义、宏大命题式的话语路径来推进，而是通过对常识的重新发现和承担，通过回到当下生活和人群的具体感受上，通过许多内在而有力的细节书写来完成的。"[①]20世纪90年代以来到底有没有一个文学理想主义的勃发，这也许是仁者见仁、智者见智的问题。但看看谢有顺的批评对象，也许就知道谢有顺并不是无的放矢。

敌视还是正视日常生活，成为20世纪90年代以来文学的分歧所在。在谢有顺等人看来，90年代以来主流批评家和学者是敌视日常生活的，他们所认可的作品也大多都是"敌视和虚化日常生活，远离自己每天置身其中的生存现场，在一种遐想中完成自我感动"[②]。90年代以来，二张的精神高蹈式书写、史铁生的沉思之作、陈忠实的民族史诗等都力图超越平凡琐屑的现实生活，给文学一种厚重博大的精神之维，这本来无可厚非，但将这一思路推向极端，也就难免出现精神与现实脱节的问题，有意"敌视和虚化日常生活"，确实让这些作品在一定程度上与现实疏离。这个问题也应该放到90年代以来中国当代文学的语境中来考察。市场经济造成的冲击如此巨大，文学的精神之维的确不同程度地凋零，在此情形下，充满文学理想主义的作家振臂一呼，自然大有市场；但必须清醒地看到，在一个文学已然边缘化、文学本身业已分层化、多元化的时代里，这种振臂一呼始终是小众事件，只能在"纯文学"这个圈子里才能得到呼应。放在一个大的视野之中观察，在90年代市场经济动力的冲击下，文学理想主义的凋零是不可阻挡的，晚生代正是

---

① 谢有顺：《十部作品，五个问题》，《南方文坛》2001年第1期。
② 谢有顺：《十部作品，五个问题》，《南方文坛》2001年第1期。

借由自己对当下现实的当下性、奇观性和欲望性的呈现而对这一文学理想主义凋零的事实予以揭示，并因此自有分量。在这个意义上，晚生代只要认真书写个人化意义上的日常生活，就足以与文学理想主义划开界限，同时也与20世纪90年代以来文学的现实境遇"同呼吸，共命运"。

（二）面向现在与当下发言

依然建立在对文学史脉络的梳理辨析之中，陈晓明着意强调晚生代的当下性特征："先锋派的小说看不到当下的经验，而新写实的当下经验又比较老套，依然没有面对中国当前社会最剧烈的变动和最新奇的经验发言。晚生代的写作直接面对当下中国变动的社会现实，特别是90年代中国经济高速发展及全面市场化引起的现实变动。因而他们的写作是面对现在说话……"[①]面对当下经验的焦虑似乎一直伴随着新时期以来文学发展的历程，新时期文学几乎是步步紧跟意识形态热点和社会发展步伐而生发出一个个起承转合的文学潮流。这固然与现实主义审美体系不无关系，但更主要的应该还在于中国文化中那种关切现实的诉求之强烈。现在，人们对于对现实的焦虑又变本加厉地展开，在市场经济的冲击之下，人们精神上的迷茫和心理上的失衡等都要求文学再次为消弭这种焦虑感做出贡献。固然电视剧和互联网文化逐渐能够部分满足人们的这种需求，但文学并不因此就被忽略过去，褪去"现代性"大业方面的压力之后，文学一时间变得

---

① 陈晓明：《中国当代文学主潮》，北京大学出版社2013年版，第392页。

空空荡荡，它也急切地需要找到一根救命稻草。对于当下现实的表现既成为一种必然，也成为一种需要。

一方面，晚生代作家除了当下现实，无力表现别的东西；另一方面，人们需要晚生代作家迅速表现当下生活。在此情形下，晚生代作家笔下的当代现实遂有明显的当下性、奇观性和欲望性。现实从来不是当下的，或者说现实本身从来都是一个悖论，究竟何为现实呢？我们所经历的每一份现实都在流逝之中，等我们意识到它是现实之时，它就正在或已经成为历史的陈迹了。因此，试图表现一种当下性的现实，根本上是不可能的。[①] 晚生代追求的"当下性"因此不得不向表象化靠拢。现实需要沉淀才能从中发现规律、看出根本，从而把握其中的关键力量和本质要素。现在晚生代作家要描述自己身在其中的这种生活，所谓"等距"的书写，恰好缺乏一个必要的审视空间，或者说晚生代也不需要这样一个审视空间来赋予自己的写作以什么本质性意义。晚生代笔下当下性的现实因此不能不成为一种毫无规律的生活流的记录，显得特别随意杂乱。既如此，晚生代即便能够写出生活的某种逼真状态，也很容易流于仅仅与生活混为一体，仅仅是对生活表象的忠实记录，很难切入生活的真正要害或关节处，写出生活的内在力道。这样，试图抓住流逝中的现实的晚生代，不过是抓住了现实的表象而已。

[①] 这与王安忆对《悲惨世界》的评论中强调对于现实放宽理解的尺度适成对比："我们应该将反映'现实'的尺度放宽，不要以为反映'现实'就必须是反映当下的、今天的现实，我觉得这应该有一个宽度，对'现实'最起码宽容到100年间。"王安忆：《小说课堂》，商务印书馆2012年版，第5页。

而当下性的现实一旦回到个人,仅仅回到个人,也将面临个体的局限性,那些所谓的个人经验毕竟难免雷同。因此,晚生代作家笔下的现实都呈现出某种奇观性也就不难理解。奇观性是对于个人经验和个人生活有限性的超越。晚生代从来不忌讳写那些极端的物事,纵然是在记录个人生活,这些个人生活却往往在极端的边缘或腹地游走,往往显示出某种尖锐性。生活哪能尽是奇观?晚生代虽然坚持书写最为个人的生活,却不可阻挡地一步步走向对于个人生活的重构或改写,以便追求某种奇观性,这是由其书写理念决定的。一方面,部分优秀的晚生代作品的确写出了我们这个时代最为个人化的日常生活;另一方面,晚生代的大部分作品都有某种重构、拼凑的嫌疑,从而构成对我们这个时代个人生活的某种改写,也就此遮蔽掉对于个人生活的更为真实的书写可能。

1995年,格非《欲望的旗帜》问世,这是先锋派作家格非面向现实的长篇作品,体现出正面强攻现实的魄力和野心,但也显现出某些力不从心的感觉。但他写出了20世纪90年代以来我们所置身的现实的震惊一景:欲望化的现实。值得一提的是,当下现实的欲望性在晚生代笔下得到最为醒目地揭示。在某种程度上,晚生代对于当下现实最为让人印象深刻的书写并不在于其当下性与奇观性,而在于对于欲望化现实的呈现。欲望本来是人之本性之一,伟大文学作品都离不开对于欲望的有力揭示,但在晚生代这里,对欲望的揭示却表现出一种罕见的精神滑坡。他们大多满足于对于欲望世俗一面的揭示,对于人皆有欲的正视,鲜少有能穿透欲望去探查人性和人之存在困境的力作。在晚生代对欲望的书写之中,我们看不到人性的刚健和力量,只能看到人性的委顿和懦弱。这不能不是一个遗憾。一方面，欲望褪去了附加于其上的各种意义寄托，赤裸裸地呈现出来，一种符合事物本性的本真的美好在欲望书写之中流泻，这确实是极其难得的欲望书写；另一方面，褪去了一切意义寄托之后的欲望，纯粹在个体意义上的欲望书写，由于过于追慕"本相"，也就无法在个人与个人、书写与书写之间真正有所区分。晚生代的欲望写作因此而成为某种雷同化的写作。回到最根本的欲望之中，人与人之间毕竟并无差异。仅仅为欲望而欲望，也使得晚生代的书写走入自我设置的死胡同。

到底晚生代的欲望化书写是一种超前的文学先锋行为，还是一次与现实"同流合污"的"合理化"行动，论者的分歧是明显的。洪治纲等人认为在市民文化崛起的情况下，大部分的晚生代实际上充当了市民文化的代言人，他们"媚俗"于市民文化的消费性、世俗性乃至低俗性，不再有任何精神的担当[1]，"一切现实的欲望被加以合法化、合理化，心灵已不复存在……它意味着在这一代作家的审美心理中，娱乐代替了理想，性欲代替了性爱，本能满足代替了精神信条"[2]。洪治纲的批评不无道理，但也应该看到任何文学团体都是一个无法真正统一化的团体，总是一种勉强的撮合和概括。在晚生代的中坚力量那里，对于市民文化的批判性是显见的，这也是谢有顺肯定晚生代的原因所在。问题的关键可能在于晚生代在经典之作之外有大量非经典之作，它们极大地降低了晚生代创作的严肃性和文本的审慎性，因此有可能将本来直书欲望的尖锐文本变成迎合欲望的绵软文本。在丁帆等人看来，"批评界对晚生代的某些不公正态度，的确是一种

---

[1] 洪治纲、凤群：《欲望的舞蹈——晚生代作家论之三》，《文艺评论》1996年第4期。
[2] 洪治纲、凤群：《欲望的舞蹈——晚生代作家论之三》，《文艺评论》1996年第4期。

文化误读。当然，这种误读与晚生代写作的相对主义倾向不无关系……"①在一定程度上可以认为，尽管晚生代在文本的探索性上并不见得多么尖锐，但他们那种与生活"同流合污"的、无中心意义的、游戏化、冷漠的叙事也许可以在后现代主义的意义上重新加以审视，并因此而获得自己的分量。在宏大叙事退场，文学遭受市场经济强烈冲击的语境下，晚生代从某种程度上表征着整个20世纪90年代以来文学的整体命运。他们很难凝聚起宏大的力量，只能进行一些边边角角的突破；他们沉迷于日常生活，却也渴望奇观性的出现；他们在自己的生活流中，妄图把握一些瞬间性、碎片化的存在，并将其看作根本之物……然而，不管怎样，他们毕竟是在做着自己的文学尝试，也在个人化风格方面开拓进取。他们对于当下现实的表现虽然流于表面，但汇总起来也可以组构一幅庞大的90年代世俗风情画，在其文本的某些细节里，更可以令人嗅触到某些后现代主义的文本气息。

（三）都市书写的新进展

晚生代在当代文学史上唯一可以称道的开拓可能最终要落脚在都市或城市书写之上。进入现代以来，中国尚未城市化，不可能有典范意义上的城市书写出现。"五四"前后，城市书写开始崭露头角，但直到20世纪30年代新感觉派的出现，城市书写才真正绽放出可喜的花朵。40

---

① 丁帆、王世城、贺仲明：《个人化写作：可能与极限》，《钟山》1996年第6期。

年代张爱玲"孤岛"之中的书写可能是中国城市书写的顶峰，就深刻性和思想性而言，迄今可能也无人超越。自1942年以来，城市书写基本上成为一项空缺，在社会主义与资本主义殊死斗争的世界图式下，城市常常被理解为一项现代性的罪恶，是资产阶级和资本主义的专利，是一种应该被批判的社会存在。这也就是为什么新中国成立后我们有工业题材小说，却没有城市书写的原因。在文学书写中，城市被农村全面"包围"，城市不过是农村的大型集中与集合。新时期以来，城市书写再次回到当代文学场域，改革文学、现代派等在一定程度上让城市得以进入文学书写的范畴，也逐渐开发出城市的诸多面孔，到了新写实小说已经开始更为经常地触碰到城市书写，伴随着对小市民生活的呈现的，是一个生机勃勃、充满生活琐碎细节的城市生活空间。池莉的小说大都发生在武汉这座城市，透露出城市书写抬头的迹象。然而，新写实小说的立意——小叙事——决定了其写作并非以城市为主要关怀点，因此新写实小说对于城市书写有所启发，有所开拓，但开拓不大。到了晚生代，才真正出现城市书写的小高潮。

晚生代笔下所谓当下现实，很少有农村现实，都是活跃的市场经济下的城市现实，因此晚生代对当下现实的呈现实际上也是对当下城市的有力书写。无论晚生代处理现实的能力与效果遭致多大的非议与赞扬，晚生代都是在确确实实地书写城市，表达城市。伴随着中国城市的最新发展，中国城市化水平的提高，城市书写日渐成为中国文学中一个重要门类。王朔的小说是城市书写，美女作家大多书写城市，21世纪以来底层文学、"80后"文学、"90后"文学等都有大量的城市书写之作，这说明城市书写已经蔚为壮观。但1942年以来，以文学流派或团体的规模集中书写城市的，是晚生代。放在中国文学史的脉络上，晚生代在城市书写这一领域内的贡献可能都是毫无争议的。晚生代真正将城市纳入一己的生活世界中，城市不再是外在的宏大寄托或"现代性"诉求的承载物，而是个人生活之所，也是个人生活故事开展的必要空间。这种改变或变化势必对城市书写构成基础性的影响。

有论者认为："真正形成审美意识，大概要从90年代'七十年代生'作家作品的出现，大家才普遍感受到城市生活对文学写作的影响。"[1]但事实上在晚生代这里，城市书写已经形成审美意识，城市已经内在化于人们的生活之中，也在晚生代的写作之中内在化。晚生代的生活世界即为城市空间，所谓日常生活叙事其实也可以称为城市叙事。市场经济之下的城市化进程及其最新发展是晚生代得以诞生的重要契机，晚生代对于当下现实呈现所表现出的各种特征只有站在城市书写的背景上才能真正得以理解。只有理解城市书写的基本规约，我们才能真正读懂晚生代的作品。从乡村书写到城市书写的变迁与过渡，晚生代是其中关键性的一环，并以群体的姿态体现出某种革命性意义。陈晓明认为："对城市的书写始终是当代小说薄弱的环节，90年代小说总算在这方面留下了时代变动的新的经验。从整体上来看，小说中表现的城市经验和感觉还比较表面和简单，年轻一代作家依然是在现代主义的轨迹上，对现代城市文明持怀疑态度。"[2]陈晓明这番话主要针对邱华栋的创作，但由此扩展开

---

[1] 杨扬：《城市化进程与文学审美方式的变化》，《文艺争鸣》2004年第1期。
[2] 陈晓明：《中国当代文学主潮》，北京大学出版社2013年版，第396页。

来,去概括20世纪90年代小说却似有些偏颇。就晚生代而言,他们对城市经验的书写不排除有简单化的倾向,但总体上还是贴近个人生活经验,展示出城市生活的复杂性和温度,其对城市的态度也并非仅仅怀疑,而是充分融入,乐得在城市生活中游弋。他们作品中所表露出的孤独感、冷漠感、欲望性等都在一定程度上开掘出城市的内在层面,也取得不小的艺术成就。

作为一个区别性的概念,晚生代与20世纪90年代以来的其他文学个体或群体有千丝万缕的联系。在"现代性"大业对于文学的压力退潮、市场经济起势的时代氛围中,晚生代坚持个人化立场,在日常生活叙事层面持续推进,是当代文学最后一个覆盖广泛的文学流派。这是中国文学最后一次自发的集结,也意味着中国文学最后一次整一化行动的完成,从此之后中国文学不回头地走向多元分化的格局,再也难以凝聚起覆盖广泛的文学流派。从这个意义上说,晚生代延续了80年代文学流派的血脉,但也终结了这一血脉,宣告90年代文学的真正到来。就个人化写作立场的确立、对当下现实的呈现、对城市书写的开拓等方面来说,晚生代有效地表征着90年代以来中国文学可能的面貌和去向。

第四节　俗世里的"综合"大业
——以王安忆为例

自 1980 年[①]比较明确地意识到自己是一个作家以来,王安忆的写作历程已经跨越 30 多年时间。她的写作丰富、驳杂,有不停歇的创造力,既在个体的意义上使创作向自我的纵横关系轴充分伸延,成为 20 世纪 90 年代以来个人化写作的杰出代表,又在时代的意义上深入市场经济以来俗世的内外,通过一系列饱含时代精神的人物形象尤其是女性人物形象的塑造,对于 90 年代以来我们所置身其中的时代予以广泛、深刻的概括和描画。

王安忆的写作生涯始于 1980 年创作的短篇小说《雨,沙沙沙》。在此之前,王安忆已有不短时间的写作经历,大多为日记、信件或儿童文学,在回顾自己创作生涯的时候,王安忆将这些视为其正式写作的准备阶段。日记、信件当然拜王安忆在安徽农村的插队经历和在徐州地区文工团的工作经历所赐,这部分写作可能从 1970 年王安忆到安徽省五河县头铺公社

---

① 在与张新颖对谈时,王安忆认为:"我的创作如果说是从《雨,沙沙沙》正式开始的话,前面杂七杂八的几年写作,我觉得应该算作是某种准备。"王安忆、张新颖:《谈话录》,人民文学出版社 2011 年版,第 239 页。《雨,沙沙沙》发表在 1980 年第 6 期的《北京文学》。在另一篇访谈里,王安忆又一次直言:"我写小说严格地将是从一九八〇年开始的。"王安忆:《王安忆说》,湖南文艺出版社 2003 年版,第 92 页。因此,可以将《雨,沙沙沙》视为王安忆真正创作的起点,而《雨,沙沙沙》发表的 1980 年则是其创作的时间起点。

插队落户开始,到其 1978 年随着"文革"结束调回上海《儿童时代》杂志工作为止。自 1978—1980 年,王安忆基本上在工作需要之下,主要写一些儿童文学的作品。《谁是未来的中队长》可能是其中比较有代表性的。不仅因为这个作品获得第二届全国少年文艺创作奖,更主要的是因为这一作品将个人经验中的小事与社会或时代议题关联起来的那种做法,能代表王安忆儿童文学时期的创作风貌。从这些准备期的创作以及王安忆将之划归到准备期而非文学始发点这一做法,可以看出王安忆最初寄寓于文学的某种诉求:从个人经历和对这一经历的主观呈现与表达来说,日记、信件无疑是最佳的体裁,但王安忆显然并不将个人经历的如实——如实也就是从自己的主观化的角度出发书写——书写视为文学的要旨;从作品主旨的达成方式来看,王安忆也并不赞成儿童文学这种以小见大的"个别——一般"的展开方式及其刻意升华。

多年之后,王安忆回顾自己的创作经历时将《雨,沙沙沙》视为其成人小说的开端,以区别于此前的儿童文学创作,认为:"从文学的角度,小说也许不能分'儿童'与'成人',但在具体到个人的写作处境中,这个区别还是有意味的。儿童小说中的教育目的不可否认……但不可避免地……这些主题的范围有限,同时和我的个人经验也有一定的距离,从严格意义上说,在我,儿童小说还不能完全算作小说创作,它们更接近于习作。"[①] 对于个人经验的强调,是王安忆小说最初的一项追求,这也符合一个作家创作的一般过程,当一个作家最初开始写作时,最直接最有效的写

---

① 王安忆:《论长道短》,《书城》2008 年第 11 期,转引自张新颖、金理编《王安忆研究资料》,天津人民出版社 2009 年版,第 181 页。

作资源肯定是自己的亲身经验。儿童文学的创作正因为一定程度上有用主题先行的结构压制个人经验的发挥的问题，而为王安忆所扬弃。而对于个人经验的发挥，也渐渐地有一个真实个人经验和虚构个人经验的区分，站在虚构的个人经验这一边，王安忆对最初写作的日记、信件也有一个扬弃过程。这些都表明王安忆对自己文学创作最初的自觉。

从《雨，沙沙沙》算起，王安忆的创作已经走过30多年的历程。一定程度上，王安忆是幸运的，她不仅出道甚早，而且几乎是一出道就能拿出让人称道的作品，评论界对她作品的关注和研究也一直是一个热点。可以说，王安忆从来不是一个寂寞的作家，在她正式踏上写作之路以后，她大概很少被拒稿或退稿，她的作品一般能够以几乎与创作时间同步的方式出版。在当代文坛上，20世纪80年代扬名的作家能够在今天依然创作力不减且文坛声誉不减的并不多，王安忆是其中之一。尽管王安忆一直强调自己只是顺乎创作的需求去写作，从来没有迎合任何文坛潮流，但不能否认的则是王安忆一直都在潮流之中，是文学潮流的不可或缺的中坚力量。这说明王安忆不仅是一个勤勉的创作者，而且是一个对时代变迁有敏锐感知和把握能力，且能将之用文学作品给予呈现的作家。在此意义上，王安忆是我们时代的作家。她的创作以小说为主，兼及散文和文学批评，体现出罕见的包容性。如果说莫言的创作是一种泥沙俱下的汪洋恣肆的话，王安忆的创作更像是一种平心静气之下因为对于世界的宽容与包容而获得的巨大包容。90年代以来的中国文学处在文学祛魅的时代里，这是一个混乱的时代，但也是一个可能孕育巨大可能的文学时代。作为俗世里的"综合者"，王安忆以其女性的敏感与母性的巨大包容力以及罕见的世俗心，正在有力地以包容、综合的方式开创中国文学的新的可能。

30多年的风云变迁之后,王安忆日益成为中国当代文学一个不容忽视的存在,正是因为其作品巨大的包容性。这是一种理性的包容能力,在它的背后,是王安忆对于世界的世俗心,是王安忆对于日常生活的韧性坚守,而这些都是20世纪90年代以来文学的主要面向。在此意义上说,可以将王安忆的作品视为90年代以来市场经济动力推动文学向前发展的正面表征。或者说,王安忆代表了90年代以来中国文学在市场经济动力下可能取得的文学成绩和可能达到的文学高度。当然,这绝非意味着90年代以来文学仅有王安忆这一个向度,如我们所看到的,90年代以来文学恰恰多彩纷呈,难以概括。但毫无疑问的是,王安忆的文学实绩作为重要的一支,极大充实了我们的当代文坛,标示了一种文学可能。

《文工团》中的一句话可能正说出王安忆对于世界的看法:"……伟人与我们毕竟是遥远的,国家命运也是抽象的,日常生活却具体,生动,真实,可信。"[①] 在文学祛魅的年代里,王安忆正是因为抓住了这万变之中不变的日常生活,而抓住了时代的"世道人心",抓住了生活的常态与关键部分,从而真正抓住了我们这个时代。一方面,王安忆的作品从来不缺乏对于时代议题的注目与关怀,社会与时代之中人的挣扎浮沉一直是其作品的重心;另一方面,王安忆又将这一重心置于背景的位置,凸显于其作品前台的则是细细密密的日常生活,是细节大于主义的实感生活,是最为普通之人最为常态的生活。正如戴锦华注意到的:"……王安忆所书写的,

---

① 王安忆:《文工团》,载《隐居的时代——王安忆中短篇小说集》,上海文艺出版社1999年版,第285页。

并不是或者说不仅仅是为社会命运所拨弄的玩偶，或抵押为历史'人质'的个人，他们更像是在中国的生存现实与王安忆的、不断被修正又拒绝被修正的'世界模式'间，度过自己一份平常日子的小人物与普通人……历史与他们有关，但他们却与历史无涉。"[①]在历史之中，而与历史无关，这也许正是20世纪90年代以来文学祛魅时代的人们的真实生存状况。在这一点上，王安忆的书写能够以最自我的方式楔入我们这个时代，见证这个时代的爱与痛、屈辱与可能、变迁与恒定。

一、俗世的到来

20世纪90年代以来的中国文学不再明显地承受到社会现实方面的压力，经过先锋派、新写实小说、晚生代等文学潮流的冲击和探索，当代文学业已置身于祛魅化的时代氛围之中。90年代以来，可以看到当代文学经历了以下变迁：第一，与宏大叙事相对立的日常生活叙事地位上升，成为文学的主要兴趣点。经历过先锋派拆解性很强的形式主义实验之后，"文学—历史"之间透明的——对应关系已经瓦解，文学的虚构性日渐成为共识，文学的自主与独立审美内涵逐渐被重视。市场经济以来，社会卡里斯马（Charisma）的解体使得文学成为世俗性事业的一部分，在宏大叙事解体之后，文学可以也有兴趣进入寻常百姓的日常生活中去，关注日常生活的点滴与变迁。第二，伴随着市场经济的深入开展，市民文化逐渐兴起，

---

① 戴锦华：《涉渡之舟——新时期中国女性写作与女性文化》，北京大学出版社2007年版，第177页。

文学的娱乐性和世俗性追求抬头，文学边缘化为世俗事业的一部分，神圣性意义的瓦解使得文学得以有一个相对宽松的存在空间。这种宽松的空间可能给当代文学以两种启示或出路：要么成为没有抵抗性只有媚俗性的文学消费品，要么在俗世宽松的环境和氛围中默默砥砺自己的气节和品质，走向文学的精进之道。在一定程度上可以说，20世纪90年代以来当代文学所遭致的截然相反的评价问题，其实渊源于文学价值观在这一时期发生的重大变化。人文精神大讨论最为醒目地揭示出这一变化造成的某种混乱与茫然，但在90年代以来的俗世语境中，与其试图全部站在人文精神的"高地"去哀叹英雄人物和悲剧情结的逐渐削弱，哀叹文学神圣性的下降，谴责文学娱乐精神的泛滥和文学精神追求的下滑，不如站在俗世的立场上考虑一下文学在俗世之中的那种充裕的自我选择的可能性和相对宽松和独立的创作环境，从而看到那些扎根俗世、浸入俗世的作家们带来的最新的堪称惊喜的文学创造。

俗世是一个分叉口，而不是一个渊薮，非意识形态考量意义上的小人物、普通人物进入文学创作的中心并非灾难，而是喜讯。文学可能真正在俗世中回到自身中来，这并不应该引起恐慌，而是应该让人期待。无论如何，承认这种世俗性，承认文学的世俗性，同时承认我们的社会已然成为俗世，是我们进入90年代以来文学的一个必要常识。20世纪90年代以来文学所面临的最大语境就是俗世，90年代以来的文学要想有所创造和突破，也要在俗世上做文章，下功夫。

在陶东风看来，新时期以来中国当代文学有两次祛魅："第一次'祛魅'发生在80年代……'祛魅'的过程同时也是赋魅的过程，革命文学 /

革命文化被'祛魅'的结果，是精英知识分子文学（文化）被赋魅……它的'祛魅'所祛的是'革命'而不是'文学'的魅。"① 也就是说，第一次文学祛魅并非针对文学本身的祛魅，而是针对革命文学尤其是其极端发展"文革"文学的祛魅，因此"革命"虽然被祛魅，但"文学"反而被赋魅，"纯文学"作为一种观念和实践正是在20世纪80年代逐渐确立并生长。文学创作和价值评判的主体从此与革命文学做了一个颠倒：知识分子重新占据主体位置。这一时期，文学虽声言回到自身，去除外在干预，但从北岛早期诗歌以及伤痕文学到改革文学这一文学谱系可以看出，80年代上半期文学与社会现实的同声相求或许未曾稍减，站在"文革"文学对立面的新时期文学在"反文革"的大旗下再次集结。这也许是一种反抗性或反叛性文学必须要走的道路，毕竟只有在分量上与反叛的对象呈一种对等和均衡的状态，才能真正有望对反叛对象构成冲击或颠覆。1985年之后，中国文学开始有意摆脱"现代性"大业的限制与束缚，商品经济的初步发展是这一转向的基本助力，但更主要的还是80年代那种文学"创新"的焦虑的推动使然。因此当先锋文学这一焦虑终于达至其在一个时期内的高度后，先锋派的终结也就宣告了新时期文学的终结。

20世纪90年代以来，"文学第二次'祛魅'的直接动力来自文学活动和文化活动的市场化、现代传播工具的兴起和普及，以及大众消费文化的兴起"②，如果说第一次文学祛魅树立的是"纯文学"的观念，确立的是知识分子的主体地位的话，第二次文学祛魅则是对以上二者的再次祛

---

① 陶东风：《文学的祛魅》，《文艺争鸣》2006年第1期。
② 陶东风：《文学的祛魅》，《文艺争鸣》2006年第1期。

魅。中国当代文学面临的情境仅仅不到10年时间就再次发生巨大的变化，从"现代性"大业的压力到市场经济的压力的巨大转变，可能并非前人能够预想。这种剧变给予中国文学以十分直接的影响。20世纪90年代以来文学的新变，最终的根源都在于市场经济的影响。从严格意义上说，中国当代文学没有一个充分展开的浪漫主义运动，也没有一个充分展开的现代主义运动，在文学现代性的意义上，"纯文学"仅有短暂几年的活跃时间，这不能不说是一个遗憾。但在一个市场经济为文学动力的时代语境里，环境确实并没有给"纯文学"更多的时间，当代文学也只能身不由己地进入文学祛魅的进程中，迎接又一次的剧烈变动。当然，也正是在这个多元分化的文学时代里，我们才能更清楚地看到"纯文学"本身的问题与局限，从而对当代文学的历史与现实有更为客观的把握。

现在，中国文学刚刚走出社会现实方面的压力，又置身于市场经济的大氛围里。俗世已是不可避免地到来，如何在俗世中生存，如何在俗世中创造文学新的可能？这都是不小的问题。俗世是中国文学从来没有面临过的情境，这可能既是一个无限自由的文学场域，又是一个无限虚无的文学场域，当代文学势必要走一些弯路，但也可能由此创造自己新的可能，走向文学的真正繁荣。

二、立足俗世的"综合"者

王安忆就是这俗世里的书写者，她以综合的方式介入这个俗世，有力地将笔触伸延到这个俗世的内在细节和精神领地，写出了这个俗世的万千风情和百千曲折，从而有力地表征着20世纪90年代以来中国文学的可能进向与可能成就。

王安忆早期的写作虽然还并未明确意识到时代从"庄世"①到俗世的过渡或转变，但其对于自我成长经历和内心世界的探索，将对于时代中人的整体命运的思考落脚在对于农民、市民等普通人的探查之中等文学尝试，已经内在地感应到时代的这种变迁。可能从《庸常之辈》开始，王安忆已经知道俗世的不可避免和安于俗世的必要性。"庸常之辈"即是对俗世中人的典型概括，俗世里的确不再需要高大威猛、十全十美的英雄人物，有缺陷的、有弱点的、处于弱势或平常地位的普通人成为俗世的主体。不同于1942年以来中国文学在"革命"的需求下将工农兵视为世界的主体，俗世里的普通人没有任何意识形态意义上的升华，而仅仅在人的基本意义上成为世界的主体。在俗世里，人的意义被大行压缩，在此意义上，人可能成为消费主义或低俗文化的牺牲品，却也可能就此摆脱一切虚假意义的附加，而径直回归到人之为人的基本方面。

20世纪90年代以来的文学受市场经济冲击很大，王朔的横空出世，人文精神大讨论的展开，二王二张现象的出现，等等，都是这一冲击的体现。在这种情况下，"中国文学何去何从？"就不是一个危言耸听的话题，而是置身于当代文学场域中的作家和读者共同面对的一个焦虑或困惑。文学的第二次祛魅势不可挡地进行，文学的神圣性价值和意义一一凋零，文学"失

---

① "庄世"为对应俗世而来，所谓"庄世"，是指俗世之前的世界与时代，那时世界与时代有其神圣性价值和庄严性意义，个人与世界、时代有紧密的物质联系与精神联系。个人的意义在世界与时代中得以确立，并以此为荣耀。

却了轰动效应",何止是失却轰动效应,而是更加彻底地沦入边缘化的境地。从新写实小说到晚生代,从私人化写作到美女作家,从《白鹿原》到《废都》,中国文学面对这一冲击的总体表现是向世俗化的方面迈进,甚至某种程度上有被消费主义俘虏的嫌疑,但总体上这些文学进向并不能有效表征20世纪90年代以来中国文学的真正可能有意义的进向,尤其不能表征其有正面意义的进向。一方面,新写实小说、晚生代、私人化写作、美女作家等可以视为对个人化写作的持续推进,但这种个人化写作的推进也一步步将文学推进到一个狭窄的精神格局中去,文学似乎回归个人化了,但没有任何社会批判性内涵和社会象征能量的个人化也日益凸显它的贫乏;另一方面,《白鹿原》《废都》以及张承志、张炜等在90年代以来的写作一定程度上是理想主义的写作,无论是发掘传统文化、回到传统文本的血脉中去的尝试,对现代化的成果给予简单的批判,还是对于田园风光做追怀式的书写,都可能因为回避了对于现实的正面认识,从而不能有效表征这个时代。

在一定程度上,王安忆是对以上两种写作脉络的综合。一方面,王安忆虽然反对风格化的写作,但她是真正有效挖掘个人经验的个人化写作的坚持者。王安忆的个人经验不止向个人真实经验展开,而且从举凡报纸、书本、道听途说和时代众相中获益匪浅,一并将之置入自己的书写之中,因此王安忆的个人化写作同时有效地通达至时代与整个世界的内部。另一方面,王安忆又不乏理想主义情怀,但她的理想主义并非抽象的理想主义歌咏或感叹,而是将之密密实实地落实在对于人生百态的写实功力上,从对于俗世和俗世人生的扎实书写中表达一种或苦涩或坚忍的理想主义。在王安忆这里,理想主义也是世俗的,是属于俗世的理想主义。

《庸常之辈》中，何芬是平凡的，甚至是平庸的，她的所谓理想不过是有一个体面一些的婚礼和一个可以居住的房子，然而就是在这种平凡甚至平庸中，王安忆写出一种最为世俗的理想主义，让人深味俗世的温馨、残缺与力量。"她是平凡的，是连'又副册'也入不了的'庸常之辈'。可是，她在认认真真地生活。她的劳动也为国家创造了财富，尽管甚微。"[1]尽管王安忆此时的文笔尚嫌幼稚，但那种安于俗世却又在俗世中生出渺微的渴望的理想主义精神还是让人为之动容。立在俗世，遥想理想，俗世的现实是王安忆书写的根本之处，理解不了俗世及其在王安忆作品中的分量，就无法真正勘透王安忆的文学世界。立在俗世，并非与俗世站在同一高度，王安忆的写作始终有一种隐微的、细弱的，但却是丝毫不减其力度的超越平凡的渴望。她总是在对于俗世生活的细微体察中，写出一种自然滋长的渺小的渴望与理想，这就是王安忆文学世界生生不息的理想主义。在俗世与理想主义之间取得某种综合，这是王安忆之所以能够"千磨万击还坚劲，任尔东西南北风"，始终立在20世纪90年代以来的文学主潮中的关键所在。

　　在文学探索的层面上，陈晓明认为："步入九十年代，一种常规化和新的综合形势正在形成……九十年代的文学将更加趋于成熟，也更接近寂寞。"[2]不仅仅是文学探索的难以为继而会导致20世纪90年代文学的"综

---

[1] 王安忆：《王安忆中短篇小说集》，中国青年出版社1983年版，第102页。
[2] 陈晓明：《"新时期终结"与新的文学课题》，《文汇报》1992年7月8日，转引自孔范今、施战军主编，路晓冰编选《中国新时期文学思潮研究资料》（中），山东文艺出版社2006年版，第392页。

合"趋势的到来,在俗世到来的意义上,市场经济带来的巨大的整合力量也要求中国文学从单一的贴近现实或执着于文学创新的思路中走出来,而进入一种新的综合境界。20世纪90年代以来,文学的意识形态动力已经趋于隐性,也处于偏弱的位置上,文学反叛的冲动倒是一直存在,但这种冲力在市场经济大潮下变得力量分散,不再有一个固定的中心。连文学本身都不再有一个固定的中心。这是一个大的文学混乱时期,但也可能迎来新的综合可能。某种程度上可以认为,1942年以来的文学意识形态动力力图使文学成为"现代性"大业的一个组成部分,而新时期的文学反叛力图树立的是文学的本体论价值,这二者到了90年代仍然有效,但都不如市场经济动力那么直接、有力、不容忽视。固然有一些声音认为90年代以来中国文学整体脱离现实的根源在于新时期文学反叛所树立的"纯文学"观念[1],我们也不能因此就过高估计"纯文学"观念在市场经济冲击下可能有的坚守力量。既然二者都不再真正有效,那么有效的是什么呢?市场经济催生出的是大众文化、消费主义文化等世俗化的文化类型。文学在整个中国现当代历史中都逐渐超脱出世俗化的一面而进入到神圣化的领域中

---

[1] 李陀用一种反论的论证方式来论证"纯文学"在20世纪90年代作家那里的坚守:"他们决心抵抗商业化对文学的侵蚀,问题是他们必须找到一个护身符、一个依托、一个孤岛,使这抵抗获得一种合法性,获得一种道德与精神的支持,那么这个护身符和依托就是'纯文学'……90年代的写作分享着80年代写作的同一观念,实际上,在90年代汹涌澎湃的商业大潮中所坚持的,是80年代形成的'纯文学'的文学理想。"李陀、李静:《漫说"纯文学"——李陀访谈录》,《上海文学》2001年第3期。本书认为,90年代以来的中国文学肯定有对纯文学的坚守,但是否构成如此巨大的抵抗商业化的力量,并进而成为90年代写作的整体观念,还存在疑问。90年代以来文学雅俗合流的趋势比较明显,这也是90年代以来文学走向"综合"的必然体现。

去，在这种世俗化力量的冲击之下，20世纪90年代以来的中国文学必然要面临的是雅俗文学的合流问题。"纯文学"与俗文学或世俗精神的合流，是90年代以来文学的总体趋势。

在这个意义上，王安忆是雅俗合流的文学综合者，是1942年以来中国文学两种动力的一种综合。李陀认为八九十年代的重量级作家王安忆等人的写作无法在"纯文学"的谱系中得到真正有效的阐释，有一定道理："他们在这些年中的写作的丰富性，特别是他们在文学追求和写作风格上的种种复杂的变化，应该说至今还没有得到充分的评论和研究。"[1]在俗世中坚守"纯文学"理想，既意味着俗世有其不为人知的文学生长点和生长可能，也意味着"纯文学"并非固守边界，而有重新打开多种探索向度的可能性。在这个意义上，王安忆的作品真正是俗到了骨子里去，但从根本上来说，又延续了"纯文学"的血脉，世俗但不恶俗，体现出雅俗合流所能催生的雍容大度的文学气度。

某种程度上，王安忆会被视为一个文学上的平庸者，她的写作似乎也与市场经济相去甚远。她没有什么过激的言论，也没有什么有意的标榜，她不叛逆，也不另类，最主要的是，她不尖锐。尽管一直都可以被归纳进某种文学潮流之中，并在这个潮流之中占据一个重要的位置，但她永远也不是那个冒尖的人物。对于一个作家来说，在现代以来批评家与作家分别职业化的语境之中，二者有各自的诉求，自然不可相互通融。人们对王安忆自然可以议论纷纷，但在王安忆本人看来，这些议论都抵不住自己对自

---

[1] 李陀、李静：《漫说"纯文学"——李陀访谈录》，《上海文学》2001年第3期。

己写作的清晰认知:"我觉得我的作品是随着自己的成长而逐渐成熟,如果说有变化,那就是逐渐长大逐渐成熟。我并没有评论家说的那样戏剧性的转变……一个作家,只要他是一个上进的作家,如果想把作品写好的话,他就必然有所变化,没有大家所期待的那种戏剧性的思想的飞跃。"① 这显示出王安忆对自己写作的自信,也一定程度上显示出她对于批评界的不信任。

王安忆作品的综合性稍微不慎就可能成为文学平庸的表征,在伟大的综合和渺小的平庸之间,只有小小的一步的距离。王安忆写作的争议性就在这里:一方面,王安忆一直以来都是中国当代文学的中坚力量,迄今为止她的写作都是一种"顺利"的写作,她的作品往往能够成为当代文学的主要收获,获得批评家与读者的双双激赏。这顺利并不是指她的写作没有遭遇困难和瓶颈,而是说不管在其个人写作的意义上如何困难,如何面临瓶颈,她的作品往往有很好的接受度,甚至一定程度上能够"流行"。不得不说,过于顺利的写作难免面临平庸或温和的质疑。另一方面,王安忆的写作的确表现出某种对现实合理性的展现与认同,表现出对于生活的巨大的宽容与包容,以及对于人性之弱点的体察、理解与谅解。就对社会的批判性和表达现实的尖锐一面而言,人们有理由对她进行指责。王安忆作品中最突出之点在于其对于现实合理性的论证,这是其能够直面俗世的力量之源。只有相信现实的合理性,王安忆的俗世里的综合工作才能有效展开。

---

① 周新民、王安忆:《好的故事本身就是好的形式——王安忆访谈录》,《小说评论》2003年第3期。

一定程度上，王安忆对政治、社会或时代问题的呈现有某种虚化的嫌疑。她以人类恢宏浩瀚的历史为基本尺度，去考察一时一地的人世悲欢，这使得她常常能够超越具体的时间与地点的限制，而进入到对于人类基本问题的探讨之中。从人类历史的长卷幅的维度上来看，人对于世界更容易取一个接受、忍耐而非反抗、抗争的态度。可能正是在这个基础上，王安忆可以将笔触伸向俗世里的更为细致和内在的生活肌理和人性波澜。如此看来，王安忆的综合性还是一种更为宏大的综合性[①]，是对于人类的某种叙写，写出的是一种人类背景下的综合性的人类生活。

对于"女性主义"或"女权主义"的标签，王安忆如此回答："我的理解是，我们生活在一个男性的世界里，包括语言、规范、制度，都是以男性眼光来设计的。女权主义就是想把这种状况扭转过来，而我个人还是顺乎潮流的，几千年的历史发展到这一步，不是某个人的选择，一定有其合理性，一男一女的偶合关系，我承认是合理的。"[②]比之于展望生活的未来可能性，王安忆更为在意的是生活现在的样子，这样的说法兴许会让女权主义批评家对王安忆十分不满或不屑，但必须承认，正是因为有此认识，王安忆在下笔时才能宁愿专注于眼下的一日一餐的生活，而不去做过于对抗性的整体探讨。她也许觉得自己没有能力探讨如此宏大的问题，也许是青少年时期在一种整体理想主义的氛围中生活的经历，让她深深厌恶

[①] 因此，王安忆十分反感人们对她作品贴上的一些标签，比如女性主义，比如知青文学，等等，也许在她看来，这些都是具体、细碎的标签，而她用力之处在于一种关涉人类的整体性、综合性叙写。尽管书写一时一地之人事，王安忆的视野也建立在人类这一大背景之上，因此可以辐射向更为广泛和广大的人群，取得一种更为广泛的综合性。

[②] 王安忆：《王安忆说》，湖南文艺出版社2003版，第39页。

其中的虚假和虚伪。无疑，她不倾向于对现实做改变，愿意认可黑格尔所谓"一切存在的都是合理的"这样的观念。单纯抽出这一观念来看，人们一定会对其加以严正批评，正如人们一直对王安忆作品尖锐性不足的批评所昭示的一样。

对现实的批判性、尖锐性思考的乏力成为王安忆作品最让人不满的一点。李静以"不冒险的和谐"为题目的论文可能是目前最为全面的对王安忆作品持"批评"态度的文章，李静有很多精彩的反论让人为之欣喜①，不过李静论文的落脚点倒不在于那些对于文本的分析，而是在于对于现实的关怀："这种文明的哀伤，从一种旁观者的角度来看是可以成立的……但是，如果你'走进去'呢？……你还能哀婉人们对乡土的逃离和对这种文明的背叛吗？还能赞叹这种文明的'谐和平衡的美'吗？……在她的叙述与真实生存的人们之间，有着一层牢不可破的隔膜。"②当代文学一直苦于对现实的焦虑，从经典现实主义理论中抽绎出来的"文学反映现实"论一直是中国当代文学居于主流地位的文学观，虽经过20世纪80年代中期以来"实验"小说

---

① 与李静的见解相仿，在王安忆的大部分作品中，本书同样认为："我们总是无法摆脱无处不在的'作者意志'；我们总听到相似的声音附着在这些理应不同的角色和场景上……王安忆的这种缺少空白的叙事使读者成了隔岸观火者——观看她鸟瞰的图景和概括的思想。"李静：《不冒险的旅程——论王安忆的写作困境》，《当代作家评论》2003年第1期。王安忆的作品的确有作者的叙述大于人物、大于事件、大于小说本身的可怕倾向，这可能是王安忆的自信所在，但也可能正因此而将其写作导向一种单一化的路径，从而无法扩展至更为广大的精神面。同时，这种写作方法也对王安忆本人提出更高的要求，她一定要是一个有强大精神能量和现实吞吐量的人，才能有效驾驭其笔下的人物、事件等。必须承认，尽管王安忆的文学成就不小，这仍是一个很难达到的目标。
② 李静：《不冒险的旅程——论王安忆的写作困境》，《当代作家评论》2003年第1期。

的冲击和20世纪90年代以来"去历史化"书写的冲击而有所凋敝，这种文学反映论其实一直未曾远离当代文坛。在陈晓明看来，现实从来不会从作家的创作中离开，问题在于人们对于现实的判断标准何在，也即什么可以被纳入现实的范畴，而什么又被认为不属于现实的范畴？问题更在于文学是一种特殊的反映现实的事物，它需要与现实之间拉开一个必要的审美的距离。在此意义上，陈晓明认为："'文艺反映现实'至少有三个层面的外在因素介入进来：其一，在一种历史感映射下的批判性书写；其二，被政治或道德律令明确规定；其三，被时代想象投射的现实。"① 李静应该是在第一个层面上对王安忆的作品进行批判。笔者认为，任何时候，强调文学的批判性都可能具有一种历史的正义感，但却不见得都始终具有文学的正义感，也就是说在历史正义和诗学正义之间，并非有一个一一对应的明确关系。从这个意义上说，李静是在历史正义的规范下要求一个诗学正义的文本，从而不可能达至对于王安忆文学世界的真正接近。身为一个个人，王安忆可以对社会具有强烈的批判性和尖锐性，但身为一个作家，王安忆可以有在自己的作品中以作品需要的方式去呈现她的文学世界的权利，更何况她有对于现实的自我理解。② 固然从根基上，时代、社会等决定了一个作家的基本批判指向，但在具体的写作中，作家完全可以有她写作的自由选择和诗性关怀。在这一意义

---

① 陈晓明：《文学如何反映当下现实？》，《文艺研究》2012年第12期。
② "我们应该将反映'现实'的尺度放宽，不要以为反映'现实'就必须是反映当下的、今天的现实，我觉得这应该有一个宽度，对'现实'最起码宽容到100年间。像雨果这样积极的、非常接近世俗的作家，所创作的《悲惨世界》是写三十年前的，发生在1831年、1832年的故事，背景则是法国大革命（1793年）。这就是作家考量现实的耐心和定力。"王安忆：《小说课堂》，商务印书馆2012年版，第5页。

上,李静有所不满的《上种红菱下种藕》恰恰写出现代化变迁之下幽深细致的人情世界,写出日常生活的绵密与温情、坚忍与富足,写出一个让人怅惘而陶醉的诗意江南。

因为综合,王安忆的作品常常显得批判性和尖锐性不强,但这并不表明王安忆的作品没有批判性和尖锐性,王安忆从一个更宽广的视角看到了这种本来可以批判和质询的尖锐性的合理之处,从而使其作品进入"中和"之美的境地。文学反映论更强调作家对现实的态度,似乎只要作家对现实的态度正确了,作品也就过关了。但作家对现实的态度并不完全等同于作品对于现实的态度。在王安忆的"叙述"与"真实生存的人们"之间,的确"有着一层牢不可破的隔膜",但这不是对于现实的冷漠或妥协,而可能正是一种必要的审美距离的设置。

但这样的书写还是容易被视为对现实的默认,或者妥协。人们总是急切地期望看到作家对于现实的态度。其实,作家笔下的现实世界并不就是真正的现实世界,它在最基本的意义上也不可能是现实世界,而是艺术世界,因此它并不遵守现实的规则,而是遵循艺术的规则。王安忆将小说命名为"心灵世界",认为"这个世界我们对其基本上的了解是,和我们真实的世界没有明显的关系,它不是我们这个世界的对应,或者翻版。不是这样的,它是另外存在的,一个独立的,完全是由它自己来决定的,由它自己的规定、原则去推动、发展、构造的……"[1] 这说明她对于小说的界限与本性的认识是深刻的,尤其在社会主义现实主义曾经构成中国当代文学

---

[1] 王安忆:《心灵世界——王安忆小说讲稿》,复旦大学出版社1997年版,第13页。

强劲传统的文学语境中,这种认识更显其深刻。因此,在小说观念上,王安忆显示出其超越现实的先锋性,这里的先锋性并不体现为先锋派那样形式主义的探索,而是体现为对于小说艺术自足的认定。

在确认小说超越现实的独立价值与本体论意义之后,王安忆将小说置放在俗世的意义上考量,从而使小说与最具体而微的日常生活联系起来。"小说的困境是什么?首先它讲的是人间故事,不是神话,童话,这些故事的情节所要求的逻辑是现实生活的逻辑。其次小说是用语言来表达,不是诗歌,而是我们大家日常使用的语言。"[1]一方面,王安忆将小说视为与现实世界截然不同的心灵世界;另一方面,她又看到小说所使用的语言材料和所表现的内容的现实性乃至世俗性,从而如何用"实在"的日常生活语言和内容表现一个"虚构"的心灵世界就成为小说成功与否的关键所在。在王安忆这里,对小说虚构本性的认识并未导向对于"纯文学"概念过于狭隘的坚守,而是远为开放地通过对小说世俗一面的发现将小说导入到十分广阔的时空中,用一种立在俗世的世俗精神,去探查最为广大、最为普遍的世俗人生。虚构与现实就此得以综合,而其中的关键之点即在于王安忆的那颗世俗心。[2]其实,小说何尝不是一种世俗之物呢?小说兴起

---

[1] 王安忆:《小说的情节和语言》,转引自张新颖、金理编《王安忆研究资料》,天津人民出版社2009年版,第93页。

[2] 在谢有顺看来,正是有一颗世俗心,才使得王安忆所谓心灵世界的建筑能够得以实现:"王安忆所写的,更多的是世俗生活中的人,他们的生活、欲望和精神,都要通过一种实感生活来表达和塑造,这就更加要求作家必须以世俗心来观察这个世界,来体会人物的种种现实情状。"谢有顺:《小说的物质外壳:逻辑、情理和说服力——由王安忆的小说观引发的随想》,《当代作家评论》2007年第3期。

之时就是小道和末流，不能与大道大说同日而语。现代以来，小说的地位在现代性的焦虑与需求之下猛然提升，但小说也确实因此而有不堪重负之忧，王安忆的一颗世俗心恰恰使得中国文学能够真正回到小说的原始本性之中去。这既是市场经济动力的推动使然，又何尝不是王安忆对于小说世俗性和虚构性认知之二位一体的综合使然？因此，在小说观念上，王安忆也是一名综合者，既没有远离小说本性，也不排斥对于最广大现实的书写。而王安忆的小说观念其实也是她的文学观念，在整个王安忆的文学世界里，都可以见到这种文学观念上的综合及其带来的王安忆文学世界的丰赡与辩证。

三、俗世里的"综合"大业

王安忆的"综合"大业并非仅仅具有时代性的含义，仅仅作为20世纪90年代以来文学可能的进向而在比较一般的意义上有所体现，更是在内在性的意义上，成为王安忆文学作品的整体风貌和内在诉求。

王安忆一直以来并不是中国文学的拔尖人物，在每一个文学潮流中都不是最拔尖的人物，但每一个文学潮流都不能真正将她撇过，这就得益于其作品的综合性。王安忆的作品充满着古典文学的趣味，也不乏现代主义式的先锋探索，二者的综合构成王安忆作品的基本营养，而二者综合的基础在于古典文学的严谨与细密的文学做派。在对20世纪现代派作家和此前时代的"古典作家"的对比中，王安忆凸显其中"方法"与"教养"的差异："我觉得二十世纪的东西大多就是方法，交给你很多方法，古典作家他给你的是教养，是整个教养……"[1]王安忆所谓的古典作家包括浪漫主义和批判现实主义的作家，倒不是文学史上的古典作家。她在不同的场合推崇托尔斯泰和雨果等作家，认为他们不同凡响[2]，应该是看重他们厚重的写实能力和一步一个脚印的情节展开能力。所谓"教养"与"方法"的冲突，很大程度上是在写实功力上的冲突。王安忆的作品密密实实，现实生活的枝枝节节得以丰满地呈现，应该说颇有古典趣味，一板一眼，强调情节和叙事内容的坚实展开，而非叙事手段或结构方面的不厌其奇。多年来，正是凭借着这种颇为古典的写作趣味，王安忆才得以扎实地沉在时代的芯子里，沉在生活的内部，对时代诸相和俗世生活给予细致的把握和书写，从而在市场经济带来的文学第二次祛魅的过程中，依然保持着文学的某种"魅"力，启示着中国文学的未来可能。

大致来说，凭借着扎实的古典趣味的熏陶以及由此获得的沉静心态，王安忆在自己的作品中实现了三种综合，从而最为内在地把握了20世纪90年代以来的时代与中国文学，在古典式的教养下开拓出中国文学的可能进向。这三种综合分别是：大的时代与小的日常生活的综合、扎实的写实与隐忍的浪漫的综合，以及在人物形象的创造上，对于"中人"形象的开拓。

---

[1] 张新颖、金理编：《王安忆研究资料》，天津人民出版社2009年版，第27页。
[2] "在我的阅读世界里有两座大山，一座是《悲惨世界》，一座是《战争与和平》，我一直很想去攀登。"王安忆：《小说课堂》，商务印书馆2012年版，第3页。

（一）大的时代与小的日常生活的综合

王安忆是一个女作家，但从来不是一个女性化、女人气的作家。在一次访谈中，王安忆表示："我之所以不喜欢被称作女性作家，是因为女性小说有些特点我不喜欢。比如写小的哀乐、伤感和忧愁，这些境界比较低的……我觉得应该写大悲剧。"[1] 的确，王安忆的作品似乎很难与女性的阴柔联系起来，或者说她的作品总有溢出阴柔一面的诉求，这些诉求使得王安忆作品的格局、气象陡然增大。诚如陈晓明所观察到的，"王安忆在更多的时候并不刻意表达女性意识。对变动的社会现实的关注，使她的作品具有历史叙事的广度和力度。王安忆的作品是一种女性的'宏大叙事'……"[2] 其实，不必过分计较作品与性别之间的必然联系，虽然生理和生存体验会在两性之间构成一些差异，但作品与性别之间实在没有必要非得建立秩序化的联系。对王安忆的作品的理解必须跳出两性差异的框架，才有希望获得一个全面的认识。如果说相较于男性气质，女性气质是一种狭小、柔弱、敏感的气质的话，王安忆的小说并不具备强烈的女性气质，而是有充分的男性气质在其中。如果考虑到两性气质都是一种社会建构的话，我们就有理由从更为广阔的视野来看待王安忆的小说。

早在《69届初中生》的"代自序"中，王安忆就注意到个人与世界之间的关系："可是，我却升起一个妄想，要在最狭小的范围内表现最阔大的内容。每一个人都是个别的，每一份生活也都是个别的，每一个个别

---

[1] 王安忆：《王安忆说》，湖南文艺出版社2003年版，第38页。
[2] 陈晓明：《中国当代文学主潮》，北京大学出版社2013年版，第406页。

的人依着每一份个别的生活走着其个别的人生,然而每一程个别的人生却总是具有着一种普遍的意义。"[1]从个人生命展开的空间的承继与时间的绵延展开这一思考,王安忆认识到"人和人的了解,也是能够跨越时间和地域的了"[2],从而描绘出其心中的"个人—世界"关系图式。这段用来解释自己作品的普遍适用性的思考,其实可以视为王安忆文学世界的一个基本出发点,在这里从个人走向世界的愿望不仅可能,而且是现实的:从时间一脉的伸延和从空间一脉的延续最终确定一个个人在世界中的位置,而表现这一个个人也就可能表现整个浩瀚恢宏的世界。这一认识在《纪实与虚构》中有更加精彩的发挥。这样,王安忆的作品常常能够从个人出发,而走向对于世界的整体把握。如果说最初它还只是出于一种突破写作限制的尝试的话,后来则成为一种世界观或写作观长久地发挥作用。

王安忆的写作的确是"宏大叙事",这是因为她心中有如此的对于世界的清晰而有逻辑的把握图式,但这种宏大叙事并不指向任何意识形态的附加意义,而是在世界是个人生命和生活展开的场所这一意义上获得一种宏阔的"个人—世界"图式,从而能够将写作有效地楔入我们所生活的世界与时代的内部。正是在此意义上,王安忆坦言:"我就是特别喜欢大体量的东西,比如长城,元素那么简单,一块砖头一块砖头垒起来个庞然大物……我觉得体量还是说明问题的。"[3]莫言的泥沙俱下的大体量的写作也在这一意义上受到王安忆的喜欢。大体量本身意味着一种包容性,所

---

[1] 王安忆:《69届初中生》"代自序",北岳文艺出版社2001年版,第1页。
[2] 王安忆:《69届初中生》"代自序",北岳文艺出版社2001年版,第1—2页。
[3] 王安忆、张新颖:《谈话录》,人民文学出版社2011年版,第270页。

谓"海纳百川，有容乃大"，没有一种巨大的包容性，大体量就难以真正实现。追求大体量的王安忆因此势必将其写作推向一种开放的境地[①]，即便是在王安忆那些最为沉入个人日常生活叙写的作品中，整个世界和时代的巨象依然是其可见的背景，是故事展开的基本场域与环境，与故事融为一体，不可分割。在20世纪90年代以来的中国当代文学去历史化的潮流中，世界与时代常常被有效地去除，成为文本中不可见的因素，一定程度上导致文学作品对于世界与时代的隔膜。王安忆的书写则真正是"这个世界"和"这个时代"的写作，世界和时代的整体面貌和内在曲折由此而面目清晰。

在与张旭东的对话中，王安忆对人们经常加诸她的几个称谓——上海作家、知青作家、干部子弟、女性作家等——逐一反思后，觉得都不甚妥当。这并非因为王安忆比较固执，也可能的确因为王安忆这种大体量和包容性极强的写作太过于庞大，其写作身份很难被一个具体的身份标签给统领住。但随后王安忆比较肯定地确定了一种身份定位的可能性："我觉得'中国作家'这个称谓还是比较好的，我属于中国大陆。你不可能说自己是全人类的作家。"[②] 20世纪80年代正式开始创作以来，王安忆的写作主题

[①] "王安忆的叙事具有一种前所未有的开放性：个人的心理经验与时代的巨大变动相融合。在个人与历史、与现实同时进行的后现代主义式的多声部对话中，却又流宕着古典性的抒情意味……"陈晓明：《"新时期终结"与新的文学课题》，《文汇报》1992年7月8日，转引自吴义勤主编，王志华、胡健玲编选《王安忆研究资料》，山东文艺出版社2006年版，第392—393页。

[②] 陈婧袯：《理论与实践：文学如何呈现历史？——王安忆、张旭东对话（下）》，《文艺研究》2005年第2期。

和题材的变化几乎让人眼花缭乱，如果说非要找一个关键词来概括她的写作的话，除非"中国作家"，恐怕还真没有更加合适的概括。中国是王安忆的写作展开的整体背景，也是其写作的根基所在。可以认为，正是本着艾青那种"因为我对这土地爱得深沉"的炽烈家国情怀和关怀，王安忆的写作才有根有源，展现出勃勃生机。王安忆30余年的写作正是不断地与她身在其中的中国对话的结果，不管书写内容具体到什么程度，王安忆的写作始终有这个整体的、大体量的存在作为基本规约与参照。当张旭东谈到"高行健说他是纯粹的、普遍的、自由的个体"的时候，王安忆甚至进一步将自己和自己的写作定义为"共和国的产物"，恐怕也是在这一基本的背景或参照的意义上来说的。[1]对谈者也许会无意识地受到与之对谈者言语的影响或诱导，但王安忆说自己是"共和国的产物"总体上还是客观的。人毕竟不能脱离自己的时代与环境，对于王安忆来说，她的写作也不能脱离共和国的历史而"历史地"存在。指认这种联系并非意味着要重新回到环境决定论的论调，而是在跨越环境决定论的同时，看到环境本身对于一时一地之人事的基本规约与影响，看到环境与人之生活、生存的必然联系。王安忆在世界之中生活和写作，这世界大至整个宇宙、各个国家，但具体来说，也可以是上海，是中国。在这个意义上，王安忆意欲处理的个人与世界的关系总是内在地与个人与共和国的关系取得联系。不应过分拔高这份联系，但也不应过分贬低甚至无视这种联系的存在。在这个意义

---

[1] "我没那么纯粹，我恐怕就是共和国的产物，在个人历史里面，无论是迁徙的状态、受教育的状态、写作的状态，都和共和国的历史有关系。"陈婧祾：《理论与实践：文学如何呈现历史？——王安忆、张旭东对话（下）》，《文艺研究》2005年第2期。

上，我们可以更进一步认为，王安忆更为准确的身份定位应是"共和国作家"。与王蒙等前一代作家相比，王安忆这一代作家与共和国的联系有些区别，但透过他们具体而微的写作，我们仍可以感受到一代作家对于中国的深情。正是有了这份对于中国的深情，王安忆的写作才厚重博大、掷地有声，以另一种方式与祖国共同成长。

从个人到世界的这种整体视野与宏大关怀，中国经验是中间不可或缺的一个环节，在王安忆的真实写作经历中占据重要的地位。"孩子的死亡事件于我恰成契机，它以一个极典型的事例，唤起了我对我的中国经验的全新认识。我的中国经验在此认识之光的照耀下重新变成有用之物，使我对世界的体察更上了一层楼……我的经验不再是个孤立的事件，而是有了人类性质的呼吁和回应。"[①]这一段选自《乌托邦诗篇》的文字极其重要，它有力地揭开了王安忆写作生命中一个重要转变的发生，而这个转变发生的原因在于中国经验的被唤醒。从个体到世界／人类的达成，中间的阶梯是中国经验，或者说是在地经验。一个个体与世界／人类关系的达成从来不是抽象的、孤立的，而是受在地经验的极大制约和影响，在地经验因此是中间不可缺少的一个环节。王安忆的写作目标自然非中国经验所能限制，也非共和国所能限囿，但这一切的展开却必须回到对中国经验的书写之中来。毕竟，只有民族的，才是世界的；只有民族的，才能通达世界。在王安忆对于世界图景的把握和叙写中，一个真实的中国形象徐徐升起。这使得王安忆的文学世界更加具体，也更加恢宏，因

[①] 王安忆：《乌托邦诗篇》，载《香港的情与爱》，作家出版社1996年版，第280页。

为具体而恢宏，因为恢宏而具体。正因为对中国经验的强调和认识，王安忆能够更为从容地看待社会主义文艺的经验和教训，而不是以一个单一的视角去看待中国文学走过的道路。这使得王安忆的写作能够真正在中国文学的血脉中续进属于自己的一脉。对于社会主义文艺经验的反思和对于市场经济条件下的文学的反思同时进行，王安忆在"审父"的同时也在审己，这使得她对历史的认识不再偏颇，而对于自己的认识也更趋理性。在这个意义上，王安忆是1942年以来中国文学的一个有力的继承者之一，继承不是模仿，不是断裂，继承是知道其中的曲折，也懂得其中的增进，然后在新的时代里对文学传统予以当代改造。"个人主义是人性，共产主义是人类的精神。这句话我就觉得像一把钥匙一样的就把我开窍了，所以我觉得对他们这一代人的看法不能太简单化。"[①]理解往往比拒绝或批判来得更为艰难，理解也需要更大的包容性和对于历史的宽容。在这个意义上，王安忆是中国文学传统的理解者和有力的继承者，她的写作因此而可能更有力量。

王安忆关心大的时代，并对世界、时代、中国有宏观上的把握，但事实上这些"宏大叙事"在王安忆的文学世界中常常是以潜隐、背景的方式存在，正面的叙写十分少见。王安忆只是让人意识到有这么一个"宏大叙事"的背景存在，她的拿手好戏则是密密实实地写下的那些日常生活叙事，它们贴着俗世的气脉，贴着俗世中人的心思，真正是俗世里的气象与景象。王安忆的综合性即在于将宏大叙事的背景与日常生活叙事的肌理有

[①] 王安忆、张新颖：《谈话录》，人民文学出版社2011年版，第51页。

效地协调、综合起来,从而使得其文学世界既不乏宏大关怀,又处处可见"小家子气",弥漫着一片世俗的生活气息。

"我们团处在内地的中型城市,我们都是些小人物,关心着自己的生计,历史在远离我们的中心地方进行,我们确实难以深刻地认识它与我们的关系。"[①]这可能就是王安忆的历史观了,历史或世界、时代等宏大事物只是一个壳子一样的存在,壳子里面的芯子则是"小人物"和他们的"生计"。通过这样的文本呈现方式,一方面历史与大的时代的氛围得以进入日常生活叙事的范畴内;另一方面它们又是虚幻一般的存在,仅仅构成一种背景性的存在,而真正在叙事前台的则是小人物以及他们的生计。王安忆的文学世界就此来说,真正是一个俗世世界,是俗世世界里的日常生活的展现,是对俗人的叙写与接近。俗世生活最稳定的形态肯定是它的常态,极端的状态会出现,也似乎能够揭示更为明显的东西,但生活的常态其实才是更为考验作家的领地,也更能启发人们对于生活的真正认知。王安忆日常生活叙事的核心或秘密即在于对生活常态的把握。[②]

晚生代、美女作家等笔下的生活也是日常生活,但他们意在凸显一种非常态,其作品其实还是有些现代主义的流风余韵,而"古典味"浓厚的王安忆在意的则是生活的常态,其作品因此是对常态生活的有力探索。

[①] 王安忆:《文工团》,载《隐居的时代——王安忆中短篇小说集》,上海文艺出版社1999年版,第285页。

[②] 这也是为什么谢有顺谈论王安忆的小说时,特别强调作家要有"常识":"他对生活的表达,不能只看到生活中极端和偶然的部分,他要看到生活中的常识部分——因为只有常识部分的生活是具有普遍性的。"谢有顺:《小说的物质外壳:逻辑、情理和说服力——由王安忆的小说观引发的随想》,《当代作家评论》2007年第3期。

王安忆认为:"小说是个俗的东西……我经常说小说是曲,不是诗、词、赋,是曲,它很俗,它一定是表现俗世间的人和事,人间常态。"[①]由对小说"俗"性的认识到对"人间常态"的捕捉,王安忆的写作是自觉的,也是有魄力的,由此她对于日常生活叙事的拓进才真正见出力道。在大时代的底下,王安忆写出的是里弄人家的平常生活,细细碎碎、点点滴滴,却自有一番温馨。王安忆写出的是最为中庸的普遍性生活,是大多数人的生活。它们经常以一种模糊的面孔、群像的方式在文学作品中出现,现在王安忆将它们置放在前台,给予集中的审视和书写。上海弄堂里的生活是上海生活的最底子里的生活,却也可能是最得上海之精神的生活;文工团的生活是王安忆知青生活中最有日常性的生活,却也可能是所有知青生活的典型写照;相比之下,王安忆对于农村生活的书写有些观念化和概念化,刻意使用方言土语等也使得她对农村生活的呈现像是一次想象的具象化,而非对于农民日常生活的形象把握。在常态的意义上,王安忆把握住了日常生活叙事的要义,从而也就把握住了20世纪90年代以来文学的要义。在宏大叙事与日常生活叙事综合的意义上,王安忆的写作有力地表征着90年代以来文学的可能高度与可能进向。

(二)写实与浪漫的综合

王安忆的写实功力非常了得,绵绵密密的日常生活叙事依靠的正是其

[①] 王安忆:《小说的创作》,转引自张新颖、金理编《王安忆研究资料》,天津人民出版社2009年版,第195—196页。

强大的写实能力。这种写实能力并非仅仅体现为"反映现实"的能力,而且是一种整合现实的能力。王安忆曾经颇为耐心地区分经验性情节和逻辑性情节,以论证好的小说是如何展开其写实过程的。"凡是现实生活里的情节我称它为'经验性的情节',这种情节是比较感性的……使我们的小说呈现出一种特别鲜活的状态……"①但经验性情节总是很难完美地实现小说的目的,"倘若我们完全依赖于'经验性情节',我们的小说难免走向绝境,经验是有着巨大的局限性的"②。从建构一个心灵世界的角度来说,经验性情节常常是不足的,这就需要逻辑性情节的加入了。逻辑性情节又被王安忆称为"小说的物质部分","它是来自后天制作的,带有人工的痕迹,它可能也会使用经验,但它必须是将经验加以严格的整理,使它具有着一种逻辑的推理性,可把一个很小的因,推至一个很大的果"③。如果说经验性情节体现作家反映现实的能力的话,逻辑性情节显然体现一个作家整合现实的能力。这就有了创造的意思,他并非天然地接受世界所给予他的材料,而是有所选择地对材料进行选择、加工、整合,从而像电影中的蒙太奇一样,赋予材料以新的意义和价值。

逻辑性情节的重点在于逻辑上的严密性和合理性。王安忆很早就对小说的感情和技术进行区分,认为小说就是一项技术性的工作,不承认这种

---

① 王安忆:《小说的情节和语言》,转引自张新颖、金理编《王安忆研究资料》,天津人民出版社2009年版,第93页。

② 王安忆:《小说的情节和语言》,转引自张新颖、金理编《王安忆研究资料》,天津人民出版社2009年版,第95页。

③ 王安忆:《小说的情节和语言》,转引自张新颖、金理编《王安忆研究资料》,天津人民出版社2009年版,第95页。

技术性，就不可能将小说落到实处，也不可能将小说的写实落到实处。在这个意义上，王安忆强调自己是一个匠人[①]和一个制作者，而非一个神秘的创作者，虽然依然凸显一种创造性的因素，但王安忆显然赋予作家这一身份更多的职业化和技术化的性质。"通过市场的需求，我反倒看见了文学的某一层真实面目，开始接近于事物本身。市场……将文学变成了一种享受的东西的时候，作家脱去了一件外衣，一件社会学者的外衣，我们成为了制作人，制作小说。"[②]这可能正是文学祛魅的力量和效果了，值得惊讶的倒是王安忆能这么坦诚地看待文学祛魅。从一个制作者或匠人的身份出发，王安忆才真正有了写实的强大根基，而所谓写实也就是将逻辑性情节一步一步推进下去，直到终结。只有从制作人或匠人的角度出发，王安忆才能将写实落到具体而微的事物的细枝末节[③]，落实到一针一线一餐饭的来历这样细小的事情，从而使得其作品的写实丰厚、细密、严实、无懈可击。有谁会想到"小说中的生计"这样的议题，然而王安忆却认为这是一个很有必要甚至十分必要的小说议题，并说："如果你不能把你的生计问题合理地向我解释清楚，你的所有的精神的追求，无论是落后的也好，现

[①] "我可能和别人不一样，我觉得自己就是一个'匠人'，我就是在做一件东西，这件东西我就想把它做好……"王安忆：《小说课堂》，商务印书馆2012年版，第31页。

[②] 王安忆：《我看长篇小说》，转引自张新颖、金理编《王安忆研究资料》，天津人民出版社2009年版，第79页。

[③] 蔡翔从王安忆《上种红菱下种藕》等作品中"看到了一种'细节'的写作倾向。在这些作品中，细节不再仅仅是一种环境的装饰之物，或者展示人物性格的一种技术手段，而是有其独立的地位乃至意义。"蔡翔：《何谓文学本身》，《当代作家评论》2002年第6期。事实上，这样的"细节"写作倾向可能是王安忆所有作品的特色之一。

代的也好，都不能说服我，我无法相信你告诉我的。"①这就是王安忆的写实观。有此写实观，才能够理解为何王安忆作品中的写实如此过硬，经得起逻辑推敲，它们就是在最为细小的枝节方面也讲究着逻辑和"生计"，就是这么一步一个脚印地写出来的。

如果王安忆仅仅是一个出色的写实者，她依然算是一个优秀的作家，但如果她在写实的基础上同时又能浪漫起来，那她就有可能成为一个杰出的作家了。中国当代作家中有杰出的理想主义者，却难说有理想的浪漫主义者，张炜、张承志等人的理想主义书写还不能称之为浪漫主义。这可能还是源于中国缺乏一个广泛而深入展开的浪漫主义运动，也缺乏一个广泛而深入展开的现代主义运动。王安忆也不是一个浪漫主义者，但她的作品有十分浪漫的一面，那是在密实的写实空间里缓慢、艰难地升腾起来的一种浪漫情怀或浪漫色彩，有着苦涩的甜美和经受曲折的坚韧。正是写实与浪漫的综合，或曰扎实的写实与隐忍的浪漫的综合，使得王安忆的写作有更耐人咀嚼的意味，更有表征20世纪90年代以来文学新变的适切性。

浪漫有时候是面对"真实"时的一种审美化态度，以浓墨重彩强调写实一面的王安忆强调起来浪漫一面也丝毫不减成色。在与陈丹青讨论表现一个物体时，王安忆说："我的意思是我所以去写它，一定是它可以提供某种审美上的东西。比如这个杯子很真实，但是当我去写它，我就要去选择它的角度，那写出的一定是个不真实的东西，我就是要这种不真实的东

---

① 王安忆：《小说的当下处境》，转引张新颖、金理编《王安忆研究资料》，天津人民出版社2009年版，第175页。

西。"① 可见王安忆的写实是内在地包含了审美化的诉求的,所谓"不真实"也就是一种审美化的态度和诉求。在王安忆看来,真正在艺术上真实的东西可能恰恰是"虚无"的:"你看托尔斯泰的小说,真实得我们把它当现实主义的经典,可是它真的是很虚无的。"② 这里不用过分计较王安忆关于真实与虚无的对立是否严密,但她的用意是很清楚的:艺术上真实的东西可能在现实中恰恰是不真实的。这就是说写实功力再深厚,考量写实功力之标准也并非建立在对于现实的模仿或反映之上,而是建立在一种审美化的考虑之上。艺术真实自有其审美维度。从审美化的角度出发,可以看到王安忆对于现实或世界的基本态度其实就是审美的态度③。对于现实的审美地把握并不是什么新鲜的话题,马克思、恩格斯认为人类有四种把握世界的方式,其中就有审美地把握这一种,问题在于审美化曾经长时间内被僵硬地理解,被教条式地应用,从而不同程度上失去其本来的意义。这才使得王安忆对于审美真实的追求有了"浪漫性"可言。

王安忆的审美化追求常常表现出一种浪漫的情怀或浪漫色彩,在审美地把握写实内容之时,王安忆不仅用意于写实内容的写实性,更是常常在写实性的根基上营造一种浪漫性氛围,一种超脱写实性内容的微渺可能

---

① 王安忆:《王安忆说》,湖南文艺出版社 2003 年版,第 132 页。
② 王安忆:《王安忆说》,湖南文艺出版社 2003 年版,第 133 页。
③ 对于重写农村生活,王安忆在意的是其中的审美态度:"我写农村,并不是出于怀旧,也不是为祭奠插队的日子,而是因为,农村生活的方式,在我眼里日渐呈现出审美的性质,上升为形式……小说这东西,难就难在它是现实生活的艺术,所以必须在现实中找寻它的审美性质,也就是寻找生活的形式。现在,我就找到了我们的村庄。"王安忆:《生活的形式》,《上海文学》1999 年第 5 期。

性。阅读王安忆的作品,经常会有这样的感受:在写实的根基上,艰难地开出的理想之花,分外美丽。王安忆的文学世界就此而言具有极大的综合性,它同时展开两个方面的诉求:一方面它诉诸对现实世界的合理性论证,从而使得日常生活的写实性刻画成为一种常态,成为不可回避的部分;另一方面它诉诸对超越现实世界的理想化的叙写铺展,时刻留心在写实性的根基上营造一种浪漫氛围,创造一种超脱现实生活的隐约可能性,经营一种坚韧的浪漫色彩。这种表面或许有些分裂、矛盾的假象却适足以说明王安忆写作的某种综合性品质,在这里写实与浪漫被有效地综合起来,从而使得王安忆的文学世界既有坚实的写实性,又有超脱的浪漫性。在王安忆看来,浪漫性始终要统一于写实性之中,也就是说离开了写实性,浪漫性也就不复存在,浪漫性的存在是因为有写实性的依托。"浮光掠影的那些东西都是泡沫,就是因为底下这么一种扎扎实实的、非常琐细日常的人生,才可能使他们的生活蒸腾出这样的奇光异色。"[①]

王安忆的浪漫性不仅仅体现为这种于写实性之中升腾起来的"奇光异色",事实上也得自于王安忆的叙述方式。王安忆的叙述始终有一个强大的主体存在,这个主体就是叙述人,无论突出或隐没这个叙述人的具体形象,王安忆的小说叙述人的声音和意志都是无比强大的。王安忆十分自信自己对于叙事过程的掌控,叙述人的背后站立的始终是王安忆本人的精神格局、思想能量与情感厚度等。即便在写实的时候,王安忆的小说依然是以叙述人的强有力的渗透性目光在叙事,写实的内容就此沾染上一层浓

[①] 王安忆:《王安忆说》,湖南文艺出版社2003年版,第110页。

浓的主观色彩和浪漫情调。一定程度上，王安忆小说的叙述方式可以视为其整个文学世界叙述方式的体现。因此，王安忆的文学世界可以简要概括为：主观性很强的叙述人在叙述一些人的生活。应该说，这种由叙述的主观性而来的浪漫性很容易导致王安忆的写作走向窄化和单一化的陷阱，是王安忆应当深以为戒的。周介人1983年对王安忆作品提出的批评现在来看依然有效："一位成熟的作家应该懂得自我节制，应该懂得什么地方须由我来说，什么地方须留下空白，让读者自己去补充。因为，一件艺术品的价值不仅仅在于包含了多少思想，还在于它在被社会欣赏的过程中能激发出、派生出多少思想。"[1]多年来，王安忆的创作翻过一个又一个高岗，始终不变的则是这种叙述的主观性。王安忆一直对自己的叙述充满自信，她也一直不断地补充和壮大自己，力图使主观性的叙述能够更加具有容纳性和包容性，但那其实仅仅是一种单向度的壮大，壮大的仍仅仅是作者本身，而无法从根本上改变王安忆作品的质地与面貌。因此可以说，在增进其作品浪漫性的同时，由叙述而来的主观性的渗透也时刻阻碍或影响王安忆写作向更深入的层次迈进。这一点确实应该引起王安忆的注意与重视。

（三）契合时代的"中人"形象

王安忆的文学世界里，几乎没有特殊的人物，没有特别优秀和特别差的人物，有的只是那些堪称中庸的普通人。他们没有什么大亮点，也没有

---

[1] 周介人：《难题的探讨——给王安忆同志的信》，《星火》1983年第9期，转引自吴义勤主编，王志华、胡健玲编选《王安忆研究资料》，山东文艺出版社2006年版，第18页。

什么大弱点，就是平平常常一个人，是"分母"一样的存在。为了与特殊人物、主要人物、英雄人物等加以区分，这里以"中人"来概括王安忆作品中的人物形象。"中人"侧重于强调人物的庸常性、普通性，是最为沉默的大多数，是一个社会中最为庞大的群体，是几乎没有什么太大追求，只有微弱、卑微渴求的一类人。一般的文学创作不大会将他们放在眼里，或者难以在他们身上发现应有的戏剧性因素，从而将之放弃。就中国当代文学史的范围来看，王安忆关于"中人"的书写不是唯一的，但可能是最成气候。细细分析王安忆作品中的每一个主人公或次要人物，会发现他们基本上都可以纳入"中人"的范畴中来。在一定程度上可以认为这是20世纪90年代以来中国文学才有的全新的人物谱系。

作家对于一个时代的书写从来都需要有力的人物形象作为支撑，在20世纪90年代以来的文学中，如果我们非要找出具有代表性的人物形象的话，大概非"中人"形象莫属。这是文学祛魅的必然成果，也是文学世俗化的必然结果，一定程度上表征着90年代以来文学的现实与渴求、想象与可能。

王安忆把握住了"中人"这一形象及其变迁图式，也就把握住了90年代以来中国文学的整体变迁图式。在一个剧变的时代里，总是有一些东西恒定不变，"中人"就是王安忆把握90年代以来文学的一个必要的线索。1942年以来工农兵成为书写主体，他们并非"中人"，而是在工农兵之中处于某些极端境地的人物类型；新时期以来的人物形象仍然是要么"大写"，要么"小写"。需要特别强调的是，"小写"的人并非就是"中人"。马原等先锋派作家笔下的人物其功能化意义可能更大，功能化意义的开发也使得他们的形象和生活成为又一种概念化的存在，依然在极端的意义上打转；新写实小说的人物形象是灰暗的小人物，他们已经具有"中人"的某些特点，但形象总是过于灰暗，而不是常态的人物；晚生代笔下的人物形象回归到个体人的意义上，但这些个体的人总是试图做一些超越出规范的举动，有些类似于现代主义的反抗者与后现代主义的非理性者的糅合，也不是常态的"中人"……只有在20世纪90年代文学的纵深拓进中，在市场经济推动下的世俗文化的兴起之中，"中人"才历史地成为中国文学的可能表现对象。

大众文化和市民文化开始关注作为普通人的个人，在这股世俗化的浪潮中，文学才真正有可能接近普通人，接近"中人"。因此，这是一个历史契机，而王安忆最为有力地抓住了这个契机。王安忆作品中的大多人物都是典型的上海小市民形象，少数的农村人物形象也尽量突出其平庸性、普通性。王安忆总是写那些最为一般、最为没有个性、最为普通的市民或农民等人物，他们基本上没有溢出生活边界的能量，只是默默循规蹈矩的一类人，王安忆就专注于写出这种人的循规蹈矩和庸常性。这看似是一个吃力不讨好的举动，但正像王安忆对大上海的书写偏偏通过一个最为普通的市民人家姑娘王琦瑶和其大半辈子生活于其中的平安里来表现一样，这体现的恰恰是王安忆过硬的写作能力[①]以及其有意的文学追求。

王安忆很早就明确自己对于小说的理解，四条否定性的理解其中三条

[①] "王安忆敢于选择这样的题材，敢于宣传自己那看似非常悖谬的文学理想，既是对生活的领悟，又是对于文学创造的自信。"张志忠：《1993：世纪末的喧哗》，山东教育出版社1998年版，第93页。

都是反对特殊性[1]的,其中"不要特殊环境特殊人物"和"不要独特性"更是从两个不同的方面坚决反对特殊性。王安忆提出这些反对特殊性的小说观时,主要的焦虑可能在于对于小说在观念与实际之间的不协调的反拨和对于观念与小说具体展开逻辑的矛盾的破解,但其更为隐秘的焦虑不能不让人想到"典型环境中的典型人物"这样的文学观念。在新的语境下,王安忆提出此说的直接依据可能还是出于对于文学逻辑性推动力量的提倡和对于文学写实功力的倡导,直接根源则可能是市民文化兴起之后的世俗化潮流使得普通人得以走上历史前台,成为作家处理现实的重要支点。这些都迫使作家对之做出相应的回应。

"中人"的力量一直并未被发掘,这群最容易被隐没的群体其实力量巨大,可能蕴藏着建设这个世界和推翻这个世界的双重力量。我们的文学作品一直以来喜欢处理一些非常态的人物和事情,片面追求一种戏剧性,其实戏剧性和张力在最为不可能有戏剧性和张力的地方才最有力量。王安忆作品中的"中人"形象大多都是女性人物,大多都是小市民,这与其生活经验有极大关系,但也与其对自己创作的理性认识有关。王安忆曾解释自己为何一直不遗余力书写女性人物形象:"我觉得我写那么多女性,就是因为我觉得女性比男性更具有审美性质,可能是男性在社会上活动久了,社会化了。"[2]虽然是基于审美化的考虑,但相对于社会化的男性来说,

---

[1] 四条否定性理解分别为:不要特殊环境特殊人物;不要材料太多;不要语言的风格化;不要独特性。参见王安忆《我的小说观》,转引自张新颖、金理编《王安忆研究资料》,天津人民出版社2009年版,第41—43页。

[2] 王安忆:《王安忆说》,湖南文艺出版社2003年版,第164页。

女性还是处于劣势和弱者的地位。这才是王安忆何以不绝如缕地书写女性的重要原因,也是何以世界各国文学都不乏书写女性的精彩之作的根本原因吧。文学是弱者的伟业,既是弱者的书写,也为弱者而书写。从这个意义上说,王安忆并不是没有社会批判性,而是采取一种更为隐蔽,也更为综合的方式去实现自己的批判指向。

《妙妙》其实也是写弱者的奋斗,这一类人的命运我个人是比较倾向关心的,这好像已经变成我写作的一个重要的题材,或者说一个系统。她们都是不自觉的人。有时候不自觉的人比自觉的恶人有更多的内涵……米尼[①]是不自觉的,妙妙是不自觉的,后来的王琦瑶也是不自觉的……"[②]"中人"很可能是弱者,弱者却未必一定是"中人"。弱者可以是极端的弱者,底层文学中经常会出现这一类的人物形象,通过一种绝对之弱的渲染,达到一种坚硬的现实批判性,在此情况下,批判性的获致几乎很难与其文学性的获致统一或协调起来。真正有分量的"中人"可能并不需要在"弱"或"差"的基础上去立论,而是要在"常态"上立论。常态的书写其实是最难的书写,常态的人其实最难处理,最能考验一个作家的写作功力。这就是王安忆"中人"形象的力量所在了。

---

① 米尼的不自觉可能有待另论。在我看来,《米尼》是王安忆最为失败的书写之一,米尼的一切举动都在偶然与巧合的轨道上游走,所有的偶然与巧合都是为了导向王安忆最终为其设置的一系列历险经历之中。王安忆这篇小说虽然采写于一次监狱探访,但由于缺乏相应的生活基础和理解基础,王安忆只有生硬地按照人物的行为轨迹来推进故事。逻辑性情节的匮乏恰恰是这篇小说失败的原因所在。因此米尼的不自觉其实是创作者王安忆的自觉,米尼并没有超越王安忆的设计,因此米尼的不自觉不成立。
② 王安忆、张新颖:《谈话录》,人民文学出版社2011年版,第262页。

王安忆对于"中人"的书写有一个演进的过程，几乎可以从《庸常之辈》算起，她就起码自觉地开始了对"中人"的关注和考察。打开"中人"这扇不为人注意的大门，意味着王安忆有着对于时代的敏锐洞察和对于时代中人的犀利思考。打开这扇大门，王安忆将看到一种宽广的力量和一种神奇的景象，借助于"中人"的书写，王安忆得以走入20世纪90年代以来时代的内部和文学的中央，从而真正在时代内部写作。"我企图做的就是，写正常的生活里的力量。所以称为常态，就因为它的恒定性，其中是有着极强大的，同时又隐匿的理由，这可说是生活的密码。"[①]王安忆对其《长恨歌》之后作品诉求的明确揭示，何尝不是她全部创作的宗旨呢。其实在《庸常之辈》之后，她就无意之中在生活的常态里摸爬滚打多了年，也将对"中人"形象的塑造持续了多年。"正常的生活里的力量"来自正常的生活里的人，来自对这些人的书写。这就是王安忆的"中人"书写的意义和分量所在。他们很可能十分卑微十分渺小，但他们一点都不缺乏对生活的渴望，也一点不回避生活的困难，他们坚韧、理性、细致地生活着，有一些世俗的追求，有甚多世俗的享乐。他们的精神一点也不单薄，他们一直以自己的力量和方式充满热情地生活着。这就是90年代以来市场经济催生之下逐渐显现面孔的"中人"，王安忆最终以对他们的书写而真正切入90年代以来的现实语境和文学世界，从而以其丰赡而多样化的文学世界构成我们时代的文学表征。

---

① 王安忆、张新颖：《谈话录》，人民文学出版社2011年版，第279页。

结 语

中国当代文学的动力展望

动力研究是中国当代文学领域比较陌生的一个研究领域，也是一项理应展开的基础研究，在这一意义上，本书是对中国当代文学进行动力研究的不多的尝试之一。本书本着对中国当代文学做一历史化的梳理的初衷，探讨了中国当代文学的历史化图景及其中比较凸显的三种推动当代文学前进的动力，它们分别是意识形态动力、文学反叛动力和市场经济动力。本书立足于详尽揭示在文学动力的推动下，当代文学向前发展的历史图景，也力图揭示每一种文学动力给予当代文学的复杂影响。

值得说明的是，一种动力和一个时期的对应并非铁板一块，而中国当代文学的动力始终是在恩格斯所谓"历史合力"的意义上获致其清晰的面目。这就是说，本书对于三种动力的探究非但远远不是对中国当代文学的动力的通盘考察，而且三种动力也并非如本书辟为三章那样互相分离，毋宁说，这样的分章只是为了论述的方便，而在本书的研究视野里，意识形态动力、文学反叛动力和市场经济动力始终伴随着中国当代文学发展的始末，始终推动着中国当代文学向前发展。不仅如此，本书对于三种动力的确定与界定都并非仅且仅应如此，毋宁说那只是一种尝试性探讨，目的可能更多在于提请相关研究者从动力研究的角度去重新审视中国当代文学，从而将中国当代文学的研究从表层研究向深层研究继续推进。如能为后来之人从动力研究的角度探查中国当代文学提供一点线索，本书即已完成使命。

在不同论述者的眼中，中国当代文学的动力可能是"横看成岭侧成峰，远近高低各不同"的千姿百态。这些都是不容否认的事实。正如本书绪论中所说，对于"文学""中国当代文学"等基本概念，人们尚且有如此之多的不同意见，更何况对中国当代文学的动力下整体判断，尽管这一整体判断是在对中国当代文学充分历史化和文本化的基础上做出的。因此，本书对于当代文学动力的探究只是一种尝试探讨，尝试透过表象看本质，尝试通过对中国当代文学史的通盘梳理看到其根本的那些面向，尝试解答中国文学为什么会一步步发展成为今天的样子，等等。

唐弢先生早有当代文学不宜写史的看法，但吊诡的是中国当代文学可能是既往中国文学历史中得到文学史式书写最多的文学时期，毕竟距离越近，人们越觉有无穷无尽的话语要说，要表达。当然，中国文学的史传传统的强大积淀，大学教育成熟建制的客观需求，尤其是现代以来文学作为一项现代性事业对于民族—国家叙事所负载的那种责任，也是推动中国当代文学史的写作异常发达的重要原因。历史地看，我们所说的中国当代文学就是一项民族—国家事业，或者说是民族—国家大业的一部分，这是我们在考虑中国当代文学时始终不能忘记的一点。也是在这个意义上，当本书以1942—1976年的中国文学为例，来阐述意识形态动力之于当代文学的意义与影响的时候，不仅意在指出一切时代的文学都是一定社会现实、社会存在基础上的文学，而且重在阐明中国当代文学所走过的独特的文学道路及其经验教训。在抱持启蒙主义文学观念的部分研究者看来，这一时段的文学可谓乏善可陈，几乎是对文学的毁灭和糟蹋。但从现代性的视角来看，这一时段的中国文学恰恰是中国现代性展开其自身道路的重要一段，而对意识形态动力的充分探究不只对于人们重新认识这一时段的中国文学有重要意义，而且对于整个20世纪中国文学研究的向前推进都有重要意义。唯有对当代文学的意识形态动力、文学反叛动力、市场经济动力（或可大体概括为经济动力）进行通盘考察，这意味着在中国当代文学自1942年以来的历史脉络里，全盘考察每一种动力的得失成败，我们才能够更加清晰和客观地看待中国当代文学的历史，看待它的缺失和它的荣耀，它的获得和它的失去，它的进取和它的保守。

比之于中国当代文学的不宜写史，对中国当代文学的动力进行研究似乎更加是不合时宜的。如果说文学史研究是现象性描述居多，力图呈现一个时期的文学面貌的话，文学的动力研究则试图透过表面的现象，抓住特定时期的文学之根本或本质方面。这样的探求，常常需要长时间地沉淀或积累、重审等才能见出眉目。也就是说，文学的动力研究是比之于中国当代文学史的书写更需要时间去沉淀和淘洗的。因此，本书的写作难免有诸多不当之处，本书的存在意义也许只是在于提请人们在对当代文学做现象或现场评述的时候，能够将这一领域的研究推进到更加历史化的层面[①]，对中国当代文学的一些根本性问题予以关注。中国当代文学目前所面临的一系列问题，比如当代文学的评价问题、经典化问题等，都亟待对中国当代文学的动力进行探查。从现象到本质，这也是一般科学研究的必然过程。

---

① 在这方面，程光炜等人所做的"重返80年代"的相关研究是可喜的。当代文学研究的悖论性即在于当代性与历史化之间的冲突，当代文学已经走过70余年的历程，对其进行历史化研究已经迫在眉睫，而借助这股历史化研究的动势对中国当代文学的动力进行探查，不仅是可能的，而且是必要的。只有这样，才能将中国当代文学研究真正推向深入。

20世纪90年代后期以来，随着互联网的兴起，不仅网络文学应运而生，而且以互联网为重要载体的文学性写作大为兴盛，景象十分壮观。尼葛洛庞帝所谓"数字化生存"正在改变人类生存和生活的方式，对于文学来说，数字化革命的意义正以不可估量的力度到来。尽管人们对网络文学的定义有很大分歧[①]，但不能否认网络文学不仅正在成为一种有巨大号召力的文学类型，可与"纯文学"分庭抗礼，甚至在读者数量方面要超过"纯文学"。网络文学之核心要点在于互联网相比于传统媒介的巨大变革，"从原子到比特"的飞跃对于文学的存在方式和书写方式来说都有革命性的影响。时至今日，互联网的优点和缺点都展露无遗，平民化与乌合之众的狂欢化只有一线的距离，自由的写作权利与混乱和没有承担的文学书写只有一步之遥，多样化的文本融合可能与杂乱无章的表面化文学只有一墙之隔。无疑，互联网给中国当代文学带来无限的可能，但也带来一些不可避免的恶劣冲击。但总体上来看，网络文学虽一度让人们看到了写作民主化所可能给文学带来的新的生机，但这样的新的生机只是灵光乍现，就同时产生了互联网时代写作的权力结构，不免令人失望，更重要的也许在于网络文学尚缺乏有力的经典之作诞生，也并未产生有真正精神容量和思想内涵的力作，反而有相当多的网络文学相继拜倒在消费主义文化的裙裾之下。从口头文明到书写文明再到互联网为主要媒介支撑的视听文明，人类文明的跃进是必然的，中国当代文学一直以来赖以确立自我价值和规范其实都是纸媒文明所赐，随着视听文明

---

① 如李洁非、李敬泽等人的观点，参见欧阳友权主编《网络文学概论》，北京大学出版社2008年版，第1—2页。

的到来，中国当代文学势必经历又一次的震动、变化和更新。以互联网为核心的新媒体正在有力地形塑中国文学的未来，新媒体也是未来可寄期望或可以预见的唯一可能成气候的文学动力。但这一切现在尚未真正成立，新媒体并未对中国文学真正带来革命性的变化。网络文学与"纯文学"二者虽有相当的互渗的迹象，但总体上二者还有比较清晰的界限，在一个多元化的文学时代里，二者相安无事，在各自的界限内相对独立地发展着。

因此20世纪90年代后期以来的中国文学依然基本顺延了90年代以来文学的路子，其动力依然为市场经济。互联网等新媒体的崛起使得文学性的播散成为一个巨大的事实，但文学性的播散尚未诞生出迥异于"纯文学"的新的文学门类。网络文学本身越来越商业化、资本化和庸俗化，基本上已沦为新的更加满足欲望的消遣文学或通俗文学，而不可能再有什么革命性的意义。博客写作等自媒体写作无疑有着巨大的发展潜能，但迄今尚未见到有突破的力作，也许它们也满足于自娱自乐或自我砥砺，不愿到所谓的文学圈里走一遭。互联网时代，也许中国当代文学的形态和基本规范乃至价值标准等都将经历新的巨大的变迁，那是以后的事情，那也是必然来到的事情。就目前而言，中国当代文学的主要力量依然在"纯文学"作家那里，在贾平凹、莫言、阎连科、王安忆、刘震云、苏童等人那里。从他们旺盛的创作力和其作品与我们时代广泛而深刻的互动来看，中国当代文学的力量依然在纸媒这一边。尽管中国当代文学正走在越来越小众的路子上，但这种小众的路子恰恰可能给予其独立的开拓空间，使"纯文学"作家们可以平心静气在当代文学的轨道上开拓进取。

在张颐武看来,现代性话语在20世纪90年代的中国已经失效,这表现在作为现代性话语重要表征的"新时期共识"的破裂。[①]90年代中国文学的日常生活叙事、小叙事等的兴起某种程度上正是这一现代性话语失效的表征。但中国作为一个发展中大国,其复杂性就在于自身内部发展的严重不平衡性,后现代、现代、前现代共存于中国的现实之中。就90年代以来中国当代文学来说,现代性诉求和后现代性诉求都比较明显。尽管从现代性—后现代性这样的线性逻辑来理解中国90年代后期以来的文学可能不失为一个方法,但更多的研究者则看到摆脱西方话语的必要性[②]。於可训在反思中国当代文学的历程时认为:"……20世纪80年代虽然在总体上说,是一个文学革新的年代,但因为这种革新是依托西方文学的背景,所以其原创的意义是极为有限的。其积极的意义和价值在于对极端政治化的文学历史的'拨乱反正',而不意味着开创了一个真正意义上的自主自律的文学创作的新时代。"[③]将80年代的文学革新简单地划归在西化的范畴内从而压低其创造性能量,重要的并不在于这种认识之明显的不妥当,重要的在于这种思想何以会在21世纪出现。现代性话语所谓的普世性离不开欧美国家的主导性,对于90年代后期以来在全球化浪潮中逐渐强大的中

---

① 参见张颐武主编《现代性中国》"导言",河南大学出版社2005年版,第3—5页。
② 典型的如张法、张颐武、王一川提出的"从现代性到中华性"的更迭,他们认为20世纪90年代以来中国文化思潮理应从现代性知识型向中华性知识型过渡。参见张法、张颐武、王一川《从"现代性"到"中华性"——新知识型的探寻》,《文艺争鸣》1994年第2期。
③ 於可训:《新世纪文学的困境与蜕变》,《江汉论坛》2009年第9期。

国来说，这种欧美国家的主导性越来越是一个不堪忍受之物。90年代后期以来，现代性话语的失效一方面来源于中国国力的增强，另一方面来源于市场经济所带来的祛魅化浪潮。生在一个全球化的环境中，试图抽离西方化的影响从根本上来说是不可能的，但这种试图脱离现代性话语而从中国本土寻找话语替代品的做法无疑体现出中国文化的某种自主和独立意识的再次觉醒，也一定程度上体现出中国综合实力的历时性增强。中国文学最为明显地体现出这种文化思想上的变更努力，21世纪以来，底层文学、打工文学、非虚构写作等的实践及乡土叙事的再次强力归来等都说明中国文学一定程度上正在走向"再历史化"的道路。中国经验与中国立场因此得到强调。

陈晓明的说法可能最能够揭示我们所面对的这一方生方死的格局："现代性在中国始终按照中国的方式来展开历史实践——现代性既走到了尽头，又是一项未竟的事业。这使当代中国的文化建构呈现为极为复杂的形式。在文学的'历史化'与'去历史化'的纠缠结构中，写作主体也不断表现出解脱与反思的双重姿态，并努力在现代性/后现代性的两难语境中寻找出路。"[①]现代性既完成又未竟，这就是中国文学所面临的真实情势。中国文学的动力研究在此意义上可以在现代性的框架内进行，也只有在现代性的框架内才能真正揭示中国当代文学的真实境遇和历史，但显然对于现代性本身，我们无疑也要再认真检视与重审。

而这一切都不禁让人再思何为中国当代文学的传统，我们又该如何发

---

① 陈晓明：《中国当代文学主潮》，北京大学出版社2013年版，第21页。

扬光大这个传统。1942年到今天，已经将近80年。当代文学的发展已经远非当时的预期所能预料，也非当时的文学主张所能限囿。如此来看，本书致力于探查中国当代文学的动力，对这些动力进行探讨，其实也无异于重思中国当代文学业已走过的充满光荣与荣耀，也不乏曲折与艰难的道路。在这个意义上，我们理应重思80年前的文学诉求与文学理想，并重温以下兴许陈旧、但针对当下仍不无（更有）振聋发聩之效的话："正是在民族的、科学的和大众的新文化方向的旗帜下，中国当代文学才终于形成它的伟大传统，这个伟大传统就是：以广大劳动者，特别是中国农民为审美主体和表现对象、阅读主体，采用为他们所喜闻乐见的形式；以'新中国'为创造内容，采用具有民族特色的表现形式；以克服知识者与劳动者之间、东方与西方之间、传统与现代之间、作者与读者之间的矛盾为目标，从而使得越来越广大的人民大众能够参与到文化和艺术创造活动中去。"[①] 在目前这个"横的眼光"已经看遍的时候，也许是时候在中国当代文学领域重提"纵的眼光"了。毕竟，最为切近的、我们总以为仍置身于其现场的中国当代文学，如今也已走过了接近80年的"漫长"历程了。

必须应该看到的是，总体而言，中国当代文学仍处在前所未有的过渡时期。首先就语言形式来说，从古文到白话文的过渡并未完成，白话文的提炼仍有待提高；其次就文明更替而言，中国当代文学处在由书面文明向视听文明的过渡时期，电子化、数字化、网络化等势必对书写文明构成严峻冲击，变动仍在进行；最后就中国当代文学在中国文学长河中的宿命而

[①] 韩毓海：《"漫长的革命"——毛泽东与文化领导权问题（下）》，《文艺理论与批评》2008年第2期。

言,它最终只能处在中国文学的过渡时期,它势必要经历再一次的梳理和归化,从而在中国文学的漫漫长河中留下自己的脚印。中国文学一定会继续向前发展,对中国当代文学动力的追索因此是一项永远在进行又永远在路上的行旅,所有的努力都是趋近,并非到达。

参考文献

一、作品集

董大中主编：《赵树理全集》，大众文艺出版社2006年版。

山西人民出版社编：《赵树理小说选》，山西人民出版社1980年版。

赵树理：《赵树理精选集》，北京燕山出版社2009年版。

赵树理：《三复集》，作家出版社1960年版。

北岛：《履历：诗选1972—1988》，生活·读书·新知三联书店2015年版。

北岛：《在天涯：诗选1989—2008》，生活·读书·新知三联书店2015年版。

北岛：《波动》，生活·读书·新知三联书店2015年版。

北岛：《时间的玫瑰》，生活·读书·新知三联书店2015年版。

北岛：《城门开》，生活·读书·新知三联书店2015年版。

北岛：《归来的陌生人》，花城出版社1986年版。

食指：《食指》，人民文学出版社2006年版。

芒克：《芒克的诗》，人民文学出版社2009年版。

多多：《多多诗选》，花城出版社2005年版。

钱理群、王得后编：《鲁迅小说》，浙江文艺出版社2001年版。

郝海彦主编:《中国知青诗抄》,中国文学出版社1998年版。

王安忆:《王安忆中短篇小说集》,中国青年出版社1983年版。

王安忆:《隐居的时代——王安忆中短篇小说集》,上海文艺出版社1999年版。

王安忆:《王安忆短篇小说编年:卷一墙基一九七八——一九八一》,人民文学出版社2009年版。

王安忆:《王安忆短篇小说编年:卷二舞台小世界一九八二——一九八九》,人民文学出版社2009年版。

王安忆:《王安忆短篇小说编年:卷三天仙配一九九七—二零零零》,人民文学出版社2009年版。

王安忆:《王安忆短篇小说编年:卷四黑弄堂二零零一—二零零七》,人民文学出版社2009年版。

王安忆:《69届初中生》,北岳文艺出版社2001年版。

王安忆:《海上繁华梦》,作家出版社1996年版。

王安忆:《小城之恋》,作家出版社1996年版。

王安忆:《香港的情与爱》,作家出版社1996年版。

王安忆:《叔叔的故事》,人民文学出版社2006年版。

王安忆:《纪实与虚构》,人民文学出版社1993年版。

王安忆:《我爱比尔》,云南人民出版社2009年版。

王安忆:《米尼》,南海出版公司2000年版。

王安忆:《长恨歌》,作家出版社1999年版。

王安忆:《爱向虚空茫然中》,上海文艺出版社2013年版。

王安忆：《妹头》，云南人民出版社 2010 年版。

王安忆：《富萍》，上海文艺出版社 2005 年版。

王安忆：《上种红菱下种藕》，南海出版公司 2002 年版。

王安忆：《桃之夭夭》，上海文艺出版社 2003 年版。

王安忆：《遍地枭雄》，文汇出版社 2005 年版。

王安忆：《天香》，人民文学出版社 2011 年版。

王安忆：《匿名》，人民文学出版社 2016 年版。

王安忆：《街灯底下》，山东画报出版社 2005 年版。

王安忆：《重建象牙塔》，上海远东出版社 1997 年版。

王安忆：《男人和女人，女人和城市》，云南人民出版社 2000 年版。

二、研究论著

杨义：《重绘中国文学地图——杨义学术讲演集》，中国社会科学出版社 2003 年版。

钱理群、黄子平、陈平原：《二十世纪中国文学三人谈·漫说文化》，北京大学出版社 2004 年版。

钱理群、温儒敏、吴福辉：《中国现代文学三十年》，北京大学出版社 1998 年版。

洪子诚：《中国当代文学史》，北京大学出版社 2007 年版。

陈晓明：《不死的纯文学》，北京大学出版社 2007 年版。

陈晓明：《中国当代文学主潮》，北京大学出版社 2013 年版。

汪晖：《反抗绝望——鲁迅及其文学世界》，河北教育出版社2000年版。

邵燕君：《倾斜的文学场——当代文学生产机制的市场化转型》，江苏人民出版社2003年版。

张颐武主编：《现代性中国》，河南大学出版社2005年版。

翁绍军：《〈形而上学〉论稿》，中西书局2014年版。

胡有清：《文艺学论纲》，南京大学出版社2013年版。

王本朝：《中国当代文学制度研究（1949—1976）》，新星出版社2007年版。

姚文放：《文学理论》，江苏教育出版社2007年版。

朱光潜：《文艺心理学》，安徽教育出版社1996年版。

杨春时：《文学理论新编》，北京大学出版社2007年版。

吴中杰：《文艺学导论》，复旦大学出版社2010年版。

童庆炳主编：《文学理论教程》，高等教育出版社2004年版。

陆贵山、周忠厚主编：《马列文论导读》，作家出版社1991年版。

季广茂：《意识形态》，广西师范大学出版社2005年版。

谭好哲：《文艺与意识形态》，山东大学出版社1997年版。

孟繁华、程光炜：《中国当代文学发展史》，北京大学出版社2011年版。

洪子诚：《中国当代文学概说》，香港青文书屋1997年版。

许志英、邹恬主编：《中国现代文学主潮》（下），福建教育出版社2001年版。

旷新年：《1928：革命文学》，山东教育出版社1998年版。

张炯主编：《新中国文学五十年》，山东教育出版社1999年版。

李泽厚：《中国现代思想史论》，生活·读书·新知三联书店2008年版。

童庆炳主编：《二十世纪中国文论经典》，北京师范大学出版社2004年版。

戴光中：《赵树理传》，北京十月文艺出版社1987年版。

黄修己：《赵树理评传》，江苏人民出版社1981年版。

李书磊：《1942：走向民间》，山东教育出版社1998年版。

王中青：《赵树理作品论集》，北岳文艺出版社1987年版。

黄修己编：《赵树理研究资料》，知识产权出版社2010年版。

陈荒煤等：《赵树理研究文集》（上、中、下），中国文联出版公司1996年版。

陈徒手：《人有病 天知否——一九四九年后中国文坛纪实》，人民文学出版社2011年版。

查建英主编：《80年代：访谈录》，生活·读书·新知三联书店2006年版。

刘禾编：《持灯的使者》，广西师范大学出版社2009年版。

孔范今、施战军主编，路晓冰编选：《中国新时期文学思潮研究资料》（上、中、下），山东文艺出版社2006年版。

温儒敏、赵祖谟主编：《中国现当代文学专题研究》，北京大学出版社2013年版。

李泽厚:《中国现代思想史论》,生活·读书·新知三联书店2008年版。

刘小枫:《这一代人的怕与爱》,华夏出版社2007年版。

陈晓明:《无边的挑战——中国先锋文学的后现代性》,时代文艺出版社1993年版。

吴晓东:《二十世纪的诗心——中国新诗论集》,北京大学出版社2010年版。

程光炜编:《重返80年代》,北京大学出版社2009年版。

季红真:《文明与愚昧的冲突》,华东师范大学出版社2014年版。

曹文轩:《中国80年代文学现象研究》,人民文学出版社2010年版。

姚家华编:《朦胧诗论争集》,学苑出版社1989年版。

吴晓东:《二十世纪的诗心:中国新诗论集》,北京大学出版社2010年版。

张清华:《内心的迷津:当代诗歌与诗学求问录》,山东文艺出版社2002年版。

王干:《废墟之花——朦胧诗的前世今生》,江苏文艺出版社2009年版。

罗振亚:《朦胧诗后先锋诗歌研究》,中国社会科学出版社2005年版。

洪治纲:《守望先锋——兼论中国当代先锋文学的发展》,广西师范大学出版社2005年版。

欧阳友权主编:《网络文学概论》,北京大学出版社2008年版。

张颐武主编:《现代性中国》,河南大学出版社2005年版。

於可训：《新世纪文学论集》，中国社会科学出版社 2013 年版。

孟繁华：《1978：激情岁月》，山东教育出版社 1998 年版。

欧阳江河：《站在虚构这边》，生活·读书·新知三联书店 2001 年版。

陈超：《个人化历史想象力的生成》，北京大学出版社 2014 年版。

牛殿庆：《圣坛与祭坛——朦胧诗的历史内涵与诗学价值》，四川大学出版社 2008 年版。

陈思和主编：《新时期文学简史》，广西师范大学出版社 2010 年版。

洪子诚、刘登翰：《中国当代新诗史》，北京大学出版社 2010 年版。

谢冕、唐晓渡主编，吴思敬编选：《磁场与魔方——新潮诗论卷》，北京师范大学出版社 1993 年版。

谢冕：《浪漫星云——中国当代诗歌札记》，广州人民出版社 1999 年版。

谢冕：《地火依然运行》，上海三联书店 1991 年版。

谢冕：《谢冕论诗歌》，江西高校出版社 2002 年版。

谢冕：《中国现代诗人论》，重庆出版社 1986 年版。

王安忆：《王安忆说》，湖南文艺出版社 2003 年版。

王安忆：《心灵世界——王安忆小说讲稿》，复旦大学出版社 1997 年版。

王安忆：《小说课堂》，商务印书馆 2012 年版。

张新颖、金理编：《王安忆研究资料》，天津人民出版社 2009 年版。

吴义勤主编，王志华、胡健玲编选：《王安忆研究资料》，山东文艺出版社 2006 年版。

王安忆、张新颖：《谈话录》，人民文学出版社 2011 年版。

谢冕、张颐武：《大转型——后新时期文化研究》，黑龙江教育出版社 1995 年版。

张志忠：《1993：世纪末的喧哗》，山东教育出版社 1998 年版。

王晓明编：《人文精神寻思录》，文汇出版社 1996 年版。

张新颖：《当代批评的文学方式》，广东人民出版社 2014 年版。

张旭东、王安忆：《对话启蒙时代》，生活·读书·新知三联书店 2008 年版。

戴锦华：《涉渡之舟——新时期中国女性写作与女性文化》，北京大学出版社 2007 年版。

梁鸿：《"灵光"的消逝——当代文学叙事美学的嬗变》，文化艺术出版社 2009 年版。

孟繁华、程光炜、陈晓明：《中国当代文学六十年》，北京大学出版社 2015 年版。

李鹏程编：《葛兰西文选》，人民出版社 2008 年版。

[美]诺曼·N. 霍兰德：《文学反应动力学》，潘国庆译，上海人民出版社 1991 年版。

[英]F. R. 利维斯：《伟大的传统》，袁伟译，生活·读书·新知三联书店，2002 年版。

[美]马泰·卡林内斯库：《现代性的五副面孔——现代主义、先锋派、颓废、媚俗主义、后现代主义》，顾爱斌、李瑞华译，商务印书馆 2002 年版。

［美］林毓生：《中国意识的危机——"五四"时期激烈的反传统主义》，穆善培译，贵州人民出版社 1988 年版。

［英］特雷·伊格尔顿：《二十世纪西方文学理论》，伍晓明译，北京大学出版社 2007 年版。

［丹麦］勃兰兑斯：《十九世纪文学主流》，张道真译，人民文学出版社 1997 年版。

［美］詹明信：《晚期资本主义的文化逻辑》，张旭东编，陈清侨等译，生活·读书·新知三联书店 2013 年版。

［美］弗雷德里克·詹姆逊：《政治无意识：作为社会象征行为的叙事》，王逢振、陈永国译，中国社会科学出版社 1999 年版。

［法］皮埃尔·布迪厄：《艺术的法则——文学场的生成和结构》，中央编译出版社 2001 年版。

［美］哈罗德·布鲁姆：《影响的焦虑——一种诗歌理论》，徐文博译，江苏教育出版社 2006 年版。

［美］哈罗德·布鲁姆：《西方正典》，江宁康译，译林出版社 2011 年版。

［美］勒内·韦勒克、奥斯汀·沃伦：《文学理论》，刘象愚等译，江苏教育出版社 2005 年版。

［美］费正清：《中国：传统与变迁》，张沛、张源、顾思兼译，吉林出版集团有限责任公司 2008 年版。

［美］王德威：《被压抑的现代性——晚清小说新论》，宋伟杰译，北京大学出版社 2005 年版。

［美］奚密:《从边缘出发——现代汉诗的另类传统》,广东人民出版社2000年版。

［德］马克思、恩格斯:《德意志意识形态》,中共中央马克思恩格斯列宁斯大林著作编译局译,人民出版社1961年版。

［德］马克思、恩格斯:《马克思恩格斯选集》(第4卷),中共中央马克思恩格斯列宁斯大林著作编译局编,人民出版社1995年版。

［德］马克思、恩格斯:《马克思恩格斯选集》,中共中央马克思恩格斯列宁斯大林著作编译局编译,人民出版社2012年版。

［德］马克思、恩格斯:《马克思恩格斯全集》,中共中央马克思恩格斯列宁斯大林著作编译局译,人民出版社1956—1986年版。

［德］黑格尔:《精神现象学》,贺麟、王玖兴译,商务印书馆1979年版。

［古希腊］亚里士多德:《形而上学》,张维编译,北京出版社2008年版。

三、论文或文章

徐敬亚:《中国第一根火柴——几年民间刊物〈今天〉杂志创刊三十年》,《当代作家评论》2009年第1期。

谢冕、洪子诚、徐敬亚:《先锋诗歌:一代不如一代》,《社会科学报》2005年1月13日。

恽代英:《文学与革命》,《中国青年》第31期。

成仿吾：《从文学革命到革命文学》，《创造月刊》1928 年第 1 卷第 9 期。

钱中文：《论文学观念的系统性特征》，《文艺研究》1987 年第 6 期。

杜书瀛：《文学——〈中国大百科全书〉条目之一》，《扬州师院学报（社会科学版）》1986 年第 1 期。

阳雨：《文学：失却轰动效应以后》，《文艺报》1988 年 1 月 30 日。

王干、张颐武、张未民：《"新状态文学"三人谈》，《文艺争鸣》1994 年第 3 期。

杨扬：《城市化进程与文学审美方式的变化》，《文艺争鸣》2004 年第 1 期。

丁帆、王世城、贺仲明：《个人化写作：可能与极限》，《钟山》1996 年第 6 期。

洪治纲、凤群：《欲望的舞蹈——晚生代作家论之三》，《文艺评论》1996 年第 4 期。

谢有顺：《十部作品，五个问题》，《南方文坛》2001 年第 1 期。

林贤治：《北岛与〈今天〉——诗人论之一》，《当代文坛》2007 年第 2 期。

李敬泽：《"新生代"的故事——〈新生代作家小说精品〉序》，《创作评谭》1999 年第 1 期。

周新民、王安忆：《好的故事本身就是好的形式——王安忆访谈录》，《小说评论》2003 年第 3 期。

李静：《不冒险的旅程——论王安忆的写作困境》，《当代作家评论》

2003年第1期。

谢有顺：《小说的物质外壳：逻辑、情理和说服力——由王安忆的小说观引发的随想》，《当代作家评论》2007年第3期。

陈婧裬：《理论与实践：文学如何呈现历史？——王安忆、张旭东对话（下）》，《文艺研究》2005年第2期。

蔡翔：《何谓文学本身》，《当代作家评论》2002年第6期。

王安忆：《生活的形式》，《上海文学》1999年第5期。

张法、张颐武、王一川：《从"现代性"到"中华性"——新知识型的探寻》，《文艺争鸣》1994年第2期。

唐晓渡：《传统就像血缘的召唤——北岛访谈录》，《诗潮》2004年第3期。

洪子诚：《北岛早期的诗》，《海南师范大学学报（社会科学版）》2005年第1期。

张闳：《北岛，或关于一代人的"成长小说"》，《当代作家评论》1998年第6期。

陈超：《北岛论》，《文艺争鸣》2007年第8期。

翟頔：《中文是我惟一的行李——北岛访谈》，《书城》2003年第2期。

一平：《孤立之境——读北岛的诗》，《诗探索》2003年第Z2期。

《那些经历根本算不了什么——对话北岛》，《南方人物周刊》2009年第46期。

王干：《历史·瞬间·人——论北岛的诗》，《文学评论》1986年第3期。

杨立华：《北岛诗二首解读》，《诗探索》2003年第Z2期。

张新颖：《中国当代文化反抗的流变：从北岛到崔健到王朔》，《文艺争鸣》1995年第3期。

李陀、李静：《漫说"纯文学"——李陀访谈录》，《上海文学》2001年第3期。

陈晓明：《文学如何反映当下现实？》，《文艺研究》2012年第12期。

陶东风：《文学的祛魅》，《文艺争鸣》2006年第1期。

陈晓明：《在历史的"阴面"写作——试论〈长恨歌〉隐含的时代意识》，《文学评论》2013年第6期。

程光炜：《新时期文学的"起源性"问题》，《当代作家评论》2010年第3期。

四、工具书

中国百科大辞典编撰委员会编：《中国百科大辞典》，中国大百科全书出版社1999年版。

中国百科大辞典编委会编：《中国百科大辞典》，华夏出版社1990年版。

夏征农主编，章培恒等编著：《大辞海·中国文学卷》，上海辞书出版社2005年版。

夏征农、陈至立主编，杨治良等编著：《大辞海·心理学卷》，上海辞书出版社2013年版。

辞海编辑委员会编纂：《辞海》，上海辞书出版社2001年版。